Survivre

DU MÊME AUTEUR

Je te vois, Presses de la Cité, 2009.

Nous savons tout, Presses de la Cité, 2010.

Ton tour viendra, Michel Lafon, 2012.

Gregg Hurwitz

Survivre

Traduit de l'anglais (américain)
par Jean-Pascal Bernard

Michel LAFON

Titre original
The Survivor
Première publication en langue originale
par St. Martin's Press, New York, 2012.

Les personnages, les lieux et les situations de ce récit étant purement fictifs, toute ressemblance avec des personnes ou des situations existantes ne saurait être que fortuite.

7-13, boulevard Paul-Émile-Victor – Île de la Jatte
92521 Neuilly-sur-Seine Cedex

www.michel-lafon.com

Pour Lisa Erbach Vance,
la meilleure de toutes

Sur le fil

La peur était une nécessité vitale.
Sans elle, je serais mort de trouille.

Floyd PATTERSON

1

De cette hauteur, les voitures ressemblaient à des dominos, les piétons à des points mouvants. Un vent soutenu rafraîchissait les bronches de Nate à chaque inspiration, mais il en fallait plus pour inquiéter le smog de L.A. si près de l'océan. À l'ouest, les bouchons du matin s'agglutinaient jusqu'aux falaises de Santa Monica, ultime marche avant le sable blanc et la mer d'ardoise.

C'eût été une vue splendide.

S'il n'était pas venu pour se tuer.

Le rebord du onzième étage lui laissait cinq centimètres de marge au bout des baskets. C'était peu pour garder l'équilibre. Mais le plus dur avait encore été l'accès à ce perchoir. Après s'être faufilé par la fenêtre des toilettes de la First Union Bank of Southern California, il avait chancelé une bonne minute avant d'oser se dresser sur ses jambes.

Dans la rue en contrebas, les gens vaquaient à leurs occupations, dont aucune ne nécessitait de lever les yeux vers lui. Il se colla contre le mur, ses sensations exacerbées. Le marteau dans sa poitrine, le tee-shirt collé par la sueur, la note salée dans son nez : l'ensemble formait une sorte de panique, mais en plus calme, comme si son corps s'affolait brusquement de signaux d'ores et déjà admis par la cervelle.

Pour éviter d'atterrir sur quelqu'un – avec sa veine, il écrabouillerait une mamie venue encaisser sa pension –, il se décala jusqu'au bout de la corniche et passa le coin de l'immeuble pour surplomber la ruelle où l'attendait sa cible, à savoir une benne à ordures. Au moins, son affaire était bien pensée. S'il visait correctement, les parois métalliques de la benne retiendraient les éclaboussures, et la morgue n'aurait plus qu'à envoyer un tracteur. Ras le bol de faire nettoyer sa merde par les autres.

Cela faisait à peine dix minutes qu'il avait ouvert le couvercle de la benne, et pourtant ces minutes-là lui semblaient des jours. La montée glaciale en ascenseur, le signe de tête au vigile noir ratatiné, et ce moment fatidique, devant la rangée d'urinoirs, à rassembler son courage en vue d'ouvrir la récalcitrante fenêtre à guillotine. Chacun de ces instants avait duré une vie entière.

La First Union faisait partie des rares banques de la côte ouest perchées en hauteur, ce qui garantissait un mètre carré plus abordable, donc davantage d'espace, et une meilleure sécurité. Mais de tous les avantages qu'offrait l'altitude, un seul retenait présentement l'intérêt de Nate. Pour parfaire sa position, il effectua un dernier demi-pas sur la droite, jusqu'à frôler une fenêtre entrebâillée. Par l'ouverture s'échappait un air tiède mêlé de bla-bla et de café, la quintessence de la vie de bureau.

Nate songea au piteux compte courant qu'il détenait derrière ce mur. Son geste allait gâcher la police d'assurance-vie de 1 million de dollars qu'il alimentait tous les ans, mais même cela, il s'en fichait. Personne n'attendait plus rien de lui, et l'avenir ne lui promettait qu'un monceau de misères.

Il prit une grande inspiration – la dernière ? – et ferma les yeux. Levant les bras en croix, il laissa le vent d'octobre s'insinuer sous son tee-shirt et refroidir ses reins en nage. Il attendit de voir défiler sa vie, dans une grande coulée de violons, mais rien ne vint. Nul gros plan sur les lèvres de Janie s'entrouvrant vers les siennes le jour de leur mariage ; nulle image de Cielle déguisée en citrouille de Halloween, avec ses mains pleines de chocolat et ses petites cuisses potelées. Non, juste le fouet du vent et mille morsures de frousse dans son corps transformé en pique-aiguilles. Le plus long voyage, selon Lao-tseu et les cartes de vœux Hallmark, commençait par un simple pas.

Le plus court également.

Nate décolla un pied, l'avança au-dessus du vide.

Et c'est là qu'il entendit les coups de feu.

2

Sous l'effet de la surprise, Nate vacilla sur son perchoir et se crut définitivement perdu, avant de se rétablir d'une prodigieuse torsion de la hanche. Comme il aspirait une goulée d'air, un nouveau tir repeignit en rouge le carreau légèrement relevé.

Nate reconnut le claquement d'un pistolet 9 mm. Mais la détonation suivante, plus vibrante et sonore, suggérait qu'un semi-automatique était également de la partie.

Une voix sépulcrale filtra par l'ouverture :

– Les mains au-dessus du comptoir ! Et reculez ! Vous voulez finir comme l'autre ? Maintenant couchez-vous ! Face contre terre !

S'agrippant au cadre de la fenêtre, Nate se dévissa le cou pour jeter un œil à l'intérieur. Les projections écarlates sur la vitre lui gênaient la vue, mais il put discerner plusieurs silhouettes encagoulées. L'un des braqueurs se tenait derrière le guichet, le dos tourné à la fenêtre, un fusil automatique dans une main, un Beretta dans l'autre, la tête pivotant de gauche à droite à la manière d'un radar. Comme ses comparses, il arborait une combinaison de pilote anthracite, des bottes à grosses semelles et des gants noirs. De l'adhésif noir calfeutrait ses poignets et ses chevilles pour cacher entièrement sa peau. Les balles avaient perforé le plafond, et la poussière nimbait son être d'une aura blanche, comme dans un monde féerique.

Les employés étaient à présent couchés à ses pieds, les mains nouées sur la nuque, leur respiration de plus en plus âpre et paniquée. De l'autre côté du comptoir, une quinzaine de clients observaient la même position. Un chariot de café gisait sur le flanc, les gobelets croupissant dans des flaques brunes. Deux complices arpentaient la pièce, enjambant les otages, la pointe de leurs canons virant d'une tête à l'autre.

Dans l'entrée, le corps du vigile était à demi empêtré dans une bannière de vinyle vert dollar proclamant : LE WEB GRATUIT : UN CHOIX PAYANT. Sa jambe de pantalon retroussée révélait une chaussette à rayures bariolées. Au contraire de ses associés fébriles, le gars près de la fenêtre se mouvait avec la grâce d'un voyou aguerri. Les autres aboyaient, lui restait mutique. De son assurance, et du gros fusil qu'il avait en main, Nate déduisit qu'il s'agissait du chef. Il se tenait si près du carreau que Nate aurait pu lui chatouiller le cou.

Sur la droite, deux hommes armés (ce qui portait déjà leur nombre à cinq) traînèrent une Hispanique d'âge moyen vers la chambre forte. Ses doigts tremblants trifouillèrent deux anneaux de clefs, sans résultat probant. Ce ne pouvait être que la directrice. Tailleur-pantalon en tweed, collier de perles et boucles d'oreilles assorties, elle avançait sur des jambes flageolantes. Plus épaisse qu'un parpaing, la porte d'acier blindé béait, immobile, ne laissant qu'une simple grille vitrée entre les braqueurs et les rangées de coffres. Tandis que la directrice fichait deux clefs dans deux serrures et poussait la grille, une sixième cagoule surgit d'un couloir dérobé. « Les caméras sont HS », dit le nouveau venu en décrochant de son épaule un sac polochon. Il en sortit une effrayante scie circulaire munie d'une poignée de tronçonneuse. Les dents de la lame argentée scintillaient tels des diamants.

Les sanglots désespérés d'une femme résonnaient contre les murs de faux marbre. Plus loin, un homme psalmodiait une supplique :

– Pitié, Seigneur, je viens à peine de me fiancer…

Nate voulut déglutir, mais son gosier râpait comme du sable. Oubliant un instant la précarité de sa situation, il se redressa et vit la rue tournoyer entre ses jambes. L'un de ses pieds glissa, précipitant son poids dans le vide. Son cœur bondit dans sa gorge et il faillit crier. Mais sa main trouva le cadre de la fenêtre, et il parvint une fois de plus à se rétablir in extremis.

Les braqueurs continuaient de beugler, ignorant tout du drame secondaire en cours sur la corniche.

– Le premier qui bouge, le premier qui dit un mot, je lui pulvérise la…

– Trois et Cinq, occupez-vous de ces charnières. Quatre, cette pute a intérêt à te laisser accéder…

Tous gueulaient leurs ordres sauf le chef du commando qui restait campé dans son silence, telle une menace sourde.

Accroupi derrière la vitre, Nate baissa les yeux et trouva ceux d'une employée recroquevillée au pied de la fenêtre. Comment ne l'avait-il pas remarquée plus tôt ? Sur son corsage blanc s'épanouissait un disque de sang. Sa bouche tentait de former des mots, en vain ; elle fixait Nate avec incrédulité, comme si elle se demandait ce qui l'avait projetée là, par terre, et pourquoi cet ange mal rasé venait rôder autour du onzième étage.

Elle avait un bras rejeté contre le mur et ses doigts d'ivoire convulsaient tel un oiseau blessé. Elle regardait Nate d'un air implorant, sa poitrine s'affolant à vide. Nate glissa un bras dans la salle et lui prit la main, froide et douce comme celle d'une statue. Puis la femme hoqueta, une bulle se forma sur sa bouche et éclata, brouillant son rouge à lèvres.

Le chef consulta son chronomètre et parla enfin. Léger accent, timbre serein.

– J'aimerais bien entendre cette scie, Numéro Trois.

Lui répondit un hurlement métallique assorti d'étincelles. La directrice se cambra, les yeux cachés derrière ses poings. Sous l'ovale de sa bouche, les veines de son cou palpitaient, mais les cris de l'acier sur l'acier annihilaient tout autre bruit. Le type le plus costaud tenait la directrice par les cheveux ; il lui projeta la tête contre la porte, ce qui lui ouvrit le front, mais cela ne suffit pas à lui fermer le clapet ni à lui desserrer les poings. La demi-cloison et le treillage de la porte vitrée fragmentaient la scène en petites vignettes d'épouvante : un bras tiraillé, un escarpin perdu, une mèche de cheveux prise dans un gant sombre…

Nate se rappela où il était en sentant le battant de la fenêtre lui mordre l'intérieur du coude. La main froide de la blessée se resserrait sur la sienne, comprimant ses phalanges. Il l'observa de nouveau. Le regard de la jeune femme se relâcha, comme si elle voyait à travers lui, puis ses jolis yeux verts se firent de glace.

La scie marqua une pause. La directrice redevint audible et Nate se détourna du visage de la jeune défunte. Il récupéra son bras et le secoua pour chasser les fourmis.

La directrice hurlait à n'en plus finir. Désemparé, le baraqué se tourna vers son chef.

– Elle a assez couiné comme ça, déclara ce dernier. Supprime-la.

– Sérieux, Six ? Mais on va en tuer combien, comme ça ?

Ainsi le chef portait le numéro six, releva Nate avec intérêt.

Six traversa la pièce d'un pas lourd, le dos saupoudré de plâtre. Il releva son fusil et traça une ligne de pointillés dans le tailleur strict de la femme. Le toussotement de l'arme et l'horreur de la scène faillirent repousser Nate dans le vide. La directrice d'agence resta bêtement debout, soutenue par la porte blindée, jusqu'à ce que Six la renverse en lui effleurant l'épaule. Elle heurta le sol de tout son long, un bras déroulé sur le côté, ses bagues claquant sur le carrelage. Une perle se détacha de son oreille pour rebondir contre un pied de bureau.

Les autres otages glapirent, un gamin poussa une longue plainte monocorde. Un homme mûr expulsa une série de sanglots réduits à une plainte animale.

– Qu'on en bute un ou vingt, le tarif sera le même, dit le chef en s'époussetant. Je m'occupe des coffres et toi tu prends le guichet.

Il confia son fusil au subalterne et se dirigea vers les casiers.

– Ceux-ci, puis ceux-là, indiqua-t-il aux autres.

Le costaud gagna docilement le guichet.

Nate recula la tête en catastrophe et l'enfouit dans son biceps. Le vent faisait claquer son tee-shirt glacé de sueur, et il s'aperçut qu'il se mordait le bras pour ne pas crier.

Le baraqué longea la vitre, repoussant du pied la jambe inerte de la guichetière. Il posa le Beretta sur un classeur bas, rejeta le fusil dans son dos et commença à vider les tiroirs de billets dans un sac-poubelle noir.

C'est alors qu'un cri fendit l'air, strident, jusque sur la corniche. Nate risqua un nouveau coup d'œil à l'intérieur, la pommette pressée contre le béton granuleux. Une cliente se pelotonnait sur le ventre, dans la mire de deux braqueurs, le dos rond comme une tortue. Nate se demandait quelle mouche l'avait piquée lorsqu'une fillette d'environ quatre ans jaillit de sous son ventre et s'élança vers la sortie. Deux armes de poing pivotèrent dans le sillage de ses couettes. La mère hurla de plus belle, plongea en avant et rattrapa sa petite par le bras. Pour la faire taire, le braqueur le plus proche lui éclata la lèvre avec le pied et elle retomba, sonnée, entraînant sa fille dans sa chute. Le sang de sa maman sur l'oreille, l'enfant se débattit et rampa sur le dos jusqu'à heurter un pilier. Ses talons continuèrent de gratter le sol le temps de comprendre qu'ils n'avaient nulle part où aller. Alors, prise de frissons, l'enfant se coucha sur le côté, la tête entre les genoux, et cessa de bouger.

Le deuxième voyou – Numéro Deux ? – s'approcha d'elle.

– Retourne avec les autres, dit-il. Dépêche-toi.

N'obtenant aucune réaction, il lui pointa l'arme sur la tempe.

Son instinct paternel ressuscitant des limbes, Nate écarta la vitre pour y passer la tête. Deux mètres devant lui, le baraqué observait le spectacle au centre de la salle. Il eut un grognement admiratif puis retourna à ses tiroirs, ses omoplates roulant sous la toile grise de sa combi.

Perdant patience, Numéro Deux serra sa crosse à deux mains.

– Je te le dirai pas cent fois, poulette…

La scie se réveilla dans la chambre forte, crissant de toutes ses dents voraces. Nate vit la cagoule de Deux frémir au niveau de la bouche – sans doute un dernier avertissement à la fillette.

Qu'on en bute un ou vingt, le tarif sera le même.

Nate contempla de nouveau les jolis yeux morts levés vers lui. Puis son regard ripa vers la boucle d'oreille égarée sur le carrelage, et de là vers le Beretta posé derrière le costaud, à moins d'un mètre de la fenêtre.

En poussant encore un peu, Nate parvint à s'introduire jusqu'à la taille, et de là il bascula pour atterrir sur le corps de l'employée de guichet morte.

S'accroupissant, il récapitula.

Trois gus dans la chambre forte, invisibles d'ici.

Le baraqué planté devant lui, les mains plongées dans le fric.

Et deux dans la salle principale, qui tenaient la gamine en joue. Elle était toujours pétrifiée en position fœtale.

Nate se releva et sentit gémir ses rotules de trente-six ans. La lassitude des derniers mois s'était soudainement dissipée, tout comme l'hésitation qui depuis bien trop longtemps empoisonnait chacun de ses gestes.

Il était déterminé. Il poursuivait un objectif.

Il s'avança d'un pas et s'empara du Beretta.

3

Nate souleva le Beretta, visa la nuque du costaud et pressa la détente. Le coup partit avec un léger retard, de l'ordre d'un quart de seconde. Dans cet intervalle séparant le recul de l'arme et le rougeoiement de la vitre du guichet, il comprit qu'il avait tiré en mode double action. Le Beretta se trouvait ainsi armé pour les coups suivants, ce qui était une excellente nouvelle.

La détonation fut quasi muette comparée aux cris de la scie. Le costaud tomba à genoux et s'effondra sous le comptoir, dégageant la vue sur ses complices.

Et donc la leur sur Nate.

Les deux cagoules se tournèrent vers lui avec ensemble, comme au ralenti. Puis elles s'inclinèrent légèrement, et ce réflexe de chien d'attaque glaça l'épine dorsale de Nate. Il comprit subitement ce qui rendait ces têtes si inhumaines : elles n'avaient pas d'yeux. On avait cousu du tulle noir sur les orbites des cagoules afin de cacher les yeux et la peau du visage. Effet insectoïde garanti.

Nate regarda leurs poings gantés brandir deux masses de métal bleuté. Une balle lui frôla le visage, laissant une traînée de chaleur sur sa joue. Il était le premier surpris par son absence totale de peur, et celle-ci avait un goût de délivrance. Un sourire germa sur ses lèvres tandis que sautaient ses dernières entraves mentales. Alors il leva les mains à son tour en se récitant le b.a.-ba – garder le poignet ferme, ne pas anticiper le recul – et en se rappelant que, sans être un tireur d'élite, il avait une bonne gâchette. L'air autour de son crâne se concrétisa à mesure que sifflaient les balles. Tendant le bras par-dessus la vitre renforcée du comptoir, il visa le braqueur le plus proche et réduisit la moitié de sa tête masquée en un nuage carmin. Le gars disparut du paysage tandis que le flingue de son copain produisait de nouveaux flashes blancs. Nate l'arrosa copieusement mais ne parvint d'abord qu'à soustraire des bouffées de plâtre au mur. Les douilles usagées s'éjectaient de son arme tel un bataillon de parachutistes. Puis il se décala pour franchir le portail du guichet et affronter la mort en face. Il se sentait plus alerte, plus vivant que jamais. Oui, c'était une délivrance. Mieux, une libération.

Le masque de Deux se déformait au niveau de la bouche. Il criait et ses bras tremblaient. Tout à ses pulsions suicidaires, Nate soutint le regard borgne du canon adverse.

Stabilise ta main, bonhomme. Ne me rate pas.

Mais le flingue de Deux sautillait à gauche et à droite ; ses balles encadraient Nate sans jamais faire mouche. Se remémorant la menace proférée par ce salaud – *Je te le dirai pas cent fois, poulette* –, Nate écouta sa haine et sentit le Beretta ruer dans sa main jusqu'à ce que l'habit déchiré du gars flotte sur sa poitrine et qu'il rejoigne son pote à terre.

Une ou deux secondes plus tôt, la scie circulaire s'était tue, laissant les dernières balles résonner dans toute l'agence. Alerté par ces bruits, un braqueur émergea de la chambre forte, la découpeuse à la main et la cagoule retroussée sur le crâne. Nate lui fit sauter l'oreille puis logea une balle entre ses deux sourcils stupides.

Sans déconner, les mecs. Je suis sûr que vous valez mieux que ça.

Les stries de la crosse lui râpaient l'intérieur du pouce et l'odeur épicée de la poudre le replongeait dix ans en arrière, du sable brûlant dans la bouche et du sang plein la rétine.

Il cligna des yeux et retrouva le présent. Quatre hommes à terre. Deux à abattre.

Se retranchant derrière le guichet, il lorgna avec gourmandise le fusil-mitrailleur du mort. Mais la bretelle était coincée sous le corps, et il n'avait pas le temps.

Armé du Beretta à moitié vide, il fila vers la chambre forte en enjambant les employés terrorisés.

– Pardon, m'sieu dames, je ne fais que passer…

Lui répondirent des sanglots et autres soupirs heurtés. Le bruit d'une sirène se devinait au loin, mais suffisamment faible pour être imaginaire.

Un pistolet apparut dans le cadre de la porte blindée et claqua à l'aveugle. Nate le visa avec un calme qui ne devait rien au courage ou à l'héroïsme, mais juste à sa condition personnelle – celle d'un homme n'ayant plus rien à perdre. Il tira une première balle qui rebondit contre la porte, puis deux autres guidées par la mémoire musculaire et l'instinct. Le pistolet d'en face s'envola ; les doigts gantés s'ouvrirent en étoile, comme pour saluer, et la main s'éclipsa.

Cinq foulées amenèrent Nate au seuil de la chambre forte, qu'il franchit tout de go. Un homme était assis dans le coin opposé, les coudes sur les genoux et l'arme pointée vers la porte. Il visa la tête de Nate mais le projectile se perdit et ricocha à l'infini. Nate tendit le bras et, jugeant toute technique superflue à une aussi faible distance, lâcha deux pruneaux dans le ventre de l'ennemi. Au même instant, il perçut un bruit de bottes derrière lui, dans son angle mort, et une langue de métal froid lui lécha le cou avant de s'enfoncer dans la chair de son trapèze. Il virevolta et tira, mais le clic sec du percuteur lui annonça que, de toute sa vie, il n'avait jamais vidé un chargeur de quinze aussi rapidement.

Le coup de poignard lui incendia tout le bras, jusqu'à l'auriculaire, comme un fil barbelé poussé dans ses veines. En se tordant le cou, Nate avisa le manche d'un joli coupe-papier, planté dans son dos à la façon d'une flèche de guerrier indien.

– Aïe, dit-il, tout en cherchant son agresseur.

Celui-ci avait conservé sa cagoule, dont les deux œillères de tulle noir brillaient sous les néons. Mais Nate le reconnut à son maintien.

Numéro Six.

Vu de près, le chef du gang était svelte, avec des hanches étroites et un corps sec, le physique de l'efficacité. Moins grand que ses acolytes, il ne mesurait pas plus d'un mètre soixante-quinze. Il avait retroussé le gant de sa main droite, et le gras de son pouce présentait une marque rouge. Sans doute avait-il voulu évaluer les dégâts après que Nate lui eut dégommé l'arme des mains. Il tenait sa paume à l'horizontale, devant son ventre, comme pour la consoler.

Ils se dévisagèrent sans un mot, l'un avec sa patte nue, l'autre avec son flingue vide. Nate dut se rendre à l'évidence : aucun des deux n'allait plus tuer quiconque pour le moment. Alors il haussa vaguement son épaule valide et jeta le Beretta à la figure de Six. Celui-ci reçut la crosse en plein front, c'est à peine s'il broncha. Il tâta sa cagoule au point d'impact puis roula son pouce sur son index, comme s'il cherchait du sang. La force de l'habitude.

Dehors, les sirènes montaient en puissance.

D'une voix toujours aussi stoïque, et avec le même soupçon d'accent, Six déclara :

– Il sera très contrarié.

– Eh bien vous direz à ce « Il » qu'il n'est pas le seul.

Six pointa un index :

– Tu ne sais pas ce que tu viens de faire.

Ces paroles, et plus encore leur ton sinistre, dégrisèrent Nate illico. Pour la première fois depuis qu'il avait quitté sa corniche, il renouait avec la peur. Une peur froide et pure.

L'homme recula d'un pas, puis d'un deuxième, ses yeux de tulle braqués sur le visage de Nate.

– Il te le fera payer, promit-il. Tu n'imagines même pas.

Puis il quitta la pièce et s'éloigna d'un pas vif.

Passablement ébranlé, Nate regarda autour de lui. Hormis l'imposant mur de coffres particuliers, cette chambre forte était tristement banale. Du béton, des classeurs, et quelques coffres indépendants guère plus impressionnants que des consignes d'aéroport. Par terre, dans un carton, des enveloppes de cartes de vœux et quelques agrafeuses. De là venait probablement le coupe-papier qu'il avait reçu dans l'épaule. Sur le mur de coffres, chaque petit battant était bordé de charnières protubérantes. La plupart étaient sectionnées, mais les verrous tenaient encore. Sur la première colonne, des aimants rouges à poignée, de ceux qu'on utilise pour soulever des tôles, étaient restés sur les portes. On avait tout de même réussi à en vaincre quelques-unes, comme en témoignaient les casiers entreposés sur le carrelage et dont s'échappaient des devises, des bijoux, des documents officiels piétinés par l'homme gisant dans le coin. C'était une chouette petite combine : un coup de scie, un coup d'aimant, et voilà le travail.

Des cris sourds venus d'à côté sortirent Nate de son amère admiration. Son estomac se noua au souvenir des ordres de Six : *Supprime-la… Le tarif sera le même.* Le cynisme poussé jusqu'à la barbarie. Regagnant la salle principale, il retrouva les otages tels qu'il les avait laissés : allongés sur le sol, à contenir leurs pleurs. Quelques têtes se tournaient timidement, sans oser davantage.

Des pneus crissèrent dans la rue.

Nate s'éclaircit la voix et annonça :

– C'est terminé. Les voyous sont repartis, ou morts. Vous pouvez vous relever.

Mais personne ne bougea.

– Vous avez ma parole. Plus personne ne vous fera de mal. Il n'y a plus aucune raison d'avoir peur.

Comme il s'avançait au milieu des rescapés, une décharge de douleur lui saisit le dos. Réprimant un cri, il tenta d'attraper le coupe-papier, mais le mouvement ne fit qu'éloigner l'objet de ses doigts.

Au concert de sirènes se mêlèrent des crépitements d'hélicoptère, bientôt suivis par les éclats nasillards d'un porte-voix. Le téléphone du guichet des ouvertures de comptes sonnait sans relâche. Nate considéra cette scène figée, ce parterre d'individus cloués au sol par la trouille.

La fillette rampa jusqu'à sa mère qui n'avait toujours pas repris connaissance. Nate se pencha sur la femme et lui palpa le cou. Son pouls était correct.

– Elle n'a rien, dit-il à l'enfant. Ta maman va se réveiller.

Il se releva, les genoux craquants, et lança à la cantonade :

– Je vais chercher de l'aide. Enfin, des secours. Ça va, tout le monde tient le coup ?

Toujours le même silence hagard.

Puis la fillette lui tendit les bras et cette requête toucha en Nate une corde qu'il croyait cassée de longue date. Le sang maternel sur l'oreille de la gosse formait une croûte noire. Ses joues brillaient de larmes, mais son expression restait choquée. Il la souleva en grognant de douleur et en s'aidant d'un genou. Lorsque le poignet de la fillette frotta le coupe-papier, le supplice lui mit le cœur au bord des lèvres. Il sentait l'épanchement de sang réchauffer le dos de son tee-shirt. Mais il garda le cap et franchit le seuil avec sa jeune cavalière.

Le vigile de l'entrée, mort, avait atterri sur le dos, le visage tourné à quatre-vingt-dix degrés, ses yeux blancs dardés droit sur eux. Nate monta dans l'ascenseur à reculons afin de préserver l'enfant. Celle-ci nicha la tête sous son menton mal rasé, et l'odeur de shampoing pour bébé lui rappela les bains remuants de la petite Cielle. *Interdit d'éclabousser !*

La cabine se referma et bourdonna en direction du rez-de-chaussée. Nate avait la chair de poule, galvanisé par son sentiment d'invincibilité face au déluge de balles. Depuis combien d'années ne s'était-il pas senti aussi vivant ? Dans cette banque sens dessus dessous, il avait tutoyé les cieux, trempé un dernier doigt dans la substantifique moelle.

L'arrêt de l'ascenseur tassa la fillette sur son avant-bras. Il s'aperçut qu'il lui parlait, murmurant à l'infini un mantra de circonstance :

– Ça va aller, ça va aller…

Ils débouchèrent dans un hall désert. À l'approche des portes fumées, les pas de Nate s'alourdirent. La rue était bourrée de voitures de police, de fourgons d'intervention, d'ambulances, de camions de pompiers. L'alternance de barricades et de flingues formait une souricière parfaite, et sur les balcons alentour clignaient des lunettes de snipers.

La fillette émit un cri d'angoisse et se lova contre lui. Il la serra dans son bras valide, leva péniblement l'autre main, et poussa le tambour vitré pour s'avancer devant mille canons, dans le jour éclatant.

4

Lorsque Nate arriva aux urgences, encadré par les policiers tel un dangereux criminel, le téléviseur de la salle d'attente montrait déjà des images de l'immeuble du casse. Malgré ses bandages provisoires, le sang continuait de ruisseler le long de son bras pour venir sécher sur ses doigts, façon henné raté. Le coupe-papier qu'on lui avait délicatement retiré de l'épaule fut emballé et remis à une infirmière de l'accueil dont les yeux allèrent de l'objet à Nate avec une indifférence remarquable. De là, on le conduisit à travers un patchwork d'odeurs familières jusqu'au service de radiologie où il fut parqué dans une chambre pas plus grande qu'une penderie.

Alors qu'il s'ajustait sur le drap de papier de la table d'examen, une toubib apparut, les yeux plongés dans le dossier médical.

– Vous avez été poignardé avec un coupe-papier, c'est ça ?

– Cela paraît tout de suite moins glorieux, dans votre bouche.

La doctoresse haussa de ravissants sourcils.

– Pardon, dit Nate. Je fais des blagues pour cacher la piètre image que j'ai de moi-même.

– Ce n'est pas très convaincant.

– C'est une stratégie de long terme.

Il lâcha un soupir saccadé. Maintenant que l'adrénaline

était retombée, il se sentait vaseux, étourdi, et sous le casque de sa migraine s'enchevêtraient d'affreuses images – une vapeur rouge sur un passe-montagne noir, des yeux grillagés, le corsage ensanglanté d'une employée morte en lui tenant la main…

Tout compte fait, estima-t-il, il réagissait plutôt bien.

Le médecin feuilleta le dossier et le tapota de son stylo.

– Je vois que vous avez un taux élevé d'enzymes hépatiques. Vous prenez des médicaments ?

– Oui, du riluzole.

Elle daigna enfin le regarder en face, son regard s'affûtant derrière ses lunettes à la John Lennon.

– Vous voulez dire que… ?

Le cliché noir et blanc restait gravé dans son cerveau : Lou Gehrig, le plus grand joueur de base-ball de sa génération, figé dans les gradins combles du Yankee Stadium, la tête rentrée dans les épaules et la casquette sur les genoux.

– Eh oui, répondit Nate.

– Mince alors.

– Comme vous dites.

– Dans ce cas, on vous aura sans doute expliqué l'évolution générale de la maladie ?

Oui, il était au courant. Il aurait bientôt du mal à tenir un stylo. Puis il n'arriverait même plus à l'attraper. Sa langue allait devenir pâteuse, ses consonnes allaient chuinter, d'abord un peu, puis beaucoup, puis plus du tout car il serait alors devenu muet – et incapable de déglutir, donc alimenté par perfusion. La dégradation de ses conduits lacrymaux l'obligerait à mettre des gouttes, puis à trouver quelqu'un pour les lui appliquer. Il éprouverait sous peu une fatigue continue, qui de gênante deviendrait franchement débilitante, au point qu'il ne pourrait même plus inspirer une pleine goulée d'air. La nuit, il dormirait avec un masque à oxygène. Puis il le garderait le jour. Il savait aussi que les causes de la maladie de Charcot demeuraient obscures, mais que celle-ci affectait volontiers les anciens combattants. C'était un mal sans réponses, ou seulement négatives.

– Je connais le topo, répondit-il.

– Et à quel stade en êtes-vous ?

– On m'a prédit entre six mois et un an de bonne santé.

– Quand ça ?

– Il y a environ neuf mois.

Il ne put s'empêcher de sourire, tant cela ressemblait à une vanne.

– Pas de symptômes particuliers ?

– Une légère faiblesse dans la main, mais c'est par périodes. On dit que les symptômes vont et viennent, jusqu'à ce qu'ils s'installent pour de bon.

La fille lui toucha l'avant-bras, une technique que lui-même employait souvent dans sa branche.

– Il existe certains traitements expérimentaux...

– Pas de ça avec moi, docteur.

Elle ôta sa main.

– Vous ne voulez pas de paroles optimistes ?

– Sans façon.

La jeune femme remisa le dossier dans une panière murale, devant un vieux numéro de *People* consacré à Liz Taylor, puis elle glissa ses mains blanches dans des gants encore plus pâles. Après avoir palpé et pressé la plaie du patient, elle pinça une radio dans le négatoscope et l'examina en se mordant la lèvre.

– Vous avez de la chance. La pointe aurait pu perforer le poumon si elle n'avait pas rebondi sur l'omoplate. Vous vous en tirez avec de simples lésions musculaires. Vous êtes à jour du tétanos ?

– Ouaip.

– Dans ce cas, une semaine d'antibiotiques et de Vicodin, et vous serez comme neuf ! Enfin, pour ce bobo-là...

(Consciente de sa bourde, elle s'empressa d'ouvrir un kit de suture.) Je vous recouds tout de suite ?

– Sauf si vous préférez que je me vide d'abord de mon sang.

– Los Angeles, paradis des humoristes ! dit-elle avec un sourire en enfilant l'aiguille.

Nate endura sans broncher la piqûre anesthésiante, puis les tiraillements autour de la zone endormie.

– On ne parle que de vous, aux infos. Où avez-vous appris à tirer comme ça ?

– À l'armée.

– Ah oui ? Je ne vous voyais pas soldat.

– Moi non plus. Je me suis enrôlé chez les officiers de réserve pour payer mes études, en 1994. La probabilité d'être envoyé au combat était infime.

Elle émit un petit gloussement. Puis coupa le dernier fil.

– Et alors ? s'enquit-elle. Ça a marché ?

– Pas vraiment, non.

Ce qui fut perdu

L'existence est remplie de douleurs,
et la seule douleur qui puisse être évitée,
c'est la douleur que l'on s'inflige à tenter
d'éviter la douleur.

ANONYME

5

À l'université de Californie, on n'intègre pas la garde nationale pour apprendre l'art de la guerre, mais pour consacrer un week-end par mois à des séances d'aérobic et de tir en plein air, un vieux tee-shirt kaki sur le dos. Nate apprécie l'esprit de groupe et participe de bon gré, même si les instructeurs aimeraient un peu plus d'ardeur. C'est que ses motivations sont purement financières. Il a cravaché au lycée, la fac étant le seul moyen pour lui de quitter une maison enlisée dans la mort – celle de sa mère, d'un cancer foudroyant, quand il était en CE2. Sitôt passé les obsèques, son père s'est absorbé dans le scotch et sédentarisé dans un fauteuil miteux, une sempiternelle barquette micro-ondes sur son sempiternel plateau-télé. Ainsi Nate n'attend aucune visite familiale sur le campus, ni aucun coup de pouce pour payer la scolarité et les bouquins.

La plupart du temps, Nate est un étudiant tout ce qu'il y a de plus normal. Son colocataire, un officier cadet du nom de Charles Brightbill, souffre de décontraction maladive et d'émerveillement puéril. Il manifeste une capacité prodigieuse à signaler ce que les autres ont déjà remarqué depuis cinq minutes, qu'il s'agisse d'un avion dans le ciel, du décolleté d'une camarade, ou de la couleur de sa propre morve dans un Kleenex.

– Hé, les gars ! lancera-t-il. Vous avez vu l'arc-en-ciel dans les jets de l'arroseur ?

Mais même avec la meilleure volonté du monde, Nate ne peut s'empêcher d'adorer ce garçon, ce Charles incapable de la moindre bassesse qui vous inculque à son insu des trésors de sagesse, et qui, lorsqu'il a oublié sa clef, préfère dormir sur le palier plutôt que de vous réveiller, quand bien même vous lui avez dit cent fois de ne pas hésiter à frapper.

En première année, après une session d'examens tuants, Charles vient tirer Nate du lit, deux draps de plage sous le bras.

– Lève-toi, mec. Légumiser, c'est comme écouter Iron Maiden avec la gueule de bois.

Charles est ainsi : il capture le monde et vous le résume en douze mots.

Nate se laisse donc convaincre, et dix minutes plus tard les voici filant dans la vieille Datsun 240 Z de Charles, un doux vent salé dans les cheveux. Le sable chaud et moelleux de Malibu remplit son office, et Nate se sent peu à peu renaître, allongé sur sa serviette, quand tout à coup un cri perce le refrain des vagues. Une silhouette féminine se débat au large tandis qu'un jeune homme vient s'échouer dans l'écume du rivage. Celui-ci recrache de l'eau puis coasse, à l'adresse des bronzeurs :

– Un rouleau l'emporte ! Elle a une crampe !

Après une seconde d'immobilité, plusieurs têtes se tournent vers le poste de secours situé tout au bout de la plage. Nate, lui, s'élance vers la flotte, brisant sous ses pieds coquillages et algues sèches. Malgré les cris réprobateurs de Charles, il saute une première vague et se laisse prendre par le contre-courant. La jeune femme s'agite, boit la tasse, coule. Les muscles en feu, Nate pousse de toute son âme et parvient à attraper un bras sans force. Il ramène la fille contre lui, de dos ; en se débattant, elle lui met sans le vouloir un coup de tête dans l'œil. Le choc lui fait lâcher prise et la fille replonge sous les flots verdâtres, pour rejaillir deux secondes plus tard, toussant, paniquée.

– Laisse-toi faire, ordonne Nate. Regarde-moi, je te tiens.

Elle le dévisage, les cils perlés de gouttes, et Nate la trouve jolie. Le courant les déporte le long du rivage, décalant la plage de seconde en seconde. La baigneuse finit par acquiescer, d'un bref hochement de tête, et Nate la retourne comme une danseuse pour la plaquer contre son torse, où enfin elle se détend. Un bras sous sa poitrine menue, l'autre dans les flots, il emprunte le courant tout en obliquant vers la côte, et ainsi parviennent-ils à rejoindre le rivage, huit cents mètres plus haut. Alors qu'ils reprennent leur souffle à quatre pattes sur le sable humide, ils voient accourir Charles, deux sauveteurs et une poignée de curieux. La fille se relève et aide Nate à remonter sur ses jambes, juste avant que la cavalerie ne les sèche et ne les examine sous toutes les coutures, à les rendre claustrophobes.

Le garçon qui s'était traîné sur la plage avant de donner l'alerte se tient à l'écart de l'attroupement. Enveloppée dans une serviette, la jeune femme se retourne vers Nate pour le remercier. Elle a des lèvres charnues, presque trop, comme faites pour les sarcasmes. Un teint de lait et un nez en trompette criblé de taches de rousseur, mais seulement sur l'arête, un peu comme une nuée d'ados qui se seraient trompés de fête. Et des cheveux blonds, coupés audacieusement court. Elle peut se le permettre, et Nate se fait la réflexion que cette fille-là pourrait tout se permettre. Lorsqu'elle décoche son sourire éclair, elle pourrait arborer le chapeau de fruits de Carmen Miranda que vous ne le verriez même pas. Elle a des seins d'origine – chose rare à Los Angeles –, une ligne mince et des hanches de garçonne. En général, Nate est attiré par les filles pulpeuses, mais il comprend tout de suite combien il serait absurde de comparer celle-ci aux autres.

Elle se présente : Janie.

– *Trop canon*, chuchote Charles.

– Nate Overbay, enchanté.

Ils se serrent la main, ce qui paraît un peu saugrenu quand on vient de passer quinze minutes enlacés l'un à l'autre, peau contre peau.

Surgit alors le copain de Janie.

– Je peux la raccompagner ? lance-t-il à Nate. Ou ça aussi, tu veux t'en charger ?

Et là Nate pense : *C'est le moment ou jamais de la boucler.*

Devant son silence, le couple commence à se disputer. Janie glisse des regards contrits vers son sauveur jusqu'à ce que l'air devienne irrespirable et qu'il décide de s'esquiver.

Durant le retour vers leur appartement de Westwood, Charles reproche vertement à Nate de ne pas avoir pris le numéro de la fille, et cette nuit-là, les yeux rivés au plafond, Nate admet que son ami a raison, une fois de plus. Il a laissé filé sa chance et n'a plus qu'à vivre dans le regret jusqu'à la fin de ses jours.

Quelques semaines plus tard, alors que Nate et Charles partagent une pizza surgelée devant *Melrose Place*, on sonne à la porte. Nate va ouvrir et trouve Janie en train de vérifier l'adresse gribouillée dans sa paume. Ses cheveux mouillés pointent en tous sens et fleurent bon la lavande. Sans même attendre que Nate retrouve sa langue, elle déclare :

– Je n'arrête pas d'y penser. Quand tu m'as sortie de l'eau.

Elle souffre d'un léger zézaiement, juste ce qu'il faut pour attirer l'attention sur sa bouche, sur ces lèvres généreuses qui façonnent chaque syllabe, fût-ce de manière imparfaite.

Le cœur battant la chamade, Nate répond :

– Moi aussi, je n'arrête pas de penser à toi.

– J'ai bien essayé, s'anime-t-elle. J'ai réfléchi à tout ce qui m'horripilerait chez toi. À tous nos sujets d'engueulade si on sortait ensemble. Et à ton physique, qui n'a franchement rien d'exceptionnel.

– Pourquoi tu t'es infligé ça ?

– À cause de mon copain. Enfin… (elle range ses mains dans les poches arrière de son jean et hausse une épaule) … *ex*-copain, désormais.

Puis elle lui caresse la pommette, là où subsistent des traces du bleu qu'elle lui a asséné avec le crâne.

Comme leurs deux bouches se rapprochent, la voix de Charles traverse l'appart :

– Si tu veux voir Heather Locklear en nuisette, c'est maintenant !

De ce soir-là, Janie et Nate ne se quittent plus. Ils entament la nuit assis en tailleur sur le lit de Nate, à se raconter leurs enfances respectives, jusqu'à ce que le désir les jette l'un sur l'autre. Mais au moment de s'allonger sur les draps, Nate s'interrompt.

– Qu'y a-t-il ? demande Janie avec de grands yeux bleus inquiets.

– Eh bien, je n'arrive pas à savoir si je préfère coucher avec toi ou continuer de t'écouter.

– Ben dis donc. Je crois que c'est le plus beau compliment qu'on m'ait jamais adressé.

Comme il se doit, le sexe finit par l'emporter. Après quoi, étendus face à face et le souffle court, ils reprennent leur discussion. Les cheveux de paille de Janie ont foncé, cette fois sous l'effet de la sueur.

– Et sinon, comment conçois-tu les relations amoureuses ? risque-t-elle tandis que Nate lui caresse rêveusement la taille. Je sais que les mecs ont parfois du mal avec l'idée de fidélité…

– La fidélité ? Je suis pour à deux cents pour cent.

Charles passe en un rien de temps du statut de pote lourdingue à celui de teneur de chandelle, et de teneur de chandelle à meilleur ami des deux.

Janie étudie la biologie et le français à la fac de Pepperdine, mais, les jours de cours, la demi-heure de route qui sépare son campus de celui de Nate paraît aussi longue et cruelle qu'une course transatlantique à la rame. À vingt ans, se languir est une discipline olympique, et leurs retrouvailles quasi quotidiennes ne les empêchent pas de s'échanger des lettres fiévreuses, trempées dans la poésie de bazar.

– Ressaisis-toi, mec ! s'écrie Charles, tombant un jour sur un brouillon de Nate. Tu ressembles de plus en plus à une chanson de Céline Dion !

Lorsque, au restaurant ou dans un bar, les hommes omettent de se retourner sur Janie, Nate tombe des nues. Mais en fin de compte, que le charme de sa chérie ne fasse pas l'unanimité des systèmes limbiques ne la rend que plus exceptionnelle : cela tend à prouver qu'elle lui était destinée, à lui et à lui seul.

Au bout de trois mois, ils sont fiancés.

Elle vient du Wisconsin, enfance heureuse dans une famille normale. Elle appelle ses parents Gammie et Papa.

La cérémonie approchant, Nate balise :

– Et si ton père ne m'apprécie pas ?

– Comment ça, *et si* ? Mais c'est une certitude !

Leurs amis sont tout excités : Janie et Nate seront les premiers de la bande à sauter le pas. Aux uns et aux autres ils narrent leur rencontre, qui s'embellit à chaque redite. Dans cinquante ans, SuperNate aura sauvé Janie d'un raz de marée en pleine mousson. Chaque fois que celle-ci relate le sauvetage, elle lui prend la main et le cite :

– Tu m'as dit : *Laisse-toi faire. Je te tiens.*

Ils se marient au printemps, font la fête à Olive Garden. À demi assommés par le mauvais chianti, ils se laissent tomber sur le lit de la chambre d'hôtel. Son dos-nu dégrafé, Janie ôte ses escarpins.

– Allez, petit mari, mâchonne-t-elle avec son rire inimitable. Il faut consommer, maintenant. Moi en dessous, toi au-dessus ?

Coulé dans le matelas, Nate ergote :

– Je n'ai jamais su me repérer dans l'espace.

– Je te filerai 100 dollars.

– J'en vaux au moins 1 000 !

– On est obligés. Ou c'est un motif d'annulation.

– Je sais bien.

– Et puis, je pourrais changer d'avis…

Au petit matin, tout est en règle.

Ils passeront leur lune de miel dans l'appartement de Nate et de Charles, puisque la réception de cinquante couverts et la nuit de noces au Holiday Inn de Santa Monica ont englouti leurs dernières économies. Dès qu'ils se seront refaits, promis juré, ils s'envoleront pour Paris, mais d'ici là ce sera Westwood, et de longues heures à bachoter au lit en buvant des litres de soda. Ils ont l'impression de jouer aux adultes, mais sans la baraque ni les ronds.

– Quelques pancakes industrielles, petite femme ? Sur notre belle vaisselle en carton ?

– Avec grand plaisir, petit mari.

Huit jours plus tard, Janie se glisse dans le lit et déclare :

– On va avoir un bébé.

Nate n'en croit pas ses oreilles. Les astres ont juré leur bonheur.

– Tu es sûre ? bredouille-t-il.

– Le bâton à pipi ne ment jamais. *Cinq* bâtons encore moins.

Alors ils déménagent, se dégotent un cagibi à eux dans le même quartier, et la si menue Janie commence à gonfler de partout. Charles, ancien scout, leur achète un *pager* dont le déclenchement mettra Nate dans un état proche de l'épilepsie – Janie a perdu les eaux. De son amphithéâtre, il fonce au radar jusqu'à la maternité et trouve son épouse cramponnée aux draps, à grogner comme une bête. Elle manque de lui briser la main.

– Regarde-moi, Janie. Je te tiens.

Cette nuit-là, ils se serrent à trois dans le lit simple de la chambre. Deux jours plus tard, pour la sortie, l'enfant n'a toujours pas de prénom. Tandis que Nate pousse Janie et leur petit ballot rose dans un fauteuil roulant, la jeune maman décrète :

– On lui donne le nom de la première chose qu'on voit dehors.

– C'est risqué, grimace Nate. Alors, Poubelle ne vous réveille pas trop la nuit ?

– Oh si ! glousse Janie. Surtout depuis que Vieux Clodo fait ses dents.

Une mamie qui attend l'ascenseur les observe avec réprobation, mais on ne peut plus les arrêter :

– Anus de Chat a vraiment tes yeux ! lance Nate en riant aux larmes.

Ils se bidonnent encore lorsque les portes automatiques les libèrent dans la rue.

Il fait un temps magnifique. Pas un nuage à l'horizon.

– Cielle, propose Janie. Cielle, deux *l*, *e*.

À leur retour dans leur studio de Westwood, Charles leur offre un marchepied en bois orné de pièces de puzzle multicolores dans lesquelles sont gravées les lettres du prénom de l'enfant. Les jeunes parents mènent de front études et pouponnage, jonglent avec les emplois du temps et parviennent miraculeusement à décrocher leur diplôme. Nate devient responsable des achats de costumes dans un grand magasin ; Janie s'inscrit à l'école d'infirmières.

Un mois avant le troisième anniversaire de Cielle, Nate obtient un prêt bonifié de l'armée. Le bas de laine pour Paris se remplit et ils réalisent l'affaire du siècle en achetant un pavillon à retaper dans un quartier sympa de Santa

Monica. Sautant de la cabine du camion de déménagement, Janie s'arrête au milieu de la pelouse et verse une larme de bonheur.

Le soir et le week-end, Nate parquette, enduit, peint, isole, remplace les conduites de fer par du cuivre. Tous les trois ou quatre mois, ils reportent au crayon la taille de Cielle sur le chambranle de la porte où s'empilent les graduations. Puis, un mardi matin, Janie réveille Nate aux aurores et ils restent pétrifiés devant la télé, à revoir en boucle deux 767 exploser dans deux tours. Janie jette un regard morne vers la buanderie entrouverte où l'uniforme de son mari – encore utilisé le week-end précédent – sèche sur un cintre. Puis la porte de Cielle grince à l'étage, et Nate va chercher la puce.

En un clin d'œil, la fillette a sept ans. Elle est brune et porte des couettes. Une semaine après son anniversaire, ils se rendent au centre commercial pour sacrifier au rite longtemps repoussé de la photo de famille. Malgré tous les efforts du photographe, Cielle ne tient pas en place. Initiée par son camarade de classe Isaac à l'art du prout-aisselle, elle répand des pets inodores en demandant : « Z'avez entendu ? », et récidive jusqu'à ce que vous lui répondiez oui. Nate finit par l'empoigner la tête en bas, pour la basculer sur ses genoux une fraction de seconde avant l'ouverture de l'obturateur. Le résultat final montre trois zouaves hilares – dont une gamine écarlate – agglutinés à la diable contre une toile de fond marbrée.

Ce soir-là, après avoir endormi Cielle en lui lisant *Le Lorax*, Janie et Nate ouvrent une bouteille de rouge et s'installent devant *À la Maison Blanche*. Tout en lui massant les orteils, Nate voit son épouse secouer la tête devant le portrait de famille que tous trois ont démocratiquement choisi d'exposer au-dessus de la cheminée. Ils se regardent et éclatent de rire.

Carré dans le canapé, les pieds de sa femme sur les genoux et leur gosse endormie en haut, Nate savoure le paisible tourbillon qu'est devenue sa vie, une bulle de félicité au milieu des horreurs du monde.

Encore trois jours, et la bulle éclatera.

6

Planté au garde-à-vous sur le gazon immaculé de la base d'entraînement de Los Alamitos, Nate sent planer une tension nouvelle. À côté de lui, Charles roule des yeux moroses :

– Il n'ont même pas prévu d'en-cas.

Arrive le commandant, tout en grimaces sous son calot. Avec la raideur surjouée de celui qui a vu trop de films de guerre, il passe en revue son bataillon de réservistes et déclare :

– Nous le sentions venir depuis un moment, messieurs. Hier, j'ai reçu l'ordre de vous emmener au combat. Pour une mission de dix-huit mois.

Nate ferme les paupières. Il songe au portrait de famille destroy au-dessus de la cheminée, aux pieds doux de Janie entre ses mains, au Lorax qui s'élève dans les airs en tirant sur son pantalon.

Il prévient sa femme sur-le-champ, bien sûr, mais préfère attendre le week-end pour annoncer la nouvelle à Cielle.

En se couchant, la fillette remonte la couette sur elle et le fixe d'un air grave :

– Je veux venir avec toi.

Il parvient à sourire. Une sensation de toc.

– Le vol sera très long, tu sais.

– Et alors ? Il n'y aura pas de plateaux-repas ?

Nate déglutit avec effort.

– Tu vas me manquer, ma puce.

– Pas si je t'accompagne !

Il la regarde s'endormir puis retrouve Janie assise derrière la porte. Elle s'essuie le nez, prend la main qu'il lui tend et se relève avec grâce, puis ils regagnent leur chambre.

Le bataillon atterrit au milieu de nulle part, sur une base aérienne dévolue aux interventions en zones villageoises. Dans le Bac-à-Sable, ainsi qu'on surnomme le Moyen-Orient, la touffeur vous accable à chaque seconde d'éveil. Le mercure frôle régulièrement les 50 °C, et certains jours Nate voit en esprit le thermomètre exploser, comme dans un dessin animé. Les soldats trimballent un attirail des plus complets : munitions, eau, tenue et casque de camouflage, M16 et Beretta M9 enduits d'une couche protectrice contre ce sable qui ne perd jamais une occasion de s'ériger en tempête. Les grains s'immiscent dans les armes, dans la sueur, et transforment en papier de verre le col de l'uniforme – pile à l'endroit où le sac à dos comprime la nuque. Les chaussettes absorbantes n'absorbent rien du tout, et Nate peut boire autant qu'il veut, il pissera toujours jaune vif.

Quelques semaines après leur arrivée, alors qu'ils inspectent une maison, ils découvrent, enchaîné dans une remise, un jeune adulte handicapé mental. En voyant les anciens de l'unité éclater de rire, Nate comprend que le chemin sera long, raide, et peu reluisant.

En dépit des circonstances, l'optimisme de l'ami Charles ne vacille pas d'un millimètre. Il est l'un des rares pour qui la guerre n'est pas synonyme d'enfer. Il patrouille décontracté, a le contact facile avec les habitants, et développe un sixième sens contre les tireurs embusqués.

Les mois se fondent en un unique et bouillant épisode. On leur tire dessus et ils répliquent, le plus souvent vers des dunes aveugles ou des amas de ferraille. Ils font la police, la discipline, en se méfiant des bombes artisanales, des voitures bourrées d'explosifs, des cadavres piégés.

Un matin, à l'heure du regroupement, on leur apprend que la mission de dix-huit mois en comptera finalement vingt-deux. Le soir venu, Nate s'éternise sous la douche. Puis il achète une carte à la boutique de la base et se rend au central téléphonique. Les cabines s'alignent sur toute la longueur du mur, comme en prison. Dans celle où il s'installe pour ses dix minutes réglementaires, quelqu'un a griffonné : SI L'ARMÉE VOULAIT DES HOMMES MARIÉS, ELLE LES MARIERAIT D'OFFICE.

Assis sur une inconfortable chaise d'écolier, il entend décrocher Janie. Sa voix tremble, comme à chaque fois.

– Alors ? Toujours en vie ?

– Je crois que oui.

– Cielle ne cesse de t'appeler sur son téléphone en plastiquc. Vous papotez un petit moment, puis elle raccroche et recommence.

La gorge nouée, Nate demande :

– Je peux lui parler ?

– Ne quitte pas.

Quelques frottements, et la voici :

– Toc toc...

– Qui est là ?

– Petit Ki.

– Petit Ki K... Non, mademoiselle ! Vous ne m'aurez pas comme ça !

Elle se gondole. Puis le ton change :

– Pourquoi je ne peux jamais t'appeler, moi ?

– On est difficilement joignables, ici. Alors c'est à nous de contacter nos familles.

– Mais ce n'est pas juste !

– Non, ce n'est pas juste.

– Hé, tu sais quoi ? Ce matin, quand je suis allée au tableau, Zachary m'a appelée « Cuisses d'éléphant » et tout le monde a rigolé.

D'après Janie, Cielle mange sans arrêt depuis dix-sept mois que son père est en mission. Pris entre culpabilité et colère, Nate rêve d'arracher la tête de Zachary pour la jeter aux chacals, mais dans l'immédiat sa marge de manœuvre tient en une phrase :

– Je suis désolé, ma puce.

– C'est pas grave, papa. Je t'ai fait un dessin, à l'école. T'as qu'à rentrer, comme ça je pourrai te le montrer !

Un silence.

– Papa ?

– Je ne peux pas, mon trésor.

– Mais pourquoi ?

– C'est trop loin. Mais je finirai par rentrer.

– Promis ? Promis juré ?

Il se remémore subitement la première sortie de Cielle à la mer : la couche gorgée d'eau, le maillot fuchsia et le bob battu par le vent, elle contracte ses petits poings chaque fois qu'une vague lui éclabousse le dos. Puis il pense à sa mère, sur la toute fin. À sa bouche gercée, aux verres d'eau glacée qu'elle boit à la paille. Au vide abyssal qu'elle laisse à la maison, à la fuite éthylique du paternel. Et enfin à lui-même, à peine plus vieux que Cielle aujourd'hui, se préparant seul un bol de céréales en guise de dîner.

– Oui, répond-il. Promis juré.

Cette nuit-là, Charles le tire d'un sommeil profond. On leur demande de retrouver un gars qui détiendrait de précieuses informations mais dont la photo ne révèle aucun signe physique particulier. Ce n'est toutefois pas cette mission qui tracasse Charles. Ce qui lui cause autant de souci, ce sont les cookies qu'il a reçus la veille de sa mère et qu'il ne veut ni manger, ni jeter. Grace Brightbill est une mère de classe internationale, qui a couvert son unique rejeton d'un amour infini, l'a toujours soutenu dans ses choix et lui a transmis mille qualités, à commencer par une indéfectible joie de vivre. Pour autant, nonobstant toutes ses vertus, c'est une pâtissière exécrable. Aussi Charles arpente-t-il le couloir en tenant son colis devant lui, telle une relique sacrée qu'il ne saurait où planquer.

Nate se frotte les yeux et sort rejoindre le convoi de Hummer. L'interprète arabe, un adolescent maigrichon aux yeux cernés, est affublé d'un casque trop grand et d'un sac à dos élimé laissé par le contingent précédent. Sur le ventre de son tee-shirt aux manches coupées figurent les trois feuilles du logo Adidas, sous-titrées ABIBAS.

– Ça gaze, les mecs ? lance-t-il à Nate et à Charles en montrant ses incisives chevauchantes.

– Ça gaze, disent-ils en souriant.

Et ils lui font un check.

Durant le trajet cahoteux, Nate rumine les dernières paroles de Janie au téléphone. Il s'en veut de ne pouvoir répondre aux coups de fil imaginaires de Cielle. Charles, de son côté, continue de dégoiser sur les gâteaux de sa maman, jusqu'à ce qu'un camarade suggère :

– File-les donc à Abibas.

L'interprète les accepte de bon cœur et les range dans le vieux sac à dos, ce qui permettra à Nate d'apprécier quelques heures de relatif silence.

Lorsqu'ils atteignent le centre du village, le soleil s'affirme déjà. Ils descendent des véhicules et scrutent le décor, leurs M16 baissés mais fermement tenus. Autour d'eux, des murs de parpaings, des chiens errants, des antennes paraboliques sur des toits en tôle ondulée. Et partout, des yeux braqués sur eux. Aux fenêtres, sur les toits, dans les entrées. Des hommes qui s'éloignent en chuchotant dans un téléphone portable. Un quatuor de grands-mères en burka, menton fier et tissu noir, qui vous considèrent sans ciller, immobiles et burinées comme un jardin de pierres, les paupières si sombres qu'elles paraissent greffées. Par la porte ouverte derrière elles, Nate avise un cercueil d'enfant.

L'unité de Nate se dirige vers une maison dont la porte a été démolie lors d'une précédente descente. Une bonne vingtaine de personnes se tiennent massées dans la pièce principale, où règne une vague odeur de basse-cour. Un tapis recouvre le sol en ciment et les murs sont nus, hormis les drapeaux miniatures, irakiens et américains, plantés dans les fissures. Les regards sont fixés sur un téléviseur de la taille d'un grille-pain. Les hommes occupent le canapé, les femmes sont par terre à grignoter du pain plat. Debout au milieu de la pièce, une petite fille frappe une balle en plastique attachée à une raquette. *Tap tap tap tap*…

Les hommes se lèvent et proposent du thé, puis se renfrognent en voyant le sergent repousser les femmes dans la pièce voisine, comme l'exige la procédure. Nate retire ses lunettes de soleil, ce qui lui semble la moindre des choses lorsqu'on vient embêter les gens chez eux. La gamine continue de rosser sa balle mais tout le monde l'ignore, sauf Nate qui voit dans ses yeux brun profond ceux de sa propre fille. Les soldats brandissent la photo de l'homme recherché, mais personne ne sait rien. L'assemblée est devenue aussi sourde, aveugle et muette que les trois singes de la sagesse réunis.

Charles ramène du fond de la maison un petit bonhomme efflanqué. Les poignets liés par un bracelet en plastique, les traits tirés et les cheveux en bataille, l'individu porte une robe blanche et des tongs noires.

– Je l'ai trouvé planqué derrière le groupe électrogène, explique Charles.

Abibas entre en scène, mais le suspect dément être qui que ce soit. L'échange s'envenime, le traducteur note tout sur son calepin, au fur et à mesure. Le sergent finit par contacter le QG.

– Ils veulent l'entendre sur-le-champ, dit-il en raccrochant. J'appelle un hélico. Vous six, emmenez le suspect au point de rassemblement. Je te confie le groupe, Overbay.

La fillette sort derrière le groupe et le suit à distance, parfaitement inexpressive, tapant sa balle comme un robot. *Tap tap tap tap…*

Ils repartent sous le soleil de plomb, longent les maisons qui deviennent des cabanes et les cabanes enfin des dunes. Le prisonnier ne pipe mot. Voyant Abibas en nage, McGuire ricane : avec un peu de chance, la sueur sur son tee-shirt corrigera ses fautes d'orthographe ! La gamine aux yeux comme Cielle gravit la pente avec eux – *tap tap tap tap* – et soudain le Black Hawk se dévoile, niché dans un cratère de sable. Le groupe s'entasse à l'intérieur et Charles fait au revoir à la fille plantée dans l'axe du soleil, dont la raquette bat toujours. L'hélicoptère vibre, frémit, s'ébroue.

Puis Abibas s'écrie :

– Merde ! J'ai oublié mon carnet. Le sergent va me tuer. Là-bas, dans la maison. J'y retourne.

Il paraît si piteux que Nate lui laisse quartier libre. Là où ils se rendent, il y aura forcément des interprètes professionnels.

Le gamin s'extirpe de la cabine et s'éloigne en trottant tandis que l'hélico se soulève.

– Abibas ! crie soudain Charles par la porte ouverte. (Il montre du doigt le vieux sac calé entre le siège vide et le plancher.) Tu oublies les cookies de ma mère !

Abibas se retourne, les regarde un instant, puis poursuit sa course.

De cet instant, les secondes s'étirent comme une coulée de mélasse. Le Black Hawk se fige à un mètre vingt du sol. Le cul décollé du siège, les six soldats restent tétanisés devant le sac à dos. Nate se trouve le plus proche, directement exposé. Par-dessus l'éruption de panique dans sa tête, il réentend le serment fait la veille à Cielle. *Je rentrerai. Promis juré.*

Depuis le siège situé derrière Nate, Charles plonge en avant et se couche sur le sac d'Abibas, une fraction de seconde avant qu'un flash blanc encadre sa silhouette ramassée. L'hélicoptère verse sur la droite, le pilote rectifie un peu trop, et l'appareil pique du nez. Nate voit les pales du rotor griffer la dune, déclenchant un cataclysme mécanique et sonore. Images et sensations s'enchaînent alors à la vitesse de l'éclair : l'ouverture latérale, l'apesanteur, la bouche remplie de sable, les tympans vrillés.

Alors que Nate se redresse, les jambes flageolantes, une déflagration dans son dos le renvoie sur les genoux. Sur la crête de la dune, la gosse se tient en témoin silencieux, le *tap tap tap* de son jouet masqué par les flammes rugissantes. Le sable est jonché de débris, métalliques ou corporels. Le visage à moitié détruit, McGuire hurle en tenant sa jambe arrachée, puis ses cris font place à un silence général. Le sable tournoie, dru comme de la pluie. Malgré le bruit blanc qui lui siffle aux oreilles, Nate perçoit des râles tout proches. Virevoltant dans le nuage beige, il s'époumone :

– Charles ? T'es où, Charles ? T'es où, bordel ?

Avant de s'apercevoir qu'il lui écrase les doigts. Son ami est vivant, mais pour combien de temps encore ? Son ventre est un magma de guenilles et de sang plus noir que noir, dans lequel sa deuxième main disparaît tout entière. Et ses yeux roulent comme des billes furieuses.

Tous les autres sont morts. La radio de Nate est en miettes. Les vivres se consument et le toubib est resté au village avec le sergent.

Surmontant sa stupeur, Nate s'accroupit et hisse son pote sur son épaule. Charles réagit par un bruit absent du registre humain. Sur la dune, ils croisent de nouveau la fille aux yeux de Cielle. *Tap tap tap tap…*

– Me laisse pas tomber, gémit Charles. Me laisse pas tomber…

Nate se met à courir. Le poids de son copain lui tasse les vertèbres, l'effort et la chaleur lui incendient les muscles, il a l'impression de s'agiter dans un four à pizza. Charles bave et glapit – *Me laisse pas, me laisse pas* –, tout en répandant ses viscères sur l'uniforme de Nate.

Nate accélère encore, comme pour détourner le sang qui lui coule dans les yeux. Il voit flou, brun-rouge, comme à travers une peinture de jardin d'enfants.

– À l'aide ! gueule-t-il. On a besoin d'aide !

La voix de Charles faiblit :

– Me… laisse… pas…

Les lèvres de Nate sont nappées de poussière. Sa voix s'enraye, il n'a plus de salive. Il court toujours lorsqu'un voile blanc tombe sur ses yeux.

Soudain, l'unité l'entoure et le sergent tente de décrocher Charles.

– Lâche-le, Nate. Tu peux le relâcher, maintenant. Lâche-le, je te dis !

Nate s'effondre et Charles atterrit à ses côtés, mort depuis belle lurette, ses yeux vides à quelques centimètres de son visage. Nate remue la bouche, mais personne ne l'entend.

– Il va bien, tousse-t-il dans le sable cuisant. Il faut juste le ranimer.

7

Lorsque la rampe du C-17 s'abaisse sur le tarmac onduleux de Los Alamitos, un concert de hourras se déverse par la porte du cargo, suivi d'une marée de treillis. Dans l'air si doux du sud californien, Nate repère Janie et Cielle sur la piste, cantonnées derrière les barrières de bois. Cielle, qui s'est arrondie, sautille d'excitation avec sa mère. Il court vers elles et ils se télescopent pour un gros câlin à trois.

– Bienvenue, petit mari, rayonne Janie.

– Tu m'as manqué, petite femme.

Mais l'allégresse reflue vite, laissant place à un silence pesant qui durera tout le temps du retour en voiture.

À la maison, cette maison qu'il aime tant, Nate arpente chaque pièce pour se réapproprier les lieux. Il ne se sent plus chez lui, ni ici ni nulle part. Un gouffre s'est ouvert entre lui et le reste du monde. Soixante-douze heures plus tôt, il courait dans les dunes avec Charles sur les épaules.

Ça va passer, se dit-il. *Le temps va faire son œuvre.*

En bas, il retrouve Janie et Cielle au salon, brûlantes d'impatience. Sur le tapis, un grand carton coiffé d'un nœud rouge démesuré.

– Dépêche-toi, papa, ouvre vite !

Nate soulève le couvercle, perçoit un mouvement de fourrure brune, voit surgir une tête de chiot. L'animal s'accroche à ses bras tendus et lui lèche le visage.

– C'est un *rhodesian ridgeback*, articule Cielle. C'étaient des chasseurs de lions, avant. Il va devenir très grand et pèsera cinquante kilos. Il est à toi mais maman a dit que je pouvais choisir son prénom. Alors t'es prêt ? Il s'appelle Casper. Comme le fantôme.

– On dit que ce peut être bénéfique, ajoute Janie. Un toutou, pour reprendre ses marques. Amour inconditionnel, sans bla-bla…

Nate lui frotte la nuque, conquis par cette petite peluche toute chaude. Il prend sa famille dans ses bras, Casper sautant de genoux en genoux, et l'espace d'un instant il oublie le poids sur son dos.

Il dort mal, angoissé par la tâche qui l'attend au lever. La veille du rapatriement, sa mauvaise conscience l'a poussé à demander l'autorisation d'annoncer lui-même aux familles la mort des hommes tués sous ses ordres. Du lieutenant, sa requête est remontée en haut lieu pour être vite acceptée – l'exercice n'attire jamais foule – et Nate s'est vu remettre, pour lecture dans l'avion, le *Guide pratique de la notification des pertes*.

Ce n'est qu'en atteignant le perron des McGuire qu'il mesure l'étendue de son impréparation. Le moindre détail s'imprime en lettres de feu dans son cerveau : la peinture écaillée de la porte, l'affaissement du visage de la mère devant son uniforme, le frottement de la porte-moustiquaire contre son bras lorsqu'il entre. Le père de McGuire, bâti comme une armoire à glace, débouche du couloir et s'assied en face de Nate, les doigts agrippant les accoudoirs. Nate ne sait pas bien ce qu'il leur raconte, mais voilà que les yeux de la mère se mouillent et que le papa l'interroge.

– Oui, monsieur, répond-il d'une voix aussi stable que possible. Votre fils est mort avec honneur.

– Il a souffert ? demande la maman.

Nate revoit McGuire avec sa jambe coupée à la main. Il réentend ses cris.

– Non, madame.

Le père poursuit :

– Et l'enfoiré qui a fait le coup, vous l'avez eu ?

– Non, monsieur.

Comme le veut le protocole, Nate se relève et produit un petit sac contenant les effets personnels du défunt. L'estomac dans la gorge, il regarde la mère en faire le pauvre inventaire. Une croix de baptême, des plaques d'identité, une montre G-Shock au verre brisé… Il se sent obligé d'ajouter :

– Je n'imagine même pas combien ce doit être douloureux de perdre un fils.

– *Deux* fils, corrige le paternel. On a perdu les deux. (Il détourne les yeux vers la fenêtre.) Et à part ça, reprend-il, elle se présente comment, cette guerre ?

– Je veux croire qu'elle prend un tournant positif, monsieur.

– Ah bon ? Quel tournant ? (Le silence de Nate lui inspire une grimace de mépris.) Moi, quand j'ai servi, on avait un nom pour ce tournant. Le tournant de la débandade.

Ne sachant que répondre, Nate se tait.

– Et sa dépouille ? demande M. McGuire.

– Nous en prenons le plus grand soin, monsieur. Elle a transité par la base de Ramstein, en Allemagne, et à chaque escale elle a reçu les honneurs militaires.

– Je m'en fiche, de ces conneries. Je vous parle de l'état du cadavre. Il ressemble à quoi ?

Nate déglutit.

– Nous n'avons pas recouvré l'intégralité du corps, monsieur.

– Ah bon ? Et il manque quoi ? Parle, garçon ! Si je tiens le coup, tu peux en faire autant.

– Il manque une jambe… et… une partie de la tête.

Les yeux de la mère s'envolent au plafond.

– Qui d'autre est tombé avec lui ? poursuit le vieux.

Nate énumère la liste, en terminant par Charles.

– Vous saluerez leurs parents de notre part, murmure la mère.

Il faut une minute entière à Nate pour oser rouvrir la bouche. Bien qu'il soit interdit de révéler les circonstances exactes de la mort, il commence à déballer :

– Il y avait un engin explosif improvisé dans un sac à dos. Juste sous mon nez. J'aurais dû réagir plus vite. J'aurais pu…

– Arrête, fiston. Ça, c'est ton problème à toi. Tu ne crois pas que le nôtre est assez douloureux comme ça ?

Nate tremble comme une feuille.

– Si, monsieur.

– Alors essaie de faire preuve d'un peu de jugeote. Parce que toi, ce soir, tu vas dîner avec ta femme et border tes enfants. Tu vas repartir de l'avant. Nous, on ne va pas bouger d'ici. Et on n'a pas envie de ruminer des saloperies.

– Jim ! chuchote sa femme.

Nate fixe le sol puis demande :

– Je peux utiliser vos toilettes ?

– Au bout du couloir, indique Mme McGuire.

Nate fait couler l'eau pour couvrir le bruit de ses vomissements. Puis il s'asperge le visage, se sèche les yeux dans une serviette rose au parfum floral, et promet à son reflet d'être moins nul la prochaine fois. Ayant rassemblé ses esprits et son courage, il ressort, délivre avec le maximum de tact les dernières informations utiles et retrouve seul le chemin de la porte.

Il reprend la route dans son uniforme imbibé de sueur, poisseux comme un mauvais rêve.

La famille suivante, celle de Johnson, le reçoit avec chaleur et gratitude, ce qui est encore pire. Il rencontre ensuite la belle-mère de Miles, qui répond « OK, c'est noté » avant de lui refermer la porte au nez. Puis l'épouse de Bilton qui tient à être conduite à l'école afin de prévenir le gosse. Le lendemain commence par une morne réunion dans le sous-sol d'une église. Cafetière crasseuse, parpaings à nu et pleurs insurmontables. La maman de Tommy K. sort du sachet la casquette de base-ball de son fils, s'y enfouit le visage et renifle à fond. À la tombée du soir, Nate se sent vidé par toutes ces souffrances. Ce qui au fond n'est pas plus mal, car s'il lui restait l'énergie de pleurer, il se désagrégerait sur pied.

En arrivant devant la maison d'enfance de Charles, Nate se rend compte qu'il a gardé le pire pour la fin. Il distingue Grace Brightbill derrière son évier, jolie petite femme potelée avec son carré blond platine. Qui se pâmait de fierté devant les dissertations de son fils, même les plus médiocres. Qui affichait ses bulletins de notes sur le frigo, avec des magnets revêtus de ses portraits d'écolier. Assis dans sa voiture, Nate se repasse la voix de Charles – *Me laisse pas tomber, me laisse pas*... Il se rappelle le souffle brûlant de l'explosion, l'averse de sable. Et sa paralysie devant ce putain de sac à dos.

Il n'avait pas pu plonger dessus.

Et donc Charles s'y était collé.

Nate respire avec peine. Il se déteste, se maudit jusqu'à la nausée, et comprend qu'il n'aura pas le courage d'affronter le regard de Grace Brightbill. Alors il redémarre et contacte le quartier général pour demander qu'un autre vienne annoncer le décès de Charles. Il a beau pressentir qu'il regrettera cette lâcheté jusqu'à la fin de ses jours, il ne peut s'empêcher de la commettre.

Le lendemain, malgré sa gueule de bois émotionnelle, il emmène Cielle au restaurant, comme il l'a promis. Elle engloutit dix beignets de poulet, puis cinq de plus. Avant de réclamer une glace.

– Je crois que tu as assez mangé comme ça, ma puce.

– Mais je ne me sens jamais rassasiée !

Comme ils lèvent le camp, un adolescent presse maladroitement un sachet de ketchup et s'en répand sur l'avant-bras. Le visage de Nate s'enflamme aussitôt et le revoilà dans le Bac-à-Sable, tournoyant dans le souffle de l'explosion. Puis McGuire s'accroche à sa jambe arrachée et…

– Papa ? *Papa !*

Nate revient dans le présent, planté entre les portes du fast-food, les yeux rivés sur le jeune garçon.

– Allons-y, ma puce.

D'autres symptômes apparaissent au fil des semaines. Nate est incapable de regarder un avion dans le ciel sans craindre de le voir exploser. Bien que les factures s'accumulent, il ne peut se résoudre à reprendre son poste d'acheteur de costumes. Quand Janie et lui font l'amour, c'est avec une frénésie sans joie, comme s'ils cherchaient à retenir quelque chose. L'acte terminé, ils se parlent peu : Janie attrape un bouquin tandis que Nate admire le plafond où tournent les pales d'un ventilateur-hélicoptère. Soir après soir, étendu à côté de sa femme, il revit et réécrit l'attentat. Le traître Abibas s'arrête pour les regarder une dernière fois, puis Nate remarque le sac à dos sous le siège. Sauf que désormais, dans la version remaniée, Nate ignore la promesse faite à sa fille. Ses jambes lui obéissent et il se jette sur le sac piégé.

Un matin, en se brossant les dents, il entend Charles lui parler depuis le rebord de la baignoire. Son ami porte sa tenue de camouflage et son casque de combat, mais on remarque un élément nouveau : son ventre déchiqueté, qui s'égoutte sur le carrelage ivoire.

– Qu'est-ce qui t'arrive, mec ? s'indigne le fantôme. À quoi ça rime de s'apitoyer comme ça ? T'es chez toi, sain et sauf !

– Je sais, répond Nate, la bouche pleine de dentifrice. Je le sais parfaitement. Mais le message refuse de descendre jusqu'aux tripes.

Charles regarde le mur à travers le trou dans son ventre. Il remue ses intestins puis relève la tête, émerveillé.

– Relax, mec ! s'agace-t-il devant la mine sombre de Nate.

Ce dernier se rince la bouche.

– Je t'ai tué, quand même.

– Arrête un peu avec ça. Que voulais-tu faire, de toute façon ?

Pour la première fois, Nate formule tout haut la réponse :

– J'aurais dû plonger le premier.

Il cherche du travail mais se retrouve invariablement assis avec Casper sur le trottoir du lavage automatique, à regarder des voitures crasseuses ressortir immaculées des rouleaux. Pendant ce temps, la même bobine empoisonnée se dévide dans sa tête, projetant sur les parois de son crâne les mêmes images infernales. Il a beau retourner l'équation dans tous les sens, les termes restent inchangés : deux jambes tétanisées, trois secondes suspendues, un sac à dos piégé à un mètre cinquante de ses pieds.

En fin de journée, il promène le chien à une heure où les bruits du voisinage parviennent encore à noyer le boucan dans sa tête. Un soir, à leur retour, il retrouve Janie sur la balancelle du porche.

– Cielle pourrait peut-être vous accompagner, suggère-t-elle. Son embonpoint m'inquiète.

Nate objecte :

– En général, elle est déjà couchée quand je rentre.

– Eh bien, ceci explique peut-être cela. Elle se goinfre depuis que tu…

– Je sais. Mais je… J'essaie de me mettre les idées au clair. Je vais y arriver.

– Peut-être que si tu étais un peu plus occupé…

Il agite une main lasse.

– Je ne peux plus acheter ou vendre des costards, Janie.

– Ce n'est pas ce que je te demande. Je ne te parle même pas de bosser. Pour ce qui est du fric, je pourrai toujours faire des heures sup' à l'hôpital, histoire de payer les traites.

– C'est à moi de m'occuper de ça, Janie. Laisse-moi juste un peu de temps. Ça fait à peine cinq semaines, putain !

Le visage de Janie s'empourpre, ravivant ses taches de rousseur.

– Depuis quand on se parle comme ça, Nate ?

Ils se dévisagent sans ciller. Casper se hisse à côté de Janie et chouine pour être caressé.

– Tu es inaccessible, Nate. On ne peut plus te parler.

– Tu y arrives très bien.

– Non, je n'y arrive plus.

Elle paraît si malheureuse qu'il détourne les yeux.

– Je sais que tu adorais Charles, poursuit-elle. On l'adorait tous. Mais tu dois tourner la page.

– Impossible.

– Mais pourquoi ?

Bien qu'il n'y ait jamais réfléchi, la réponse est là, mûre à souhait, qui dégringole de sa bouche :

– Parce que ce serait l'abandonner une seconde fois.

Elle croise les bras. Hoche la tête.

– Quand tu étais là-bas, confie-t-elle, Cielle venait chaque nuit se glisser à ta place dans le lit. Comment suis-je censée lui expliquer que tu n'es toujours pas rentré, alors qu'on te croise tous les jours ?

Le regard de Nate s'accroche aux lattes lépreuses du porche.

– Tu es le seul homme qui m'intéresse, reprend Janie. Mais où est passé mon prince charmant ? Je t'aime trop pour qu'on devienne de simples colocataires, Nate. Certains couples peuvent peut-être s'en contenter, mais pas nous. Pour moi, ce serait encore pire qu'une séparation.

Il se racle la gorge.

– Vous êtes ma vie, toi et Cielle. Mais je… Je n'arrive pas à revenir.

– Laisse-toi faire, Nate. Je te tiens.

– Si seulement c'était vrai.

Un ange passe. Du bout des orteils, Janie relance la balancelle.

– On construit soi-même sa prison, dit-elle. Brique par brique.

Nate revoit son père inconsolable errer dans la maison. Rester prostré devant le micro-ondes, incapable de tourner le bouton tant ses obsessions l'accaparaient.

– C'est une idée, répond-il.

Janie cesse de se balancer.

– Dans ce cas, je préfère me taire. Ça m'évitera des regrets ensuite.

Nate monte à l'étage et s'enferme dans la salle de bains, assis sur le couvercle des toilettes. Au bout de quelques minutes, il entend Janie monter, se coucher, éteindre. Et pleurer. Il brûle de la prendre dans ses bras mais n'a pas le courage de se relever, ni même de tourner la poignée de la porte. Son courage est mort là-bas, dans le Bac-à-Sable, dans l'hélico. Ou même avant, lorsqu'il a promis à sa fille de rentrer vivant. Lui revient en mémoire ce jour où Charles l'avait emmené à la plage. Nate-l'homme-qui-osa-braver-les-rouleaux-pour-sauver-une-fille-de-la-noyade. À la force des bras et des jambes, il avait ramené sa future dulcinée sur la terre ferme. Et le voici à présent recroquevillé sur les chiottes, tremblant à l'idée d'ouvrir une malheureuse porte.

Lorsque enfin Janie retrouve une respiration régulière, il quitte sa retraite à pas de loup et se couche de l'autre côté du lit.

Au milieu de la nuit, des cris le réveillent en sursaut. Bondissant du matelas, il atterrit dans un sable mou et cuisant. L'air est saturé de fumée.

– Charles ? aboie-t-il. Charles ? T'es où ?

Les cris persistent. Nate trébuche dans le noir et se cogne le crâne contre l'arête du chambranle. Un filet chaud ruisselle sur son front et vient lui piquer les yeux tandis qu'il se redresse et lance son épaule dans la porte. Le gond supérieur cède, le battant vole. Janie arrive et lui prend le bras, mais il voit Abibas qui le fixe d'un air impénétrable. Il projette Janie contre le mur et se rue dans le couloir, la figure barbouillée du sang de Charles.

– Où es-tu ? grogne-t-il. T'es où, bordel de merde ?

Les cris ont cessé, remplacés par les aboiements de Casper. Nate s'arrête devant la chambre déserte de sa fille. Janie le rejoint, hurlant, un gnon violet sur la pommette.

– Arrête, Nate ! Tu lui fais peur ! Tu la terrorises !

Elle pointe un doigt tremblant vers le petit lit sous lequel leur fille s'est réfugiée.

Nate s'essuie le front. Son avant-bras lui revient tout sale.

Horrifié, il bafouille :

– Mais non, je ne lui fais pas peur. Tu as peur de moi, ma puce ?

Blottie contre sa mère, Cielle le considère à travers sa frange noire.

– Oui, répond-elle.

Il en reste bouche bée, les joues en feu et le cœur en miettes. Il bat en retraite, Casper sur les talons. Il se rince le visage et se colle un pansement sur le front avant de dénicher une poche de froid instantané dans la trousse à pharmacie.

Quittant la salle de bains, il tombe sur Janie, pâle et silencieuse.

– Je m'en veux tellement de t'avoir blessée…

Elle hausse les épaules.

– Tu dormais à moitié. Tu as réagi aux pleurs de Cielle. Elle venait de faire un cauchemar.

– Quand même. C'est impardonnable.

– C'était involontaire.

– Peu importe. Il faut que je me trouve un…

– Un quoi ?

– Un endroit où je pourrai me remettre. Et mériter de revenir ici.

Janie détourne les yeux. Ils s'embuent.

– J'avais espéré une meilleure solution.

La gorge nouée, Nate malaxe la poche de froid. Mais Janie n'en veut pas :

– Je n'ai rien, je te dis.

Il lui tend la poche malgré tout, osant à peine regarder la marque noire qui grossit sur la joue blanche de sa femme.

– S'il te plaît, Janie.

Elle finit par accepter.

Nate repart dans le couloir, toujours escorté par le chien. Cielle s'est recouchée mais garde les paupières grandes ouvertes. Il s'assied au bout du lit et Casper rejoint le nid que la fillette lui a concocté avec une vielle couverture rose. Nate remarque toutefois que le chien l'observe d'un air méfiant. Dans la rue, Casper n'admet pas qu'un étranger s'insinue entre lui-même et l'enfant, et telle est l'impression qui étreint Nate en cet instant : le sentiment d'être un étranger.

– Je suis désolé de t'avoir effrayée.

– Ce n'est pas grave, papa.

– Si, mon trésor. C'est grave.

Elle le fixe de ses yeux bruns. Il lui effleure le bout du nez.

– Pourquoi ce n'est plus comme avant, papa ?

Il cherche une réponse.

– Encore un peu de patience.

– Et moi, alors, je n'ai pas mon mot à dire ? On ne me demande jamais mon avis !

– On ne choisit pas toujours ce qui nous arrive, tu sais.

Il embrasse son petit front qui fleure bon le shampoing doux, puis lui caresse le dos jusqu'à ce qu'elle se rendorme.

Quelques instants plus tard, en faisant les cent pas au salon, Nate comprend enfin ce qui se passe. Il est en train de s'aliéner sa femme et sa fille pour se punir de tant les aimer, puisque c'est cet amour qui l'a empêché de se sacrifier et de sauver ses hommes dans le Bac-à-Sable.

Il s'arrête devant le portrait de famille accroché au-dessus de la cheminée. Trois marioles hilares en train de se casser la figure.

Nate veut renouer avec ce temps-là.

Il va bien finir par se remettre.

Mais cinq années s'écoulent, chacune l'éloignant un peu plus de sa vie d'avant. Nate les traverse dans une sorte d'apesanteur hébétée, un peu comme lorsqu'il avait été éjecté de l'hélicoptère fou. L'impact final a lieu dans le cabinet d'un neurologue barbu au visage doux et sage – le visage idéal pour un médecin de sa spécialité, surtout s'il doit vous livrer un diagnostic aussi cruel. Et là Nate s'aperçoit que, en matière de mauvaises nouvelles, il n'avait jamais eu de réel point de comparaison.

Il reprend la route dans un nuage d'angoisse noire. Il revoit sa mère sur son lit d'hôpital en train de crever à petit feu, millimètre par millimètre, ses traits s'effondrant l'un après l'autre. Son père aussi était rongé de l'intérieur, évidé telle une citrouille de Halloween. Dès l'âge de neuf ans, Nate s'était juré que, dût-il lui-même un jour fonder une famille, jamais, au grand jamais il ne la laisserait s'effriter de la sorte.

Et donc il n'en parle à personne. Pas davantage à Janie qu'à sa fille. Quoi qu'il lui en coûte, il leur épargnera les affres qu'il a connues enfant. Dans un futur très proche, il sentira sa poigne mollir, ses yeux s'assécher, son souffle raccourcir. Mais il est encore temps de choisir une date, une heure, et un perchoir qui garantisse à la fois une belle vue et une longue chute.

Il suffit de ne pas trop tarder.

Et de prier pour ne pas être importuné. Par six connards encagoulés, pour prendre un exemple au hasard.

Car il risquerait alors d'échouer sur une table d'examen avec une belle couture dans le dos.

Vivant contre son gré.

La voie longue

La nécessité a le visage d'un chien.

Gabriel GARCÍA MÁRQUEZ,
La Mala Hora

8

Dans la berline banalisée qui le ramenait de l'hôpital, Nate essayait d'oublier les élancements dans son épaule. L'agent spécial Abara – prénom inconnu – roulait à tombeau ouvert et parlait encore plus vite. Sûr de lui, un corps bronzé d'athlète, la nuque et les tempes rases, il avait dans les vingt-cinq, trente ans.

– Pour commencer, dit-il, oubliez toutes ces conneries que vous aurez vues à la télé. Nous n'allons pas toujours par deux, nous ne sommes pas tous bouffis d'arrogance, et – il montra son polo anthracite frappé de l'écusson doré – nous ne sommes pas astreints au costard-cravate. (Il décocha un splendide sourire tout en fossettes.) À part ça, on a l'esprit collectif. On a des juridictions à respecter, bien sûr, mais comme le LAPD possède une excellente équipe spécialisée dans les braquos, je ne vais pas leur dire : « Poussez-vous de là, c'est mon enquête. »

Il chassa une poussière sur le tableau de bord immaculé. Et reprit :

– Vous ne voulez vraiment pas repasser par chez vous ? Histoire de vous changer et de souffler quelques minutes ?

Nate baissa les yeux sur le tee-shirt que lui avait remis l'hôpital, tout rêche et barré de plis gris à la poitrine et au nombril. Il devait provenir d'un placard entier réservé aux victimes poignardées.

– Pas besoin, répondit-il.

Le cordon de policiers en vue, Abara ralentit la Chevrolet Tahoe et brandit son badge par la fenêtre.

– Marcus Abara, FBI. Je vous amène le héros du jour. On va revoir la scène ensemble.

Le flic en uniforme releva ses lunettes miroirs pour s'adresser à Nate :

– Beau boulot, monsieur. Chapeau.

La proximité de la banque faisait palpiter le cœur de Nate.

– Merci, répondit-il.

Derrière les barrières se massaient reporters et badauds. Une femme pleurait en triturant son pull. Était-ce la sœur d'une victime ? Ou une proche de l'un des hommes que Nate avait tués ce matin ?

Il dut se le répéter pour y croire : *l'un des hommes que j'ai tués ce matin…*

Une tête se hissa au-dessus de la mêlée, comme plantée au bout d'une lance. Mâchoire carrée, nez cassé, bouche fine comme une entaille. Ses yeux inexpressifs se fixèrent sur Nate puis replongèrent dans la masse.

– Qu'y a-t-il ? fit Abara.

– Rien. Juste un gars dans la foule. Il me regardait d'un air peu amène.

Nate mit cette impression sur le compte de la fatigue, même s'il vit Abara noter l'incident dans un coin de sa tête.

Ils se rangèrent quelques mètres plus loin, sur le trottoir. Avant de partir pour l'hôpital, Nate avait exposé les faits à un patrouilleur, puis à deux inspecteurs, et encore à Abara. Du moins, sa version à lui des faits, coulée dans le mensonge, et qui se résumait ainsi :

Ce matin, Nate se trouvait dans les toilettes de l'agence bancaire lorsqu'il entendit des coups de feu. Plutôt que de regagner la salle et de se jeter dans la gueule du loup, il avait ouvert la fenêtre et fait le tour par l'extérieur afin de prendre les méchants à revers.

Comme il l'espérait, les questions s'étaient concentrées sur le deuxième volet du récit, c'est-à-dire son intervention, et non sur sa présence si opportune dans les toilettes. Personne n'avait besoin de savoir qu'il projetait de finir en pizza au fond d'une benne à ordures. Si l'on repeignait son acte de bravoure en acte suicidaire, il serait bon pour soixante-douze heures d'internement psychiatrique. Inutile donc de s'attarder sur les préliminaires. Libre aux esprits tatillons de tiquer plus tard, quand il ne serait plus dans les parages.

Tandis qu'ils marchaient jusqu'au bâtiment, Nate fut surpris d'entendre crier son nom dans la foule. Il se retourna vers les journalistes survoltés. Un policier le poussa gentiment pour qu'il continue d'avancer. Dans l'ascenseur, Abara appuya sur le bouton du onzième étage, et Nate se rappela sa précédente ascension dans cette cabine, trempé de sueur à l'idée de faire le grand saut.

Quelques heures plus tard, il effectuait la même montée, tel un Sisyphe de l'ère technologique.

Abara surprit un rictus au coin de ses lèvres.

– Vous me paraissez drôlement serein, observa l'agent spécial.

– Je dois être bon comédien.

– Le collègue avait raison, en bas : c'était drôlement impressionnant. Cette sortie au bord du vide, l'irruption par la fenêtre, le timing parfait… Et seul face à six truands armés ! Votre passage dans la troupe ne vous aura pas servi à rien.

Nate considéra Abara. N'y avait-il pas une pointe d'accusation dans ses paroles ? Ou était-ce d'avoir menti qui le rendait paranoïaque ? Combien de temps la thèse du héros couvrirait-elle son suicide raté ?

– Je n'ai rien d'un Rambo, se défendit-il. Je serais incapable de tuer un homme à mains nues ou de le trucider avec des baguettes chinoises. Je ne suis qu'un ancien appelé qui a dû apprendre à manier les armes.

– Vous avez quand même aligné cinq criminels aguerris.

– C'est l'effet de surprise. Et la chance.

– J'ai jeté un œil sur votre dossier militaire, poursuivit Abara. Vous avez salement dégusté, là-bas.

– Moins que d'autres, vous savez.

– À qui le dis-tu ! lança une voix familière.

Nate pivota et retrouva Charles, la poitrine ouverte et le cœur à l'air.

– Cette fois t'as réagi à temps ! dit-il en souriant tout en essuyant sa joue sanguinolente.

Nate lui tourna le dos, agacé.

– Tu me snobes ? se récria Charles. Tu préfères les vivants ? OK, y a pas de mal. J'ai compris le message. Mais est-ce qu'ils savent faire ça, tes copains vivants ?

Nate entendit des bruits visqueux, mais il ne pouvait regarder car Abara le dévisageait avec insistance, comme s'il attendait une réponse.

– Vous disiez ? s'enquit Nate.

– Je disais que des amis à moi avaient développé des troubles post-traumatiques à leur retour d'Irak. Rien de tel chez vous, qui puisse éclairer la séquence de ce matin ?

Du coin de l'œil, Nate vit Charles sortir la langue par le trou de sa joue.

– Non, non, assura-t-il. C'est de l'histoire ancienne, tout ça.

Les portes de l'ascenseur s'ouvrirent sur une nuée de flics, de techniciens, de vigiles. Les radios crachaient, les iPhone sifflaient, les appareils photo clignaient. Charles était reparti – il détestait les rassemblements – et Nate renoua avec les images macabres de la matinée. Il avança sur des jambes molles, des flacons de comprimés ballottant dans ses poches. Abara baissa le ruban jaune qu'ils enjambèrent l'un après l'autre. Le gardien noir avait disparu, mais de petits cônes reconstituaient sa silhouette en pointillé. Les projecteurs fluorescents donnaient à la flaque de sang un aspect gélatineux.

Un homme râblé fondit sur eux, le crâne dégarni et le souffle harassé. Il se présenta – directeur de la sécurité des personnes –, serra la main de Nate avec déférence et présenta son rapport :

– D'après les premières constatations, ils auraient neutralisé les caméras du parking et pris l'ascenseur de service. Aussi simple que ça. Comme vous l'avez vu, ils portaient des vêtements sombres et amples, avec de grosses bottes, ce qui n'aide pas à distinguer leur carrure. Et ils cachaient intégralement leur peau pour empêcher les témoins de distinguer leur appartenance ethnique.

– C'est d'autant plus chic de leur part de nous avoir laissé leurs cadavres, commenta Abara.

Nate peinait à détacher les yeux des traces écarlates sur le carrelage. Le regard révulsé du vigile le hantait.

Le chef de la sécu continua :

– Avant de s'introduire dans la chambre forte, ils ont abattu la porte du sas et débranché l'enregistreur vidéo.

Abara fit un *pop* avec ses lèvres.

– Pour pouvoir travailler tête nue, dit-il.

– C'est ça, marmonna Nate en revoyant le gus apparaître dans l'embrasure de la salle des coffres, la tronçonneuse à la main et la cagoule relevée.

Puis son oreille qui explose, et la balle qu'il reçoit en plein front…

La voix d'Abara lui parvint de loin :

– … va aller, monsieur ?

Nate s'ébroua.

– Oui, oui, tout va bien.

– Nous avons affaire à des pros, poursuivit le directeur. Des individus rapides et déterminés. Personne n'a pu actionner l'alarme. Quant à la chambre forte, elle est protégée par une porte d'acier de quarante-cinq centimètres d'épaisseur, mais en journée elle reste ouverte. Il suffisait donc de se faire ouvrir la grille de jour. Ensuite, ils se sont servis d'une découpeuse à lame diamantée pour crever l'un des coffres Diebold et rafler pas moins de 30 briques – une somme qui grâce à vous, monsieur Overbay, se trouve toujours dans cette pièce, abandonnée dans un sac de sport. Ils commençaient à attaquer les coffres individuels lorsque vous êtes intervenu.

Abara hochait la tête : il savait déjà tout cela. La répétition serait visiblement une composante-clef de l'enquête. On passait les détails au tamis, à la recherche de pépites d'or.

Les braqueurs gisaient toujours à leur point de chute, la cagoule ôtée, la combinaison ouverte telle la peau d'un animal disséqué. Nate se laissa guider vers les cadavres en contournant les cônes et les traces de sang. Il s'accroupit devant le premier, aux joues rasées de frais. *Je te le dirai pas cent fois, poulette...* Le gaillard faisait beaucoup moins peur sans le passe-montagne noir et les yeux d'insecte. Il paraissait aussi plus jeune.

Nate se retint de toucher le visage cireux.

– Quel âge peut-il avoir ? Vingt-sept, vingt-huit ans ?

– Celui-ci ? fit Abara en tournant les pages d'un calepin de cuir. Vingt-six ans.

Nate s'interrogea sur la suite des événements. Qui allait ouvrir la porte pour apprendre la mort de ce proche ? Une mère malade ? Une petite copine enceinte ? Un fils de neuf ans, tout juste rentré du foot ? Nate ne savait que trop bien les répercussions en cascade de tous ces décès, et la masse écrasante de ces douleurs avait quelque chose de vertigineux. Mais bizarrement, ce sentiment ne s'accompagnait d'aucune forme de remords. C'est qu'il y avait d'autres images dans ce tableau : le pantalon criblé de trous d'une responsable d'agence, la main blanche d'une mourante arrimée à la sienne, le lobe d'oreille d'une fillette noirci du sang de sa mère.

Le chef de la sécurité avait été appelé ailleurs, mais Abara se trouvait toujours à ses côtés. Il demanda :

– Vous disiez que le sixième homme avait un accent ?

– Un accent d'Europe de l'Est.

– Russe ? Polonais ?

– Plutôt russe. Mais je ne suis pas expert.

Abara pointa le menton vers les corps.

– Ces cinq-là étaient de la racaille blanche bien de chez nous. Alors cette histoire d'accent m'étonne. Vous êtes sûr de ce que vous avez entendu ?

– Sûr et certain. Mais vous les avez déjà identifiés, ces cinq macchabées ?

– Affirmatif. C'était un gang d'Inland Empire[1] que l'on surveillait depuis un peu plus de trois ans. Sauf que ce n'est pas très logique, tout ça. Primo, que venaient-ils faire à Santa Monica ? Jusqu'ici, ils ne s'étaient jamais aventurés plus loin que Victorville. Secundo, d'où sort ce sixième homme ? D'ordinaire, ils opéraient à cinq.

– Ils auront recruté, voilà tout.

– Je doute que ce soit aussi simple. En général, cinq est un maximum pour ce type de coup. À six, les risques de cafouillage deviennent trop élevés.

– Ce Numéro Six semblait être le boss, rappela Nate.

– Si c'est le cas, cela fait une troisième anomalie : pourquoi confier la direction du casse au nouveau venu ?

Nate ferma les yeux pour se téléporter dans la chambre forte. Un frottement de bottes dans son dos, et Numéro Six lui plante un coupe-papier dans l'omoplate. Le sifflement de l'acier dans l'air, la douleur brûlante dans sa

1. Surnom donné à la région de Riverside et San Bernardino, à l'est de Los Angeles (*N.d.T.*).

chair… Puis cette menace proférée à voix basse : *Il te le fera payer. Tu n'imagines même pas.*

– Ils travaillaient pour un tiers, dit-il.

– Exact, répondit Abara. Pour le *Il* de « *Il* sera très contrarié ».

Cela aussi, ils l'avaient déjà évoqué.

En franchissant la barrière du guichet, l'agent spécial examina les impacts dans le faux plafond tout en se caressant les cheveux.

– Fusil d'assaut AKS-74U, déclara-t-il.

– Vous voyez ça rien qu'à l'aspect des trous ?

– Non, expliqua Abara en souriant. J'ai lu le rapport balistique. À présent, tâchons de reconstituer le déroulé des événements, étape par étape.

– Encore ? Mais vous allez me demander ça combien de fois ?

Abara joignit ses doigts en pyramide.

– J'ai une épouse, monsieur Overbay, qui passe son temps à égarer sa pilule. Et quand je dis « passe son temps », c'est bien deux ou trois fois par semaine. Or ce genre de bêtise, vous en conviendrez, peut s'avérer fort dommageable. Je passe donc le mien, de temps, à lui dire : « Réfléchis, chérie. Retrace l'enchaînement de tes gestes », et elle rouspète et elle rouspète – elle n'est pas portoricaine pour rien –, mais quand elle accepte enfin de m'écouter, pouf ! elle remet la main dessus. Alors s'il vous plaît, vous voulez bien faire ça pour moi ?

– Quoi donc ? Retrouver la pilule de votre femme ?

La boutade ne recueillit aucun sourire. Abara se contenta de pointer son stylo vers la fenêtre par laquelle Nate s'était glissé. La vitre était restée entrouverte, le verre barbouillé de sang. Nate s'en approcha, cala ses mains sur l'appui et se pencha dans l'air du soir.

– Hep là, cow-boy ! s'exclama Abara. Vous voulez bien reculer un peu ?

Nate se laissa retomber dans la salle. À ses pieds, il ne restait plus rien de la guichetière aux jolis yeux verts, sinon quelques cônes numérotés. Retracer chaque geste, dans l'ordre, un détail à la fois… à partir du moment où il dégringole sur le corps sans vie de l'employée… Les petites bouffées de plâtre, le hurlement continu de la scie, la balle qui passe si près qu'elle lui chauffe la joue. Remettre tout cela en mots rendait à la scène sa réalité, et au fur et à mesure de son récit Nate sentit une vague noire lui envahir la poitrine, comme pour lui noyer la gorge et l'empêcher de parler.

Il avait tué deux hommes dans la salle principale et repartait maintenant vers les coffres lorsqu'il vit quelque chose scintiller sous un bureau. S'accroupissant, il reconnut la boucle d'oreille perdue par la directrice. Il se releva, la perle dans sa paume, et revit le bras de sa propriétaire s'étaler sur le sol, inerte, ses bagues heurtant le carrelage. Alors la vague noire l'étrangla et il dut s'asseoir par terre pour ne pas défaillir. Quelques flics s'interrompirent pour l'observer, ainsi que quelques techniciens, comme si le film se bloquait. Nate déglutit et se composa un visage aussi neutre que possible, malgré le picotement dans ses joues.

– Désolé, fit-il en serrant le bijou dans son poing. Je suis à vous dans deux secondes.

Abara s'accroupit devant lui.

– Prenez le temps nécessaire, dit-il, tout en faisant signe aux collègues de vaquer à leur travail.

Lorsque Nate eut repris son souffle, il poursuivit le parcours qui s'achevait sur le face-à-face avec Numéro Six dans la chambre forte.

– Très bien, conclut Abara en se grattant la tête avec son stylo. Accepteriez-vous à présent de visionner quelques images afin d'identifier le meneur de la bande ?

– Je croyais qu'ils avaient coupé les caméras.

– Je vous parle des images prises *avant* qu'ils débranchent le boîtier d'enregistrement.

Nate suivit Abara dans une arrière-salle remplie de moniteurs où les attendaient le directeur de la sécurité ainsi que deux inspecteurs de la criminelle. Devant eux, un écran tremblait sur une image arrêtée. On y voyait le commando empilé dans l'ascenseur, six silhouettes masculines enveloppées de tissu noir. Le directeur fit repartir le film et tous regardèrent le gang s'élever, prêt à jaillir dans la banque. Ils agitaient les poignets, tapaient du pied, réarmaient les flingues, vérifiaient les chargeurs. De vrais paquets de nerfs.

Sauf un.

Numéro Six, le plus petit de la bande, se tenait parfaitement immobile, ses deux ovales de tulle orientés vers la caméra. Comme s'il regardait Nate.

Ce dernier piqua une sueur froide. Parmi ses complices gonflés à bloc, Numéro Six affichait l'attitude de celui qui se rend au cinéma ou chez un ami. Et puis ce gabarit à la fois mince et compact, et ce léger accent… *Il te fera payer, tu n'imagines même pas.* Mais de quoi Nate avait-il peur, dans le fond ? Il n'attendait plus rien de la vie et guettait déjà la prochaine occasion de se foutre en l'air. Alors pourquoi ces frissons glacés ?

Peut-être parce qu'il devinait que cette promesse délivrée d'une voix calme, le châtiment que le mystérieux « Il » lui réservait, serait bien pire que la mort.

Nate avala ce qui lui restait de salive et désigna Numéro Six.

Comme ils reprenaient l'ascenseur, Abara lui dit :

– Nous avons besoin de vous pour la conférence de presse.

– Vous voulez rire ? Pour que tout le monde connaisse mon identité, à commencer par ceux qui veulent me tuer ?

– Les médias n'ont pas attendu votre autorisation, vous savez. Un photo de vous circule déjà sur Internet. On vous y voit sortir du bâtiment avec la gamine. Un vrai poster hollywoodien. Si on ne vous exhibe pas, les médias vont vous harceler pendant des semaines. Alors souriez à pleines dents, donnez-leur ce qu'ils attendent, et demain tout le monde vous aura oublié.

– Ce type m'a menacé de mort, et je le prends très au sérieux. Qui que soit son patron, j'ai tué cinq de ses mecs et ruiné son casse.

– À vrai dire, je doute qu'ils s'acharnent sur vous. Le braqueur et le meurtrier de sang-froid ont des profils bien distincts.

– Et c'est censé me rassurer ?

– À vous de voir. (Abara offrit sa carte de visite.) Mon numéro de portable est inscrit au dos. Surtout, n'hésitez pas à m'appeler. De mon côté, je vais demander au LAPD d'envoyer une voiture dans votre rue plusieurs fois par nuit jusqu'à ce que la menace se dissipe. (Il vit que Nate n'était pas convaincu.) Que voulez-vous de plus ? Une escorte permanente ?

– Mais non, soupira Nate. Si on me tue, c'est la vie…

Cette fois le front lisse d'Abara se plissa un chouïa. De retour en bas, ils traversèrent le hall sans un mot, s'engouffrèrent dans la porte à tambour et rencontrèrent un mur de bruit. Du monde et des caméras dans tous les coins… Au centre d'une petite trouée les attendait une estrade. Sans avoir le temps de dire ouf, Nate fut poussé vers la forêt de micros en compagnie d'un gradé de la police. Les projecteurs des télés l'empêchaient de distinguer ses vis-à-vis, et les questions fusaient de partout.

– À quoi avez-vous pensé en vous retrouvant seul contre tous ?

Nate haussa les épaules.

– J'ai juste réagi à ce que j'avais en face de moi. Il m'aura fallu trente-six ans pour réussir à ne plus penser à rien.

– Vous aviez un plan particulier en tête ?

Tous ces gens lui accordaient plus de crédit qu'il ne s'en accordait lui-même. C'était une sensation déroutante, voire un peu triste.

– Viser et tirer ? proposa-t-il.

D'un rang lointain, une femme lança :

– Et vous avez eu peur ?

– Non, pas vraiment. J'étais surtout en colère.

– Contre quoi, précisément ?

– Eh bien, ils avaient tué trois personnes, une femme avait reçu un coup de pied au visage, et ils étaient à deux doigts d'assassiner une petite fille…

Une voix plus grave, au premier rang :

– Vous estimez donc qu'ils méritaient la peine de mort ?

– J'estime que si je ne les avais pas descendus, ils auraient fait encore plus de victimes.

– Mais tout de même. Il y a des lois, dans ce pays.

On cherchait à l'énerver, et le Nate d'autrefois aurait tout de suite trouvé la parade. Il fouilla en catastrophe dans sa vieille collection de répliques, de gestes apaisants et de postures lénifiantes. Puis la sensation le reprit, celle qu'il avait éprouvée en franchissant le guichet de l'agence sous une pluie de balles. Une *libération*.

Il rétorqua :

– Vous voulez que je vous en donne une, de loi ? Ne braquez pas les banques et ne tuez pas les innocents, point barre.

La saillie jeta un froid. Une journaliste fit signe à son cameraman de couper le direct tandis qu'une main ferme ceinturait Nate pour l'attirer sur le côté.

– Je crois que nous allons arrêter là pour le moment, annonça le gradé.

Se mordant la lèvre pour ne pas rire, Abara guida Nate à l'écart. Lorsqu'ils furent loin de la foule, ils se saluèrent de la tête et Nate alla retrouver sa vieille et fidèle Jeep Wrangler là où il l'avait garée le matin même, une éternité plus tôt. En grimpant derrière le volant, il s'aperçut que sa phrase choc sur l'estrade ne lui inspirait ni gêne ni regrets. Il n'avait fait qu'écouter ses tripes, exactement comme dans la banque. Sans peur, sans concessions, sans introspection paralysantes. Puisqu'il n'avait désormais plus rien à perdre.

Il attacha sa ceinture, posa les mains sur le volant et secoua la tête.

Quelle honte, tout de même, de devoir être au bord de la mort pour réapprendre à vivre…

9

Plan B : regagner ses pénates et se suicider. Une pleine poignée de Vicodin arrosée d'alcool, et Nate se laisserait emporter vers l'au-delà. Après cette conférence de presse, son statut de héros allait vite se lézarder, suscitant mille interrogations qu'il préférait éviter. Mieux valait en finir avant d'être contraint de tout déballer devant Janie et Cielle. Mieux valait qu'elles ne sachent jamais.

Après de longs mois de dépression, la décision de mourir lui avait rendu un peu d'énergie, et il fallait en profiter avant qu'elle retombe.

Pour se donner du cœur à l'ouvrage, il s'arrêta dans un routier afin de s'offrir un ultime repas. La serveuse entre deux âges avait des yeux pochés, des marques de crayon sur l'ourlet de sa blouse, et une ligne de peau blême autour de l'annulaire.

– Un triple milk-shake vanille sauce chocolat, comme d'habitude ?

Il lui sourit.

– En plein dans le mille.

Il en savoura chaque bouchée et laissa un pourboire de 207 dollars, soit tout le contenu de son portefeuille. Là où il allait, cette monnaie n'aurait plus cours.

Peu après, comme il patientait à un feu rouge du centre de Wilshire, une Lincoln sombre s'arrêta à côté de lui, puis s'avança encore un peu afin d'amener la vitre arrière à sa hauteur. Nate devina une silhouette derrière le carreau teinté. Une silhouette qui l'observait.

Un frisson dans la nuque, une bouffée de sueur froide, Nate ramena ses yeux sur le feu de signalisation. Puis il risqua un nouveau regard sur sa gauche. Ce rectangle de verre fumé semblait trop foncé pour être tout à fait réglementaire. Quant au chauffeur, on n'en voyait qu'un bout d'oreille et une casquette à l'ancienne. Nate grappilla un mètre de plus, mais la limousine l'imita, imposant une embardée à une voiture qui arrivait de la droite.

La Lincoln le serrait de si près qu'il aurait pu frapper au carreau noir. Et c'est ce qu'il décida de faire. Mais comme il déroulait sa vitre, l'autre se baissa aussi, d'environ quinze centimètres. En sortit une main tenant une cigarette allumée. Les phalanges étaient ornées de tatouages, mais les ongles impeccables, et trois bandes de couleur se succédaient sur le poignet : peau blanche, chemise crème, costume sombre. La fumée taquina les narines de Nate, puis l'index et le majeur se replièrent d'un geste expert pour étouffer le mégot. Ils émirent une volute noire de chair brûlée avant de lâcher le filtre sur la chaussée.

Pétrifié, Nate se rappela une fois de plus la menace proférée dans la chambre forte, avec ce léger accent russe. *Il te le fera payer, tu n'imagines même pas.*

Il fut tiré de sa torpeur par des klaxons dans son dos. Le feu était passé au vert et les deux voitures bloquaient la circulation. Il garda néanmoins le pied sur le frein, tout comme le chauffeur de la limousine, à qui capitulerait le premier. Jusqu'à ce que le téléphone posé sur ses genoux le fasse sursauter. Le vieil appareil à clapet tomba sur le plancher, et le temps que Nate le ramasse la berline avait mis les gaz. Il remarqua toutefois un détail curieux avant qu'elle disparaisse au loin : l'absence de plaque arrière.

Redémarrant sous les invectives des conducteurs de L.A.,

Nate vérifia l'origine de l'appel et ouvrit le téléphone avec les dents.

C'était Jen Brown, son intraitable patronne. Elle avait sans doute eu vent du braquage.

– Je suis sain et sauf, lui lança-t-il d'emblée.

– Tant mieux. Mais ce n'est pas pour ça que j'appelle.

La nouvelle de son faux exploit se serait-elle répandue moins vite que prévu ?

– J'ai besoin de toi pour une visite à domicile, expliqua Jen. Sean et Erica O'Doherty, à Encino.

– Je suis un peu fatigué, là. Ça n'a pas été une journée facile.

– Parce que la nuit de ces pauvres gens sera facile, peut-être ?

Nate prit une grande inspiration. Il pensa aux comprimés qui l'attendaient à la maison, et qu'il avait intérêt à vite engloutir avant que ses nouveaux ennemis ne lui tombent sur le râble.

– Je ne suis pas en état, désolé.

– OK. J'envoie Ken.

– Ken ? Tu plaisantes ? La dernière fois…

– Je sais, il s'est contenté de laisser un mot sur la porte. Mais tu connais la situation : on manque de bras et tu es le seul à bosser proprement. De toute façon, chaque fois que tu dis non, tu finis par dire oui. Alors sautons les préliminaires, tu veux bien ?

Nate serra les dents.

– Tu as le dossier ? demanda-t-il.

– Sous mes yeux, dans ma petite main gracile.

Il soupira et bifurqua vers l'autoroute.

– Tu es une sacrée manipulatrice, toi.

– Hé ! je ne suis pas flic pour rien.

Nate revérifia trois fois l'adresse avant de sonner. Sur le perron, des chaussures s'alignaient sous un banc en teck :

des mocassins, des baskets, de vieilles Converse avec des symboles *peace and love* dessinés sur les côtés. Sa blessure lui élançait le dos et il espérait qu'elle ne saignait pas à travers le tee-shirt de l'hôpital.

Au bruit de pas derrière la porte, il ferma les yeux et serra les poings. Lui ouvrit une jolie quadragénaire talonnée par un mari en survêtement, le *Wall Street Journal* replié sous le bras. Les sourcils de la femme se dressèrent.

– Oui ? Vous désirez ?

Le sol de l'entrée était en marbre.

– Bonsoir, je m'appelle Nate Overbay. Vous êtes bien Erica ? Et Sean ?

– Tout à fait.

Ledit Sean consulta sa montre de sport. C'était un costaud, ancien athlète, doté d'une épaisse masse de cheveux cuivrée.

– Que désirez-vous ? répéta l'épouse.

– Je travaille pour la police de Los Angeles. Je peux entrer ?

Nate tenait à ce qu'ils s'assoient. Sean O'Doherty était un grand gaillard, et il se blesserait en chutant de si haut sur ce marbre.

Erica opina d'un air inquiet. Sean se débarrassa de son journal et le trio s'installa au salon.

– Il n'y a que vous deux, présentement ? Personne d'autre à la maison ?

– Personne, confirma Sean.

Nate posa les mains sur ses genoux. C'était le moment qu'il détestait le plus, celui qui précédait la fin du monde.

Il s'éclaircit la voix.

– À 14 h 30 cet après-midi, votre fils Aiden se rendait en voiture à son cours de guitare lorsqu'il a été percuté par un autre véhicule. Il a été admis au CHU de Los Angeles avec de graves lésions à la tête et au thorax. Le personnel médical a tout fait pour le ranimer, mais cela n'a pas suffi et il est décédé.

Un cri s'échappa de la gorge de la mère, qui devint écarlate et se renversa dans les coussins. Quant à Sean, il était déjà debout. Le mouvement fut si vif que Nate manqua le passage du sofa aux jambes. Mais celles-ci flageolèrent et eurent tôt fait de le rasseoir. Il soufflait comme un bœuf, les narines dilatées. Nate leur accorda dix secondes de silence, dix secondes incroyablement longues.

– Je suis navré de vous apporter de telles nouvelles, reprit-il. Mais je ferai tout mon possible pour vous aider et répondre à vos questions.

La réaction première était souvent imprévisible. Sean contracta les mâchoires et demanda :

– Qui êtes-vous, déjà ?

– Nate Overbay. Référent professionnel d'assistance.

Ce titre ronflant visait à compenser le fait qu'il n'était ni travailleur social, ni homme d'Église, ni secouriste. Bien qu'officiant pour le LAPD, Nate ne portait pas d'insigne et n'avait prêté aucun serment. À ses débuts, cinq ans plus tôt, il était systématiquement accompagné d'une équipe des services sociaux, mais les restrictions budgétaires avaient réduit les effectifs jusqu'à ce qu'il ne reste plus que lui. Désormais, lorsqu'il était indisponible, les patrouilleurs du secteur tiraient à la courte paille. Aussi Nate s'efforçait-il d'honorer chaque appel, et de s'améliorer sans cesse, de trouver chaque fois un nouveau truc pour alléger, ne fût-ce que d'un gramme, la douleur d'une famille. Il n'était pas assez stupide pour ignorer qu'il cherchait là une forme de rédemption personnelle, mais pas assez futé non plus pour arrêter cette course sans fin.

D'un timbre à peine audible, Erica dit :

– Il y a sûrement erreur. Comment pouvez-vous affirmer qu'il s'agit de notre fils ?

Nate avait récupéré le rapport médical, rencontré le coroner à la morgue, et même tenu la main froide du cadavre. Et pour éviter à tout prix d'anéantir la mauvaise famille, il avait vérifié le permis de conduire trouvé dans le portefeuille du jeune Aiden, au cas où le garçon de dix-neuf ans roulerait sous une fausse identité.

– C'est une certitude, madame. Aiden a été formellement identifié et déclaré mort à l'hôpital.

Pour désamorcer le déni, il fallait énoncer les choses clairement, et de manière répétée. Oui, la personne est morte, bel et bien morte. L'expérience lui avait également appris à *ne pas* dire que le temps panserait les blessures, à *ne pas* dire qu'il savait ce que l'on ressentait, à *ne pas* dire qu'il y avait une raison à toute chose. L'expérience lui avait montré à quel moment se taire, pour laisser les proches reprendre leur souffle, à quel moment mener la danse et à quel moment se laisser guider. Mais par-dessus tout, il avait appris à oublier tout ce qu'il savait, pour faire du sur-mesure.

Erica se retrancha en elle-même, les épaules voûtées, le menton affaissé. Sean l'observa et tordit la bouche vers le bas, comme pris d'une crampe.

– Vous êtes de la police, fit-il d'une voix aiguë, gorgée d'adrénaline. Aiden n'est qu'un gosse, et vous n'avez pas été foutu de le protéger contre un vulgaire chauffard ?

– Non, répondit sobrement Nate.

Sean se releva et braqua un index furieux.

– Vous auriez dû faire quelque chose ! Il faut réparer, maintenant ! C'est votre faute, tout ça ! Votre faute à vous !

Nate se leva à son tour.

– D'accord, dit-il en ouvrant des mains conciliantes.

– Je vais vous coller un procès au cul, à vous et à cette putain de ville ! Je vais…

Pointé vers le visage de Nate, le doigt du père trembla de plus en plus, puis son visage s'empourpra et il éclata en sanglots, les yeux submergés de larmes. Nate leva le bras et Sean s'effondra sur son épaule. L'étreinte dura cinq minutes, puis cinq de plus, jusqu'à ce qu'Erica reconduise doucement son mari vers le sofa. Il s'assit à côté d'elle et lui tint la main, les joues ruisselantes, pendant que Nate leur détaillait la suite des démarches en prenant soin de tout consigner sur une feuille – l'itinéraire pour aller à la morgue, le numéro de dossier, la ligne directe du coroner…

Puis, cela fait, il se tut.

Erica rompit le silence :

– Mais c'est tellement injuste ! C'est notre seul enfant !

À son tour elle craqua, le poing comprimé devant la bouche.

Pris d'un coup de chaud, Nate baissa les yeux sur le tapis flou. Certains de ses confrères s'imposaient de rester forts en toute circonstance, pour mieux soutenir les proches, mais Nate avait remarqué que ces petits passages à vide, lorsque la voix s'enrayait ou que le regard s'embuait, lui rapportaient davantage de gratitude que de dédain.

Erica reprit son souffle et se moucha.

– C'est stupide, ce que je viens de dire.

– Pas du tout, répondit Nate.

– La vie est complètement injuste. Qui reste, qui part…

Nate ne pouvait pas la démentir.

– Je veux le voir, ajouta la mère. Je veux voir mon fils. Où est-il ?

Sean lui montra le plan fourni et annoté par Nate. Puis il le fixa de ses yeux rouges :

– Merci.

– Avez-vous d'autres questions ? Un service particulier à me demander ?

Ils firent signe que non et se levèrent pour le raccompagner.

Nate assurait toujours la seconde visite lui-même, une nouvelle tête étant la dernière chose qu'une famille endeuillée avait envie de découvrir au petit matin. Lorsqu'il avait une montre ou un bijou à restituer, il repassait par chez lui pour éliminer les traces de saleté ou de sang. Pendant quelques jours il devenait un guide dans la tempête, joignable sur un simple coup de fil. Aussi s'apprêtait-il à dire aux parents d'Aiden ce qu'il disait toujours à ce moment-là – qu'il reviendrait le lendemain – lorsqu'il se souvint que c'était impossible, puisque lui-même mourrait cette nuit.

Il resta planté sur le porche, à soutenir sans un mot le regard d'Erica et de Sean. Le remords lui infligea une série d'images mentales : le corps de son meilleur ami se découpant sur l'éclair blanc d'une explosion ; son déballonnage devant le pavillon de la mère de Charles ; cette nuit d'horreur à la maison où il avait terrorisé sa fille et blessé sa femme.

Que d'affaires en souffrance… Que de dettes impayées…

Depuis le diagnostic du neurologue, il s'était arrangé pour ne plus causer de souci à Cielle et Janie. Mais il leur devait peut-être une dernière explication avant de tirer sa révérence.

– Aiden avait une chambre sur le campus, confia Erica, mais il revenait souvent nous voir. La semaine dernière, il était en train de lacer ses chaussures quand le téléphone a sonné. Je suis allée décrocher, bien sûr, au cas où ce serait important. Une annulation chez la manucure. (Elle cracha un rire amer.) Et résultat, vous savez le pire ?

Nate secoua la tête.

– Je ne lui aurai jamais dit au revoir.

10

D'un bout à l'autre du parcours, Nate chercha dans ses rétroviseurs une Lincoln aux vitres archinoires. Lorsque enfin il coupa le moteur, il resta assis sur son siège pour s'assurer que personne ne l'avait suivi, et aussi parce qu'il était épuisé. Il dut mobiliser ses dernières réserves de courage pour descendre de voiture et remonter l'allée de sa maison chérie. Avant de gravir les marches du perron, il repoussa du talon une brique déchaussée au pied de la terrasse. Entretenir un pavillon est une guerre de tranchée. Il y a toujours une gouttière qui fuit, un nid d'oiseau dans la cheminée, des moisissures sur les châssis de fenêtre… De la rouille bavait sous le numéro de la maison, et Nate se souvint d'un temps où il eût mis un point d'honneur à l'effacer.

Il frappa et on vint lui ouvrir.

Pete le considéra en faisant son possible pour cacher son aversion.

– Nate. Ça fait un bail.

– N'est-ce pas. Je peux entrer ?

Pete hésita.

– Attends. (Il se pencha en arrière.) Janie !

Quelques secondes plus tard, elle fit son apparition. Vêtue d'un chemisier évasé orange vif assorti aux paillettes de ses paupières – mais le détail échappa à Nate. À la vue de son ex-mari, ses sourcils fins disparurent sous sa frange.

– Qu'est-ce que tu fabriques ici ?

– Il faut que je vous parle. À toi et à Cielle.

Comme elle chassait une mèche de ses yeux, il vit à sa main un diamant gros comme un muffin.

– Ça fait neuf mois, Nate. Neuf mois ! On peut fabriquer un bébé en neuf mois. Et pas une visite, pas un coup de fil !

– Je sais bien. Je viens justement t'expliquer...

– Non pas qu'elle t'ait beaucoup vu avant, tu me diras.

– Écoute-moi, Janie. Je ne demandais que ça, mais ça ne dépendait pas que...

Un roulement de pattes sur le parquet, et Casper se faufila entre Pete et Janie, ivre de joie à la vue de Nate. Cinquante-cinq kilos de *rhodesian ridgeback* se trémoussant d'extase, l'épaisse queue battant jambes et cloisons, son gros derrière se frottant sur les genoux les plus proches.

– Arrête, ordonna Pete. Couché, Casper. Couché !

– Assis, dit Nate.

Casper s'assit.

Le teint cramoisi de Janie camouflait ses taches de rousseur.

– Tu as apporté les papiers du divorce, au moins ?

– Ils sont restés chez moi. Signés.

– Et qu'attends-tu pour me les donner ?

– J'ai eu une journée très mouvementée. C'est ça qui m'amène ici. (Il inspira à fond, ne sachant par où commencer.) Vous avez vu les infos, aujourd'hui ?

– Non, pourquoi ?

– Il y a eu un braquage ce matin. À l'angle de Wilshire et de la Neuvième.

– Oui, j'ai entendu ça à la radio.

– Eh bien je me suis retrouvé en plein dedans.

Quoi que le couple eût redouté, ce n'était manifestement pas ça. L'expression de Janie s'adoucit et elle s'écarta pour laisser entrer Nate. Il les suivit à l'intérieur, derrière Casper qui zigzaguait telle une voiture de police chargée de ralentir le trafic. En traversant le séjour, Nate remarqua le nouveau portrait au-dessus de la cheminée : un trio, sage et discipliné, avec Pete à la place de Nate. Cette photo lustrée l'acheva. Comme si on piétinait le dernier doigt qui le retenait encore à la corniche.

Il se percha sur l'un des tabourets qu'il avait dégotés dans un vide-grenier, puis poncés et repeints lui-même. Il passa le pouce sur le bois patiné. Chaque détail le ramenait vers un ancien rêve, vers une vie antérieure.

– Je vais voir si Cielle accepte de descendre, dit Janie en se dirigeant vers l'escalier.

Penché sur l'évier de style rustique, Pete termina de laver des feuilles de romaine et les posa en vrac sur la paillasse avant de s'essuyer les mains sur son sweat-shirt de la Wharton School. Pete était foncièrement un chic type. Un veuf que Nate et Janie avaient longtemps eu pour voisin, mais sans jamais vraiment sympathiser. Pete avait amassé un beau petit pécule dans l'immobilier commercial, et en s'installant ici quelques mois plus tôt il avait remboursé d'un simple chèque tout le restant de l'emprunt, un acte généreux que Nate gardait en travers de la gorge. Nate avait peut-être du mal à honorer les traites, mais au moins c'étaient les *siennes*, et lors de son départ de la maison, trois ans plus tôt, il avait trouvé du réconfort à se dire qu'il continuait d'offrir un toit à sa fille, ainsi qu'à la femme qu'il aimait toujours comme un fou. Malgré les protestations de Janie, il lui envoyait tous les mois soixante-dix pour cent de ses modestes revenus, jusqu'à ce qu'elle refuse d'en encaisser un sur deux afin de l'obliger à garder un peu de sous pour lui. Ainsi, l'arrivée de Pete dans la vie de Janie priva Nate du dernier rôle qu'il s'autorisait encore auprès de sa famille : le soutien financier. Depuis lors, Pete et lui cultivaient une affectueuse inimitié. (Un soir, quelques mois après la mort de l'épouse de Pete, Nate et Casper l'avaient aperçu, seul devant son assiette, derrière l'immense table de son salon, et rien que pour cette image Nate n'arrivait pas à le haïr.)

Assis sur son ancien tabouret, Nate compulsa machinalement la pile de courrier entreposée sur le comptoir. Relevés de placements, *Vanity Fair*, une offre de révision pour la Lexus... Tous les attributs d'une existence stable et prospère.

Ils avaient même installé une cave à vins sous le micro-ondes.

– Il y a une brique qui se barre sous la terrasse, lança Nate dans le silence.

Pete étalait ses feuilles de salade sur du papier absorbant.

– Que veux-tu que je te réponde ? renvoya-t-il. Si je dis que ce n'est rien, tu te sentiras insulté. Et si je promets de m'en occuper, tu monteras sur tes grands chevaux puisque tu estimes que cette terrasse t'appartient toujours.

Bien sûr qu'elle m'appartient, voulut rétorquer Nate. *C'est moi qui l'ai faite de mes propres mains. Qui ai découpé l'armature, coulé le béton, nettoyé mes ongles au cure-dent...* Mais à quoi bon ? Ses opinions n'avaient plus droit de cité dans cette baraque.

Pete répartit la romaine dans trois assiettes, dont l'une moins garnie que les autres.

– On essaie de l'aider à maigrir, justifia-t-il à voix basse.

Dubitatif, Nate rassembla le courrier et fit claquer la liasse sur le bord du comptoir. Deux places de spectacle giclèrent du paquet – *Turandot*, à l'Ahmanson Theatre. Nate les examina sous la lumière du plafonnier.

– Vous allez à l'opéra ? s'étonna-t-il.

– Pour fêter nos fiançailles, répondit Pete. Tu as vu la bague ?

– Non, je n'ai pas remarqué.

Janie réapparut. Nate scruta son sillage, mais nulle Cielle en vue. Il ramena son regard morose sur les deux billets.

– Qu'est-ce qui ne va pas ? soupira Janie.

Malgré lui, il lâcha :
– Tu détestes l'opéra.
Janie se renfrogna.
– De quoi tu parles ?
– Ça devait être une surprise, grommela Pete.
– Ah ! désolé. Eh bien sache-le, elle déteste.
Janie eut un sourire crispé :
– Non, on ne peut pas vraiment dire que je *déteste*...
– Comment ça, « pas vraiment » ? persista Nate. En matière d'opéra, il n'y a pas de demi-mesure. Soit on adore, soit on déteste. La voie suisse n'existe pas.
Janie le fusilla du regard. Il lui montra ses paumes.
Pete semblait perplexe, et légèrement déçu.
– Tu n'aimes vraiment pas ça, mon ange ? Tant pis, je trouverai bien quelqu'un à qui...
Elle lui passa la main dans le dos :
– On en rediscute plus tard, mon chou ?
Il fallait toujours qu'ils se donnent des petits noms, comme s'ils craignaient de se perdre l'un l'autre pour défaut d'étiquetage.
– Où est ma fille ? s'informa Nate.
– Elle refuse de te voir.
Ces mots lui firent l'effet d'une gifle.
– Et pourquoi ça ?
– De peur d'être à nouveau déçue ? supposa Pete.
– On t'a sonné, monsieur Je-Sais-Tout ?
Janie observait son futur ex-mari d'un air préoccupé, et Nate s'aperçut qu'elle réagissait moins à ses propos qu'à son attitude générale.
– Qu'est-ce qui t'arrive, Nate ?
Mais Pete n'avait pas terminé. S'accoudant au comptoir, il déclara :
– Moi aussi, désormais, je suis responsable de Cielle. Et tu pourras me lancer toutes les vannes que tu voudras, tu ne m'empêcheras pas de veiller à son bien-être. Cela devrait

d'ailleurs te rassurer, si tu prenais seulement la peine de réfléchir deux secondes.

Nate repensa à ses atroces premiers mois de père séparé. Le quatrième jour, il était resté cloué sur le parking d'un supermarché devant le banal spectacle d'une fillette sur les épaules de son papa. Par une nuit de désespoir, Janie l'avait autorisé à pénétrer dans la chambre de Cielle, juste pour l'écouter dormir. Un peu plus tard, de passage dans son minuscule deux-pièces, Cielle lui lancerait, avec ses moyens verbaux à elle : « C'est trop dur de plus te voir quand on vient juste de se revoir. » Puis, quelques visites plus loin : « Des fois, c'est plus facile quand la personne qui s'en va s'en va pour de bon. » Alors, la mort dans l'âme, il avait résolu de la laisser respirer. Le dîner hebdomadaire devint mensuel, puis seulement trimestriel. Et lorsque tomba le diagnostic de sa maladie, il coupa complètement les ponts, avec Cielle comme avec Janie, pour ne pas leur infliger de chagrin, de regrets ou d'obligations supplémentaires.

Ce soir, Pete et sa tronche de gendre idéal faisaient un défouloir rêvé, mais Nate n'était pas venu pour ça.

Casper leva la tête et dévisagea son maître avec compassion. Ce Scooby-Doo-là n'était pas un animal, mais un humain déguisé en chien.

– Mais tu saignes ! fit soudain Janie.

Se dévissant le cou, Nate avisa un rond brun derrière son épaule.

– Ne t'inquiète pas pour ça.

Elle se rendit à l'évier, mouilla un torchon propre et lui fit relever son tee-shirt. Pete et Nate évitèrent de se regarder.

– Ils t'ont bien recousu, jugea Janie en tamponnant la plaie.

Le contact de ses doigts aida Nate à se détendre.

– Alors, reprit-elle, c'est quoi cette histoire de braquage ?

Avant qu'il ait pu dire un mot, Cielle surgit sur le pas de la porte.

Elle accusait encore une quinzaine de kilos superflus, mais sa rondeur n'entamait en rien sa grâce. Cet iris brun, presque noir. Ces longs cils courbés qui cerclaient ses yeux tel un mascara permanent. Et ces mèches qui frisaient à leur guise, aujourd'hui veinées de bordeaux. Tout dans son apparence, de ces reflets gothiques aux poignets percés de son gros pull anthracite, tout cela semblait excessivement rebelle pour une gamine de quinze ans. À moins qu'elle ne fût pile dans la moyenne. Il peut se passer beaucoup de choses, en neuf mois, quand on est adolescente.

– C'est quoi ce maillot de corps, Nate ?

– Un peu de respect ! gronda Janie. C'est ton père, tu l'appelles papa.

– Il vient de l'hôpital, expliqua l'intéressé. J'ai été poignardé dans un braquage.

Janie aspira une goulée d'air.

– Et j'ai abattu les braqueurs. Enfin, presque tous.

Pete s'appuya au comptoir. La main d'infirmière de Janie se figea. Mais Cielle ne se laissa pas démonter :

– Aucun d'entre eux ne s'appelait Jason Hensley, par hasard ?

– Euh… non.

– Alors je m'en fous.

– Qui est ce Jason Hensley ?

– Mon débile de copain. Qui préfère s'acheter une nouvelle guitare que de m'emmener fêter nos trois mois à Magic Mountain, comme il l'avait promis.

– Cielle…, soupira Janie. Je t'aime très fort, trésor. Et je sais que dans ta cervelle de quinze ans les histoires de garçons importent tout autant que les coups de couteau reçus par ton père dans une prise d'otages, mais s'il te plaît, tu permets qu'on se concentre sur lui ne serait-ce qu'un instant ?

– Hein ? Ne me dites pas vous croyez ces bobards !

– Quoi que tu penses de ton père, intervint Pete, ce n'est pas un menteur.

Cielle roula les yeux.

– OK, papa. Je t'écoute.

Nate leur servit la version officielle de l'histoire, en laissant de côté son quasi-suicide et les menaces de Numéro Six. À la fin du récit, la bouche de Cielle béait sur son chewing-gum fluo.

– Mais tu ne crains pas des représailles ? s'inquiéta Janie. Tu as quand même tué cinq hommes, et ils avaient sûrement des… « associés » ?

Nate songea à la main tatouée émergeant de la limousine, au mégot éteint à doigts nus. Il tapota son pantalon et fut soulagé de sentir ses pilules contre sa cuisse. Son plan d'évacuation.

– Ça ne me tracasse pas outre mesure, répondit-il.

Cielle :

– Si je comprends bien, tu es là uniquement pour…

– Je voulais vous mettre au courant avant que vous l'appreniez par d'autres sources. Et puis aussi… comment dire… (Il n'y avait aucune transition possible.) Je suis malade, aussi.

Le torchon de Janie semait des gouttes roses sur le carrelage. Elle semblait choquée et Nate s'en voulut de leur infliger ces tourments.

– Malade comment ? risqua-t-elle.

Nate rassembla ses forces. C'était le moment qui précède la fin du monde. La notification de décès la plus difficile de toutes.

D'une voix douce, il annonça :

– Je n'en ai plus pour très longtemps.

Janie secoua la tête, répandant de nouvelles gouttes au sol.

– Mais de quoi… ?

– Charcot. La maladie de Charcot. Voilà pourquoi je vous évite depuis neuf mois. Vous en baviez suffisamment comme ça.

Si l'expression de Janie restait de pierre, ses joues se couvrirent de larmes instantanément. Nate eut un besoin irrépressible de la prendre dans ses bras, mais alors Cielle lâcha : « C'est dégueulasse ! » et quitta la pièce d'un pas rageur. Ils écoutèrent ses Doc Martens pilonner l'escalier, puis sa porte claqua si fort qu'un magnet tomba du frigo.

Pete se racla la gorge et déclara :

– Je me souviens, à la mort de Sally. Je ne trouvais plus aucune raison de me lever le matin. Mais finalement, avec le temps… (Sa main tournoya dans le vide, cherchant un point de chute.) Je ne sais plus qui disait : « Chaque fois qu'une porte se ferme, une autre s'ouvre un peu plus loin. »

– Celle de l'enfer ? suggéra Nate.

La pique jeta un froid. Pete se glissa derrière Janie et lui frotta les épaules, comme pour l'empêcher de défaillir. Une réelle affliction se lisait sur le traits du nouveau jules.

– Excuse-moi, Pete. Je suis trop con, des fois.

– Mais non. C'est moi qui suis inepte. Je ne sais pas quoi te dire, Nate. Je suis sincèrement navré d'apprendre ça.

Nate pointa le doigt vers le plafond.

– Je crois que je ferais bien de…

Janie approuva, d'un menton crispé.

À l'étage, la porte de Cielle était fermée, aussi intimidante que celle d'un cachot. Les traits de crayon sur le chambranle s'effaçaient petit à petit. Encore quelques mois et ce morceau de leur passé commun disparaîtrait aussi définitivement que Nate lui-même. Que d'occasions gâchées… Combien de fois aurait-il pu venir dans cette chambre pour attraper un jeu de société, lire une histoire, faire un câlin…

Il frappa, puis faute de réponse entra sur la pointe des pieds, prêt à se faire incendier. Mais Cielle ne bougea pas. Elle était à son bureau, penchée sur ses devoirs, le visage détourné. Il reconnaissait à peine la pièce sous tous ces collages artisanaux, ces posters d'acteurs juvéniles et ce fatras de vêtements. Il repéra cependant, à demi caché sous un blouson, le marchepied offert par Charles à sa naissance, avec le prénom « Cielle » gravé en lettres multicolores. L'objet demeurait là où Nate l'avait placé dix ans plus tôt, au pied du nouveau lit de grande, afin que Cielle puisse descendre la nuit en cas de mauvais rêve.

Arrimant ses yeux à l'objet familier, il s'éclaircit la gorge. Par où commencer ?

– Alors, ce petit copain ? Il est sympa ?

– Bien sûr que non. C'est un connard qui me traite comme une chienne. Voilà ce qu'on récolte quand on grandit sans figure masculine positive.

Il la regarda, de dos, se demandant comment percer une si épaisse couche de sarcasme.

– Écoute, j'ai bien compris que tu m'en voulais…

– Tu penses ! Je suis tout le temps comme ça : acerbe et renfermée. Et pleine d'autodérision, ce qui m'isole encore davantage. Je pourrais me droguer, me scarifier, me faire tatouer un symbole féministe chinois. Mais tout compte fait, je préfère rester en colère.

– Cielle…

– *Quoi ?* fit-elle en virevoltant.

Elle lui montrait un visage dur, mais il entrevoyait les failles.

– Je suis désolé de te quitter comme ça.

– Pour ce que ça va changer ! À raison d'un ou deux tête-à-tête par an, tu ne risquais pas de m'apporter grand-chose !

– C'est toi qui préférais espacer les rencontres.

– Mais j'avais douze ans, putain ! Depuis quand on obéit à une gosse de douze ans ? Tu n'aurais pas dû m'écouter. Il ne fallait pas me croire. Il fallait me tenir tête !

Sa voix tremblotait, au bord de la rupture.

– C'est que tu étais convaincante, ma puce…

– Et quand tu as quitté la maison, j'ai eu mon mot à dire, peut-être ? Écoute, laisse tomber. C'est bon, tout est ma faute. (Elle retourna à ses devoirs.) Tu peux me laisser, maintenant.

Nate promena ses yeux sur la litière de fringues chiffonnées. Un polo noir retint son attention, à cause du logo sur la poitrine, et du prénom Cielle cousu juste au-dessus.

– Mais… Depuis quand tu bosses dans un lavage de voitures ?

– Ça ne te regarde pas.

– Je t'en prie, Cielle. Dis-moi ce qui se passe.

Elle se retourna de nouveau. Soupira et lâcha :

– Avec la crise, Pete a perdu pratiquement tout son pognon. Un programme immobilier qui a foiré, quelque chose comme ça. Ce qui signifie qu'on n'a plus de quoi payer mon lycée privé à la con. Alors j'ai pris un job. Mais ça ne suffit pas.

Abasourdi, Nate se laissa choir sur le lit.

– Mais pourquoi tu ne m'as rien dit ?

Elle attrapa son iPhone gainé de caoutchouc rose et tripota l'écran.

– Je ne sais pas. Parce que tu étais… hyperdisponible ?

– Alors comme ça, vous êtes sur…

– Ça va très bien. Dixit maman, en tout cas. On ne va pas se retrouver à la rue ni rien. Simplement, il faut tirer un trait sur le superflu. Mon éducation, par exemple.

– Et ça coûte combien, une année à Brentwood Prep ?

C'était Pete qui l'avait inscrite là, à la dernière rentrée.

– 20 000.

– 20 000 *dollars* ?

– Non, 20 000 haricots secs. Ils faisaient une promotion.

– Et tu t'y plais, au moins ?

– Pas du tout, fit-elle en reposant son téléphone. Les filles s'appellent toutes Chelsea ou Sloane, et le prochain bolos qui m'explique qu'il fume de la beu pour freiner son cerveau ultrapuissant, je lui gerbe sur les Vans.

Nate devait s'accrocher pour suivre.

– Tu n'as aucune envie d'y rester, en somme.

– En fait, si. Ça me soûle grave, mais c'est quand même un bon lycée. Les profs sont intelligents, il y a des classes d'élite, et les élèves ne sont pas tous des cons finis. Et ça me permettra d'être admise dans une bonne fac, même si je ne peux pas me la payer. Alors j'essaie de profiter à fond du second semestre avant de me retrouver à coudre des porte-monnaie dans un atelier clandestin.

Ayant lui-même dû jouer au soldat pour financer l'université, Nate s'était toujours promis de payer de belles études à sa fille. Puis l'arrivée de Pete l'avait délié de ce serment. Jusqu'à ce que la récession passe par là.

– Tire pas la tronche ! Tu sais bien que ce ne sont plus tes oignons. Ça fait neuf mois – pardon, trois ans – que tu as tourné la page.

– Je n'ai jamais tourné la page.

– Et tu appelles ça comment, alors ?

Le sourire acrimonieux cachait mal un soupçon d'espérance.

Nate baissa les yeux.

– Je pensais avoir du temps devant moi.

– Perdu ! On ne peut compter que sur le présent, papa. Et au présent, t'es nul à chier.

Pendant qu'elle le vilipendait, Nate additionna des chiffres dans sa tête, mais il en avait peu à manier, vu l'anémie de son compte en banque.

– Je pourrais peut-être prendre en charge une partie des frais de sco…

– Je ne veux rien recevoir de toi !

– Que puis-je faire, alors ?

Lui tournant le dos, elle répondit :

– Aller mourir ailleurs.

Ces mots creusèrent un gouffre dans le ventre de Nate, en lieu et place de l'estomac. Il resta assis sur le lit, à regarder la nuque de sa fille réfugiée dans ses devoirs.

Il se releva, les genoux douloureux.

– Je regrette de ne pas avoir été un meilleur père, Cielle. (Il crut l'entendre renifler, sans plus.) Et pour ce que ça vaut, sache que je suis fier de ce que tu es, et de tout ce que tu deviendras.

Sur ce, il sortit et referma la porte en douceur. Il retrouva Janie et Pete là où ils les avait laissés, avec trois assiettes de salade en déshérence.

– Tu veux rester à dîner ? offrit Janie.

Nate se rappela son rendez-vous avec une pelletée de médocs, dans l'atmosphère tamisée de son appartement. Et revit des doigts encrés dépassant d'une vitre noire.

– C'est gentil, mais je dois filer.

Le soulagement dans les yeux de Janie l'anéantit. Il se tourna vers Pete :

– J'ai appris pour tes investissements malchanceux. Je suis navré.

Pete se raidit un brin.

– Ne t'inquiète pas pour ça, Nate. On s'en sortira. Prends soin de toi, c'est tout ce qui compte.

– Et puis elle sera très bien dans le public, crut bon d'ajouter Janie.

– Si tu le dis.

Nate mourait d'envie de lui caresser la joue, de goûter sa bouche une dernière fois, mais il se l'interdit.

– Eh bien voilà. Je voulais juste vous dire au revoir.

– Si on peut faire quoi que ce soit, murmura Pete.

– Tu sais ce que j'apprécie chez toi ? lui lança Nate. T'es un mec bien. Et tu n'as jamais laissé notre rivalité pourrir la situation. (Il leva les yeux vers le silence assourdissant à l'étage.) Prends bien soin d'elle, d'accord ?

Ils se serrèrent la main et Pete lui donna l'accolade.

– Je le raccompagne à la porte, dit Janie.
– Bien sûr, chérie.
Du perron, les époux séparés contemplèrent la nuit, puis Nate s'accroupit pour mater cette fichue brique récalcitrante.
– Il doit rester un peu de ciment au garage, dit-il.
En se redressant, il vit que Janie pleurait.
– Je t'en prie, ma belle…
– J'aimerais t'offrir des paroles de réconfort, Nate, mais je ne sais pas lequel de nous deux a le plus besoin d'être consolé. Alors je vais me taire, d'accord ?
De peur de flancher, il regarda sa Jeep.
– Allons, Janie, ce n'est pas la fin du monde. Pense à la séance d'opéra de la semaine prochaine, avec Pete-le-Roi-de-l'Éclate.
– T'es monstrueux, Nate.
– Tu auras été le grand amour de ma vie, Janie. Le seul et unique.
La bouche tremblante, elle hocha la tête et courut à l'intérieur.
Nate repartit vers sa voiture. Comme il glissait la clef dans la serrure, une voix tonna :
– Salaud !
Il pivota et trouva Cielle, son pull informe déroulé sur ses mains, le visage écarlate.
– Je t'aimais tellement, cracha-t-elle comme une imprécation. Quand tu étais à la guerre, j'ai brûlé des bougies pour que tu rentres. Et quand tu nous as quittées, j'ai brûlé des bougies pour que tu reviennes. « Seigneur Jésus, faites que je retrouve mon père. » Mais même quand tu étais là, avec ton boulot à la con, tu dorlotais la terre entière sauf les deux seules personnes dont tu étais vraiment censé t'occuper !
– Cielle…

– Tu n'arriveras pas à m'attendrir, papa. Pas question. Et je m'en fous, que tu sois mourant.

Mais sous ses cris de haine, elle pleurait à chaudes larmes.

Il la considéra fixement, n'osant l'approcher de peur qu'elle ne se sauve comme une biche.

– Tu n'as pas le droit de mourir si vite. Tu ne le mérites pas. Je n'ai pas eu ma revanche.

– Quelle revanche ?

– Je comptais réussir ma vie, me marier et t'empêcher de connaître tes petits-enfants. Puis voilà que tu nous annonces que tu as un pied dans la tombe, juste pour que je me sente… que je me sente… (Son visage se déforma.) Ça t'avance à quoi de nous prévenir ? Hein ?

– Je tenais à vous dire adieu. Qu'on puisse se quitter en bons termes.

– Mais pourquoi aujourd'hui, *Nate* ? Ça fait un petit moment que t'es au courant, et tu te portes toujours comme un charme. J'imagine qu'il te reste au moins plusieurs mois à vivre ?

Il se sentait lourd, fatigué.

– Ce n'est pas sûr.

Les yeux de Cielle trahirent un trouble. Ses poings se crispèrent dans ses manches.

– Et maman le sait, ça ?

Il secoua la tête.

– Pourquoi cette confidence, alors ?

– Ta mère et moi, c'est fichu.

Elle s'essuya rageusement les yeux.

– Eh bien nous aussi, c'est fichu !

Il la regarda remonter l'allée, espérant apercevoir une dernière fois son visage, priant jusqu'au bout pour qu'elle se retourne.

Mais il ne fut pas exaucé.

11

Une flopée d'enveloppes gisaient sur le paillasson, au premier étage de son immeuble de Westwood. Des lettres de menaces dictées dans une limousine noire ? Peu importe : là où il allait ce soir, rien ni personne ne pourrait l'atteindre. Plus jamais. Il fut néanmoins rassuré, en brassant ce courrier avec le pied, d'y reconnaître des logos de chaînes télévisées. Sûrement des demandes d'interview, suite à ses prouesses dans l'agence bancaire. Il les laissa de côté et ramassa le *Los Angeles Times* du matin.

Il se rendit directement à la rubrique nécrologique, ainsi qu'il en avait pris l'habitude. Y figuraient aujourd'hui les noms de Mary Montauk, une linguiste qui avait participé à la conception du premier correcteur automatique d'orthographe ; de Gwendolyn Dawson, ancienne éducatrice spécialisée et fana de tricot ; d'Arthur Fiske, héritier d'un empire textile, aviateur durant la Seconde Guerre mondiale et bienfaiteur des musées Getty. Nate l'imagina voguant en pull jaune poussin sur un lit baigné de lumière divine, un sourire de félicité affleurant aux lèvres. Le vieil Arthur avait eu tout le temps d'ajuster la température et de s'aménager un nid propice aux contemplations nostalgiques, un poste d'observation royal sur une vie richement remplie.

Mais, comme chaque fois, la rêverie achoppa sur la dernière phrase.

ARTHUR LAISSE DERRIÈRE LUI SA TENDRE ÉPOUSE PAMELA, SOIXANTE-TROIS ANS, AINSI QUE LEURS QUATRE FILS ET ONZE PETITS-ENFANTS.

Beau boulot, Arthur, pensa Nate tout en déverrouillant la porte.

Il jeta le journal et le courrier à la poubelle puis considéra son intérieur. Trois ans après leur assemblage, les meubles IKEA avaient toujours leurs codes-barres. Il se carra sur le canapé convertible que Cielle n'avait jamais daigné étrenner, face à deux photos punaisées au mur. Sur la première, médiocre et floue, prise le soir de leur mariage, Janie et lui dansaient en se racontant des bêtises. Sur la seconde, une fillette de six ans au large sourire édenté posait à croupetons dans l'herbe derrière un ballon de foot. En dessous, sur une table basse, reposaient les papiers du divorce – signés – ainsi que sa lettre d'adieu. Il leva celle-ci sous la lumière.

Pour Janie et Cielle, les deux moitiés de mon âme

Ma Janie, je te souhaite tout le bonheur du monde avec Pete. (Lequel Pete est prié de ne pas lire par-dessus ton épaule. Ceci est une lettre de suicide, pas un hall de gare. Merci.) Quant à toi, Cielle, je me suis longuement demandé quel message je souhaitais te transmettre. Je te dirai simplement ceci : on ne sait jamais ce que l'avenir nous réserve, alors ne perds pas ton temps à te battre contre des moulins à vent. Si tu t'accroches exagérément aux choses, tu sombreras avec elles.

Il émit un bref ricanement. Nate Overbay, philosophe de salon.

De ces choses, je n'en regrette qu'une seule, ma puce : chaque minute passée loin de toi et de ta maman. J'ai eu mille occasions de me rattraper, et je n'ai pas su les saisir. Mais ce ne fut jamais par manque d'amour. Toi et ta mère étiez ce qu'il y avait de meilleur en moi.

Et de loin.

Pour le flic qui lira ces lignes

Tout d'abord, mes excuses au gars qui a dû m'éponger dans la benne – ou à même la chaussée, si j'ai mal calculé mon coup. Ensuite, lorsque vous irez notifier mon décès à ma femme et à ma fille, faites preuve de patience et de gentillesse. Ne consultez pas votre montre, regardez-les dans les yeux, et prenez-les dans vos bras si nécessaire.

Nate

P.-S. Il reste un demi-sandwich au jambon dans le frigo. Il est à vous.

Nate replia la missive et la tapota contre ses lèvres en songeant à ses adieux ratés avec Cielle, et aux soucis financiers qu'elle lui avait révélés. Trois années de lycée à 20 briques chacune, puis au moins autant à la fac, à un tarif double… Nate se releva du canapé, ouvrit un tiroir, rafla un bloc et un crayon et se rassit pour esquisser un tableau budgétaire. Dans la colonne de gauche, son solde bancaire (peu), sa pension de l'oncle Sam (minime), et les salaires qu'il pouvait tirer de ses derniers mois de validité (bien maigres). Dans celle de droite, les dépenses médicales nécessaires pour l'accompagner dans son déclin (colossales). Lorsqu'il retrancha la seconde de la première, un gros solde négatif lui montra des yeux ronds. Quelle misère de voir sa valeur personnelle exprimée en ces termes, son existence réduite à une honteuse suite de chiffres précédée du signe moins… Nate ne pouvait certes plus apporter grand-chose à Cielle, mais il lui serait toujours plus utile en mourant maintenant qu'en mourant plus tard.

Il jeta le bloc par terre, se rendit dans la cuisine et rapporta le sandwich au jambon. Il alluma la radio et changea de station en reconnaissant Lady Gaga. Où était-il écrit qu'un suicide devait être glauque ?

Mastiquant son dîner, il se planta au milieu du séjour pour un ultime état des lieux. Tout ici puait la mort. Les livres non lus sur l'étagère, dont un *Moby Dick* exposé de face et invaincu. Dans un coin, une fougère brunissante vouée à lui survivre. Et cette épaisse bougie à moitié consumée que le proprio ferait bazarder par une équipe de nettoyage. Il y avait quelque chose d'affreusement nombriliste dans la mort, qui repeignait en gris tous les objets du quotidien. La mort vous enfermait, vous séquestrait dans les replis glauques de votre cervelle. Sauf en de rares moments, comme ce matin à la banque, lorsque Nate avait eu l'impression de flotter entre les balles, dans un état de rien-à-branler total.

Muni d'une bouteille de whisky Knob Creek, il s'installa à la table de la cuisine, aligna ses flacons de pilules et procéda à l'appel. Vicodin et antibiotiques délivrés le matin même par l'hosto. Xanax pour le sommeil. Des capsules de vitamines E, et enfin son ennemi juré, le riluzole, sous forme de comprimés oblongs dont les effets secondaires oscillaient entre faiblesse, fatigue, somnolence et nausées. Tout bien réfléchi, onze Xanax et dix-huit Vicodin feraient amplement l'affaire. Il les disposa sur la table en un joli *smiley*, avant de se verser un généreux verre de bourbon.

Mais un dernier détail le turlupinait. Le devenir de son corps qui allait se décomposer, lentement mais sûrement, jusqu'à ce que l'odeur traverse les murs et qu'une personne innocente, peut-être même la femme du proprio, se dévoue pour… Non, il ne voulait pas de ça. Et pour l'éviter, il ouvrit son téléphone portable et composa le numéro inscrit au dos de la carte d'Abara. Il laissa un message sur la boîte vocale :

– Bonsoir, Nate Overbay à l'appareil. Puisque je devais vous appeler au cas où, je viens de me souvenir d'un truc qui pourrait aider votre enquête. Je ne serai pas chez moi avant plusieurs heures, mais si vous souhaitez passer vers minuit…

Sur ce, il raccrocha, traversa le salon et défit le verrou pour le flic.

Voilà. Il était fin prêt.

De retour dans la cuisine, il tendit la main vers le whisky, mais une main étrangère tira brusquement la bouteille de l'autre côté de la table. Une main enduite de sable et de sang séché. Charles occupait la chaise opposée, la poitrine en charpie.

– Tu sais ce qu'on dit sur le suicide, Nate : c'est la solution des lâches.

Nate lui reprit le whisky.

– Vraiment, Charles ? Avancer le buste au-dessus de onze étage de vide pour étudier le point précis où l'on finira en tache de Rorschach version XXL ? C'est ça que tu appelles un truc de lâche ?

– Je ne fais que répéter l'adage, plaida le spectre en se renversant sur son dossier, sa chair grillée encore fumante. Ce que tu peux être susceptible…

– Je voulais juste sauter peinard d'un immeuble. Je ne demandais pas la lune !

– Je comprends ton dépit, mec. Le sort t'a refilé une carte pourrie et tu n'as aucun moyen de t'en débarrasser. Mais ce n'est pas une raison pour nous jouer du Jane Austen.

– Hein ?

– Tu sais, dans *La Cloche de détresse*, la meuf qui se fout en l'air…

– Ce bouquin est de Sylvia Plath !

– C'est pareil. Essaie juste de voir le bon côté des choses. Pour la première fois de ta vie, tu peux faire et dire absolument tout ce que tu veux !

– Le *bon côté* ? Je suis en train de crever, je me trimballe toujours ce putain de syndrome post-traumatique – c'est-à-dire *toi* –, je serai officiellement divorcé d'un jour à l'autre, et pour couronner le tout ma gosse me déteste ! Où est le bon côté là-dedans ?

Charles croisa les bras sur son cratère et mima l'ennui.

– Si c'est pour pleurnicher comme ça, tu peux aussi bien parler au mur.

– Et qu'est-ce que je suis en train de faire ?

Charles secoua la tête.

– Tu me déçois, Nate. Et je refuse d'assister à ça.

– Casse-toi, alors.

– C'est bien mon intention.

Mais il resta assis sur sa chaise, à bouder comme un morveux.

Nate fit claquer la bouteille sur la table.

– Comprends-moi, Charles : je dois passer à l'acte tant qu'il me reste un minimum de niaque. Il n'y a rien de plus pathétique qu'un type trop déprimé pour se suicider.

– Mais si tu continues à me parler, c'est bien que tu attends quelque chose de moi. (Charles ouvrit grands les bras, libérant une bouffée de fumée noire.) Parle, mon poteau. Je t'écoute.

Nate contempla les pilules agencées devant lui.

– Je veux mourir dignement, murmura-t-il.

Lorsqu'il releva les yeux, Charles s'était envolé.

À la radio, Leona Lewis modulait sur une rythmique pompière nappée d'orgue.

Nate fit glisser les comprimés dans ses mains et les considéra. Son pouls rapide et sa tête bouillonnante lançaient des gerbes d'images mentales. La peau livide de Janie sous l'eau… Les gencives de le petite Cielle capturant un doigt paternel… Son prénom cousu sur un polo d'employée au lavage… Ses études, son avenir… Comment pouvait-il baisser le rideau sans avoir réglé ce problème-là ?

Lui revint en mémoire le million de dollars d'assurance-vie qu'il s'apprêtait à dissoudre d'une simple gorgée. En cas de suicide, ses bénéficiaires – Janie et Cielle – ne touchaient pas 1 cent.

Dit autrement, le meilleur moyen de garantir l'avenir de sa fille consistait à reposer ces pilules afin de crever d'une mort atroce, en pensant au jackpot que promettrait chaque seconde d'agonie.

Mais la voix de Cielle lui résonnait aux oreilles : *Je ne veux rien recevoir de toi !*

Nate se souvint de l'époque, où, enfant, il retrouvait les cheveux de sa mère partout. Des touffes entières, ternes et moutonnantes, comme arrachées dans une bagarre, qui sur un oreiller, qui dans un peigne, qui dans le bandeau de son espèce de visière en tissu éponge.

Cielle à nouveau, lui tournant le dos : *Va mourir ailleurs.*

– Très bien, dit-il. Très bien.

Il jeta les pilules dans sa bouche.

Dans le poste, Leona saignait, saignait, saignait dans une grande hémorragie de *vibes*.

Les comprimés commencèrent à fondre sur la langue, amers et diaboliques.

Nate saisit la bouteille, dévissa le bouchon.

Il imagina Cielle en train de laver des bagnoles à la chaîne. Et quitter son lycée malgré tout.

Le bourbon afflua dans sa bouche, doux et chaleureux, affolant les pilules.

Tu m'as fendu le cœur et…

1 million de dollars. On lui demandait juste de souffrir.

Je saigne, je saigne, je saigne de malheur…

Il tourna la tête et recracha les médicaments sur le lino. Puis toussa méthodiquement, les coudes sur la table.

Son téléphone sonna.

– Cielle ? fit-il avant de rafler l'appareil sur le comptoir. Allô ?

Un doux accent slave lui demanda :

– Tu te souviens de moi ?

Nate se glaça. Posa les yeux sur la flaque brune émaillée de comprimés.

– Numéro Six, répondit-il.

– Va donc dans la chambre.

Nate s'entendait à peine parler tant sa poitrine tambourinait.

– Pourquoi ?

– J'ai quelque chose à te montrer.

Nate traversa le salon pour boucler le verrou. Puis il revint sur ses pas, le téléphone plaqué contre son oreille, et s'approcha lentement de la chambre. Il la retrouva telle qu'il l'avait laissée, avec le lit soigneusement bordé, si ce n'est que… L'oreiller avait perdu sa taie.

Il se pétrifia, hébété.

– Va à la fenêtre, grésilla Six.

Nate s'avança encore, ouvrit les rideaux.

– Que suis-je censé voir ?

– Attends.

Un tissu opaque lui tomba sur le visage et se resserra autour de son cou. Et ce tissu, pensa-t-il avant de s'évanouir, ressemblait bigrement à une taie.

12

Avant la conscience vint la douleur. Dans la soupe épaisse de sa tête, dans ses pied froids et gourds, dans ses jambes entièrement transies. Dans les épaules, où les tendons hurlaient. Et dans ses poignets, au-dessus de sa tête. Oui, surtout dans les poignets.

Ouvrant des yeux craintifs, Nate devina une grande salle sombre et humide, peut-être un entrepôt. Ses bras levés formaient des œillères et il claquait des dents. Il faisait drôlement froid pour un lieu couvert, et chaque inspiration lui congelait les bronches.

Baissant les yeux, il crut avoir perdu le bas du corps. Puis il s'aperçut, incrédule, qu'il avait les jambes prises dans de la glace. Il essaya bêtement de les secouer, de soulever les pieds, de plier et de ruer, mais l'épaisse masse l'enveloppait jusqu'aux cuisses.

Il se mit à haleter, à transpirer de panique. En voulant frotter contre sa manche sa joue perlée de sueur gelée, il se découvrit menotté et suspendu à un croc de boucher. La chaîne qui soutenait ledit croc s'élevait sur plusieurs mètres pour s'estomper dans les ténèbres. Le plafond aurait pu culminer à trois mètres comme à cent, et les menottes noires lui rongeaient la peau.

Enfin, derrière tout le reste, sa plaie dans le dos pulsait avec son pouls, défiant la suture à chaque battement.

Il te le fera payer. Tu n'imagines même pas.

Nate cligna des paupières, une technique de soldat censée hâter l'accommodation nocturne. Le bloc de glace autour de ses jambes se précisa – anguleux, plus large que haut, de la taille d'un réfrigérateur couché – tandis qu'à la surface dansaient des flammèches de givre.

Devant lui, des palettes, des caisses, des outils. Et une découpeuse semblable à celle utilisée pour le casse.

Bientôt, quatre silhouettes lugubres se révélèrent dans le noir, quatre silhouettes fixes qui l'examinaient en inclinant la tête. Nate poussa un cri et se cambra. Le rebord de la glace lui mordit l'arrière des jambes tandis que la chaîne qui le soutenait poussait un grincement rouillé. L'écho qui s'ensuivit dénota un espace aussi vaste que vide.

La vision de Nate s'affinant, les visages se précisèrent. Le plus grand du lot était le type au menton carré entraperçu dans la cohue en bas de l'agence. Un nez de boxeur, des épaules larges comme un joug, un crâne d'obus tapissé de soies rases. À côté de lui se tenait un trapu affublé d'un vieux pull à rayures rouges et blanches façon *Où est Charlie ?*. Au lieu d'épouser son ventre, le pull pendait à l'aplomb de son thorax massif. Le troisième était un homme svelte et aux traits fins coiffé d'un catogan serré.

Enfin, s'approchant d'un pas scrutateur, l'ineffable numéro Six, le chef du commando. Nate reconnaissait sa carrure : des membres courts et noueux, un centre de gravité bas, l'archétype du chien d'attaque. Il paraissait toutefois plus jeune que Nate ne l'aurait cru. Des cheveux blonds et lisses coupés à l'ancienne, limite bol, et un front marqué d'une croûte à l'endroit précis – bien fait ! – où Nate lui avait jeté le pistolet vide. Avec ce visage rond et ces yeux espiègles et déterminés, on l'aurait bien vu en marin sur une affiche de propagande soviétique.

Il s'avança jusqu'à ce que Nate puisse respirer son haleine, et lui examina le visage.

– Il est complètement réveillé, déclara Six dans un accent résolument russe.

Aucun n'était masqué. Nate y vit un mauvais présage.

– Qui êtes-vous ? risqua-t-il.

Le chef le regarda dans les yeux.

– Nous sommes des *Tyazhiki*. Des gens de l'ombre. Nous ne sommes pas là. Nous n'existons pas.

– Vous avez bien des petits noms ?

– Oui, bien sûr. Aurais-je oublié de me présenter ? Moi, c'est Misha. Mais vous vous demandez peut-être ce que vous faites ici ?

– Non, avoua Nate.

– Il souhaite vous prélever quelque chose. Sur le corps, sans doute.

Misha posa l'index sur le torse de Nate et poussa légèrement. De nouveau, la chaîne grinça et la glace lui scia les jambes. Il ne put s'empêcher de grogner.

Il contracta la mâchoire pour ne plus claquer des dents. Des aiguilles de douleur poinçonnaient ses bras exsangues. Le programme des réjouissances s'annonçait horrible, mais au bout il trouverait la mort. Il rechercha en lui cet état d'indolence parfaite éprouvé lors du braquage.

– Pourriez-vous me baisser les mains, s'il vous plaît ?

– Pas maintenant, fit le gars au pull rayé.

– S'il te plaît, Charlie. Vous êtes quatre et je porte un futal en iceberg. Je ne pense pas que vous craigniez grand-chose.

Le type fronça les sourcils :

– *Charlie ?*

– Il s'appelle Dima, indiqua le chef. Avec la queue-de-cheval, c'est Valerik, et lui (il agita la main vers le géant aperçu devant la banque), c'est Youri.

Hormis l'accent, Misha parlait un anglais impeccable.

– Les mains restent en l'air, décréta Youri. Pour plus de douleur.

Mais Misha n'en fit qu'à sa tête et décrocha les poignets de Nate. Il sentait bon le savon.

Youri pinça les lèvres, agacé mais résigné. Les deux autres se dandinèrent en feignant d'ignorer la tension ambiante.

Nate n'avait pas prévu qu'il serait si douloureux de recouvrer ses bras. Les épaules tremblantes, il grimaça de douleur puis demanda :

– Vous êtes russes ?

Misha trahit un premier signe de colère.

– Non, pas russes. Ukrainiens.

– D'accord. Et c'est pour quoi, la glace ?

– Tu verras.

– Vous avez le goût du suspense, en Ukraine.

– Ne gaspille pas ta salive ni tes forces, rétorqua Misha. La glace autour de tes jambes est dure comme de la pierre. Nous avons dû creuser un trou pour t'y enfoncer par le haut.

– Et il fallait s'y mettre à quatre pour avoir cette idée de génie ?

– Tu as de l'humour, toi. Étant donné les circonstances, c'est assez admirable.

– Je n'ai pas peur de mourir, déclara Nate. Vous n'obtiendrez rien de moi.

Misha révéla un sourire tout en gencives, comme si sa bouche était fendue trop haut sur son crâne. Puis un choc métallique ébranla l'entrepôt et une porte invisible vira sur des gonds grippés. Suivit une série de pas, lents mais de plus en plus proches. Puis un projecteur s'alluma, braqué droit sur Nate qui plissa les yeux. Dans le faisceau de lumière, une silhouette masculine parfaite. Immobile, les bras croisés.

L'homme se remit en marche, précédé par son ombre effilée qui gagna le bloc de glace, le tronc de Nate, et enfin son visage. Le contre-jour dissimulait parfaitement les traits du gars, même lorsqu'il s'arrêta à deux ou trois mètres de Nate.

– L'écart entre les canines du guépard correspond à l'épaisseur des vertèbres de ses proies, lança-t-il.

Son accent à lui était fort prononcé, et sa voix rauque lui donnait quelques dizaines d'années de plus que les autres.

– Pour sectionner la moelle épinière, précisa-t-il en fendant l'air d'un mouvement sec de la main.

Son haleine s'échappait en fumant de ses narines.

– Il y a les mangeurs et les mangés, conclut-il. Tel est le dessein de dame nature.

Il pivota pour faire les cent pas, exposant son visage à la lumière. Un visage buriné, parcheminé, avec une large bouche charnue et des yeux de saphir. Il portait un costume parfaitement taillé ainsi qu'un pull à col en V qui moulait ses muscles ronds. Les mains dans les poches, une touffe de poils entre les clavicules, il paraissait dense, incassable, comme sculpté dans un chêne. Sans ses rides, on lui eût prêté un demi-siècle de moins.

L'homme de la limousine. Ce ne pouvait être que lui.

Il s'arrêta de nouveau.

– Et moi, dit-il en dardant ses yeux durs sur Nate, mon dessein, c'est de vous terroriser.

Le cœur de Nate lui remonta dans la gorge.

– J'ai tué cinq de vos hommes, rappela-t-il.

– Ce n'étaient pas *mes* hommes. Sauf celui que vous n'avez pas eu.

Il montra des dents étonnamment parfaites, et Nate mit quelques secondes à se dire qu'elles étaient sûrement fausses.

– Les miens ne se font pas abattre par des individus comme vous. Ils sont différents. L'Amérique ne sait pas fabriquer ce genre de méchants.

Bien qu'engourdies, les jambes de Nate le mettaient au supplice, et il avait de plus en plus de mal à retenir ses dents de claquer.

– Et vous êtes… ? s'enquit-il.

– Pavlo Maksimovich Shevchenko.

– Et que comptez-vous m'infliger ? Si l'on pouvait accélérer le mouvement…

Pavlo entrouvrit les lèvres et tendit la main sur le côté. Elle était gantée, mais Nate aurait parié que sous le cuir noir se cachaient des ongles soignés et des phalanges tatouées.

Valerik s'avança. Sur ses tempes, des mèches grasses désertaient ses cheveux tirés en arrière. Il plaça un jeu de photos dans la paume du patron.

– Lorsqu'on sectionne le bas du corps et que l'on pose le tronc sur de la glace, le froid préserve les fonctions cérébrales. Pour vingt minutes, parfois même une demi-heure. Ainsi on n'en perd pas une miette, ni en termes de souffrances, ni en termes d'images.

À l'appui de son propos, il fit défiler les clichés sous le nez de Nate. Des clichés horribles, impensables, et réalisés sans trucage.

Ce spectacle sanglant terminé, Nate balbutia :

– Pardon, mais…

Pavlo se recula avec grâce pour laisser vomir Nate.

Ce dernier s'essuya la bouche sur ses mains liées, ce qui déplut fort à ses épaules. Sur sa gauche, le bloc de glace se prolongeait à la manière d'une table.

Ramenant son attention sur Pavlo, Nate frémit. Youri s'était posté à côté du chef, la découpeuse entre les mains.

Malgré le froid de canard, des gouttes de sueur coulèrent sur le visage de Nate, et d'autres dans son dos. Il maîtrisa son ventre, tenta de freiner son souffle et s'interdit de regarder la scie.

Vingt minutes, d'après l'autre. Vingt minutes difficiles, puis tu seras délivré.

– Allez-y, lança-t-il.

Misha se renfrogna.

– Comment ça, *allez-y* ?

– Faites-le. Massacrez-moi.

Nate mesura soudain la portée du changement survenu dans l'agence. En bravant les balles, il avait renoué avec le jeune homme d'autrefois, celui qui se jetait dans les flots pour sauver une fille de la noyade.

Il partit d'un rire sinistre, presque hystérique.

– Tuez-moi, messieurs. Tuez-moi !

Il soutint avec défi le regard rembruni de Pavlo. Quand on n'a plus rien à perdre, l'ennemi ne peut plus rien obtenir.

Pavlo se détourna et reprit d'un ton patelin :

– Je connais un petit journal rouge, au fond d'un placard qui ferme à clef. Dans ce journal sont consignées les doléances d'une jeune fille. Les difficultés qu'elle rencontre, les torts qu'on lui fait. La dernière entrée en date, page 89, retrace un souvenir d'enfance. Son père qui fait irruption dans sa chambre avec le visage en sang, alors qu'elle se réveille d'un cauchemar.

L'Ukrainien observa Nate, la lèvre frisant de plaisir.

Ces hommes. Dans la chambre de sa fille.

Ces fous furieux s'étaient introduits dans la maison *aujourd'hui même* ! Et sans doute très vite après le braquage, pour profiter de ce que Pete et Janie travaillaient et que Cielle était en classe.

– Cette glace n'est pas pour vous, confia Pavlo. C'est une simple… démonstration.

– Que les choses soient claires, menaça Nate. Touchez un seul cheveu de ma fille, et je consacre le restant de mon existence à vous le faire regretter !

Pavlo se remit à déambuler, l'air grave et irrité.

– Dans notre région du monde, il est une coutume à laquelle je suis très attaché. Lorsque vous écrasez par mégarde le pied de quelqu'un, vous devez lui présenter votre propre pied pour qu'il le piétine à son tour, fût-ce d'un effleurement symbolique. Nous réglons nos fautes sur-le-champ, afin d'éviter que la rancœur s'installe. Vous comprenez ?

Nate hocha la tête, une boule acide dans la gorge.

– Vous et moi, continua Pavlo, nous sommes en attente de *razborka*, de réparation. Nous avions passé du temps à organiser ce braquage…

– Je trouverai un moyen de vous dédommager.

– Je n'ai pas besoin d'argent, fit l'Ukrainien avec dédain. J'en ai plus qu'il en faut.

– Pourquoi attaquer une banque, alors ?

– À cause d'un désaccord avec un certain Danny Urban, paix à son âme. Je contestais à cet individu la propriété d'un objet qu'il conservait dans un coffre de la First Union Bank of Southern California. Coffre dont, malheureusement, nous ignorons le numéro.

Nate se rappela le mur de coffres individuels, avec toutes ces charnières tranchées et ces petites portes arrachées. Rétrospectivement, il allait de soi que l'argent n'était pas la priorité des voleurs.

– Ce casse était donc un simulacre ? Pour récupérer en douce les affaires de ce Durban ?

Pavlo cessa de marcher.

– Pour récupérer le contenu de son coffre, en effet. Et puisque vous avez perturbé notre plan, eh bien c'est vous qui allez me rapporter mon dû.

Nate sentit sa mâchoire tomber d'un cran.

– Vous plaisantez, n'est-ce pas ? Comment voulez-vous que je… Surtout maintenant que l'agence est une scène de crime…

– Elle rouvrira sous vingt-quatre heures, avec des coffres comme neufs. Il en va de son image de marque.

– Mais vous attendez quoi, au juste ? Que je m'introduise par effraction ?

– Vous êtes leur héros, à présent. Leur sauveur providentiel. Alors tâchez d'en tirer parti. Nous avions une solution. À vous d'élaborer la vôtre.

Nate foudroya Pavlo du regard, mais l'homme ne cilla pas.

– Tuez-moi, d'accord ? Butez-moi tout de suite et on sera quittes.

Mais l'autre ne l'écoutait pas :

– Vous me trouverez au restaurant New Odessa. Vous avez cinq jours pour me livrer ce que je demande. Jusqu'à dimanche minuit.

– Dimanche *prochain* ? s'étrangla Nate. Mais on est déjà mardi ! C'est du dél…

La découpeuse s'ébroua entre les mains de Youri, pour un rugissement éphémère.

Pavlo leva l'index :

– Cinq jours, pas un de plus, pour me remettre le contenu de ce casier. Sans quoi je couperai votre fille en deux et planterai son buste sur ce bloc de glace. Juste ici, vous voyez, de sorte qu'elle puisse admirer ses restes. Vous, on ne vous touchera pas. Est-ce bien clair ? (Il posa sa paume gantée sur la surface givrée à côté de Nate.) Souhaitez-vous que je revienne sur tel ou tel point ?

Nate secoua la tête.

– Et ne vous avisez pas de prendre la fuite ou de vous cacher. Ou c'est la gosse qui trinquera.

– Mais comment voulez-vous que… ?

Le vieil homme cligna de ses paupières ridées. Avec lenteur et patience.

– Idem si vous alertez la police, le FBI ou l'agent Abara.

Le nom du flic fit tressaillir Nate de plus belle. Ce Pavlo semblait avoir des antennes partout.

Mais vers qui se tourner, alors ?

– Passé le délai, conclut l'Ukrainien, la jolie petite écriture n'atteindra jamais la page 90 du carnet rouge.

Sur ces mots, il sortit la clef des menottes, la laissa tomber sur le ciment et la plaqua sous sa semelle après un rebond. À son signal, Youri démarra la scie et s'approcha de Nate, les avant-bras bandés de part et d'autre du moteur tiède. Il leva la machine au-dessus de son épaule, prêt à l'abattre sur le prisonnier.

Nate ferma les yeux et cambra le dos. La lame de carbure siffla devant sa poitrine avant de mordre la glace en soulevant un geyser de copeaux. Nate sentit le bloc vibrer entre ses jambes puis se fendre en deux. Pendant qu'il battait des cils pour chasser les projections de ses yeux, les hommes se retirèrent dans l'axe de la lumière. Puis l'un d'eux shoota du pied dans la lampe et le noir retomba.

Des bruits de pas, un grincement de porte, un lourd claquement suivi d'écho.

Puis le silence. Le froid. La terreur.

Et une nouvelle consistance à l'expression « toucher le fond ».

Nate s'étira, remua ses jambes ankylosées. Il en libéra une puis décoinça la seconde et resta cinq minutes par terre, peut-être trente, à attendre que ses pieds recouvrent leur sensibilité et ses poumons leur calme. Ensuite, les mains attachées devant son ventre, il roula sur le ciment en cherchant à tâtons la clef jetée par Shevchenko. Lorsqu'il la sentit sous ses doigts glacés, il dut encore surmonter crampes et tremblements pour l'introduire et la tourner. Ses poignets enfin libérés, il lança les menottes dans le noir. Elles glissèrent sur une longue distance, sans rencontrer le moindre obstacle.

Il ne parvint à se relever qu'après plusieurs tentatives, puis enchaîna les pas de fourmi en butant contre des caisses.

Il considéra l'énormité de la tâche devant lui. Et l'énormité de l'enjeu.

Cinq jours pour ravir le contenu d'un coffre de banque. Sinon ils tuaient Cielle.

Adieu, suicide chéri…

Retrouvant la sortie, il déboucha dans une ruelle et se traîna jusqu'à un carrefour inconnu, le jean trempé et le tee-shirt chiffonné. Des zonards assis sur une carcasse de Camaro relevèrent le nez de leurs bouteilles enveloppées de papier brun.

Nate se mit en quête d'un taxi.

Il n'était pas rendu.

13

Pavlo se réveilla en sursaut, persuadé qu'il suffoquait. Il aspira une goulée d'air râpeuse et se redressa en chassant le drap de son ventre. Puis il se leva, en nage, pour scruter les lieux d'un regard farouche.

Tout allait bien. Les murs étaient loin. Il avait de l'espace.

Son matelas géant trônait au centre des cent quatre-vingt-cinq mètres carrés de son immense chambre. La première chose qu'il avait faite, en achetant ce manoir dans le quartier pompeusement baptisé Mount Olympus, avait été d'abattre tous les murs de l'étage. Il aurait bien éliminé les poutrelles par la même occasion, mais elles soutenaient le toit.

Sous la baie vitrée intégrale, le coteau plongeait à pic vers Hollywood Boulevard. Pavlo arpenta la pièce de long en large pour se prouver qu'il en avait la possibilité, qu'il était libre de s'ébattre.

Son histoire personnelle n'était qu'une longue histoire de cages. Son arrière-arrière-grand-père, bandit de grand chemin, était mort dans l'un des camps de Pierre le Grand, là même où émergèrent les *vory v zakone* – les « bandits dans la loi ». L'arbre généalogique de la famille comptait au moins trois autres criminels affiliés au monde des brigands du *vorovskoi mir* : un grand-père qui avait survécu aux salles de torture du NKVD pour seulement périr dans les massacres de Babi Yar ; un oncle qui s'était tranché un doigt dans un camp de travail de l'Oural pour dire merde aux règles en vigueur dehors ; et bien sûr son propre père.

Pavlo était né le jour de la mort de Staline, dans la morne ville industrielle de Donetsk, en Ukraine. Son père qui avait prêté le serment des voleurs – renier toute famille autre que ses frères de crime – se mourait alors de dysenterie au bagne d'Omsk où il tirait soixante années de travaux forcés. À l'âge de treize ans, Pavlo s'était fait une place dans les marchés noirs d'Odessa, et à quinze il accédait au prestigieux titre de pickpocket. Il reçut l'initiation classique du *vor* en apprenant notamment à manier une lame, et pour sa première exécution il sauta sur un bonhomme, lui coupa un doigt, l'enferma dans une voiture et mit le feu au réservoir. Il n'oublierait jamais le regard fixe de sa victime à travers le pare-brise. Pas une larme, pas un cri. Mais un vide qui recelait une grande leçon de vie : *d'un côté les mangeurs, de l'autre les mangés.*

Dès l'âge de dix-sept ans, Pavlo était si craint et respecté que les hommes adultes se levaient et écrasaient leurs cigarettes lorsqu'il pénétrait dans une pièce. Il fit plusieurs séjours dans la Zone, dont il ressortit chaque fois plus qualifié et plus gradé, comme en témoignaient les états de service tatoués dans sa chair.

Les conditions de vie dans la Zone étaient une mascarade. Enfermés à soixante dans des cellules conçues pour seize, on restait debout à tour de rôle, le plus près possible de la meurtrière qui servait de fenêtre, et l'on dormait empilés sur des lits superposés. En guise de chiottes, un trou à même le sol, sans papier. Des hommes mouraient de chaud en été, de froid en hiver, sous le nez de leurs camarades impuissants. Puni pour insubordination, Pavlo passa plusieurs mois dans un cachot de ciment à peine plus grand qu'un cercueil. Une heure par semaine, pour se dérouiller les jambes, il avait accès à une cave reliée aux cellules par des soupiraux. Il y régnait la même odeur de pourriture, de mort et de merde que partout ailleurs dans le camp.

L'air. On manquait d'air. En permanence.

La Zone lui montra la vérité du genre humain, lui révéla la nature profonde des êtres. Les faibles d'entre les faibles vivaient sous les lits, à bander les pieds de leurs maîtres et à bouffer des miettes. Leurs corps n'existaient que pour les autres, qui les exploitaient jusqu'à les réduire en cadavres vivants. Mais le reste des détenus n'étaient guère mieux lotis. Ils étaient piétinés, battus à mort, rossés à coups de chaussettes remplies de terre jusqu'à pisser du sang. Les gargouillements du ventre criaient leur vide intérieur. Une seule règle : survivre.

Et pourtant, au milieu de cette désolation, subsistait la tradition. L'honneur. Lorsqu'un individu perturbait l'ordre normal des choses, Pavlo convoquait un *pravilki*, le tribunal des voleurs. Celui qui avait floué un *vor* d'un rang supérieur était maintenu au sol afin que ses codétenus lui sautent sur la poitrine depuis un lit élevé. Ainsi mourait-il, la cage thoracique brisée.

Dans une prison de la ville de Perm, une plante en pot poussait sur le rebord de la fenêtre. Chaque matin, les prisonniers se la passaient de main en main pour en humer une bouffée chacun.

On jouait aux échecs avec de la mie de pain imbibée de salive, et environ une fois par saison on avait droit à une louche de poisson dans le kasha.

Nu comme un ver, Pavlo longea la vitre du doigt, les yeux plongés sur le boulevard. Les basses sourdes d'un concert de rock au Roxy remontaient la colline.

Il compta ses pas : deux cent quatre-vingt-trois pour le périmètre complet. Comme la nuit précédente. Et celle d'avant.

Pavlo enfila une robe de chambre et grimpa l'escalier flottant pour gagner la dalle du toit et inhaler l'air nocturne.

Libre de se mouvoir, libre de respirer, il se sentait indestructible, aussi résistant qu'un cafard. Après l'apocalypse nucléaire, il se faufilerait hors des décombres pour tourner ses antennes vers les vents toxiques. Il s'étira dans l'obscurité, de toute son envergure.

Au terme d'une peine de six ans au bagne numéro 6, Pavlo avait été relâché dans une ère nouvelle : la Russie postcommuniste du début des années 1990. La jeune génération de voleurs ne se tatouait plus le corps, mais elle craignait Pavlo et sut s'adapter au nouveau système. Lui-même revêtit le costume d'homme d'affaires pour tâter du montage financier, de l'électronique japonaise, du recel de Volvo et de BMW venues d'Europe. Il n'y avait qu'à se baisser pour ramasser les dépouilles de la nation. Il acheta des usines, les désossa et exporta leurs restes métalliques. L'aluminium vers l'Estonie, le nickel vers la Lettonie, le titane en Lituanie. Il mit des filles sur le trottoir, flamba au casino, fit éliminer les juges qu'il trouvait sur son chemin. Son terrain de jeu s'étendait à l'infini. *Bespredel* – sans limites.

Il se percha à l'extrémité du toit, cent mètres au-dessus du vide. Au bas des rochers, le boulevard arborait son pyjama de lumière : le clinquant du musée Ripley, le bronze de la pagode et le cuivre des tourelles du cinéma chinois Grauman ; le teint éclatant de la star HBO du moment, minaudant au-dessus d'une paire de Ray-Ban grosse comme un Boeing. Commerce. Libre-échange. Sur les décombres d'un empire, il avait su récolter les promesses du capitalisme. Et s'était installé ici, à la source, pour mieux les savourer.

Il longea le toit sans peur ni vertige, d'un pas sûr et souple. Il s'arrêta un instant, les orteils recourbés sur le rebord. S'il criait vers le boulevard, aucun écho ne lui reviendrait. S'il y jetait une pierre, il n'entendrait jamais l'impact. La hauteur. L'air. L'espace. Il se détourna et reprit sa promenade. Cent vingt pas, reproductibles à volonté, à tout moment.

La maison était bâtie à flanc de colline, de sorte que le toit commençait à hauteur de la rue. Un voisin qui sortait son chien le salua d'un grand geste. Pavlo le suivit du regard jusqu'à ce qu'il baisse le bras et hâte l'allure, puis il sauta du toit et longea le jardin délimité par de grosses pierres de granit poli importées de l'Oural. Soixante-huit pas, rien qu'à lui.

Il bifurqua vers l'entrée et frappa à l'épaisse double porte. Youri lui ouvrit et s'écarta tout en rangeant son pistolet dans ses reins. Pavlo franchit le seuil, dépassa la ligne de pantoufles destinées aux visiteurs – chaussures interdites à l'intérieur.

Le mobilier du rez-de-chaussée était parfaitement décadent. Des buffets en chêne massif plaqué ébène, des plateaux en marbre incrustés de quartz. Des lustres dégoulinants, des appliques peintes à la feuille d'or, un parquet à motifs. Un autre monde, une autre vie.

Pavlo s'engagea dans le couloir sur la pointe des pieds et ouvrit sans bruit la chambre de la fille. Les rideaux étaient tirés et l'air sentait un mélange de parfum et de tabac froid. Allongée sur le ventre, le dos tourné à la porte, Nastya se vernissait les ongles, un casque grésillant sur les oreilles. Grande et filiforme, elle portait un débardeur et un short en jean à peine plus long qu'un slip de bain. Ses jambes étaient si lisses que la peau semblait avoir été appliquée à la bombe. Elle était belle comme seules peuvent l'être les Ukrainiennes. Pommettes larges, lèvres boudeuses, cou de cygne. Il se souvenait comme d'hier de sa première apparition, sur le pas de la porte : une petite crevette emmitouflée dans une couverture rose. Le temps qu'il relève les yeux du couffin, sa prostituée de mère avait filé. Mais ces yeux saphir, et leur forme, ne laissaient planer aucun doute quant à l'identité du père.

Seulement un *vor* ne peut avoir d'autre famille que la confrérie des voleurs. Lui-même avait renié ses parents et fait vœu de célibat.

Et pourtant.

Anastasia. Diminutif : Nastya. Une petite fille, surgissant dans ses pattes tel bébé Moïse dans les roseaux. Pavlo était un criminel accompli et endurci, mais lorsqu'il prit ce poupon dans ces bras, une part de lui-même qu'il croyait éteinte reprit vie dans sa poitrine. Ce petit être pur, bon, innocent : sa dernière chance de devenir humain.

La confrérie le respectait suffisamment pour accepter son choix, mais il ne pouvait se permettre d'élever un enfant au grand jour. Pour l'avoir, il devait rompre. Tourner le dos au milieu et s'exiler sous d'autres latitudes. Puisque le président Eltsine ouvrait les vannes de l'émigration, il s'installa dans le quartier de Little Odessa, à New York, le temps de transférer sa fortune sur une série de comptes offshore, puis à Los Angeles où n'importe qui peut se réinventer en ce qu'il veut.

Tout cela pour elle. Rien que pour elle.

Elle avait maintenant dix-sept ans.

Il resta posté dans l'embrasure, à l'admirer. Ses longs cheveux de miel lui arrivaient à la taille. Les chevilles croisées, elle remuait le pied en rythme. Ses poignets portaient les bracelets fluorescents de plusieurs boîtes de nuit, chaque couleur symbolisant un soir de la semaine. Il l'avait trop gâtée, mais c'était plus fort que lui.

Il frappa doucement à la porte. Elle se retourna, baissa son casque et illumina la pièce de son sourire.

– Salut, papa.

– Ouvre donc ces rideaux. La vue est gratuite.

Dans le halo de la lampe à lave, sa cicatrice se voyait à peine. Une petite étoile juste derrière la joue qui ne faisait que souligner sa beauté.

– J'aime bien l'obscurité, répondit-elle. C'est comme un cocon protecteur.

Elle savait si peu de chose sur le passé de son père…

– À ta guise, Nastya. (Il crut flairer dans l'air une note de schnaps américain.) Tu as bu, ma fille ?

– Bien sûr que non, dit-elle avant de s'étirer comme un chat, la tête penchée sur le côté. Dis, papa, il sort d'où le petit nouveau ? Misha, là. Il est vraiment flippant.

– C'est un ami du pays. Il te met mal à l'aise ?

Le ventilateur du plafond tournait paresseusement.

– Un peu qu'il me met mal à l'aise ! Il n'arrête pas de me mater ! On était pourtant bien, à cinq, avec Valerik, Youri et Dima…

– J'ai besoin de Misha pour certaines choses.

– Si tu le dis… Après tout, c'est toi le chef.

Elle détourna la tête et fouetta l'air de ses cheveux.

– J'ai envie d'un tatouage, papa. Un petit papillon, juste ici.

Elle pointa son doigt sous sa nuque.

– On en a déjà parlé, Nastya. Tu ne te feras pas marquer la peau.

Son ton était plus ferme qu'il ne l'aurait voulu. Un jour, un de ses *brodyagi* avait eu le malheur de lui offrir un tee-shirt orné de chiffres. Voyant là un rappel des matricules cousus aux uniformes des détenus, Pavlo s'était empressé d'aller le brûler aux toilettes.

Nastya l'observa, une lueur craintive dans les yeux. S'il fallait l'effrayer pour préserver sa jolie peau, elle n'avait pas fini de trembler.

Elle fit la moue et s'étira de plus belle.

– Venant d'un homme tatoué des pieds à la tête, je trouve ça un peu gonflé, papa. Mais bon, je n'insiste pas.

– Justement, Nastya, tu n'es pas moi. Dieu merci.

– Oh ! il y a pire, tu sais. (Elle décocha son sourire ravageur.) Dis, je peux avoir un peu de sous pour demain soir ?

– Encore une virée en boîte ?

– Ouais, c'est l'anniversaire de Julie et les filles aimeraient…

Elle n'avait pas fini sa phrase que son père sortait de sa robe de chambre un rouleau de billets de 100.

– Je n'ai jamais su te dire non, fit-il en épluchant la liasse.

– Sauf pour les tatouages…

– Exactement. (Il posa les coupures sur la table de chevet, à côté d'un cendrier débordant.) Je mettrai la limousine à ta disposition.

– Ouais ! T'es le meilleur !

Elle remit son casque sur ses oreilles et retourna à ses ongles. Il était 3 heures du matin, une veille d'école, mais comparé à son père au même âge, Nastya menait une vie monacale. Alors il tourna les talons.

Dima, Youri et Valerik jouaient aux cartes à la table de la cuisine, cependant que Misha nettoyait son arme sur le comptoir, un sourire satisfait aux lèvres. Tous se levèrent à l'arrivée du chef, qui fondit sur Misha.

– Ne t'avise plus de reluquer Nastya, marmonna-t-il à mi-voix.

Misha hocha la tête.

– À part ça, poursuivit Pavlo, je ne le sens pas, ce Nate Overbay. Alors surveille-les de près lui et sa chiarde. Et au moindre signe…

– Mais suppose qu'il échoue ?

– Un nouveau plan aurait forcément un coût humain et matériel. On peut bien se permettre d'attendre cinq jours pour voir comment il s'en sort.

– Ou alors, on enlève sa fille tout de suite et on la lui réexpédie en pièces détachées…

Youri renifla bruyamment. Misha le dévisagea jusqu'à ce qu'il ravale son rictus.

– Nous sommes en Amérique, rappela Pavlo. Un minimum de subtilité s'impose.

– Je ne vois pas pourquoi, persista Misha. Si tu me laissais faire à ma façon…

Pavlo lui posa la main sur l'épaule. La discussion était close.

Le jeune homme remonta son pistolet en un clin d'œil et quitta la pièce.

Pavlo se tourna vers Youri :

– J'ai fait venir Misha parce qu'il ne connaît pas la peur. C'est une grande qualité, mais pas toujours. Alors dans l'intérêt de tous, évite de le provoquer.

Youri pinça les lèvres, comme pour retenir ses objections. Puis le patron lui indiqua la porte et il se retira, tandis que Valerik et Dima reprenaient leur partie de cartes.

Pavlo remonta à l'étage. À cinquante-sept pas de la cuisine, un grand espace vide et respirable. Laissant frotter son épaule contre la vitre, il refit le tour de la pièce, comptant une nouvelle fois ses foulées. Puis il se recoucha, sous le ciel charbonneux du grand puits de lumière, à ruminer ce qu'il était prêt à faire pour protéger ce qui devait l'être.

14

Nate extirpa son portefeuille de son jean mouillé et paya le taxi avec une carte de crédit toute froide. Des étudiants d'une quelconque fraternité d'UCLA couraient en s'esclaffant autour d'un bizut coiffé d'un soutien-gorge. Depuis la séparation, Nate n'avait pu louer mieux qu'un logement d'étudiant, dans le quartier même où il avait résidé durant ses études. Un pas en avant, dix-neuf en arrière.

Comme le taxi repartait, Nate s'accota à un arbre et tripota son téléphone.

Il fallut qu'il tombe sur Pete.

– Salut, Pete. Je voulais m'assurer que Cielle allait bien. Tu pourrais…

– À cette heure-ci ? C'est le milieu de la nuit, Nate.

– Tu peux me passer Janie, alors ?

– Mais elle dort !

– Dans ce cas, tu veux bien descendre le couloir et vérifier que tout va bien chez Cielle ?

– La maladie ne t'autorise pas tous les caprices, Nate.

– C'est ma fille, putain de merde ! Tu préfères que je me déplace ?

Nate ne s'était encore jamais emporté devant Pete, et le silence au bout du fil exprimait une franche stupeur. Le combiné heurta une surface dure, puis Nate entendit une série de pas tamponner la moquette. Au bout de quelques secondes, Pete reprit l'appareil, déclara : « Elle va bien » et raccrocha.

Nate poussa un ouf et traîna son corps fourbu dans l'escalier extérieur de l'immeuble.

Sur la coursive, une silhouette stagnait dans la pénombre, adossée au mur de l'appartement.

Nate s'arrêta à mi-volée, la main agrippée à la rampe, une giclée de bile dans la gorge. La tête de l'intrus se redressa d'un coup et ils s'observèrent dans le noir. Nate rassembla son courage et gravit les dernières marches. Comme il atteignait l'étage, la silhouette s'avança sous la lumière et il reconnut l'agent Abara.

Merde, pas lui !

Le policier fronça les sourcils.

– Que vous est-il arrivé ?

– Et vous, que faites-vous ici ?

– Vous m'avez demandé de passer, monsieur. Pour me parler d'un mystérieux détail.

Ah oui. Il avait appâté le flic dans le but sournois de lui présenter son cadavre. À une époque où l'existence était beaucoup plus simple.

– Je… Je suis sorti me promener et je suis tombé dans une flaque.

– Dans une flaque ? Où ça ?

Nate trifouilla la serrure avec sa clef.

– Dans la rue.

– Une flaque qui arrive au nombril ? Dans la rue ?

– Je suis tombé, c'est tout.

Les doigts mous et insensibles de Nate lâchèrent les clefs sur le béton. Il se baissa pour les ramasser mais dut se concentrer pour les capturer dans sa main. À cause du froid, ou de la maladie ?

Abara croisa les bras.

– Je crois qu'il est temps de vous calmer et de m'avouer la véritable raison de votre appel. Que se passe-t-il, à la fin ?

La sévérité du flic entama les bonnes résolutions de Nate. Il avait la mafia ukrainienne sur le dos, sa fille était menacée de mort, et il devait cambrioler une banque. Il ne s'en sortirait jamais tout seul. Il avait besoin des autorités.

Il se retourna vers Abara.

– Bon, je vous explique. Quand je suis rentré chez moi, ce soir…

Mais tout en prononçant ces mots, il remarqua, par-dessus la rambarde de la coursive, un type posté dans la rue, sous le pinceau jaune d'un réverbère.

Misha.

L'homme était figé, les mains dans les poches. Une vraie statue.

La nuit vola en éclats et Nate cessa de respirer.

Abara perdit patience :

– Eh bien quoi ?

Sur le trottoir, Misha sortit les mains de ses poches et laissa baller ses bras. Un objet chatoyait à son poing gauche, pointé vers le bitume.

Nate s'efforça de regarder le flic.

– Je… Je vous ai appelé parce que j'avais la trouille. Le prétexte invoqué était bidon.

Abara se racla l'intérieur des lèvres avec la langue, sceptique.

– Ne me faites pas perdre mon temps, monsieur.

Nate hocha la tête et laissa ses yeux repartir vers la rue. Misha disparut derrière une voiture et réapparut aussi sec. Un truand campait au milieu du trottoir avec un flingue, et personne ne réagissait !

– D'accord, promis. Vous pouvez rentrer, alors.

Nate accompagna ces mots d'un geste ample et impérieux en direction de l'escalier, afin que Misha constate son refus de coopérer avec les autorités. Puis il réessaya d'introduire la foutue clef dans la porte et parvint enfin à ouvrir.

Mais Abara n'avait pas terminé.

– La directrice d'agence tuée ce matin…
– Flor Esposita.
– Ses obsèques auront lieu demain. À 11 heures, sur Forest Lawn. La famille souhaiterait votre présence, du fait que vous ayez limité le carnage, etc.
– OK, j'essaierai de passer.
– Super, dit Abara en s'éloignant. Faites quand même gaffe au surmenage.
Nate entra, referma la porte à double tour et s'y appuya lourdement. Il attrapa son poignet, serra le poing. Les fourmillements ne passaient pas.
Tout en se massant les doigts, il avança le buste et tourna la tête vers la fenêtre.
Misha était toujours là, sous le lampadaire, le nez levé vers l'appartement. Et là, comme s'il avait perçu un mouvement à l'intérieur, il leva son arme et la pointa sur la fenêtre.
Nate sentit une lame de terreur lui décoller la peau du visage.
Misha pencha la tête sur le côté et fit sautiller son canon, tel un gosse jouant au soldat. Malgré la distance, Nate vit ses lèvres bouger.
Pan.
Puis la brute rempocha son flingue, quitta le rayon de lumière jaune et s'évanouit dans la nuit.

15

Aux premières lueurs du jour, Nate remonta d'un sommeil abyssal, sa joue enfoncée dans l'oreiller nu. Le désespoir l'envahit, magnifié par la douleur. Sa plaie à l'épaule. Les brûlures de froid sur ses jambes. Ses poignets éraflés par les menottes. Sentant que ses doigts restaient faibles, il les serra sur son avant-bras. Pas folichon.

En traversant le salon, il salua d'une pichenette les photos de Cielle et de Janie, son rituel de démarrage quotidien. Il allait devoir les mettre au parfum, d'une manière ou d'une autre, aussi déplaisante que fût cette perspective. Il leur devait la vérité. Mais pas de si bon matin, à l'heure de l'école et du boulot. Plutôt en début de soirée.

Dans la cuisine l'attendait une flaque de bourbon et de comprimés à moitié dissous, navrants reliefs de son revirement de la veille au soir. L'épilogue fut encore plus pathétique : Nate à quatre pattes sur le lino, une serpillière humide au poing. Il n'y avait plus d'échappatoire facile, désormais.

Il se releva et s'assit sur sa chaise pour prendre son traitement – le vrai, cette fois. Cinquante milligrammes de riluzole deux fois par jour, à jeun. Et comme si la maladie de Charcot n'était pas assez pénible comme ça, il fallait en plus arrêter l'alcool et le café ! Sobre, fatigué, mourant : une joyeuse trinité. Enfin, il goba du Keflex – l'antibiotique pour sa plaie – puis se frotta longuement les yeux pour pallier l'absence de caféine.

La situation semblait délirante, plus cauchemardesque qu'un cauchemar. Avait-il réellement été emprisonné dans un bloc de glace gros comme une Golf ? Lui avait-on réellement enjoint de percer un coffre de banque, sous peine de voir sa fille exécutée ?

Il se demanda comment réagir, mais son esprit patinait. Par où commence-t-on lorsqu'on a l'intention de cambrioler une banque ?

Il ramassa le journal sur le paillasson pour voir comment la presse rapportait l'incident de la veille. UN RIVERAIN DÉJOUE UN CASSE, titrait le quotidien au-dessus d'une photo de Nate en conférence de presse, prise au moment où le capitaine de police le poussait du coude. L'article précisait sa profession – référent professionnel d'assistance pour le LAPD – et sa qualité d'ancien soldat. Un citoyen d'exception, couillu et médiagénique. Nate se demanda comment le reporter aurait tourné son papier s'il avait su que le héros était monté là-haut pour en finir avec la vie. Il remarqua que sa famille n'était pas évoquée, et cela le fit penser à consulter la rubrique nécrologique.

Peu de clients, aujourd'hui. Un certain Henry Vivian White, directeur international du développement dans une banque d'affaires basée à Century City, mort des suites de la malaria, contractée lors d'un safari.

HENRY LAISSE DERRIÈRE LUI SA CHÈRE ÉPOUSE BEATRICE (NÉE POUNDSTONE) ET LEURS DEUX FILS ROBERT (24 ANS) ET MICHAEL (22 ANS)

Bien joué, Henry.

Après avoir désactivé l'alarme incendie, Nate récupéra sa lettre d'adieu sur la table basse et la brûla dans l'évier. Il regarda les mots se recroqueviller et noircir à tout jamais.

Le téléphone le tira en sursaut de son muet désespoir.

Une gazouillante secrétaire de dentiste souhaitait savoir si le rendez-vous de la semaine prochaine tenait toujours.

– Hmm, fit Nate en considérant les cendres au fond de l'évier. Non, ce n'est plus la peine.

– Vous souhaitez déplacer ?

– Non plus. Je serai bientôt mort, et l'un des avantages c'est que je n'aurai plus à me soucier de ma plaque dentaire.

Il remercia le silence interloqué et raccrocha.

Là-dessus il tenta de joindre Erica et Sean O'Doherty, les parents du jeune décédé la veille. L'avantage de ne pas être mort, c'était que l'on pouvait continuer de bosser. Tombant sur un répondeur, Nate redit au couple de ne pas hésiter à l'appeler, et ce pour n'importe quel motif.

Dans la douche, il plia et déplia sa main sous le jet brûlant. *Je sens la chaleur sur ma peau. Mes nerfs fonctionnent toujours. Mes muscles aussi.* Petites victoires, petites défaites.

Inspirant la vapeur, il décida de commencer sa mission par un saut au bureau. Quel meilleur endroit pour grappiller des infos que le siège du LAPD ?

Les obsèques de Flor Esposita étant fixées en fin de matinée, Nate sortit son costume du placard et en épousseta les épaules. Son regard se posa alors sur le petit coffre où il cachait son arme. Il s'accroupit, repoussa deux pantalons effondrés et tourna le bouton. Le code était impossible à oublier : le jour et le mois de naissance de Cielle. La porte se débloqua pour la toute première fois depuis l'emménagement. À l'intérieur reposait bel et bien son M9, le même modèle que dans le Bac-à-Sable.

Nate se releva et réfléchit. À quoi cette arme pourrait-elle lui servir ? À dessouder la mafia en pleine rue ? Si l'occasion se présentait, pourquoi pas ? Mais dans l'immédiat, il fallait franchir les portiques de sécurité du LAPD.

Il referma le coffre sur l'arme, essaya le costume et constata avec bonheur qu'il lui allait encore. Puis il s'assit pour lacer ses souliers, et sa main gauche se remit en grève. Il eut beau lui faire les gros yeux, elle refusait de se fermer, ce qui était pour le moins embêtant. S'il n'arrivait même plus à se chausser, comment pourrait-il empoigner un flingue, presser une détente, protéger sa famille ? Après deux exténuantes minutes à pourchasser le bout de son lacet, il se redressa et troqua ses derbys contre une paire de mocassins.

Lorsque Nate quitta l'ascenseur pour la grande salle de travail, les inspecteurs et leurs seconds se levèrent et applaudirent comme un seul homme, ainsi qu'il était d'usage lorsqu'un collègue venait à bout d'une grosse affaire. Nate s'écarta et regarda derrière lui, persuadé que ces vivats étaient destinés à un autre. Jusqu'à ce que Ken Novak s'écrie :

– Regardez-le, notre superhéros ! Tout endimanché ! T'es attendu chez Oprah Winfrey[1] ?

Progressant dans une mer de poignées de main et de tapes dans le dos, Nate goûta l'étrange et délicieuse sensation d'être estimé par les occupants de cet étage. La seule personne à afficher de l'indifférence était Jen Brown, penchée sur de la paperasse dans son bureau indépendant. Sa coupe, la raie au milieu, n'avait pas évolué depuis que Nate la connaissait, ni sans doute depuis Mathusalem. Elle ne daigna pas relever la tête, pas même lorsqu'il se planta dans l'encadrement de la porte. En tant que sergent, c'était elle qui supervisait l'équipe toujours plus restreinte des référents d'assistance, une charge dont à l'évidence elle se serait volontiers passée.

– Alors comme ça tu as abattu une bande de malfrats. Bien joué, Overbay. Moi qui te prenais pour une vraie guimauve…

1. Animatrice du talk-show le plus regardé d'Amérique (*N.d.T.*).

– Ne te laisse pas submerger par tes sentiments.

Elle le regarda enfin tout en réprimant un sourire. Elle l'appréciait malgré elle, et c'était réciproque.

– Qu'est-ce qui t'amène, mon grand ? Personne n'est mort, pour l'instant.

– Je voulais faire un peu de suivi pour les O'Doherty.

Nate n'était pas fier de mentir dans le saint des saints du LAPD. Il avait l'impression de mettre le doigt dans un engrenage.

Jen le fixa d'un air perdu. Ou était-ce de la suspicion ?

– Tu sais, fit-il, le gamin d'hier. Dix-neuf ans, accident de la route…

– Ah oui ! J'avais déjà oublié. Si mes limiers passaient autant de temps à cuisiner leurs indics que toi à bichonner tes malheureux, nous aurions quatre-vingt-dix-neuf pour cent d'élucidations.

Elle ôta ses lunettes, décrocha la chaînette de son cou et se renversa sur son dossier en se pinçant l'arête du nez. Son chemisier blanc, sans doute l'article le plus féminin de toute sa garde-robe, étant rentré dans un austère pantalon de laine.

– Les parents tiennent le coup ? demanda-t-elle.

– Je dirai qu'ils sont dans la moyenne.

– Dix-neuf ans. C'est moche.

Elle remit aussitôt son masque de sergent et chassa Nate d'un revers de la main :

– Allez, le Samaritain, du balai ! Ah si ! Dernière chose…

Nate ramena son buste dans l'embrasure.

– Cette histoire de banque. Sincèrement, je n'aurais jamais cru ça de toi.

Nate gagna son bureau, une vulgaire planche d'aggloméré flottant au-dessus d'une chaise à roulettes. Si les demi-cloisons qui l'enfermaient avaient été un tantinet plus larges, on aurait pu parler de box. Mais à part ça, le cadre de travail était tout sauf dégoûtant.

Après soixante années ou presque, le LAPD s'était enfin décidé à quitter Parker Center et ses placards bourrés de scandales et de transgressions. Deux panneaux de verre croisés formaient la façade du nouveau bâtiment haut de dix étages. La ville avait mis les bouchées doubles pour redorer l'image de sa vénérable police, en l'installant dans un décor évocateur de transparence et de sérénité, avec des vitres à gogo, un café nommé LA Reflection, et un jardin sur le toit dont les communiqués de presse maison vantaient les vertus « contemplatives ». En termes géographiques, le QG s'était déplacé de quelques dizaines de mètres, mais cela avait permis au LAPD d'entrer dans le nouveau millénaire.

Nate s'assit et scruta la salle avec nervosité. De l'autre côté de l'allée, Ken s'étirait dans son fauteuil tout en consultant d'une main dodue les résultats de base-ball en ligne. Comme tout inspecteur de deuxième classe digne de ce nom, il avait de larges épaules, des manières relâchées, mais la mise élégante. Il était aussi nul pour annoncer un décès que doué pour enquêter, ce qui ne laissait pas d'étonner Nate.

Ce dernier alluma son terminal, se courba sur le clavier et se connecta au réseau. Son profil lui conférait un accès limité aux données, mais il pouvait tout de même consulter rapports criminels et dossiers d'enquête, éplucher les casiers judiciaires et relever des adresses. En entrant « Pavlo Maksimovitch Shevchenko », il vit apparaître un portrait pris une dizaine d'années plus tôt, peut-être à l'arrivée du gars sur le sol américain, assorti d'informations très sommaires. Ni permis de conduire, ni permis de port d'arme. Adresse cossue sur les hauteurs de Hollywood Hills, impôts replets acquittés en Californie depuis un peu plus de dix ans. L'animal avait été surveillé par divers inspecteurs du LAPD et du FBI qui avaient tenté à plusieurs reprises de le coincer pour activités et entreprises criminelles. On le soupçonnait d'avoir fait de la prison en Ukraine et en Russie, mais ses méfaits demeuraient obscurs, les archives locales ayant été soit perdues, soit abîmées, soit dissimulées par une administration trop contente de se débarrasser de lui. Un élément l'avait toutefois poursuivi d'un continent à l'autre : son surnom, Psyk, équivalent russe de « psychopathe ». Nate fit défiler une série de clichés volés sur chacun desquels, malgré le grain, perçait un regard de prédateur.

Nate se rendit compte qu'il avait la gorge sèche, et que des gouttes de sang coulaient sur son tapis de souris.

Charles l'observait, une fesse juchée sur le bureau, le teint gris comme la mort.

– Bravo, gros naze, lança le fantôme. Tu as réussi à enfreindre la règle d'or numéro trente-sept : ne jamais se mettre à dos un mec surnommé Psychopathe.

– Je t'en prie, Charles. Pas au boulot ! Tu ne pourrais pas… faire le mort, tout simplement ?

Charles se pencha devant l'écran, un sourire gourmand aux lèvres.

– Tu te souviens du petit canon en littérature première année, avec des nibards d'enfer ? Comment elle s'appelait, déjà ?

Ignorant la question, Nate entra l'adresse de l'entrepôt où il avait passé une partie de la nuit. Les locaux appartenaient à une société qui possédait vingt-sept autres biens dans l'agglomération de Los Angeles et le quartier de Brighton Beach à New York. Des appartements vétustes, une fabrique de textile, de lieux de stockage délabrés… Cette société dépendait d'une société écran elle-même filiale d'une société écran au-delà de laquelle Nate n'était plus habilité.

Charles s'accouda au moniteur et claqua des doigts :

– Ça y est ! Mindy Scardina.

– Tu peux me lâcher ? grommela Nate.

Il avait dû ponctuer son dialogue intérieur de grimaces, car Ken lui jeta un regard torve avant de revenir lentement à sa bécane, l'air méfiant.

– Ne me dis pas que tes petites recherches avancées sur Google sont plus bandantes que Mindy Scardina ! s'agaça Charles.

Il se coucha devant l'écran pour forcer Nate à regarder par le trou de son ventre.

– Dégage, sale porc ! Et grandis un peu.

– Impossible, mec. Je suis resté bloqué sur vingt-sept ans, comme la plupart des hommes. Sauf que moi j'ai une excuse.

– Je n'ai pas le temps de jouer, tu piges ? Si je n'arrive pas à percer ce putain de coffre, ils vont s'en prendre à Cielle.

Charles fronça ses sourcils ensablés.

– Eh bien, renseigne-toi sur la banque.

– C'est bien ce que j'essaie de faire !

Mais la machine ne lui cédait aucune information, et les listes de détenteurs de coffres étaient bien trop confidentielles pour lui.

Les épaules de Charles s'affaissèrent.

– Comment faire, alors ?

Nate rejoua dans sa tête la voix rêche de Pavlo : *À cause d'un désaccord avec un certain Danny Urban, paix à son âme.*

– Commençons par le locataire du coffre, dit-il tout en pianotant.

Le dossier numérique d'Urban s'afficha devant leurs yeux écarquillés.

– Tu te fiches de moi ? toussa Charles. Ce mec est un tueur à gages ! Fais voir la suite…

Nate cliqua sur un lien. Le fichier se chargea et s'ouvrit sur une photo de scène de crime : ledit Urban étendu sur la moquette d'une chambre, le couvre-lit accroché à ses griffes, une jolie perforation visible juste au-dessus de l'arcade droite. Sa deuxième main gisait, ouverte, tendue vers un fusil d'assaut, l'annulaire et l'auriculaire explosés. Ses lèvres fines dessinaient un large sourire macabre autour de ses dents humides et crénelées. Un pistolet de poche avait été placé à côté de son crâne, le canon pointé sur la joue.

Une preuve supplémentaire de la façon dont Pavlo réglait ses différends.

Nate fit défiler la page et parcourut le rapport d'étape avec le doigt. Depuis l'autopsie, le corps de Durban était conservé à la morgue pour d'éventuels examens complémentaires. On avait retrouvé chez lui un riche arsenal comprenant des bombes à fragmentation et des fusils AR-15, alors même que son arme de prédilection était un vulgaire couteau à cran d'arrêt disponible dans n'importe quel magasin d'articles de chasse.

D'après le rapport balistique, la balle extraite de son crâne provenait bien du petit SIG Sauer P250 abandonné à côté de son visage. Laisser l'arme du crime sur place permettait de protéger l'assassin, mais d'après l'auteur du rapport c'était également une signature : celle des tueurs d'élite de la pègre d'Europe de l'Est.

Misha, pensa Nate.

Charles frissonna, des grains de sable saupoudrant son uniforme telles des pellicules.

– Un tueur en bute un autre, résuma-t-il. On connaît le mobile ?

– Pavlo avait dû confier un contrat à Urban. Un contrat en deux volets : crever quelqu'un et récupérer un truc.

– Mais pourquoi faire appel à un tueur américain, et non à un buveur de vodka ?

– Pour empêcher tout rapprochement, sans doute.

– Mais Urban les a enflés et Pavlo a renoué avec ses racines, extrapola Charles.

– Ce qui l'exposait encore plus. Comme de confier le braquage à Misha, d'ailleurs. Mais visiblement, Pavlo était prêt à courir le risque. J'ignore ce que renferme ce coffre, dit Nate en se carrant sur son siège, mais Pavlo le désire très fort.

– On ne sait même pas de quel coffre il s'agit, se désola Charles. Et tu ne vas pas les fracturer un à un…

– C'était pourtant le plan de Misha.

– Je me demande bien quel genre d'objet peut les exciter à ce point.

Nate haussa les épaules.

– Des photos compromettantes ? Un bijou de famille ? Un diamant inestimable ?

– Une vidéo de cul ?

Percevant un bruit dans son dos, Nate referma la fenêtre en catastrophe.

– Qu'est-ce que tu regardes ? lui demanda Ken, une tasse à la main.

Nate se sentit piquer un fard. Il ouvrit une bouche muette, en panne totale d'inspiration. Une seconde s'écoula, puis une deuxième.

– Non, rien. Je me renseignais sur un mot que j'ai entendu l'autre jour. *Tyazhiki*. Je crois que ça signifie…

– « Les gens de l'ombre », répondit Ken. Des hommes de main que font venir les ruskofs pour des missions ponctuelles en Californie. Pas de papiers, pas de visas. Ils débarquent d'un cargo dans le port de Long Beach, exécutent le job et repartent comme ils sont venus. Ni vu ni connu.

Charles se tenait derrière l'inspecteur, à l'imiter en dodelinant d'un air fat. Nate lutta pour rester concentré.

– La mafia russe est impitoyable, poursuivit Ken. Ils te descendraient rien que pour vérifier la précision d'un flingue. Et quand cela revient moins cher de louer un tueur que de rembourser un crédit, ils n'hésitent pas une seconde. Une vie ne vaut rien, pour ces gens-là.

– Et les Ukrainiens ? demanda Nate.

Ken poussa un sifflement qui stoppa net les simagrées de Charles.

– Les Ukrainiens, ce sont les pires ! Même les Russes ont peur d'eux.

16

Les funérailles de Flor Esposita furent populeuses et animées. Des rangées entières d'oncles, de cousins, d'amis paroissiens venus en famille. Le veuf cita Nate dans son éloge funèbre, et nombre de parents vinrent lui serrer la main après la mise en terre. Ces marques de gratitude ne firent que raviver sa gêne. Il s'était rendu là-bas pour fuir la vie, et il en ressortait couvert de gloire.

Comme il repartait vers sa Jeep, quelqu'un l'apostropha :

– Vous n'avez pas l'air bien.

Il se retourna et avisa l'agent Abara, en costume noir impeccable.

– C'est un enterrement, rappela Nate.

– Étant donné votre métier, je pensais que vous aviez la peau dure…

Nate pensa à la boucle d'oreille qu'il avait ramassée sur le carrelage de la banque.

– Si j'avais plongé dans la salle un peu plus tôt, j'aurais peut-être pu sauver cette pauvre femme.

C'était la première fois qu'il formulait ce regret, même dans le secret de sa conscience.

– Comment ça ? tiqua le flic. Vous disiez être sorti par la fenêtre des toilettes juste après avoir entendu les coups de feu…

– Et alors ?

– Et alors vous pouviez difficilement intervenir plus tôt, non ?

Nate s'humecta les lèvres et secoua la tête.

Abara marcha à ses côtés dans l'herbe souple.

– Vous savez ce que je ressens quand je vois mes gosses ? dit-il.

– De grosses bouffées d'amour paternel ?

– Oui, aussi. Mais surtout, je me demande ce qu'elles me cachent. Déformation professionnelle ? Pas seulement. J'ai deux adolescentes, et en ce moment tout ce qui sort de leur bouche n'est que mensonges et comédie. Non pas qu'elles soient particulièrement vilaines. C'est juste que la matière grise de leur cerveau n'est pas arrivée à maturité. En attendant, la communication est pour le moins délicate. C'est comme si elles parlaient une langue et que…

– … nous autres parents en étions restés au stade préverbal.

– Je vois que nous nous comprenons ! s'esclaffa Abara à pleines fossettes. Et donc, hier soir, mon aînée rentre après le couvre-feu. Je lui demande où elle était, et bien entendu elle me répond qu'elle se trouvait chez une copine. Or là, je sais parfaitement qu'elle me ment, et elle sait parfaitement que je le sais, et pourtant elle le fait quand même.

Le policier s'arrêta, ses dents parfaites captant la lumière du matin.

– Ça ne vous arrive jamais ? reprit-il. De parler à quelqu'un qui vous sert des salades même s'il sait que vous n'y toucherez pas ? Il vous les sert quand même, et vous continuez de lui causer…

Sous son sourire bonhomme, son regard s'intensifia.

Le costume de Nate était trop chaud et le serrait aux épaules. Il répondit :

– Avec ma fille ? Oh oui, tout le temps.

Abara plissa les paupières.

– Les gosses sont terribles, n'est-ce pas ? Ils ne comprennent pas où est leur intérêt. Allez, monsieur Overbay, je vous dis à la prochaine.

Nate le regarda s'éloigner au milieu des tombes. Puis, se retournant, il remarqua un homme assis à l'écart près d'une petite fontaine. Un ouvrier grisonnant qui mangeait son casse-croûte à côté d'un rectangle de terre fraîchement retournée. Une pelle humide reposait contre sa cuisse, et son visage respirait la bonté. À l'approche de Nate, il ôta sa casquette.

– Vous êtes de la famille ? demanda-t-il tandis que Nate considérait le monticule de terre.

– Non, pas du tout.

– Ah bon, fit-il en posant son couvre-chef sur ses genoux. Parfois, il y a foule. (Il indiqua la douzaine d'adultes et d'enfants éplorés qui s'attardaient devant la tombe de Flor Esposita.) Et parfois…

Il pointa son sandwich vers la terre fraîche, sans terminer sa phrase.

Nate relut le nom inscrit sur la stèle et frémit. C'était celui du vigile de la banque, le vieux Noir aux chaussettes rayées abattu dans l'entrée.

– C'est la banque qui a payé la concession, dit le fossoyeur.

– Et il n'y a pas un chat, constata Nate.

Il s'assit à côté du gars. Qui ajouta :

– Ce doit être dur de mourir en sachant que personne ne vous regrettera.

Nate tenta d'imaginer ses propres funérailles. Quelques collègues ressassant les mêmes anecdotes. Un bénévole avec une pelle. Un maître de cérémonie commis d'office qui baisserait la tête en surveillant sa montre.

Il resta là, la chemise sortie et la cravate dénouée, le visage en plein soleil. Son voisin termina tranquillement son sandwich puis se leva, sa main calleuse glissant machinalement sur le manche de l'outil.

17

En atteignant la maison de Santa Monica, Nate fut accueilli par une musique hurlante, un véritable mur du son sur lequel une voix masculine braillait du Guns N'Roses.

Nate se faufila entre les voitures de l'allée et découvrit dans le garage vide un grand dadais sautillant armé d'une guitare électrique. Cielle était assise sur un vieux bloc de tiroirs, un magazine sur les genoux. Son uniforme d'école privée – jupe à carreaux et corsage blanc – jurait avec son vernis à ongles et sa mine rebelle, mais à la voir ainsi vêtue, Nate éprouva un inexplicable accès de fierté.

L'entrée de Nate coupa la chique et les cordes du jeune. Il mesurait bien un mètre quatre-vingt-dix et paraissait assez épais, mais l'ensemble évoquait moins la robustesse que la gaucherie crasse – la malédiction de l'ado mâle. Quelques boutons éclatés parsemaient son menton et ses joues, là où une barbe essayait désespérément de pousser. Un sweat à capuche trop grand doublé de damier recouvrait la moitié d'un bermuda si flottant qu'on aurait dit un kilt. Il arborait un sourire niais, une tignasse noire coiffée d'un feutre hippie chic, et des tunnels en acier perforaient chacun de ses lobes d'un trou de la taille d'une pièce de monnaie.

Ce ne pouvait être que Jason. Le petit copain minable.

Cielle leva les yeux, et seulement les yeux.

– Bigre, fit-elle d'une voix morne. Voilà mon raté de père.

Malgré la fraîcheur de son accueil, Nate prit le temps de l'admirer. Belle, vivante, indemne. Elle le fixa avec dédain.

– Un peu de respect, fillette. C'est *Monsieur* Raté, d'abord.

– Joli costard, Nate, renvoya-t-elle. (Puis à Jason qui lui tendait la gratte :) Tu me prends pour un portemanteau ou quoi ?

L'échalas coucha délicatement son instrument par terre puis regarda Nate d'un air épris.

– Mec, vous êtes une star ! J'ai vu des gens avec des tee-shirts QUE FERAIT NATE OVERBAY ? et tout. Sérieux !

– Qu'est-ce que tu me chantes ?

– Vous avez pas vu les infos ? Z'êtes une célébrité, je vous dis !

– Tu parles ! Steve McQueen est une célébrité. Moi, je ne suis que Monica Lewinsky.

– C'est qui, Steve McQueen ? demanda Jason.

– C'est qui, Monica Machin ? demanda Cielle.

– Laissez tomber.

– À la bonne heure, marmonna Cielle.

Nate considéra le jeune homme mal dégrossi :

– Tu dois être Jason. Je peux te demander ton âge ?

– Dix-sept ans. Mais j'ai été émancipé parce que mes parents étaient trop graves, eux aussi. Sans vouloir vous offenser…

– Aucun risque. Mais tu sais que ma fille en a à peine quinze ?

Cielle tourna rageusement une page de sa revue.

– Et demi ! rectifia Jason, un bout de tatouage affleurant à son col. On a seulement seize mois d'écart, en fait !

– Je te remercie pour cette précision. Mais tu es quand même trop vieux pour elle.

– Je crois plutôt que c'est vous qui êtes aveuglé par la splendeur de mon univers, tenta le jeune.

Nate le regarda froidement.

– Oui, ce doit être ça.

Se souvenant qu'il avait d'autres chats à fouetter que cette espèce d'endive à piercings, Nate ressortit du garage pour aller frapper à la porte.

Pete lui ouvrit immédiatement, agenouillé dans l'entrée, un petit flacon à la main.

– Salut, Nate. Comment tu te sens, aujourd'hui ?

– Je t'en prie, Pete, pas de ça entre nous. Qu'est-ce que tu fabriques par terre ?

– J'applique de la sauce piquante sur mes chaussures de ville.

Depuis la cuisine, Casper observa son ancien maître d'un air surpris. Son front plissé avait un registre d'expressions bien plus étendu que la plupart des humains.

– De la sauce piquante, répéta Nate en regardant Pete enduire le talon d'un richelieu bicolore. Et… dans quel but ?

– Le chien a bouffé la moitié de mes pompes.

– Et donc tu les assaisonnes ?

– Oui, pour l'éloigner. Je t'accorde que la méthode n'est pas très orthodoxe, mais à force je n'ai plus rien à me mettre aux pieds. Plus rien de présentable, en tout cas.

Nate concéda un sourire.

Pete se releva et appela le toutou :

– Casper ! Viens voir ! Allez, viens ! Viens, Casper !

Nate claqua des doigts et le chien rappliqua. Il prit la pose, les pattes arrière légèrement reculées par rapport au cul, un peu à l'image d'un costume de cheval porté par deux fêtards. Pete l'attrapa par le collier et lui pressa la truffe contre les chaussures.

– Tu sens, Casper ? C'est pas bon, hein ? Allez, file.

Il le relâcha et se frotta les mains.

– Ce clébard est dingue, dit-il. La semaine dernière, il a bouffé toute une boîte de tampons.

– Arrête. C'est un animal exceptionnel.

– Tous les propriétaires de chien disent ça.

– Possible, répondit Nate tout en échangeant un regard complice avec Casper.

Pete cala ses mains sur ses hanches :

– Alors, Nate, que nous vaut cette visite ?

– J'aurais aimé vous causer, à Janie et à toi.

– Elle sera là dans un instant, répondit Pete tout en le conduisant vers la cuisine. Au fait, Nate, le siphon de l'évier n'arrête pas de fuir. Je l'ai changé deux fois mais ça recommence sans arrêt. T'étais au courant de ce problème ?

– Ça ne vient pas du siphon mais du conduit d'évacuation. Il suffit de changer le joint. Tu trouveras ça au cellier.

– Ah ! Super. Merci.

Pete prit son poste derrière l'îlot central. Des escalopes de dinde rissolaient dans une poêle ; du maïs bouillait dans un faitout. Sur le plan de travail, deux verres de soda narguaient un verre d'eau plate – sans doute celui de Cielle.

Pete jetait des oignons dans de l'huile d'olive lorsque Janie apparut.

Elle sembla surprise de voir Nate. Et quelque peu méfiante.

– Alors comme ça, tu nous téléphones au milieu de la nuit ?

– Justement, je viens m'expliquer. Et je n'irai pas par quatre chemins. Alors voilà. Je ne me suis pas esquivé par la fenêtre des chiottes de la banque pour prendre les braqueurs à revers, mais parce que j'avais l'intention de sauter. À cause de la maladie, vous comprenez. (Bien qu'il gardât les yeux rivés au comptoir de marbre, il sentit leurs figures se décomposer.) Ensuite…

– Quoi ? le pressa Janie.

– Vous devez rester vigilants. Gardez un œil sur Cielle, et ne la laissez pas sans surveillance.

– Mais de quoi tu parles ? Tu me fais peur, Nate.

– Soyez attentifs, c'est tout. Pour votre bien. Et le sien.

Janie prit le mors aux dents :

– Cela faisait neuf mois que tu étais aux abonnés absents, Nate. Alors ne t'avise pas de nous dire comment élever la petite ! Ou alors tu nous racontes franchement ce qui se passe !

– Entendu, fit-il avant de prendre une grande inspiration. Hier soir, on m'a assommé, et quand je suis revenu à moi j'étais coincé dans un bloc de glace.

Le cou de Janie se tassa d'un centimètre, comme si on lui ôtait une vertèbre. Elle agita une main impatiente et écouta Nate narrer ses mésaventures avec les Ukrainiens.

Les oignons sifflèrent et noircirent jusqu'à ce que Pete attrape la poêle et la retourne dans l'évier.

Janie prit un tabouret. Pete expulsa un rire choqué.

– Ils ont menacé de tuer mon bébé ? répéta Janie d'une voix blanche, comme si elle avait besoin de le prononcer à voix haute pour y croire.

– Oui, confirma Nate. Mais je ne les laisserai pas faire.

– Malgré tout le respect que je te dois, rétorqua Pete, je doute que tu maîtrises vraiment la situation.

Janie restait statufiée. Dans le garage attenant, l'escogriffe à cordes s'était remis à beugler.

– On saute dans la voiture et on se tire ! dit Janie.

– Pas maintenant, protesta Nate. Ces mecs ont prouvé qu'ils avaient de la ressource et de l'entregent. Ils vont vous surveiller, et Dieu sait ce qu'ils vous feront s'ils vous interceptent en pleine fuite. Ils m'ont accordé un délai ; laissez-moi le mettre à profit.

– Alors on va rester là, les bras ballants, à attendre la fin de l'orage ?

– Tu préfères qu'ils nous chopent dans un motel du Nevada ? ironisa Pete.

Son commentaire n'apportait rien, si bien qu'il l'ignora lui-même.

– La grande question, reprit Nate, c'est : faut-il prévenir Cielle ?

– Tu veux la traumatiser ? s'étrangla Pete. Donne-moi une seule raison de la prévenir.

– Elle ne supporte pas qu'on lui cache des choses. De ne pas avoir voix au chapitre. Qu'en penses-tu, Janie ?

Pas de réponse.

– Regarde-moi, Janie. Je te promets de résoudre le problème.

– Tu peux nous laisser une minute ? demanda Pete.

– D'accord, fit Nate en renonçant à capter le regard de son ex. J'avais un truc à vérifier dans la chambre de Cielle, de toute manière…

Il se retira et grimpa l'escalier d'un pas morose. Pour avoir voulu épargner aux filles le triste spectacle de sa déchéance physique, il leur infligeait cent fois pire.

Arrivé chez Cielle, il ouvrit la penderie, écarta les vêtements et plongea la main sous un tas de sacs.

Le carnet rouge.

Il était bien là, comme indiqué par Pavlo. Ce qui signifiait que ses sbires s'étaient tenus ici même, dans cette chambre, leur sales pattes parmi les habits de sa fille.

Le dégoût le suffoqua, suivi d'un sentiment plus âpre. La rage.

Il respira profondément, sortit le journal intime et remarqua un autre objet sous le barda. Le coin d'un cadre en bois. Était-ce… ?

Il souleva un vieux sweat-shirt. C'était bien ça, leur ancien portrait de famille, là où ils riaient comme des idiots. Cielle l'avait conservé. Sous un monceau de rebuts, mais quand même.

Il reprit son souffle, un léger frein dans la gorge.

Puis la porte vola sur ses gonds et les deux ados entrèrent, en pleine conversation.

– Je dis juste que t'avais pas à traiter ma copine de « poubelle à teubs » sur ta page Facebook, maugréait Cielle lorsqu'elle surprit Nate au pied de la penderie, son journal intime dans les mains.

Nate lui montra sa paume, comme face à un revolver.

– Attends, ma puce. Ce n'est pas…

Elle traversa la pièce en trombe et lui arracha le carnet des mains.

– T'es pas croyable, toi ! C'est pas parce que t'es en train de crever que t'as le droit de fouiner dans mes affaires !

– Sans déconner, ajouta Jason.

– Tu veux bien faire sortir ce clown ? supplia Nate.

– Relax, fit l'intéressé en levant les mains. C'est bon, je me casse.

Il embrassa Cielle en soutenant le regard du père, une effronterie qui en temps normal aurait pu lui coûter son nez. Puis il mit les voiles et dévala l'escalier en sifflotant le refrain de *Paradise City*.

Nate dévisagea sa fille par-dessus l'humus de linge sale et de magazines découpés. Elle irradiait de colère.

– Pourquoi t'es revenu ?

– Pardon ?

– Pourquoi tu reviens deux jours de suite ? J'imagine que ce n'est pas uniquement pour lire mon journal ?

Il aurait voulu jouer cartes sur table, lui cracher le morceau une bonne fois, quitte à retrancher les parties les plus crues, mais était-ce bien judicieux ? Et puis il lui fallait l'accord de Pete et de Janie.

Il s'éclaircit la voix, ce que Cielle prit – à raison – pour une manœuvre dilatoire.

Elle changea d'angle d'attaque :

– Qu'est-ce que tu foutais dans cette agence, Nate ?

Désarçonné, il s'entendit hésiter une seconde de trop.

– Je déposais un chèque, répondit-il. Mais j'ai été interrompu par le braquage.

– Interrompu dans quoi ? Dans ton dépôt ?
– C'est ça.
– Tu as pourtant dit aux journalistes que tu étais aux chiottes quand les coups de feu sont partis.
Elle le regardait fixement sous ses longs cils foncés. Questions et émotions tournoyaient derrière ses prunelles, comme des rouleaux de machine à sous qui refuseraient de s'arrêter. Que savait-elle ? Qu'avait-elle deviné ?
On lui avait assez menti comme ça. Mais comment dire à sa fille de quinze ans que l'on a voulu se suicider ?
Pour finir, Cielle lui offrit une issue provisoire :
– Fais-moi plaisir, papa. Arrêtons de faire comme si l'un de nous deux n'avait pas compris que tu mentais.
– Entendu.
Elle parut soulagée, bien qu'elle tentât de le cacher en s'essuyant le nez avec sa manche.
Le silence reprit ses droits. Nate se dirigea vers la porte.
– Tu ne l'aimes pas, accusa-t-elle.
– Qui ça ?
– Jason le Connard. Avoue que tu le détestes.
Nate chercha ses mots, la main sur le bouton de porte, une nouvelle dispute en vue.
– Disons qu'il ne m'a pas fait une première impression mirifique.
– C'est un musicien, papa. Un artiste.
– Non, ma mignonne. Eric Clapton est un artiste. Ton Jason, c'est juste une grande gueule avec une guitare.
– C'est qui, Eric Claxon ?
Tout compte fait, je vais quand même me supprimer.
– Clapton, ma puce.
– Et tu voudrais que je sorte avec qui, alors ? Avec un de ces bolos qui demandent au prof si le sujet du jour risque de tomber à l'interro ? Lui, au moins, il me consacre du temps. Ce qui n'est pas le cas de tout le monde.

– Je sais que tu m'apprécies encore un peu, Cielle. (Il pointa le menton vers le placard.) Tu as conservé notre affreux portrait de famille.

Elle se voûta et remonta les mains dans ses manches, laissant les poignets béants telles deux bouches de marionnettes.

– Il fallait bien le ranger quelque part, marmonna-t-elle.

Il hocha la tête. La conversation était terminée. En quittant la chambre, il songea qu'il n'avait pas eu le moindre contact physique avec sa fille depuis des années. Pas un câlin, pas une bise, pas même un effleurement. Comment avaient-ils pu en arriver là ?

Cette question le travailla jusqu'au retour dans la cuisine.

Sous des vapeurs de viande brûlée, Pete faisait les cent pas autour de l'îlot central. Janie n'avait pas quitté son tabouret : elle grimaçait en s'étirant le bras sur le côté, la main repliée vers l'extérieur.

Voyant revenir Nate, Pete déclara :

– Je connais un flic. Il faut confier cette affaire à quelqu'un de compétent.

– Et que vas-tu lui dire ? Quelles preuves vas-tu lui soumettre ? Une paire de menottes dans un entrepôt ? Même le bloc de glace a dû fondre à l'heure qu'il est.

– Mais nous ne sommes pas de taille, Nate. Et ce qu'ils te demandent est surhumain, surtout dans ton état. Nous avons besoin de professionnels rompus à ce type de situation.

– Je me suis renseigné sur ce Pavlo, Pete. Crois-moi, ce n'est pas un tendre. Ses menaces n'ont rien de métaphorique.

– Mais justement ! Menaces de mort sur une mineure : ce n'est pas un chef d'inculpation, ça ?

– Une enquête prend du temps. Beaucoup de temps. Et Pavlo Shevchenko a visiblement ses entrées dans la police.

– Parce que en plus les flics lui mangent dans la main ?

– En vérité, il n'ont même pas besoin de flics véreux. Il

suffit d'un employé bavard, d'un informaticien disposé à ouvrir un dossier… Moi-même, j'ai passé la moitié de la matinée sur des rapports que je n'étais pas censé lire.

Janie leva la tête et tendit son bras en travers de sa poitrine, en tirant sur le coude.

Pete insista :

– Je te parle d'une conversation informelle, avec une personne de confiance.

– Tu veux vraiment prendre un tel risque ? fit Nate en pointant le doigt vers le plafond. Sachant ce qu'ils risquent de lui infliger si jamais tu te plantes ?

Pete cessa de tourner en rond. La frustration et la colère lui allongeaient le visage. Sous l'évier, un plic-ploc invisible décomptait les minutes.

– Pas question, trancha Janie. Pas tout de suite, en tout cas.

– Shevchenko m'a donné cinq jours, rappela Nate. Ça me laisse jusqu'à dimanche.

– Pour dévaliser une banque ? ricana Pete en s'enfouissant les doigts dans les cheveux. Tu nous fous dans une sacrée merde, Nate.

Janie inclina la tête pour dissiper une contraction à la base de son cou, celle qui revenait chaque fois qu'elle était inquiète ou tendue.

– Son épaule ! grogna Nate sans le vouloir.

– Quoi ? fit Pete.

– Qu'est-ce que tu attends pour lui masser l'épaule ?

Le temps de comprendre de qui on parlait, et Pete s'exécuta.

Nate saisit les mains de Janie par-dessus l'îlot et la regarda droit dans les yeux.

– Quoi qu'ils m'obligent à faire, je ne les laisserai pas toucher à notre fille. Je t'en fais le serment.

Elle hocha la tête, à peine, et il s'éloigna dans le couloir.

– Où tu vas comme ça ? lança Pete.
– Je vais régler cette histoire.
Dans l'entrée, Casper grignotait ses richelieus sauce piquante avec un plaisir consommé.

18

Le département du coroner du comté de Los Angeles allait fermer ses portes lorsque Nate se gara sur le parking. Cet imposant bâtiment administratif, majestueuse combinaison de brique et de pierre, se dressait à un carrefour de Mission North Road, à l'orée du CHU, dans le quartier moyennement agréable de Boyle Heights, à l'est de la ville. Il avait jadis fait partie du County General Hospital, ainsi que l'attestait encore le carrelage de l'entrée. Ce service apparaissait dans un si grand nombre de productions et attirait conséquemment de telles cohortes de touristes qu'il possédait sa propre boutique de souvenirs. On y trouvait, entre autres gadgets macabres, un canapé-cercueil, ou encore des draps de plage ornés de silhouettes au trait blanc. Devant la caisse, un écriteau annonçait : CHÈQUES ACCEPTÉS SUR PRÉSENTATION DE DEUX PIÈCES D'IDENTITÉ OU D'UNE RADIO DENTAIRE.

En ce mercredi soir, Nate était sûr de trouver son légiste préféré, Eddie Yeap, un gars qui aimait trop son boulot pour compter les heures. Il se dépêcha malgré tout pour ne pas avoir à déranger les gardiens. Dans son métier, il y avait une règle d'or : toujours commencer par le cadavre – ce qui tombait bien car, à ce stade, il n'avait que ça. Pour accéder au coffre d'Urban, il faudrait apprendre un maximum de choses sur lui, et c'était justement l'un des points forts de Nate.

La sécurité des lieux était renforcée depuis que le procès d'O. J. Simpson avait mis au grand jour de graves failles dans le traitement des pièces à conviction. Nate remonta les couloirs en saluant les vigiles par leur prénom, jusqu'à l'une des grandes et frisquettes salles d'autopsie. Il trouva son Eddie recourbé sur un cadavre, une paire de ciseaux coudés dans sa main droite gantée de latex. C'était un petit homme affable doté d'un rire malicieux, et qui pour une raison mystérieuse appelait tous ses cadavres « Joe ».

– Monsieur Overbay ! gloussa-t-il. Une nouvelle notification ? Les morts nous font trimer, ce soir, pas vrai ?

L'établissement pratiquait plus de vingt mille autopsies par an, et malgré ça les cadavres s'accumulaient dans les couloirs. Le labo principal et les chambres froides étaient pleins à craquer, avec un taux de surpopulation digne d'un pénitencier d'État. Le problème avait été médiatisé quelques années plus tôt, hélas trop brièvement, lorsque des rats s'étaient introduits dans une annexe réfrigérée derrière le bâtiment pour dévorer les occupants dans leur sommeil éternel.

– Ce doit être la pleine lune, répondit Nate, les avant-bras hérissés par le froid. Dites-moi, Eddie, c'est vous qui avez examiné un dénommé Danny Urban ?

– Du 9 mm au-dessus de l'arcade droite ? Tueur à gages ? Oui, je l'ai eu en main.

– Et vous n'avez rien remarqué de particulier à son sujet ?

– Si. Joe-la-Zigouille cachait une véritable armurerie dans son placard. Les flics ont confisqué des fusils d'assaut et des pains de C-4, rien que ça. Mais bon, vous n'êtes pas là pour juger, n'est-ce pas ? Les crapules aussi ont des proches, et ils méritent la même sollicitude que les autres…

N'ayant aucune envie d'engager un débat aussi long qu'inutile, Nate demanda simplement :

– Et où l'avez-vous mis, ce corps-là ?

– Je ne sais pas, répondit Eddie, les doigts plongés dans l'incision en Y. Regardez donc sur l'ordinateur. Je vous aiderais volontiers, mais j'ai comme qui dirait les mains pleines.

Nate interrogea la machine, fit mouche, et trouva dans le dédale la salle indiquée. Un gardien lui ouvrit la lourde porte métallique. Ici, les corps n'étaient pas rangés dans des tiroirs mais exposés sur des plateaux muraux, façon couchettes de sous-marin. Ou parqués, faute de place, sur des brancards qui embouteillaient la pièce. Enveloppé dans une housse à son nom, Danny Urban faisait partie du deuxième groupe.

Nate remercia le gardien d'un signe et resta seul, comme à l'accoutumée. En dézippant le sac, il reçut en plein nez une bouffée sucrée mais piquante, mélange de putréfaction et d'alcool. La toile de vinyle retomba de part et d'autre de la tête figée de Durban.

Nate avait conscience du ridicule de la situation. Mais il fallait bien commencer quelque part.

– Quel est le numéro de ton coffre ? demanda-t-il.

Le mort le fixa sans ciller.

Nate prit le temps d'examiner le corps. Cuir chevelu, orteils, épaules… Durban avait une cheville gonflée et décolorée ; sans doute se l'était-il foulée dans la bataille finale. Ne sachant pas ce qu'il cherchait, Nate ne découvrit rien d'intéressant. Découragé, il s'assit à côté du défunt et lui prit la main, toujours par habitude. L'absurdité de sa mission lui valut une nouvelle montée d'angoisse. Il lui restait un peu plus de quatre jours pour fracturer un coffre dont il ignorait le numéro et en retirer un contenu tout aussi imprécis. S'il n'échafaudait pas rapidement un plan de bataille, Cielle serait la prochaine sur la liste.

Que d'efforts à accomplir avant le grand sommeil…

En récupérant sa main pour partir, Nate rencontra une résistance inattendue. Intrigué, il déplia les doigts d'Urban et repéra sur l'intérieur de l'index une fine traînée collante, qui débutait sous l'ongle. Une trace d'adhésif ?

Nate quitta la chambre froide, laissa la porte claquer derrière lui avec un *bam* ténébreux, et fit le plein d'air respirable sur le chemin de la salle d'autopsie.

– Dites-moi, Eddie : vous aviez remarqué que l'ami Urban avait les doigts collants ?

– Ça me dit quelque chose, en effet. Mais l'analyse n'a rien révélé d'utile. J'ai le rapport sur mon bureau, si vous voulez jeter un œil.

Le document reposait dans une corbeille, sous quatre autres dossiers. D'après le labo, la substance prélevée sous l'ongle d'Urban était bien de la colle de ruban adhésif, dans laquelle fut retrouvée une fibre blanche provenant de la moquette de la chambre, là où on avait retrouvé le corps.

Nate médita ces conclusions, espérant entrevoir une piste. Puis il nota l'adresse d'Urban et prit congé d'Eddie.

Nate atteignit la rue de Danny Urban, dans le quartier de Van Huys, à la nuit tombée. Sur le perron du pavillon stagnait un carton FedEx de la taille d'une boîte à chaussures. Nate l'éprouva du bout du pied ; il était assez lourd, son contenu lâche et métallique. Derrière, la porte d'entrée était barrée d'une croix de ruban jaune. Elle était fermée à clef, mais à en juger par le jeu entre le battant et le cadre, le verrou de sûreté n'était pas mis. Nate recula d'un pas, vérifia les deux côtés de la rue et enfonça la porte d'un grand coup de semelle. Il passa sous le ruban, fit glisser le colis à l'intérieur et referma doucement derrière lui.

Il alluma la torche électrique qu'il conservait dans sa Jeep. Les impacts de balles dans le mur de l'entrée levaient déjà une interrogation cruciale : pourquoi les hommes de Shevchenko n'avaient-ils pas torturé Danny Urban pour lui soutirer le numéro du coffre ? Réponse : ils n'avaient pas pu. L'inconvénient à agresser un tueur, c'est qu'il sait répliquer.

Nate s'accroupit et ouvrit le paquet de FedEx. Le contenu fut aussi décevant que fascinant : roulés dans un catalogue d'articles de chasse, une vingtaine de couteaux à cran d'arrêt, tous identiques. Des provisions pour des missions désormais avortées.

Nate délaissa le colis et entama son inspection. Dans le faisceau resserré de la lampe, les détails glauques se succédèrent pour raconter la scène.

Des taches de sang sur le comptoir de la cuisine, là où Urban s'était fait dégommer les doigts. Sans doute avait-il eu une arme à portée de main au moment de l'assaut, car les impacts et le miroir brisé dans l'entrée montraient qu'il avait réagi au quart de tour.

Des tiroirs arrachés, des placards retournés.

Une empreinte de main sanglante dans la cage d'escalier.

À l'étage, des meubles renversés ; une console déchiquetée par une rafale. La porte de la chambre entrebâillée, barbouillée d'un trait rouge. Puis la chambre elle-même, garnie de DVD pornos, de revues militaires et d'un faux mobilier d'époque. Nate enjamba une chaise culbutée et promena son faisceau sur la moquette mouchetée d'empreintes. Une flaque de sang séché montrait où était retombée la tête d'Urban après la balle fatale – sans doute tirée par Misha.

Des touffes de mousse s'échappaient des lacérations du matelas, et le secrétaire dans le coin avait été soigneusement fouillé, son contenu éparpillé sur le plateau par les Ukrainiens et/ou les flics.

Nate se pencha sur la vaste croûte de sang. Se souvenant qu'un poil de moquette avait été retrouvé sous l'ongle de la victime, il examina les traces brunes qui s'égrenaient depuis la porte. Blessé et pris au piège, Urban avait rampé avec une main et demie pour tenter de sauver sa peau. Mais quelles chances avait-il face à des nervis aussi entraînés et déterminés ?

Nate releva la lampe et balaya les murs. Une pile de maillots kaki et de treillis provenant de surplus militaires ; un lecteur DVD cabossé ; une unique chaussette sale… Puis un petit objet brillant attira son œil, à demi caché par un pied du secrétaire.

Un rouleau d'adhésif.

Nate le ramassa et l'étudia. L'un des côtés avait trempé dans le sang, et le bout avait été sectionné de manière grossière. Nate se remémora le portrait figurant dans le rapport criminel, avec ces affreuses dents en touches de piano. Oui, c'était sans doute ainsi qu'Urban avait sectionné cette bande d'adhésif : avec les dents, puisqu'il ne lui restait alors qu'une seule main valide.

Mais pourquoi se jeter sur un rouleau de chatterton quand on a des tueurs aux trousses ?

Nate reposa l'adhésif et repartit vers la flaque, mais elle ne lui apprit rien de plus. Alors, comme de sa propre initiative, le rayon de la torche continua vers la porte, illuminant la chaise couchée, puis rampa au mur jusqu'au plafond…

Un ventilateur.

Les frissons sous la peau de Nate se muèrent en choc électrique. Une fulguration.

Urban ne s'était pas réfugié dans sa piaule pour résister, mais pour cacher quelque chose – la chose même qu'étaient venus lui réclamer Shevchenko et consorts. Le tueur à gages était monté sur la chaise afin de scotcher l'objet au ventilateur, puis il était mal retombé, s'était foulé la cheville, et avait rampé pour s'abriter derrière le lit ou un meuble. Histoire de se battre jusqu'au bout.

Le cœur palpitant, Nate releva la chaise, grimpa dessus et passa la main derrière les pales du ventilateur. Sur la deuxième, son doigt rencontra bel et bien un coin d'adhésif retroussé. Il arracha le morceau et l'éclaira avec sa lampe.

Blottie contre la face collante, une clef de coffre estampillée d'un numéro, le 227.

Nate relâcha l'air qui lui brûlait les poumons, serra la clef dans son poing et se concentra pour ne pas reproduire la mauvaise chute d'Urban. Il venait d'accomplir un pas de géant. Ne restait plus qu'à usurper l'identité d'un tueur décédé, présenter de faux papiers à la banque, se faire ouvrir la chambre forte, vider le casier et repartir sans encombre. Un jeu d'enfant.

Quoi qu'il en soit, Nate avait déniché la clef, ce qui le plaçait déjà un rang au-dessus de Shevchenko et de ses soi-disant professionnels.

Alors rien n'était perdu.

La sonnerie de son portable troua le silence et lui fit perdre l'équilibre. Sautant de la chaise en catastrophe, il faillit bel et bien se fouler la cheville à son tour.

Il tira l'appareil de sa poche et se débattit avec le clapet.

– Nate ? fit Janie d'une voix flûtée par la peur. Il faut que tu reviennes immédiatement !

19

Nate braqua sur le trottoir, mordit la pelouse et pila dans l'allée. Il sauta de la Jeep et, sans même claquer la portière, alla tambouriner à la porte. Au bout de quelques secondes une main fébrile ôta la chaînette de sécurité et Janie apparut, les yeux et le nez rougis.

Il l'empoigna par les épaules.

– Où est Cielle ?

– Cielle n'a rien. Elle était dans sa chambre avec Casper.

Percevant des voix dans la cuisine, Nate enfila le couloir. Dans leur bref échange téléphonique, Janie lui avait décrit un intrus qui ressemblait en tout point à Youri, le géant aperçu devant la banque. Youri au nez cassé et à la scie électrique.

– Il est venu ici, murmura Nate comme pour se convaincre que c'était vrai.

– Oui, dans l'allée.

Pete était assis au comptoir de la cuisine, la main enveloppée dans un torchon rempli de glace. La mâchoire serrée, les lèvres exsangues et tremblantes, les épaules voûtées. Cielle lui tenait compagnie, debout, le chien lové contre ses mollets.

– J'étais dans la voiture, dit Pete entre deux grimaces de douleur. Juste devant la maison. Janie était ici.

Nate se tourna vers Janie :

– Si ce fumier a osé s'en prendre à toi…

– Je ne l'ai même pas vu, dit-elle tout en se penchant sur la blessure de Pete. J'ai entendu du bruit dehors, et le temps que je réagisse il était déjà reparti.

– Mais qu'est-ce qu'il t'a fait, Pete ?

– Il m'a pris la main et l'a écrasée dans la portière.

Cielle glapit :

– Hein ? Mais pourquoi ? C'était qui, ce mec ?

Janie déroula le torchon ensanglanté. La main de Pete faisait peine à voir. La paume semblait pliée en deux, le pouce orienté dans le mauvais sens. La peau était écrevisse, à cause de la glace.

– C'est cassé, mon chéri. Cela ne fait aucun doute. Il faut réduire la fracture et plâtrer.

– Et qu'est-ce que je raconte au médecin ?

– Peu importe. Tu es tombé d'une échelle.

– Mais de quoi vous parlez ? demanda Cielle.

Nate n'en revenait pas :

– Et le type a surgi comme ça ? Spontanément ?

Janie fit la moue. Son jules s'assombrit un peu plus.

– Pete a prévenu son copain, dit-elle. Tu sais, son ami flic. Il lui a téléphoné du boulot.

À l'évidence, ce geste leur avait déjà valu une sérieuse prise de bec. Mais il n'en demeurait pas moins grave.

– Malgré ce qu'on avait décidé ? s'indigna Nate.

– Épargne-moi tes sermons. Je ne suis pas d'humeur.

– Alors maintenant la police est au courant ? C'était la seule règle à ne pas enfreindre, putain !

– Vous allez me dire ce qui se passe ? cria Cielle.

– N'essaie pas de me faire porter le chapeau, Nate. C'est toi qui es venu foutre la merde, pas moi.

– Mais tu joues avec la vie de ma fille !

– Arrête, fit Pete en agitant sa main valide. Le type m'a dit : « La prochaine fois, on l'embarque. » Ce qui signifie qu'il ne lui arrivera rien si on se tient à carreau.

– Mais de quoi vous parlez ? hurla Cielle, au bord des larmes.

S'ensuivit un brusque silence, tout juste perturbé par les *tchop-tchop* de l'arrosage automatique dans le jardin.

– Répondez ! rugit Cielle en les dévisageant un à un. Qu'est-ce que vous me cachez, encore ?

Janie se tourna vers Nate. Hormis les taches de rousseur sur son nez, elle était blafarde. D'un signe, elle lui donna le feu vert.

– Le commanditaire du braquage m'a retrouvé, expliqua Nate. Il m'en veut d'avoir saccagé l'opération, et à titre de réparation il exige que je commette un vol.

L'adolescente roula des yeux exorbités.

– Et si tu refuses ?

– Il menace de s'en prendre à toi.

– À *moi* ? Mais je n'ai rien fait !

Nate lui tendit la main mais elle se recula vivement, comme s'il l'avait piquée.

– Je ne les laisserai pas faire, promit-il. Je ferai tout pour...

Elle secoua la tête, comme pour chasser des visions.

– Mais alors ce type, là, cette brute épaisse dont vous parlez depuis tout à l'heure... Vous ne comptiez même pas me mettre au courant ? C'est moi qui suis visée, et vous gardez ça pour vous ?

– C'est ma faute, confia Pete. Je ne voulais pas te créer d'angoisses inutiles.

– Eh bien tu sais quoi ? J'angoisse à mort ! (Et à son père :) Je flippe ma race, oui !

Le plus long couteau de la cuisine posé sur les genoux, Nate s'installa dans son ancien salon, sur son ancien canapé, face à son ancien téléviseur éteint. Sur la surface noire de l'écran se réfléchissaient son buste, ainsi que le portrait de

Pete, Janie et Cielle accroché au-dessus de la cheminée, leurs visages figés flottant au-dessus de son épaule tels des fantômes miniatures.

Nate avait accepté de garder Cielle le temps que Pete se fasse soigner à l'hôpital. Elle demeura enfermée dans sa chambre, ignorant les paroles rassurantes que son père vint à deux reprises lui prodiguer à travers la porte. Meurtri d'entendre pleurer sa fille, Nate était resté assis dans le couloir, la tête entre les mains, avant de se résoudre à prendre une position plus stratégique.

Au bout d'une poignée d'heures, le grincement de la porte du garage annonça le retour du couple. Nate les accueillit le couteau au poing. Pete avait la main plâtrée et l'index en attelle.

– Deux fractures métacarpiennes, indiqua Janie. On lui retire le plâtre dans six semaines.

– Je suis vraiment confus, dit Nate. Tu avais raison : c'est moi qui fous la merde.

Pete le démentit de sa main valide, mais il paraissait bien secoué.

– Et Cielle ? s'enquit Janie.

– Dans sa chambre. Elle refuse de descendre.

La mère hocha la tête et monta.

Les deux hommes restèrent plantés dans la cuisine, face à face.

– Je vais régler cette affaire, Pete. Je te le jure. Je retourne voir le mec ce soir même, pour qu'il vous laisse en dehors de tout ça.

Mais Pete semblait ailleurs.

– Je peux te parler une minute, Nate ?

– Bien sûr.

Il l'entraîna au garage et referma la porte sans un bruit.

– Écoute, Nate, je préfère être honnête avec toi…

Il se dandinait, cherchant ses mots.

– Qu'y a-t-il, Pete ? Crache.

– Ce malabar, là, quand il m'a attrapé le bras, c'était comme s'il secouait une poupée de chiffon. Ce n'est pas rien, la mafia ukrainienne.

– Je sais bien.

– Mais tout ça, Nate, ça reste ton bazar, pas le mien. J'étais déjà bien gentil de réparer tes conneries précédentes…

Arrivée en bout de course, la minuterie éteignit les néons. Dans le faible halo de lune qui leur parvenait du carreau, Nate vit une goutte de sueur rouler sur la joue de Pete. Il avait le souffle court.

– Pardon ? Où veux-tu en venir ?

Pete se racla la gorge.

– Tu m'a foutu dans de sales draps, Nate. Sauf que c'est ta merde, tout ça.

– Mais j'en suis parfaitement conscient !

– J'ai déjà eu un mal fou à me remettre de la mort de Sally…

– Personne ne va mourir, Pete. Ni Janie, ni Cielle.

– Je ne supporterais pas de revivre ça une deuxième fois.

Il marmonnait sans desserrer les dents, en triturant un objet dans sa main.

Ses clefs de voiture.

– Après tout, cela ne fait que deux mois et demi que j'habite ici…

– Attends, Pete. Non, non, non…

– Ne m'impose pas ça, Nate. Je te rappelle que c'est moi qui ai fini de rembourser la baraque…

– Mais ce n'est pas un problème de fric, putain ! Pense à Janie et à Cielle. Elles t'aiment et elles ont besoin de toi. Tu es obligé de rester.

– Moi aussi, je les aime. (Sa voix se brisa.) Je n'emporte rien, je leur laisse tout. Mais jure-moi qu'elles ne seront pas seules.

C'est au prix d'un effort surhumain que Nate conserva son calme. Il serra les dents, les lèvres. Puis sentit soudain la colère se dégonfler.

– D'accord, fit-il. J'ai compris.

– Après tout, vous êtes embarqués dans la même galère, alors autant…

– C'est bon, je te dis. J'ai pigé.

– Dis-leur que je les aime. Et que je suis désolé.

L'air contrit, Pete se tourna vers la voiture en maintenant son plâtre contre son ventre. Il pressa la clef de la voiture, obtint un bip et se glissa derrière le volant. Le plafonnier éclaira ses pleurs muets.

La porte du garage se leva et Pete disparut dans la nuit. Nate demeura sous les néons jusqu'à ce qu'ils s'éteignent de nouveau. Puis il gonfla ses poumons douloureux, expira lentement et rentra dans la maison.

Janie berçait Cielle sur le canapé. Elles le regardèrent avec étonnement.

– Tu es toujours là ? dit Janie. En entendant la porte du garage, j'ai cru que tu étais reparti.

– Pas moi, non. C'est Pete.

Elle se décomposa.

Nate regarda ses pompes.

– Pete vous aime très fort, l'une comme l'autre, mais il ne se sent pas de taille à affronter une telle épreuve. J'imagine que n'importe qui paniquerait à sa place. (Nate n'en revenait pas de prendre sa défense.) Quoi qu'il en soit, Pete m'a fait promettre de veiller sur vous. Il était au trente-sixième dessous, mais j'ai bien vu que vous comptiez énormément pour lui.

Lorsqu'il osa enfin relever les yeux, il trouva une Janie entière. Elle tenait le coup, tout comme la petite, mais leur choc était palpable.

– Mon Dieu, souffla Janie en lâchant une larme. (Elle caressa les cheveux de Cielle.) On va devoir être fortes, ma fille, parce qu'on ne peut plus compter que sur nous-mêmes.

Nate entendait le tic-tac de l'horloge dans la cuisine.

– Je suis toujours là, moi, glissa-t-il.

Mais à voir leurs mines défaites, c'était une piètre consolation.

20

Au détour d'une galerie commerciale du quartier de Tarzana, Nate repéra l'enseigne aux lettres stylisées : NEW ODESSA, le lieu de rendez-vous fixé par Pavlo Shevchenko. Nate avait certes quelques jours d'avance sur l'heure dite, mais c'était encore ici qu'il avait les meilleures chances de trouver le bonhomme. Or, après l'agression de Pete par Youri, une petite mise au point s'imposait. Janie avait accepté de rester barricadée à la maison, son téléphone préréglé sur le numéro d'urgence 911, et Nate avait fait un crochet par chez lui pour prendre son arme et ses médicaments, les deux ressources indispensables du moment.

Il fit demi-tour sur la deux-voies, obliqua sur le parking et gara la Jeep vers le fond. Tout en ouvrant la boîte à gants pour sortir le Beretta, il jeta un œil vers l'entrée du restaurant. Un couple d'âge moyen se présentait à la porte en chêne massif, monsieur en costume bon marché et cravate rachitique, madame en robe pailletée plus chic. Un malabar surgit de l'ombre pour les palper de haut en bas, et les deux s'y prêtèrent de bonne grâce, comme si c'était là le prélude naturel à tout dîner en ville.

Nate renonça donc au flingue et décala sa main vers les flacons de comprimés. Il avala son riluzole du soir, sa dose d'antibiotiques, et deux Advil pour apaiser les rouspétances de son épaule.

Il traversa le parking, son pouls battant dans ses paumes, dans son cou, au rythme de ses pas. Comme il approchait de la marquise, le videur apparut devant lui.

– Je viens voir Pavlo Shevchenko.

– Écartez les bras.

Nate obtempéra. Le gorille lui tâta méticuleusement les flancs, la ceinture. Comme il s'accroupissait pour palper les jambes, son pantalon remonta sur sa cheville, révélant le canon d'un pistolet maintenu par une lanière. Satisfait, il se redressa, passa sans vergogne la main sous la chemise de Nate – sans doute à la recherche d'un micro – puis la lissa d'une tape machinale.

– Venez.

Nate le suivit dans un salon à l'éclairage feutré, embrumé de tabac, où le sucré des parfums féminins le disputait à l'aigreur des poissons marinés. La clientèle se composait de couples ou de groupes d'hommes qui s'égosillaient tous dans la même langue, et ce n'était pas de l'anglais. Dans l'entrebâillement d'un rideau de velours, Nate avisa une salle de banquet où un chanteur roucoulait des slows exotiques pour quelques danseurs alanguis. On avait l'impression de basculer dans un tout autre pays.

Le videur appuya sa paluche dans les reins de Nate pour le faire avancer. Au fond du restaurant, plusieurs piliers de bois entouraient une grande table, de sorte à la distinguer des autres. Tout au bout, accoudé au-dessus de son assiette, se tenait Pavlo Shevchenko, en costume sombre un rien démodé et chemise blanche de marque. Il mangeait d'un air jaloux et affamé, les angles de son visage jouant dans le clair-obscur. Puis il releva les yeux et fixa Nate d'un air glacial.

Face à Pavlo, un vieil homme aux lèvres épaisses affichait une moue acariâtre. Les autres chaises étaient occupées par des types en survêtement de velours qui faisaient étinceler leurs Rolex à chaque gorgée de vodka – de vraies caricatures de mafieux. Parmi eux ne figurait toutefois aucun des nervis de l'entrepôt, comme si cet endroit sinistre était encore trop lumineux pour les « gens de l'ombre ».

Le videur échangea quelques mots aigres avec l'un des convives, avant d'être interrompu par Pavlo qui lança à Nate :

– Ça y est ? Vous m'apportez mon dû ?

– Pas encore. Je viens discuter de l'incident de ce soir. Au domicile de ma famille.

Pavlo se renversa contre son dossier et croisa les bras sur sa poitrine.

– Asseyez-vous, soupira-t-il, tout en faisant signe à l'un de ses compagnons de céder son siège.

L'intéressé obtempéra et Nate s'assit. Le gorille se posta derrière lui, dans son angle mort. Au centre de la table trônait une fine fiole de vodka.

Pavlo indiqua le vieil homme qui tenait l'autre bout de la table :

– C'est le meilleur restaurant ukrainien de la ville, et il appartient à un Géorgien ! Quelle tristesse, mes aïeux...

Le Géorgien en question promenait ses doigts jaunis dans sa mèche cache-misère avec une afféterie qui contredisait sa mise négligée. Des nœuds traînaient dans ses cheveux noirs, et quelques poils à la commissure des lèvres. Sous ses yeux, sa peau grise et flétrie évoquait des coquilles d'huître. Un photographe de la Grande Dépression aurait tué père et mère pour dénicher un tel visage dans la queue d'une soupe populaire.

L'homme considérait Nate en silence, d'une mine maussade. Comprenait-il seulement l'anglais ?

– Servez-vous de caviar rouge, ordonna Pavlo. Les Américains préfèrent le noir car il est plus cher, mais avec des blinis rien ne vaut le rouge. (Il désigna ensuite un monticule de chaussons en demi-lune coiffés d'une noix de crème fraîche.) Et vous goûterez les *vareniki*, qui sont plus petits et autrement plus fins que les raviolis chinois. Allez-y, dégustez. Après tout, vous travaillez pour moi, désormais. Vous faites partie de l'équipe.

– Je n'ai pas faim, répondit Nate.

Pavlo le dévisagea, les mains posées à plat de part et d'autre de son assiette.

– Vous allez vexer le Géorgien.

– Ça me fait une belle jambe.

Ces mots jetèrent un froid sibérien. Les autres reposèrent leurs couverts.

– Votre sous-fifre s'est pointé à la maison, accusa Nate. Il a brisé la main de…

– Ce n'est pas vous qui avez appelé la police, coupa Pavlo tout en repoussant son assiette sur le côté. Ce n'est pas vous qui avez rompu notre accord. C'est la seule raison qui explique que votre fille respire encore.

Nate contempla son couteau à steak, à quelques centimètres de son coude. Pavlo suivit la direction de son regard sans trahir la moindre inquiétude.

– Cet homme qui a prévenu les flics, la prochaine fois on le tue. Je sais à qui il a parlé, et qui va égarer sa plainte. Nous comptons de nombreux amis dans la police, et dans une multitude de services. Si vous appelez les flics, c'est comme si vous jouiez à la roulette russe avec votre gamine. Est-ce bien clair ?

– Vous aurez ce que vous réclamez. Je vous livrerai le contenu de ce coffre. Mais ne vous approchez pas de ma famille.

Le dentier soviétique de Pavlo émit un éclair blanc :

– Ce n'est plus votre famille…

– Foutez-leur la paix, je vous dis !

Le visage du chef se ferma net. Repoussant le bord de la table, il fit crisser sa chaise sur le faux marbre et se leva. Le reste de la table l'imita sans délai, tandis qu'un grand bruissement feutré s'élevait dans la salle. Tournant la tête, Nate frémit en voyant tous les clients debout, même les plus vieux, même ceux nichés dans les box, les jambes à demi pliées entre la banquette et la table. Plusieurs avaient perdu leur serviette, et aucun n'osait regarder Pavlo en face. Les flonflons échappés du banquet voisin ne faisaient que souligner l'abrupt silence.

Un seul restait assis : Nate, qui sentit monter une sale migraine entre ses tempes. Il avait tous les sens à vif, et le bruit d'une cuiller heurtant le sol lui fit l'effet d'un coup de cymbale.

Puis Pavlo esquissa un geste de la main et tous les dîneurs se rassirent, reprenant fourchettes et conversations comme si de rien n'était.

L'Ukrainien lança :

– Tu te pointes ici pour une *strelka*, une rencontre d'égal à égal ? Je vais te montrer qui je suis !

C'était la première fois que Nate l'entendait élever la voix. La mâchoire serrée, l'homme bomba le torse et ouvrit sa chemise d'un mouvement sec, les boutons nacrés volant en rafale sur la table, dévoilant une peau étrangement sombre.

Il avait le torse couvert de tatouages bleus, légèrement brouillés.

– Mon initiation, dit-il en pointant le pouce sur une rose à la base de son cou.

Puis le doigt descendit de quelques centimètres, vers une étoile à huit branches, au ras de la clavicule.

– Ça, c'est mon admission chez les *vory*. Je suis désormais un professionnel. Je n'appartiens plus à moi-même, mais à un code. Et le monde des voleurs est ma seule famille.

Sous l'étoile, une église de type orthodoxe.

– Ici, expliqua Pavlo, chaque dôme symbolise un séjour dans la Zone.

Il tomba sa veste pour montrer son épaule, où une main tenait une tulipe enroulée dans trois tours de fil barbelé.

– Encore mineur, condamné pour vol. Trois ans ferme, et chaque pointe de barbelé représente un mois.

En dessous, une croix, des chaînes, des chiffres et des caractères cyrilliques.

– Deuxième séjour : camp de travail numéro 6. Et ici, cellule d'isolement, bloc 7.

– Écoutez…

– *La ferme !*

Ce cri de rage tua les mots dans la gorge de Nate.

Tatouage suivant : un loup montrant les crocs.

– Mon serment de châtier ceux qui m'ont enfermé…

Il arracha ce qui lui restait de chemise pour exhiber une cicatrice à son flanc.

– Odessa, rue Derybasivska. Une lame de poignard. (Il traduisit l'inscription qui courait en travers de ses côtes :) « Mère, cesse de me pleurer. Que je sois mort à tes yeux. »

Pour finir, il se retourna. Si les deux yeux dessinés dans son dos se passaient d'explication, il commenta l'aigle qui ornait son omoplate.

– Ceci atteste mon évasion du camp de Vorkuta. Et ceci… (un coin de peau lustrée, de la taille d'une grosse pièce de monnaie) … une tentative d'assassinat, à Kiev.

Nate risqua un regard sur le côté. Les clients mangeaient et bavardaient, ignorant consciencieusement le spectacle du caïd. Quoi qu'il pût se produire entre ces murs, ces dizaines de témoins ne verraient ni n'entendraient rien. Il ferait mieux de sortir d'ici. Mais à peine s'était-il relevé qu'une main lui broyait l'épaule et le renfonçait sur son siège.

Il sentit sur son crâne l'haleine du videur.

Pavlo claqua sa paume sur la table devant Nate, faisant tressauter verres et couverts. Nate eut un mouvement de recul, mais le videur lui tenait fermement la nuque.

Pavlo montra le dos de sa main et chacune des bagues tatouées à ses doigts.

Une astérisque dans un cercle.

– Orphelin de père. C'est un foyer brisé qui me jette dans la délinquance.

Une croix blanche sur un rectangle noir :

– Je surmonte les épreuves. En solitaire.

Un crâne dans un diamant, barré de plusieurs traits :

– On m'enferme dans une prison pour criminels violents.

Il se pencha vers Nate, libérant des senteurs de parfum épicé et de savon à barbe, l'odeur d'une époque révolue. Puis il ferma les paupières, elles aussi décorées.

– « Ne me cherche pas », traduisit Pavlo avant de rouvrir les yeux. Pour ceux-ci, le piqueur vous glisse une cuiller sous la paupière, afin d'écrire sur une peau ferme.

Et ce n'était pas terminé. Pavlo se redressa, ôta un mocassin, puis l'autre. Ses chevilles arboraient des chaînes, et le cou-de-pied des mots qu'il traduisit ainsi :

– « Ils me traînent sous escorte armée. »

Sur ce, il tira sa ceinture d'un geste ample et laissa choir son pantalon. Il portait un boxer bleu assorti aux dessins. Les étoiles sur ses rotules signifiaient : « Je ne m'agenouille devant personne. »

– Et enfin…

Nate vit avec appréhension les mains de Pavlo remonter vers son caleçon. Les pouces accrochèrent l'élastique et le baissèrent d'un geste franc. Nate se cabra sur sa chaise, mais le mafieux dont il avait piqué la place se joignit au videur pour l'immobiliser. Il sentit ses joues s'embraser, comme celles d'un enfant assistant impuissant à une agression. L'odeur du hareng sur la table lui donnait la nausée, et les tintements de verres et de couverts battaient leur plein, personne dans la salle n'osant se détourner de son assiette.

Pavlo attrapa Nate par les cheveux pour l'obliger à admirer ses cuisses nues au parfum de musc et de talc. Au-dessus de son pénis auréolé de poils gris, son pubis affichait un énième message en cyrillique, que Pavlo traduisit en sifflant à l'oreille de Nate :

– « Qu'ils me haïssent tant qu'ils me craignent. »

Excédé, Nate cala sa semelle contre un pied de table et poussa violemment. La table recula de cinquante centimètres, renversant tous les verres, et il parvint à s'arracher aux griffes de Pavlo. Mais d'une seule main, le videur lui écrasa la joue contre la table. Un anneau de métal froid vint se coller contre sa tempe, et il perçut très distinctement le *clic* d'un pistolet qu'on arme.

– Vous voulez m'abattre ? mâchonna-t-il. Eh bien allez-y ! Mais épargnez-moi vos numéros de foire. Je n'ai pas de temps pour ces conneries.

La main géante du videur menaçait de lui briser le crâne et de lui fracturer le nez. La bouteille de vodka renversée gargouillait sur la nappe blanche.

Sans quitter l'insolent des yeux, Pavlo remonta son pantalon, boucla sa ceinture et boutonna son manteau à même la peau. Les vapeurs de vodka firent pleurer Nate.

– Décidez-vous, grogna-t-il. Soit vous pressez la détente, soit vous me lâchez.

Le vieux Géorgien avait à peine bougé depuis le début de l'empoignade. Depuis son fauteuil désormais décalé de son assiette, il décrocha ses premiers mots dans un anglais médiocre :

– Emmenez-le dans cuisine. Je fais nettoyer.

Mais Pavlo fit non de la tête, et Nate sentit l'arme quitter sa tempe.

Il se redressa sur sa chaise.

– Tu es aussi cinglé qu'un nègre tchétchène, maugréa Pavlo. J'en ai vu, des fêlés, et dans toutes sortes de situations. Sincèrement, mon ami, ça ne tourne pas très rond chez toi.

Venant d'un type surnommé Psyk, cela ne manquait pas de piquant…

– Mais bon, conclut Pavlo en se tapotant la braguette. Nous verrons bien s'il te reste assez de jugeote pour me craindre.

– Si vous voulez récupérer le contenu de ce putain de coffre, rétorqua Nate, ne vous approchez pas de ma famille. Et laissez-moi procéder comme je l'entends.

– Nous te laisserons respirer, toi et les tiens, dès lors que tu nous obéiras. Mais nous garderons un œil sur toi. Et si je n'ai pas ce que je réclame d'ici quatre jours… (Pavlo fit mine de se trancher la taille)… couic, adieu poupée.

Sur ce, il montra la sortie et se rassit derrière la table en pagaille.

Le dos criblé par des centaines de regards, Nate se hâta vers la porte et l'air frais de la nuit.

21

Couvant des deux mains une tasse de camomille, Janie observait Nate par-dessus le comptoir de la cuisine. Elle avait tiré les rideaux, il avait inspecté toutes les chambres, et voilà qu'ils étaient réunis comme avant, dans leur maison, avec leur fillette à l'étage. Sauf qu'il était l'heure pour lui de rentrer.

Nate descendit de son tabouret, sortit le Beretta de son jean et le posa délicatement sur le comptoir.

– Au cas où ils reviendraient, dit-il.

– Alors c'est vrai, tout ça ? demanda Janie, les yeux dans le vague.

– Quoi donc ?

– Cette avalanche de malheurs. Ta maladie, les menaces de mort contre Cielle, le départ de Pete…

– Je vais vous tirer de ce guêpier, promit Nate. Puis Pete reviendra et tout reprendra comme avant.

– Mais toi ? Cette histoire de maladie de Charcot ?

Il sourit :

– Là, je n'ai aucun pouvoir décisionnaire.

Elle repoussa l'arme vers lui.

– Je ne veux pas de ce flingue.

– Je sais bien.

– Ou alors… Tu n'as qu'à rester.

Il baissa les yeux pour cacher son trouble. Puis ramassa le Beretta et le rangea dans son dos.

– D'accord. Je monterai la garde sur le canapé.

– Et juste avant ça, si tu pouvais toucher deux mots à ta fille… Elle a besoin de toi, quoi qu'elle en dise.

Janie se retourna vers l'évier pour rincer sa tasse. Nate la contempla un instant avant de prendre l'escalier, le chien Casper sur ses talons.

Il hésita quelques secondes avant de frapper à la porte.

– C'est moi, ma puce.

– Qu'est-ce que tu veux ?

– Voir ton visage, rien de plus.

Un long silence. Puis :

– Tout à l'heure, j'ai entendu Pete dire à maman : « J'en ai marre de réparer ses conneries ! » Alors c'est comme ça qu'il me voit ? Comme une connerie ? Comme un boulet ?

– Mais non, ma chérie ! fit Nate en s'adossant à la porte close. Il parlait de moi et des ennuis que je vous crée. Pete t'aime très fort, tu le sais bien.

– Pourquoi il s'est cassé, alors ?

– Parce qu'il avait la trouille.

– Mais moi aussi, j'ai la trouille ! Sauf que moi je ne peux aller nulle part, parce que c'est moi qui suis visée ! (Sa voix se brisa.) On ne me demande jamais mon avis, de toute façon. Vous décidez de tout dans mon dos, et après j'ai juste le droit de morfler en fermant ma gueule.

Nate posa sa paume contre le battant.

– À partir de maintenant, je ne te cacherai plus rien, ma puce. Je t'informerai de mes gestes, de mes choix, et tu auras ton mot à dire. Marché conclu ?

– Qu'est-ce que tu foutais dans cette banque ?

Lâché comme ça, à brûle-pourpoint.

Nate resta interdit. Comment présenter une telle chose à sa propre fille ?

– Plus de cachotteries, papa ! T'as promis !

Il déglutit et se jeta à l'eau.

– Tu te souviens de ce que je t'ai raconté sur le décès de ta grand-mère ?

– Son cancer, là ?

– Eh bien, je ne t'ai jamais décrit comment je l'avais moi-même vécu. J'étais encore tout gamin, et crois-moi, c'était vraiment horrible de la voir dépérir à petit feu. Alors, quand j'ai appris ce qui m'attendait, je me suis dit que je ne voulais pas t'infliger les mêmes souffrances. Voilà pourquoi je suis sorti sur cette corniche.

L'oreille pressée contre la porte, il guetta sa réaction. Mais elle ne répondit rien.

Puis, comme il s'apprêtait à redescendre, la poignée tourna et le battant s'entrouvrit sur le visage de Cielle. Écarlate, les yeux humides et gonflés. Pour la première fois depuis leurs retrouvailles, elle le regarda vraiment en face. Puis hocha la tête et referma la porte.

22

Se réveillant avec les images de sa plante verte favorite, de la table basse artistiquement défoncée et de son toutou pelotonné dans une flaque de lumière, Nate ressentit une profonde paix intérieure. Puis il trouva une masse métallique dans sa main, reconnut le pistolet, et fut repris par le cauchemar. Il se redressa sur le canapé, se frotta les yeux et caressa Casper qui venait le saluer. Ah ! l'odeur de sa fourrure après un bain de soleil…

Premier point à l'ordre du jour : la clef du coffre d'Urban, que Nate extirpa de sa poche. Dans l'anneau était gravé un numéro, le 227. Il la tapota contre ses jointures, la lança en l'air telle une pièce, puis la rangea dans son pantalon.

Après avoir pris ses médicaments au-dessus de l'évier de la cuisine, il s'aventura dans le couloir. En passant devant la buanderie, il avisa les vêtements de Janie sur le tas de linge sale, avec le slip au sommet de la pile. C'était son modèle fétiche de chez Gap, en maille de coton rose, et même s'il n'avait en soi rien de très affriolant, il suffit à raviver la nostalgie de Nate. Combien de fois avait-il vu Janie se sécher les cheveux en simple culotte ; combien de fois avait-il plié et rangé ces slips dans la commode ; combien de fois les avait-il lui-même fait glisser le long des jambes de sa femme ? Aujourd'hui, pourtant, la décence l'enjoignait de détourner les yeux. Les vents changeants de l'intimité…

De retour au salon, il trouva Janie devant la cheminée, dressée sur la pointe des pieds, son tee-shirt de nuit des Lakers remonté à mi-cuisses. Il mit du temps à comprendre ce qu'elle fabriquait. D'un grognement résolu, elle attrapa le portrait de famille – celui avec Pete – et le décrocha du mur. Puis elle se retourna et vit Nate.

– Ça te fait plaisir, hein ? lança-t-elle.

– Même pas, répondit-il.

Elle reposa le cadre entre ses chevilles et le considéra pensivement.

– Avec toi, confia-t-elle, c'était toujours le bordel. On s'engueulait puis on réglait ça au pieu, et le lendemain je me réveillais soit comblée, soit furax, mais jamais mi-figue, mi-raisin, moyennement satisfaite. Après toi, ça m'a fait un bien fou de dégoter un gars comme Pete : équilibré, doux, prudent. Et pourtant, certains soirs, je me disais : « Qu'il me propose encore un verre de son pinot Kendall-Jackson à la con, et je me pends au plafond avec une de ses cravates en soie ! »

Nate ne put s'empêcher de sourire, mais l'humour ne tint pas longtemps devant la tristesse palpable de Janie. Elle venait de formuler tout haut ce qu'il avait secrètement rêvé d'entendre, sans toutefois que cela produise l'effet escompté. Il avait juste l'impression de marcher sur une mince couche de glace s'étoilant à chacun de ses pas : quelque direction qu'il prenne, il risquait de s'enfoncer.

Il s'efforça de trouver la meilleure voie. Des paroles qui la réconfortent.

– Pete avait aussi plein de qualités, murmura-t-il.

– C'est sûr, répondit Janie tout en allant caler le cadre contre la porte extérieure de la cuisine – la zone de transit des poubelles. Mais je ne lui pardonnerai jamais de s'être tiré comme un voleur.

Nate se revit planté sur la plage, à regarder une Janie

sauvée des eaux s'engueuler avec son copain. Comme ce jour-là, il pensa : *C'est le moment ou jamais de la boucler.*

S'attardant face à la porte, Janie baissa la tête. Ses jolies épaules se soulevèrent et retombèrent. Elle se retourna avec des yeux humides, mais elle ne craqua pas.

– J'ai peur, Nate, avoua-t-elle. Je suis terrorisée.

Elle resta campée au fond de la cuisine, comme pour éviter tout contact physique.

– Mon instinct de mère me dit d'enfourner Cielle dans la voiture, mais je doute que ces brutes nous laissent filer bien loin. Enfin bon… (Elle passa la main dans ses épis blonds et soupira.) Je ferai ce que j'aurai à faire, et puis voilà.

– Je n'ai aucune envie de partir, répondit Nate. D'ici, je veux dire. Enfin, de cette maison…

Il baissa les yeux et rougit.

– Moi non plus, Nate, je n'ai pas envie que tu partes.

Le cou de Janie s'empourpra à son tour, comme chaque fois qu'elle retenait ses larmes. Son souffle se fit plus fort, plus court. Le gros diamant scintillait à sa main gauche.

– Mais je ne veux pas me reposer sur toi, ajouta-t-elle.

– Mais tu peux, Janie. Tu peux.

– Les gens ne changent jamais, Nate.

– Je t'ai déjà prouvé que si.

– Et tu parles d'une réussite !

Nate sentit dans son dos l'espace vide au-dessus de la cheminée.

– Eh bien je vais me racheter, dit-il avant de lever le camp.

Il descendit le porche, flanqua son pied dans la brique lâche et repartit vers le trottoir.

Comme il atteignait sa Jeep, une main mutilée lui ouvrit la portière. Charles fit une courbette de cocher royal en exposant ses dents brisées.

– Tu vas à la banque ? s'informa-t-il.
– Ouaip, répondit Nate tout en grimpant à bord.
– Et pour faire quoi, au juste ?
Nate lui claqua la portière au nez et mit les gaz.

23

Un voyage express en ascenseur jusqu'au onzième, quelques foulées hagardes dans le hall, et revoici Nate dans l'agence bancaire, sur les lieux de cinq homicides commis de sa main. Il avait fait en sorte d'arriver en plein rush de midi, au moment où le personnel avait le moins le temps d'observer les clients. Le chariot de café gratuit avait été relevé et réapprovisionné, mais son flanc métallique gardait la trace du coup de pied asséné par l'un des malfrats. Nate se servit un déca et rejoignit la longue file d'attente.

Il eut tout le temps de revoir en esprit la chute des blessés, les giclées d'hémoglobine, et diverses autres images qui lui soulevèrent le cœur. Progressant lentement mais sûrement vers le guichet, il tripotait dans sa poche la clef du coffre d'Urban, en grattant avec l'ongle le numéro gravé dans l'anneau – le 227. Ce maudit casier se trouvait à moins de vingt mètres, mais il s'agirait des vingt mètres les plus escarpés du monde.

Lorsqu'il eut enfin parcouru toute la longueur du cordon de velours, une employée jeune et nerveuse lui décrivit les modalités de location d'un coffre. Savait-il qu'il fallait préalablement détenir un compte chèque dans cette agence ? *C'est bon, j'en ai un.* Pour y accéder, il devrait systématiquement présenter une pièce d'identité et remplir le carnet de visites. *Pas de problème.* Après quoi sa signature serait comparée à celle inscrite sur le contrat de location. *Super.*

Les coffres se déclinaient en trois tailles : huit centimètres par quinze, quinze par vingt-cinq ou vingt-cinq par vingt-cinq. Que préférait-il ?

– En fait, confia Nate en s'accoudant au comptoir, je suis assez superstitieux, et j'ai un numéro fétiche…

– Je vous écoute, dit la fille.

Elle se rongea un ongle. Une petite croix dorée pendait mollement sur son pull.

– 228, murmura Nate. Le numéro de mon tout premier appart.

L'employée sourit et pianota sur son clavier, ses yeux sautillant entre lui et le clavier. Pourquoi était-elle si tendue ?

– Désolé, monsieur Overbay. Le coffre 228 est déjà pris.

Il réagit avec une grimace.

– Mais je peux vous proposer le 328.

Il aspira une gorgée de café.

– Et le 229, ce serait possible ? Ou le 226, ou le 227…

– Le 226 est libre.

– Adjugé.

La guichetière lui fit remplir un formulaire puis lui remit une clef d'aspect très familier, qu'il caressa telle une amulette et rangea dans sa poche gauche.

– Merci, madame.

– Je débloque la porte et mon collègue va vous conduire jusqu'à votre coffre.

Avant que Nate se retourne, elle lui toucha l'avant-bras par-dessous la vitre renforcée.

– Sans vouloir vous importuner, monsieur Overbay, mille mercis pour mardi. J'étais présente et je crois que je vous dois une fière chandelle.

Elle avait les ongles bouffés jusqu'au sang et des yeux d'insomniaque. Il l'imagina couchée sur ce carrelage, à prier sous les balles.

Il lui pressa brièvement la main, elle hocha la tête, puis le client suivant s'avança.

En repartant du guichet, Nate croisa le regard d'un conseiller assis à son bureau, le téléphone à l'oreille. Ils échangèrent un sourire cordial. Puis il atteignit la grille de sécurité et ferma le poing sur la clef d'Urban, au fond de sa poche droite. Le sort de Cielle se jouait dans les deux minutes à venir.

Un grésillement rêche signala le déverrouillage de la grille. Nate prit une grande inspiration et s'avança. Un vieux vigile à moustache blonde l'accueillit d'un signe de tête, et tous deux se dirigèrent vers l'épaisse porte blindée qui béait sur ses gonds. C'était ici, dans ce sas, que la directrice d'agence avait été abattue, son tailleur clair fleuri d'impacts bruns. La vitre de jour grinça et Nate pénétra dans la chambre. Il reconnut le coin où il avait logé deux balles dans le ventre d'un braqueur, et vit qu'il se tenait à l'endroit précis où il avait senti une lame lui crever l'épaule.

Il te le fera payer. Tu n'imagines même pas...

Nate s'aperçut que le gardien venait de parler.

– Vous dites ?

– Ça va aller, monsieur ?

– Pas de problème, répondit Nate en portant son gobelet à sa bouche.

Ce n'était pas le moment de flancher. Il avança d'un dernier pas, examina le mur de coffres. Tout était comme neuf, ainsi que l'avait prédit Pavlo. Il promena son doigt sur les placards jusqu'à celui qui l'intéressait.

Celui de Danny Urban. Juste en dessous de celui qu'il venait de louer.

Le vigile éplucha son énorme trousseau de clefs.

– 226, c'est ça ?

Nate replongea la main dans sa poche. La droite, cette fois.

– Exact.

Tandis que le gars approchait la clef principale de la double serrure, Nate fit mine de s'emmêler les doigts et lâcha son gobelet de polystyrène. Le café éclaboussa les chaussures et les chevilles du vigile.

– Oh, mince ! Je suis désolé !

– Ce n'est rien, répondit l'autre tout en sortant son mouchoir. Je suis à vous tout de suite.

Nate se redressa, ficha la clef d'Urban dans le bon trou et garda la main sur la clef de manière à cacher le numéro de la porte. Il crut sentir son pouls fébrile se propager dans les murs de la salle. Puis une crampe s'annonça dans sa paume, comme un petit bonjour de la part de Charcot. *Pitié, pas maintenant.* Il lutta de toute son âme pour décrisper son muscle tout en gardant les doigts pliés.

Enfin le gardien se releva, rempocha son mouchoir sale et glissa sa clef à côté de celle de Nate. Ils les tournèrent en même temps et la porte 227 s'ouvrit. Retenant son souffle, Nate sortit le tiroir métallique de Danny Urban, après quoi la porte à ressort se referma toute seule.

Les deux hommes se retournèrent ensemble pour gagner la pièce de consultation. Au sortir de la chambre forte, Nate jeta un regard vers les guichets.

Et se glaça à la vue de l'agent Abara, qui venait d'entrer dans la banque.

Nate se retourna en sursaut et tamponna le gardien. Malgré le choc, le casier hermétique ne concéda pas le moindre bruit.

– Du calme, monsieur, s'agaça le vigile. C'est par ici.

Que faire ? Personne ne comprendrait que Nate range le tiroir aussi vite, sans même l'avoir ouvert. Et rien ne garantissait qu'il parviendrait à réitérer son tour de passe-passe le lendemain ou le jour d'après. D'un autre côté, s'il était pris à fureter dans les secrets d'un tueur décédé, toute l'opération capoterait et sa fille serait coupée en deux.

Le gardien décida pour lui en le poussant gentiment vers une porte située sur la gauche. Nate se glissa dans la pièce et referma prestement.

La déco était des plus dépouillées : une table haute, des murs blanc, et pour toute fantaisie une aquarelle de petite fille jouant sur la plage.

Nate songea au conseiller de clientèle qui l'avait dévisagé depuis son bureau, le téléphone collé à l'oreille. C'était sûrement lui qui avait prévenu Abara du retour du héros. Comme si on le soupçonnait de quelque chose. Mais combien de temps faudrait-il au flic pour surgir dans cette salle ?

Nate posa la caissette sur la table, souleva le couvercle. S'y trouvait une simple enveloppe blanche, vierge et fermée. Il la saisit et la porta à la lumière. Au jugé, elle ne renfermait pas plus d'une feuille. Mais que pouvait bien contenir ce papelard pour être à ce point convoité ? Des informations accablantes ? Des preuves sordides, comme ces photos lustrées que Pavlo avait brandies dans l'entrepôt ?

Nate recentra ses pensées. S'il apportait cette enveloppe à Pavlo, sa fille serait sauvée.

Sauf qu'Abara risquait de l'intercepter. Et à coup sûr il la confisquerait, ce qui signifiait échec, donc découpeuse et bloc de glace.

Pris de panique, Nate scruta la pièce nue. Où planquer cette saleté d'enveloppe ?

Il avait l'impression de revivre le calvaire d'Urban, qui malgré sa main à demi arrachée avait réussi à dissimuler sa clef in extremis.

Avec du ruban adhésif…

Sur la table de consultation, une corbeille proposait une agrafeuse, des trombones et, victoire ! un rouleau de Scotch. Nate rafla ce dernier et coupa deux languettes qu'il plaça aux deux extrémités de l'enveloppe.

Mais où la coller, à présent ?

Sous la table ? On la trouverait en moins de deux.

Ses yeux s'arrêtèrent sur l'aquarelle. La fillette à la plage. Nate écarta le bas du tableau pour fixer l'enveloppe au dos du cadre, le plus près possible du clou. Puis il recula, redressa la peinture d'une petit tape et ressortit à toute vitesse avec le tiroir vide d'Urban.

Abara se tenait à une dizaine de mètres, près de la fenêtre, en grande discussion avec le conseiller délateur. Par miracle, aucun des deux ne regardait par ici. Nate se réfugia dans la chambre forte où le vigile l'attendait, les mains jointes sur sa panse. Bien qu'intrigué par l'agitation de ce M. Overbay, il le suivit jusqu'au coffre où Nate insérait déjà sa clef.

Et tiqua de plus belle :

– Ce n'était pas le 226 ?

L'air conditionné glaça la nuque moite de Nate.

– 227, corrigea-t-il.

Le type émit un gémissement dubitatif, tandis qu'à côté s'élevait une voix :

– … doit être dans la chambre forte, inspecteur…

Nate tenta d'amadouer le vigile par un sourire. L'ennemi se rapprochait, ses pas résonnant contre le mur d'acier.

Les yeux d'eau du gardien jaugèrent ceux de Nate, puis il daigna enfin introduire sa clef dans la serrure maîtresse.

Nate fit de son mieux pour cacher son soulagement. Ils tournèrent les deux clefs en même temps et la porte se libéra d'un déclic. Nate l'ouvrit en grand, inséra le tiroir d'Urban dans la case et l'enfonça de quelques centimètres avant de se pétrifier.

La clef d'Urban… Il fallait vite s'en débarrasser, au cas où Abara viendrait lui fouiller les poches.

Mais où la balancer ?

Nate considéra la petite porte rectangulaire appuyée contre son poignet. Pas besoin de clef pour la refermer : le pêne s'enclenchait tout seul.

Il entrouvrit le couvercle du tiroir, y jeta la clef d'Urban, repoussa la boîte au fond du compartiment et rabattit la porte à l'instant même où surgissait Abara.

Nate était hors d'haleine. Il parvint tout de même à sourire.

– Inspecteur Abara !

– Nate.

La chemise du flic était entrouverte sur son torse hâlé.

– Il paraît que vous venez de louer un coffre ? lança-t-il.

– Exact.

– Comme ça, sur un coup de tête ?

– Après les événements de mardi, je me suis dit qu'il était temps de mettre un peu d'ordre dans mes affaires. Et de placer à l'abri les documents les plus importants.

– Sage décision, en effet. Et pour cela, vous avez naturellement choisi l'agence où vous veniez de tuer cinq hommes.

– Elle vient d'être cambriolée, argua Nate. Ce doit être la plus sûre de la ville.

Mais Abara n'était pas d'humeur à plaisanter. Il se tourna vers les coffres.

– C'est lequel, le vôtre ?

Nate vit le gardien tendre l'oreille.

La question exigeait une réponse instantanée, de l'ordre du réflexe. Mais Nate loupa le coche. Ne restait plus qu'à botter en touche.

– Pourquoi me harcelez-vous, inspecteur ? s'indigna-t-il. Que me reprochez-vous, au juste ? D'avoir neutralisé des braqueurs ? Vous ne devriez pas me remercier plutôt que de me coller au train ?

Le gardien l'observait d'un air intense. Croyait-il à cette comédie ? Comme il allait ouvrir la bouche, le directeur passa la tête dans l'embrasure du portail :

– Excusez-moi, inspecteur Abara, mais vous serait-il possible de poursuivre cette discussion ailleurs ? Vous indisposez les clients.

– Bien sûr, sourit le policier sans détacher son regard de Nate. Auriez-vous un coin discret à nous prêter ?

Évidemment, la réponse était oui.

Avec l'assentiment du directeur, le vigile ramena les deux hommes vers la salle de consultation, qu'il déverrouilla tout en surveillent Nate d'un œil torve. 226 ou 227 ? Visiblement, il n'était pas près de connaître le fin mot de l'histoire.

Nate précéda l'inspecteur dans la pièce. Le tableau de la fillette à la plage se détachait sur le mur blanc, comme suspendu au milieu du vide.

Et suspendu… de travers.

Alors que Nate se décomposait, Abara vint se planter devant lui :

– Écoutez, Overbay. Je veux bien jouer les gentils, avec un peu d'humour par-ci, quelques sous-entendus par-là. Mais après treize années de terrain, je sais reconnaître un menteur quand j'en vois un. Je ne sais pas ce que vous cachez, ni quelles sont vos motivations, mais votre histoire sonne faux de A à Z. Votre sang-froid pendant la fusillade, vos gestes animés, vos fausses colères…

Derrière l'épaule d'Abara, le tableau pendait gauchement, comme s'il criait : « Regardez-moi ! » Nate s'efforça de fixer son regard sur l'inspecteur.

– Et pourtant, continua celui-ci, je vois bien que vous n'étiez pour rien dans ce braquage. Vous n'avez pas le profil du voyou à la petite semaine qui déciderait de doubler ses complices. Je pense néanmoins que vous êtes revenu aujourd'hui dans un but bien précis, et que ce n'est certainement pas pour mettre les vieilles photos de la tante Mabel en lieu sûr. Je vais donc devoir vous fouiller, Nate, soit tout de suite avec votre consentement, soit au bâtiment fédéral où je vous emmènerai pour interrogatoire et où les plantons de l'entrée ont le droit de fouiller qui ils veulent. Que préférez-vous ?

Après quelques secondes de silence tendu, Nate vida ses poches sur la table haute, juste en dessous de l'aquarelle, en réprimant l'envie de redresser discrètement le cadre. Il sortit son portefeuille, son téléphone, et enfin la clef du coffre.

Abara l'examina à la lumière, pour constater qu'elle portait bien le numéro 226.

– Rien d'autre ? demanda-t-il.

– Rien d'autre.

– Vous permettez que je vous palpe ?

– Mais je n'attends que ça, inspecteur, susurra Nate.

Abara le retourna et le fit se pencher en avant. Nate s'appuya sur la console, le nez à deux centimètres du tableau. On lui tâta l'entrejambe, les aisselles, les poches de pantalon – une procédure qui lui rappela tout autant la fouille devant le New Odessa que les examens chez le neurologue. Son corps lui appartenait décidément de moins en moins.

Abara se releva en craquant des genoux.

– Vous avez terminé ? marmotta Nate. Ou ce n'étaient que les préliminaires ?

– Je laisse les contacts plus poussés à votre future ex-femme, répliqua le flic. Puisque vous venez de réintégrer le foyer familial…

Nate virevolta.

– Vous m'espionnez ? grogna-t-il.

– Pensez-vous, répondit Abara. Disons que je passais dans le coin et que j'ai aperçu la Jeep dans l'allée… (Il rouvrit la porte de la pièce et invita Nate à sortir.) J'ouvre l'œil, comme vous le souhaitiez. Allez, à bientôt.

Le retour en solo vers l'ascenseur parut interminable. Le tee-shirt imbibé de transpiration, la paume en feu, le poignet douloureux… Comme un avant-goût de ce que lui réservait la maladie. Nate monta dans la cabine climatisée, la main blottie contre son ventre tel un trésor.

Dans la rue, faute de banc libre, il s'assit sur le trottoir, exposé à l'haleine chaude des pots d'échappement.

Il resta là un bon moment, à chercher son souffle.

24

La peur et le doute envahirent son cerveau, presque au point d'occulter les autres véhicules sur la route. Avait-il pressé les deux languettes d'adhésif assez fort contre le cadre ? Et si, par malheur, l'enveloppe tombait sur la table ? Et si un agent d'entretien découvrait le pot aux roses en époussetant le tableau ?

Il était près de 18 heures lorsqu'il coupa son moteur devant le pavillon de Santa Monica. Il lui restait donc trois jours et six heures pour remettre l'enveloppe à Pavlo Shevchenko. Au moins, il l'avait extraite du coffre. On progressait, fût-ce à pas de fourmi.

Le soleil avait plongé derrière les toits et le ciel orange était pommelé de nuages semblables à des mains d'enfant. C'était un soir splendide, pour peu que l'on fût en état de le remarquer. Pliés dans la poche arrière de Nate, les papiers du divorce qu'il avait récupérés chez lui en chemin. Il avait également pris quelques vêtements de rechange ; rassemblé dans un sac plastique les flacons de médicaments alignés dans la salle de bains, et raflé les photos de Cielle et de Janie punaisées au mur. Tout le reste pourrait périr sans lui inspirer le moindre regret.

Sitôt franchi le seuil, Casper fondit sur lui, ses griffes claquetant sur le carrelage. Puis Janie émergea de la cuisine :

– Comment ça s'est passé ?

Elle manqua de fondre en larmes devant sa mine réjouie.

Nate venait de poser ses bagages quand Cielle dévala l'escalier, suivie de Jason le Connard. Nate le considéra, bouche bée, avant de se tourner vers Janie.

– Oui, elle lui a tout raconté. Et il compte lui tenir compagnie.

Nate foudroya Cielle du regard.

– Mais qu'est-ce qui t'a pris, ma fille ? Tu ne piges pas que c'est une question de vie ou de mort ?

– Je suis là pour vous épauler, fit Jason en montrant des paumes conciliantes.

La main gauche de Nate se crispa. Il dut la secouer pour prévenir la crampe.

– Sérieusement, Cielle, tu dois apprendre à…

– Quoi ? Garder un secret ? Tu t'es pas gêné pour informer Pete, toi, et tu as vu le résultat ! Alors j'en parle à qui je veux.

– Mais non, justement ! Personne ne doit être au courant !

– Sauf ceux que tu mets toi-même dans la confidence, bien sûr ! (Elle descendit les dernières marches puis asséna :) Tu as dit que je pouvais faire mes propres choix, Nate. Eh bien, en voilà un. J'ai décidé – *nous* avons décidé – que Jason restait ici.

Elle attrapa la main de l'adolescent qui la rejoignit au pied de l'escalier, sa pomme d'Adam roulant dans sa gorge. Il avait ôté les tunnels d'acier de ses lobes, laissant deux trous par lesquels on pouvait voir la peau de son cou.

Janie apostropha Nate :

– Tu as dit à une gamine de quinze ans qu'elle pouvait faire ses propres choix ?

– Non, je n'ai pas exactement dit ça…

Ils restèrent postés dans l'entrée tels quatre tanks ennemis dans une clairière, chacun prêt à ouvrir le feu.

– Ma place est auprès d'elle, décréta Jason. Et si l'autre

taré se repointe, je lui brise les Justin Bieber. Enfin, les couilles, quoi.

– Mais tu n'y es pas du tout, protesta Nate. Ces types sont ultradangereux. Ils raisonnent comme des terroristes et n'hésiteront pas à te zigouiller, toi aussi.

Jason renifla :

– Je les emmerde, ces petits suceurs de bites.

Janie :

– Merci, Jason ! Charmant !

Nate finit par s'emporter :

– Non mais vous vous croyez où, bordel ? Dans un jeu vidéo ? Avez-vous la moindre idée de…

– Je sais ce qui est bon pour moi, le coupa Cielle.

– La preuve que non ! cria Nate en désignant Jason.

Outrée, Cielle remonta en furie, traînant son chéri par la main.

– Au fait, dit celui-ci en s'élevant à reculons, y a votre clébard qui montre son zgeg. Je dis ça, je dis rien… Mais c'est crado, quand même.

Cielle le tira en arrière et ils se retranchèrent dans la chambre sans omettre de claquer la porte, laissant Nate et Janie avec leur *ridgeback* émoustillé.

– Range-moi ça, dit Janie en s'accroupissant pour caresser le crâne du chien.

Le coup de sang de Nate lui avait lancé des aiguilles dans tout le corps. Il s'aperçut que Janie marmonnait.

– Tu m'as parlé ?

– Cielle n'a plus sept ans, Nate. Tu ne peux plus lui dire : « Obéis et tais-toi. » Si tu veux qu'elle coopère, il faut respecter un minimum son point de vue.

– D'accord, j'ai eu tort. Qu'est-ce que je fais, maintenant ?

– Rien pendant quinze minutes.

Résigné, il la suivit dans la cuisine.

– Tiens, fit-il en posant les papiers du divorce sur l'îlot central. Il n'y a plus qu'à signer et poster.

La fuite sous l'évier égrenait un fier *plic, ploc*.

– Merci, répondit Janie sans joie.

Elle considéra brièvement les documents puis les emporta dans son bureau, lequel « bureau » ressemblait surtout à une annexe de la cuisine. De son côté, Nate jeta une serpillière sous l'évier, ouvrit sa boîte à outils et remplaça le joint. Puis il retrouva au garage un fond de mortier et alla fixer la brique descellée du porche. Pendant tout ce temps, Janie resta à son bureau, et Nate retrouva le goût serein de leurs gestes quotidiens séparés mais synchrones. En revenant dans la maison, il avisa quelques gouttes de sang sur le carrelage de la cuisine, échappées de la main blessée de Pete. Il les élimina discrètement avec de l'essuie-tout avant de frapper au chambranle du bureau de Janie.

Celle-ci recula sur son siège à roulettes, dévoilant devant elle une calculette et des factures.

Elle l'avertit d'emblée :

– Ces factures n'ont rien d'urgentissime, Nate. C'est juste pour me changer les idées.

– Entendu. Ça fait bien quinze minutes, non ?

– Largement.

Elle quitta son fauteuil et ils gravirent l'escalier de front.

La voix mâle de Jason portait jusque dans le couloir :

– J'aimerais avoir genre *quatre-vingt-dix-sept* sens pour t'aimer encore plus à donf.

Les ricanements de Cielle aussi :

– Ce que tu peux être tarte ! T'es resté trop longtemps au four, mon pauvre.

– Eh, vas-y, fais pas ta chienne !

Nate ouvrit la porte sans frapper. Les deux étaient assis par terre, adossés au lit. Jason jouait avec un Zippo orné d'une tête de mort.

– Je n'aime pas la façon dont tu parles à ma fille, bonhomme.

– Hein ? Z'avez pas vu comment elle me parle, elle !

La voix de Janie se raidit, juste assez pour être menaçante :

– Rentre chez toi, Jason. Cielle te téléphonera.

Le dadais souleva son épaisse carcasse et partit sans demander son reste.

Cielle examinait ostensiblement ses ongles. Janie s'assit à côté d'elle, Nate contre le mur adjacent, et ils échangèrent devant elle un regard d'impuissance parentale. Puis Janie pointa le doigt : *toi d'abord.*

Nate se jeta à l'eau :

– Écoute, ma puce. Pour ce qui est de Jason…

– Je l'aime.

– Je sais que tu l'aimes. Le ciel est bleu, le rock peut changer le monde, et quand tu vois Jason ton cœur se met à chanter. Je connais ça, et c'est super. Mais pendant quelques jours, il va falloir vivre sans. Je suis sur le point de régler ce merdier, alors ce n'est pas le moment de créer des complications.

– Jason n'est pas une complication !

Janie tendit la main vers sa fille, avant de se raviser.

Nate poursuivit :

– Je sais que tu penses être assez grande pour tout savoir. Et pour prendre des décisions lucides.

Cielle serra les poings sur ses tempes puis les rouvrit brusquement, affolant ses mèches bordeaux.

– Tu n'apprécies pas Jason parce qu'il est plus créatif que toi.

– Mais non, ma puce. Je n'apprécie pas Jason parce qu'il n'est pas humain. Moi non plus, je ne l'étais pas à son âge.

Cielle revint à ses ongles. Janie fixa Nate d'un air implorant.

Il serra les dents.

– OK, ma puce. Je te demande pardon.

Elle releva vivement la tête.

– Alors il peut rester ?

– Mais non, enfin !

Elle plongea le menton dans le col effiloché de son immense pull.

– Mais il pourrait nous aider, si ces fous revenaient…

– Et comment ? En les effrayant avec sa musique ?

Elle s'essuya le nez avec sa manche, d'un mouvement farouche et hargneux.

– Tu ne comprends rien à rien.

– C'est toi qui ne comprends rien, gronda Nate. Nous pourrions tous nous faire tuer, y compris Jason. Tu imagines s'il recevait une balle dans la poitrine ?

L'expression de Cielle se métamorphosa, comme si la réalité venait de lui cingler le visage.

C'est alors que Nate sentit son téléphone vibrer dans sa poche. Il se releva avec peine, courbatu par ses multiples blessures, et consulta l'écran de l'appareil.

Lisant dans ses yeux, Janie énonça d'une voix lasse :

– Le boulot…

Nate ouvrit le portable.

– Je ne peux pas, commença-t-il.

Mais le sergent Jen Brown était hermétique à ce type de déclaration.

– Une femme enceinte violée et poignardée à mort à Griffin Park, voici quelques heures. Des pique-niqueurs viennent de trouver le corps.

– Je ne peux pas, je te dis.

– Le mari va rentrer du boulot d'un instant à l'autre. Il ne sait toujours rien.

– Je ne peux pas, je te dis !

– Il habite dans le Westside, à dix minutes de chez toi. Si tu te défiles, je serai obligée d'envoyer Ken.

Nate rentra la tête dans les épaules. Rien que d'imaginer

Ken Nowak annoncer à un type qu'il venait de perdre femme et enfant, il avait le cœur au bord des lèvres. Il s'appuya au mur pour rester debout, pour rester ferme.

Puis il s'entendit répondre :

– Mais c'est la dernière fois.

Janie soupira ; Cielle regarda le mur.

– C'est l'affaire d'une petite heure, leur promit Nate en raccrochant. Je ne voulais pas, mais là c'est vraiment exceptionnel. Ce pauvre homme a...

Janie agita la main :

– C'est bon, vas-y.

Il marqua un temps d'hésitation, mais aucune des deux ne semblait disposée à se battre.

En redescendant, il huma les odeurs de la maison : le shampoing à moquette, la note fantôme d'une bougie au miel, une touche cendrée dans la cheminée... Une pluie fine taquinait le toit et le réfrigérateur ronronnait.

Il tapota le crâne de Casper, ouvrit la porte et reprit l'allée. Puis là, en se retournant par remords, il vit bouger le rideau dans la chambre de sa fille. Janie et Cielle apparurent dans le carré de lumière, l'observant, immobiles. Alors quelque chose se rompit en lui, une sensation à la fois douloureuse et libératrice. Il resta debout sous la bruine, à contempler les deux filles en contre-jour, personne n'osant bouger de crainte d'interrompre ce dialogue muet.

Pour finir, il dégaina son téléphone et sélectionna le dernier numéro entrant.

Jen répondit d'un ton bourru.

– Je n'y vais pas, déclara-t-il. Je suis en congé.

– Impossible. Ken vient de partir. Et si je te disais que c'est un ordre ?

– Si tu me disais que c'est un ordre, je te dirais de te le mettre où je pense.

Suivit un gros blanc, rythmé par le souffle de la chef. Nate pouvait presque la voir sourire.

– Tu entends tous ces claquements, Nate ? Ce sont les poules qui ont des dents.

Et sur ces mots elle raccrocha.

Nate rangea son portable et regagna la maison, le regard de Janie et Cielle lui réchauffant les os à chaque pas.

25

Le cri de Cielle atomisa le sommeil de Nate. Bondissant du sofa, il se cogna le genou contre la table basse. Où était-il ? Appartement, maison ? Rêve, réalité ? Recouvrant ses repères, il se faufila dans le noir vers l'escalier.

Il avala les marches deux à deux, avec Casper dans les jambes, et manqua d'emboutir Janie qui accourait de la chambre.

Parents et chien trouvèrent l'adolescente plaquée contre le mur de la porte.

– Qu'est-ce qui se passe ?

– Tu n'as rien ?

Ses tremblements faisaient frémir son long tee-shirt de nuit, et l'unique œil visible sous sa tignasse s'écarquillait pour deux. Elle ouvrit la bouche mais rien ne vint. Alors elle indiqua la fenêtre.

L'échine basse, Casper se rendit sous la vitre et émit un grognement presque trop grave pour sa carrure. Nate s'approcha à son tour, à pas mesurés, tandis que Janie prenait Cielle dans ses bras.

La fenêtre donnait sur le jardin de devant, deux portions de gazon tondu séparées par une allée serpentine. Rien n'avait bougé. Le magnolia était toujours là, avec son épais tronc parcheminé et noirci par la pluie. Idem pour les plates-bandes de lavande et de genévrier. Derrière, la rue et les façades de pavillons dépareillés. Nate connaissait ce tableau par cœur, dans ses moindres traits et surfaces, comme une photographie fétiche. Une image du bonheur.

Sauf que.

Devant la fenêtre, un homme se tenait immobile sur la pelouse. Les jambes légèrement écartées, le visage levé vers l'étage et nimbé de volutes grises. Il ne faisait rien de plus que fumer une cigarette, mais sa seule présence en cette heure minuscule constituait une vision d'horreur, qui réveillait des peurs trop archaïques pour être nommées. Ses grosses bottes écrasaient l'herbe que Nate avait lui-même plantée quelques mois après l'emménagement.

– Je me suis levée pour pisser, balbutia Cielle, et…

– Qu'y a-t-il ? demanda Janie à Nate.

– Youri, répondit-il.

La sonnerie du téléphone arracha un nouveau cri à la jeune fille. Nate exhuma le téléphone sans fil sous une montagne de coussins.

La voix de Mme Alizadeh sembla lui parvenir d'une autre dimension.

– Non, non, répondit-il tout en regagnant la fenêtre. Tout va bien. Oui, c'est bien moi. Je suis revenu pour quelques jours.

Dans la maison d'en face, on devinait derrière un voilage la silhouette de la vieille femme, et son dos noué d'angoisse. Deux voisins terrorisés par le même rôdeur.

– Sans doute un curieux attiré ici par l'épisode de la banque, dit Nate sur un ton rassurant. Vous avez entendu parler du braquage ?

– Non, fit la voisine. De quoi parlez-vous ?

– Peu importe. Je ne sais pas ce que cherche ce gars, mais le mieux est encore de l'ignorer.

– Je vais plutôt appeler la police.

– C'est inutile, je vous assure.

– Je n'aime pas ça du tout, monsieur Overbay !

– OK, je vais régler ça.

Il raccrocha, jeta l'appareil sur le futon et repartit vers le couloir.

– Tu comptes sortir ? s'alarma Cielle.

– Vous tournerez le verrou derrière moi.

Elles le suivirent au rez-de-chaussée. Du porche, il attendit le bruit de la clef pour s'avancer pieds nus dans l'herbe mouillée, pendant que les deux filles allaient se poster à la fenêtre du salon.

Devant lui, le visage de Youri se précisa dans la pénombre.

– Cassez-vous de mon jardin !

– Ce n'est même plus le vôtre, rétorqua le nervi avant de faire brasiller sa cigarette. Pavlo avait bien dit qu'il vous surveillerait.

La pluie leur coulait sur le front. Par-dessus l'épaule massive de Youri, Nate croisa le regard de Mme Alizadeh, qui s'écarta aussitôt de sa fenêtre. Youri, lui, fixa son regard sur le rez-de-chaussée des Overbay, sans doute sur les deux filles. Face-à-face nocturne sur une pelouse : un spectacle haletant. Au premier mouvement suspect, une explosion de violence crèverait l'air embaumé de jasmin.

– Vous faites peur aux voisins, grogna Nate. Ils vont finir par appeler les flics.

– Et alors ? C'est vous qui devez redouter les flics, pas nous ! (Son mégot dansait à la commissure de ses lèvres, comme dans un vieux film de gangsters.) Si vous laissez la police nous embêter, alors…

Il mima un trait de découpeuse devant son ventre.

– Déguerpissez, cracha Nate. Laissez-moi me concentrer sur ma tâche.

– Je vais rester encore un peu, le temps de finir ma cigarette. Mais je vous en prie… (Il déplia la main vers la maison.) Ne faites pas languir ces charmantes demoiselles.

Voyant Nate s'avancer d'un pas hostile, il banda ses muscles sous son manteau et claqua deux fois la langue, à titre de sommation.

Nate laissa la pluie fine refroidir sa rage, puis il battit en retraite et regagna le porche.

Lorsqu'il se retourna, Youri s'était volatilisé.

Son mégot rendait l'âme dans l'herbe mouillée, dernier soupir avant la noyade.

26

Hormis le réveil sur le canapé, c'était un matin presque ordinaire. Nate changea son pansement, prit son traitement, prépara du café pour sa future ex-femme puis feuilleta le journal détrempé jusqu'aux pages nécrologiques.

GOLFEUR PASSIONNÉ, KEVIN STRUTHERS LAISSE DEUX FILLES PÉDIATRES, NANCY ET OLIVIA, AINSI QU'UNE « BELLE PORTÉE » (COMME IL DISAIT TENDREMENT) DE SEPT PETITS-ENFANTS. IL REJOINT ELSIE, SA CHÈRE ÉPOUSE QUI L'AVAIT PRÉCÉDÉ.

Nate leva son jus d'orange à la mémoire de ce bon vieux Kevin et rinça l'arrière-goût de riluzole et d'antibiotiques. Puis il se rendit à la fenêtre pour scruter le jardin. Nulle trace de la visite de Youri, sinon deux larges empreintes de bottes dans la terre humide. Il regagna la cuisine où gargouillait la cafetière, s'assit au comptoir et plia la main pour tester ses muscles. Les fourmis commençaient à gagner l'avant-bras. Le stress pouvait-il accélérer la maladie ? Son corps risquait-il de le lâcher avant la fin de sa mission ?

Suite à l'incident avec Youri, Janie et lui étaient restés plusieurs heures sur le lit de Cielle, s'étant engagés tacitement à lui tenir compagnie jusqu'à ce qu'elle se rendorme – ce qui ne se produisit qu'à l'aube, lorsque les premières lueurs du jour abrogèrent les ténèbres de la chambre. Alors les parents quittèrent la chambre sur la pointe des pieds et, après quelques secondes de gêne sur le palier, partirent se recoucher chacun de son côté.

Janie entra dans la cuisine en se frottant les yeux, les cheveux en bataille, attirée par l'appel du café. Aucun n'irait réveiller Cielle, puisqu'il allait de soi qu'elle louperait l'école.

– Tu as l'air frais comme un gardon, murmura Janie.

– Je me suis fait beau pour la banque.

Il lui remplit une grande tasse et la poussa vers elle. Mais elle ne réagit pas. Elle regardait la main gauche de Nate, tremblante comme une feuille. En voulant la cacher sous le comptoir, Nate culbuta l'un de ses flacons de médicaments. Il le redressa de la main droite, dans un silence pesant.

– Tu comptais vraiment te foutre en l'air ? lâcha Janie.

Il hocha la tête.

– Imbécile. Mais pourquoi ? À cause de ta maladie ?

Il réfléchit, et s'étonna d'avoir à le faire.

– Je ne voulais pas me supprimer parce que j'étais malade, mais parce que cette maladie était la seule chose qui me restait.

– Vraiment ? Tu n'avais vraiment rien à quoi te raccrocher ? Quelque chose qui te permette de tenir une journée de plus ?

– Comme quoi ? répondit-il. Un chef-d'œuvre à terminer ? Un discours à prononcer devant un stade comble ? Non, je n'avais rien en rayon. Juste des souffrances à infliger à moi-même et aux autres.

Elle lui montrait un visage fermé, soit de colère, soit de chagrin.

Il descendit de son tabouret et se mit à fureter dans le tiroir dévolu aux prospectus et aux factures.

– Qu'est-ce que tu cherches ?

– Un truc à déposer dans mon nouveau coffre, au cas où l'on m'observerait.

– Tu n'as qu'à prendre ça, murmura-t-elle.

Nate releva les yeux. Janie lui tendait quelques pages agrafées. Les papiers du divorce.

Son pouls s'emballa. Il déglutit.

– Tu es sûre ?

– Non, mais peu importe.

Il resta figé à côté du tiroir ouvert.

– Prends-les, je te dis ! fit-elle en secouant la liasse.

Il obéit et rafla ses clefs de voiture dans la foulée.

La file d'attente offrait une vue imprenable sur les salles de consultation – car il y en avait deux, bien sûr, pour mieux corser l'affaire. Comme le tour de Nate approchait, un vieillard s'isola dans la salle à l'aquarelle, contraignant Nate à quitter la queue pour remplir de faux ordres de virement. Puis, sitôt le vieux ressorti, il fondit sur le premier guichetier disponible et se fit débloquer la porte.

Le vigile affecté à l'entrée de la chambre forte était le même que la veille. Il dévisagea Nate avec des yeux aussi petits et durs que des billes.

– 226, c'est ça ?

Nate se fendit de son plus joli sourire, sa main moite crispée sur ses papiers-alibis.

– 227, rectifia-t-il.

Le gardien soupira :

– Je crois que je deviens sénile.

Nate libéra son tiroir et se rendit avec naturel dans la salle de consultation. Il repoussa la porte pour aider le bras à ressort, puis jeta le casier sur la table et souleva l'aquarelle.

À sa grande surprise, l'enveloppe était toujours là, fixée à la planche du cadre par les deux bouts de Scotch. À force d'imaginer toutes sortes de scénarios-catastrophes, il s'était persuadé du pire. Mais non, le trésor n'avait pas bougé, qui se détacha sans accroc.

Nate ôta sa basket, plia l'enveloppe en trois et la glissa sous sa semelle intérieure. Puis il se rechaussa et fit un double nœud serré.

En consignant les papiers du divorce dans le tiroir oblong, il remarqua combien celui-ci ressemblait à un cercueil. Pour une fois qu'un enterrement le mettait en joie…

Le vigile lui rouvrit le coffre d'un air maussade, et le casier disparut derrière le battant d'acier.

En repartant vers l'ascenseur, Nate sentit l'enveloppe pliée lui comprimer la voûte plantaire. Mais dans sa tête, il marchait sur un petit nuage.

27

– Vous croyez qu'on doit l'ouvrir ? demanda Janie.

– Non, répondit Nate en même temps que Cielle disait :

– Peut-être.

Ils étaient réunis autour de la table où trônait l'enveloppe, écartée tel un plat répugnant. Dehors, les nuages bouffis semblaient faire place au crépuscule, de grisâtre à gris franc.

L'ordinateur portable de Janie était posé sur le comptoir, ouvert sur la page d'accueil du restaurant New Odessa. Juste à côté, le téléphone sans fil. Nate brûlait d'appeler pour avancer son rendez-vous avec Pavlo.

– Shevchenko n'a rien dit à ce sujet ? continua Janie.

– Rien du tout. Je ne savais même pas ce que renfermait ce coffre.

Comme ses parents avant elle, Cielle leva l'enveloppe sous l'ampoule de la suspension. Elle détecta une simple feuille pliée en deux, mais aucune inscription ne transparaissait à la lumière.

Janie fronça les sourcils :

– Je me demande bien ce qu'un simple bout de papier peut receler de si précieux…

– On s'en fiche, trancha Nate en se levant de sa chaise. On lui remet l'enveloppe et basta.

Mais, comme il composait le numéro du restaurant, il entendit un déchirement.

Cielle venait d'ouvrir l'enveloppe avec l'auriculaire.

Nate raccrocha tandis que sa fille faisait tomber la feuille pliée sur la table. Elle la déplia délicatement. Janie se pencha et gémit.

– Quoi ? fit l'ado. Je ne comprends pas.

Intrigué, Nate regarda par-dessus l'épaule de sa fille.

– C'est une liste de noms, fit Janie d'une voix morne.

Il y en avait huit, écrits à la main, chacun suivi d'une adresse à Los Angeles. Le tout premier était barré d'un trait.

Le cœur de Nate se souleva, comme s'il chutait dans le vide.

– C'est pas vrai ! pesta-t-il. J'avais réussi, on y était…

– Mais c'est quoi ? s'impatienta Cielle.

Nate mémorisa les premiers noms et se remit devant l'ordinateur. Il tapa dans Google le nom biffé, Patricia McKenna, ainsi que le quartier associé, Brentwood.

– Qu'est-ce qu'il y a, maman ? Pourquoi vous faites cette tronche ?

Nate cliqua sur le premier résultat proposé.

BRENTWOOD, CALIFORNIE – Le corps sans vie d'une institutrice de trente-sept ans, Patricia McKenna, a été découvert ce jour à son appartement, victime de plusieurs coups de poignard. L'arme du crime, un couteau de chasse, a été retrouvée non loin du cadavre.

Nate se revit dans l'entrée lugubre de Danny Urban, penché sur le carton FedEx rempli de grands canifs crantés.

Assise à la table, Janie gémissait de plus belle, les mains devant la bouche.

Nate entra dans la machine le patronyme suivant, Luis Millan, et le quartier de Marina del Rey. Sur les quelques réponses obtenues, aucune ne parlait de meurtre.

Et pour cause : ce nom-ci n'avait par encore été rayé de la liste.

Le troisième, Wendy Moreno, à Westchester, rendit le même non-résultat.

Nate pivota vers la table, livide.

– Mais vous me faites peur ! cria Cielle. Dites-moi ce qui se passe, à la fin !

– Réfléchis, haleta Nate. Pourquoi un tueur à gages conserverait-il une liste de noms ?

Cielle s'affaissa contre son dossier, les yeux grands comme des soucoupes.

– Tu veux dire que… ? Ces gens étaient ses *cibles* ? Et ton Ukrainien chercherait à récupérer ces noms pour…

– Finir le travail, confirma Janie.

Nate cogita. Les moyens déployés par Pavlo pour obtenir ces noms prouvait qu'il ne les savait pas lui-même. En d'autres termes, Urban avait été chargé d'identifier les individus tout autant que de les tuer. Puis, pour une raison quelconque, les deux hommes s'étaient brouillés, ce qui avait empêché les informations de remonter jusqu'au commanditaire. Demeurait toutefois une énigme : pourquoi vouloir la mort de personnes qu'on ne connaissait pas ?

– Huit personnes, fit Cielle. Huit vies en sursis…

– Sept, rectifia Nate. La première y est déjà passée.

Cielle replia la feuille et la fourra dans l'enveloppe déchirée, comme pour revenir en arrière.

– Qu'est-ce qu'on fait ? demanda-t-elle.

– On lui file la liste comme prévu, dit Janie.

– Attends, maman ! T'es pas sérieuse !

– Ce ne sont sûrement que des règlements de comptes entre voyous…

– Mais tu n'en sais rien, maman. (Cielle se retourna vers son père.) Cette femme retrouvée morte chez elle, on connaît sa profession ?

Nate resta muet.

– Ce ne sont pas nos affaires, insista Janie. Il n'y a aucune raison pour que…

– Réponds-moi !

– Elle était instit, lâcha Nate.

Janie ôta ses coudes de la table et se recroquevilla sur son siège, la tête entre les mains.

Cielle fixait obstinément son père :

– Et toi, alors ? Qu'est-ce que t'en dis ? On lui file la liste pour qu'il bute tous ces gens, comme le suggère maman ?

Nate referma l'ordinateur. Le sang pulsait dans ses veines par influx lents mais violents. Il repensa au ballot rose sur les genoux de Janie à la sortie de la maternité. Aux graduations évanescentes sur le chambranle d'une porte.

L'adolescente insista :

– Mais enfin, pense à tous ces gens…

– Ce ne sont pas eux que j'aime ! répliqua Nate, plus durement que prévu.

– Appelons les flics, alors.

– Non. La seule chose à faire, c'est remettre cette foutue liste à Shevchenko. Toute autre initiative reviendrait à jouer avec ta vie.

– Eh bien, justement, c'est *ma* vie ! Et c'est moi qui devrai grandir avec sept morts sur la conscience. Vous n'avez pas le droit de me faire ça !

Nate sentait sa poitrine près d'exploser. Mais la détresse de sa fille lui interdisait de craquer.

Il s'agenouilla devant elle, lui prit les mains et murmura :

– D'accord.

Janie resta mutique, le visage dans les mains. Cielle serra les doigts de son père tout en les inondant de larmes. Le genou de Nate criait au supplice, mais il n'osait plus bouger. N'en avait même aucune envie.

Cet instant rare fut soudain brisé par des sirènes de police. Toutes proches, menaçantes.

Janie releva la tête.

– Tu crois qu'elles viennent ici ? bredouilla-t-elle, le dernier mot couvert pas des crissements de pneus.

Nate s'arracha à sa fille et fonça sur le perron, talonné par Janie.

Sous le magnolia léché de faisceaux rouges et bleus, un Youri en chemisette mexicaine se tenait les mains sur la tête, au milieu de quatre flics. Voyant Nate, il s'illumina.

– Ah ! le voilà ! Explique-leur, mon ami.

Nate fit deux mètres et s'arrêta. Janie resta sur le perron.

En plein jour, Youri paraissait encore plus immense. Massif, anguleux comme une falaise.

– On nous a signalé un rôdeur, lança une policière. Vous connaissez cet homme ?

De l'autre côté de la rue, Mme Alizadeh, les bras croisés, les observait derrière la vitre de sa cuisine.

– Je n'ai rien d'un rôdeur, clama Youri. Dis-leur, Nate. Dis-leur qu'on est potes.

Son sourire n'avait rien de forcé. Il s'amusait comme un petit fou.

Au regard noir de Nate, les flics se rapprochèrent de l'intrus, prêts à dégainer. Youri contracta sa mâchoire carrée et fronça les lèvres, pour rappeler Nate à la raison.

Finalement, Janie cria du porche :

– Arrêtez ! C'est un ami !

Elle trotta jusqu'à Nate et le prit par la taille.

– J'ai oublié de te prévenir, chéri. J'ai invité Youri.

– J'étais sorti le temps d'une cigarette. Ils ne veulent pas qu'on fume à l'intérieur, à cause de la gamine.

Par-dessous sa frange impeccable, la policière considéra Nate.

– Alors c'est un ami ?

– Un *vieil* ami, insista le colosse en souriant.

Nate haussa les épaules et grimaça un sourire :

– Les voisins paniquent pour un rien, dans ce lotissement…

Un rien agacés, les flics remontèrent en voiture, claquèrent les portières et s'ébranlèrent dans les flaques d'eau vers la plainte suivante.

Le silence revint ; la vieille dame s'éclipsa.

– Futée, la coquine, fit Youri en désignant Janie de la tête.

– Vous voulez quoi ? grogna Nate. À part foutre la merde ?

Un porte-clefs pendait de la poche de poitrine du nervi. Il déclara :

– Vous êtes passé à la banque, aujourd'hui.

Nate serra les dents. Entre Abara et les sbires de Pavlo, combien étaient-ils à le filer ?

– Vous avez le machin ? demanda Youri.

Nate songea à sa fille dans la cuisine. *Vous n'avez pas le droit de me faire ça !*

– Pas encore, répondit-il. Je termine de préparer le terrain.

Youri fronça les sourcils.

– Mais on est vendredi, et l'agence ferme le samedi. Vous avez jusqu'à dimanche soir, dernier carat.

– Je sais. Mais comme l'ont souligné vos petits copains, je suis désormais une vedette dans cette banque. J'échappe à la règle commune.

– Et c'est quoi, votre plan ?

– Ce n'est pas un travail d'équipe, que je sache, alors mêlez-vous de vos oignons. Vous aurez ce que vous réclamez en temps utile – sauf si les flics vous embarquent pour vagabondage, bien sûr.

Youri hocha la tête d'un air sombre et disparut au coin de la haie.

Janie lâcha la taille de Nate.

– Dire qu'il suffisait de lui donner la liste…

Ils regagnèrent la maison sans un mot. En arrivant sur le seuil, Nate demanda :

– Tu ne sens rien ? Comme une odeur de brûlé…

Janie s'élança dans le couloir.

– Cielle ? *Cielle !*

De la fumée dans la cuisine.

Cielle voûtée au-dessus de l'évier, le visage écarlate.

Le robinet coulait.

– Qu'as-tu fait ? s'exclama Janie.

Cielle ouvrit un poing potelé ; le Zippo à tête de mort de Jason tomba sur la paillasse.

– Je ne pouvais pas. Je ne pouvais pas les laisser se faire buter.

Nate repéra avec horreur l'enveloppe vide sur le comptoir.

Les jambes en coton, il s'approcha de l'évier.

La feuille n'était plus qu'un delta de cendres mouillées.

28

Épuisée, Cielle se traîna jusqu'à son lit et s'assit sur le matelas, les genoux sous le menton, la capuche de son sweat géant tombant sur ses épaules à la manière d'un châle. Nate lui ouvrit les bras avec douceur et l'allongea sur l'oreiller pour la border. Janie les observa distraitement depuis la chaise de bureau, comme groggy d'effroi.

– Qu'est-ce que j'ai fait ? demanda Cielle d'une voix étranglée.

– Un geste très noble, répondit Nate tout en se plantant les ongles dans l'avant-bras, son nouveau tic.

– Je viens de signer mon arrêt de mort ?

– Mais non. Tout va bien se passer.

– Mais comment tu peux dire ça ?

– Je vais tout arranger.

Elle battait des paupières de plus en plus lentement.

– J'ai tout gâché, dit-elle. Sans même vous demander votre avis. Si tu veux repartir, vas-y. C'est tout ce que je mérite.

– Je ne t'abandonnerai plus jamais, ma fille.

L'expression de Cielle changea. S'adoucit.

– Qu'est-ce que tu attends de moi ? fit-elle sans animosité.

Il poussa un soupir.

– Tu veux la vérité vraie ?

– Pourquoi ? Il en existe d'autres ?

– Des millions.

Il avait envie de lui caresser les cheveux pour l'endormir, comme autrefois, mais l'accepterait-elle ? Il se rabattit sur sa propre main, pour dérouiller les articulations et masser les muscles. Le temps de rassembler son courage.

Puis il se racla la gorge et déclara :

– Je veux juste reconquérir ton cœur.

Mais elle avait déjà sombré.

Il reporta son regard sur les marques de crayon sur le chambranle de la porte, chacune annotée de la main de Janie. Premier jour de maternelle. Cinquième anniversaire. Entrée au collège. Y aurait-il d'autres dates-clefs ? Une admission en fac ? Un mariage ? Il revit Youri agiter sa découpeuse avec ses avant-bras noueux et poilus. Une image grotesque, obscène.

– Tu n'es pas mort de trouille ? murmura Janie depuis le bureau.

– Non, répondit-il.

Sur ce mensonge, il reprit le couloir et s'isola dans son ancienne salle de bains, adossé contre le miroir de la porte, les mains sur la bouche. Les tendons lui brûlaient du poignet jusqu'au coude ; sa paume gauche gisait, insensible, contre ses lèvres. Ces cotes tracées sur le chambranle de la porte de Cielle – elles s'arrêtaient à hauteur de la taille. La panique l'envahissait, déployant dans sa poitrine ses pétales toxiques. Il suffoquait, mais il pressa ses mains plus fort encore contre sa bouche, au cas où partirait un cri.

Quand il osa enfin rouvrir les yeux, il ne fut point surpris de trouver Charles sur le couvercle des toilettes. Les entrailles à l'air, les mains en charpie fumante… Mais pour une fois, il ne souriait pas. Nate se sentait chaviré d'impuissance, comme le jour où il n'avait pas daigné descendre de voiture pour annoncer à Grace Brightbill la mort de son fils adoré. Comme la fois où il était resté cloué sur ces mêmes chiottes, infichu de se relever pour aller consoler sa femme en pleurs.

– Qu'est-ce que je fais, maintenant ? demanda-t-il à son vieil ami.

– Tu le sais très bien, répondit Charles. Tu prends sur toi et tu t'accroches.

– J'ai super mal à la main. Mon corps est en train de me lâcher.

– Tu en es capable, Nate.

– C'est là que tu te goures, Charles. Je ne suis que le pauvre con qui est resté tétanisé dans l'hélico.

– Mais moi je te parle du con qui a osé défier les vagues pour sauver une meuf de la noyade.

Janie frappa à la porte, ébranlant le miroir dans le dos de Nate.

Charles dressa l'oreille, un rictus énigmatique aux lèvres.

– Ça va, là-dedans ? s'inquiéta Janie.

– Oui, oui, fit Nate en se remettant sur ses jambes.

Après lui avoir fait avouer qu'il n'avait rien avalé depuis trente-six heures, Janie avait ouvert une boîte de soupe Campbell. Mais la main de Nate tremblait trop pour maîtriser une cuiller remplie de liquide. De guerre lasse, il la but au bol, en stabilisant le récipient avec les dents.

– Il nous reste deux jours, rappela-t-il entre deux gorgées. Le point positif, c'est que je suis désormais certain de ne pas pouvoir remettre cette liste à Pavlo.

– Deux jours pour dérouler le plan B, résuma Janie d'un air las.

– Demain, je vous mets dans un avion, Cielle et toi. On achètera les billets à la dernière minute et on quittera la maison séparément.

– Et si Shevchenko nous grille quand même ?

– C'est moi qui suis tenu de rester, pas vous.

– Et tu feras quoi, après notre départ ?

– Abara, l'agent du FBI. Il me soupçonne de quelque chose. Je vais tâcher d'en tirer parti.

– Tu vas lui déballer toute l'histoire ?

– Pas comme ça, non. Pour vous éviter des représailles, je dois produire des preuves qui permettent d'arrêter toute la bande sur-le-champ, et sans possibilité de remise en liberté sous caution.

– Il faut une inculpation pour meurtre, en somme.

– Exactement. La première chose est de savoir pourquoi Shevchenko souhaite la mort de ces gens. Si j'arrive à établir un lien entre lui et l'instit assassinée, ou avec les autres personnes de la liste, Abara pourra peut-être nous tirer d'affaire. Shevchenko ira en prison, et Cielle et toi bénéficierez sans doute du programme de protection des témoins.

– Rien que ça, frémit Janie. (Elle se leva pour mettre la casserole à tremper.) Et comment comptes-tu mener tes recherches, maintenant que Cielle a brûlé tous les noms ?

– Il me reste les trois premiers. (Il rapprocha l'ordinateur et ouvrit l'historique du navigateur.)

Ses dernières consultations étaient accessibles d'un clic. *Patricia McKenna, Brentwood. Luis Millan, Marina del Rey. Wendy Moreno, Westchester.*

– J'attaque demain matin, conclut-il.

– En attendant, finis ta soupe.

Nate souleva son bol, mais les quelques gestes sur l'ordinateur avaient vidé ses muscles. Il le reposa lourdement.

– C'est si dur que ça ? fit Janie.

– Ça va passer, marmonna-t-il.

– Fais voir.

Elle lui massa la main.

– Te fatigue pas, Janie.

– Je te dois bien ça. N'oublie pas que tu m'as sauvé la vie.

– C'est toi qui m'as sauvé la vie, Janie.

Elle se mordit la lèvre, signe d'émotion.

– Remballe ton violon, Nate. Tu n'as jamais su en jouer.

Ils se regardèrent dans les yeux et prirent conscience de leur position. Les cuisses de Janie appuyées contre les genoux de Nate ; sa bouche légèrement plus haute, et néanmoins toute proche. Il pria pour qu'elle reste là, et elle resta.

Elle s'aperçut qu'elle tripotait nerveusement sa bague de fiançailles. Elle arrêta ses mains et contempla le gros diamant.

– Au fond de moi, confia-t-elle, je n'y ai jamais complètement cru. Mais je voulais tellement que ça marche… Puis cette histoire de fou est venue clarifier les choses. (Elle releva les yeux.) Ça me fait du bien de te revoir, Nate. Et je me rends compte que ça n'aurait jamais été aussi fort qu'avec toi.

Il tendit le cou pour l'embrasser. Tendrement, à bouche fermée, leurs lèvres s'épousèrent. Puis il lui toucha la joue et elle se dégagea.

– Excuse-moi, Nate, mais étant donné la situation…

– Eh bien quoi ?

– Je ne suis pas sûre d'y voir très clair.

S'excusant d'un sourire triste, elle se retira vers l'escalier.

29

Le front de mer de Marina del Rey était bétonné d'immeubles trapus tout en balcons et verre fumé. Le week-end se mettait déjà en branle : des bandes de filles investissaient les bars à sorbets ; des surfeurs pédalaient relax sur leurs *beach-cruisers*, une longue planche sous le bras. Le vent de la mer soufflait son air iodé par le petit port de plaisance, mâtiné d'une odeur de vase due à la marée basse.

Lincoln Boulevard faisait office de frontière de classe, les résidents situés à l'est ne jouissant ni de la vue sur l'océan, ni des cafés bio. D'après plusieurs annuaires en ligne, Luis Millan vivait dans l'un de ces bâtiments de quatre étages affublés de stuc rose chewing-gum et de balustrades de style gâteau de mariage. Des camions utilitaires encombraient le parking, à cause du carrossier voisin. Des climatiseurs plus ou moins percés s'avançaient au-dessus du vide, laissant présager des catastrophes dignes d'un cartoon.

Après avoir tourné en rond dans le quartier afin de s'assurer qu'il n'était pas suivi, Nate grimpa au premier, vérifia l'adresse une dernière fois et sonna. Il n'avait pas eu le temps de fignoler son entrée en matière, mais il comptait sur sa longue expérience d'oiseau de malheur pour trouver les mots justes.

Le type qui lui ouvrit arborait panama, bermuda et débardeur. Sa pilosité faciale était très étudiée : une touffe rase entre le menton et les lèvres, des favoris effilés, et une moustache si fine qu'elle semblait tracée au crayon. La chaînette dorée à son cou avait dû tomber d'un distributeur de gadgets en 1983, et elle ressortait d'autant mieux qu'elle entourait présentement une minerve. De part et d'autre de cet accessoire, ses épaules criblées de taches rousses formaient deux grosses pelotes de muscle. Sur le canapé derrière lui, deux types jouaient à la Xbox avec des joysticks assez sophistiqués pour poser un avion de chasse.

– Luis Millan ?

Il hocha la tête :

– Lui-même.

– Je peux vous parler un instant ? Seul à seul ?

Luis toucha sa minerve. Elle était à l'envers.

– Vous êtes de la compagnie d'assurances ?

– Pas du tout.

– Votre tête me dit quelque chose. Vous étiez pas au lycée de North Hollywood ?

– Non, non.

Nate regarda sa montre. Dans trois petites heures, il essaierait d'expédier Janie et Cielle à Manhattan, dans l'espoir qu'elles se perdent parmi une foule de neuf millions d'âmes.

– Je m'excuse de vous déranger un samedi, mais c'est de la plus haute importance.

Luis s'écarta pour l'accueillir. Il lança aux autres :

– Barrez-vous, les mecs. Z'avez entendu monsieur : c'est important.

Ses potes se levèrent en grommelant, saluèrent leur hôte d'une poignée de main élaborée et sortirent sans se presser. Luis sortit une Pacifico du réfrigérateur et s'adossa contre un placard de la kitchenette.

– Vous me jurez que c'est pas l'assurance qui vous envoie ?

– Je vous le jure.

Il arracha sa minerve, la jeta par terre et frotta son cou irrité.

– Je me suis niqué les cervicales. Le coup du lapin. J'ai fait de la rééduc et tout, mais les assurances ne vous prennent au sérieux que si vous ressemblez à Christopher Reeve. Alors mon avocat m'a dit de porter ce machin.

Sur ces mots, il goba quelques aspirines, ce qui rappela à Nate qu'il avait oublié de prendre ses comprimés du matin. Il sortit de sa poche riluzole et antibiotiques, jeta la bonne dose dans sa bouche, puis chercha du regard un verre.

Luis lui tendit sa bière, et Nate en siffla une gorgée. À la bonne franquette.

– C'est pour quoi, les vôtres ? demanda Luis en récupérant sa cannette.

– Contre le mal de dos.

– Hé ! on a plus vingt ans, pas vrai ? Remarquez, perso je m'en tire bien. Ça aurait pu être plus grave.

– Sûrement, opina Nate. (Il s'accota au réfrigérateur.) J'aurais des questions un peu particulières à vous poser.

– Je vous écoute.

– Pavlo Shevchenko. Ce nom vous est-il familier ?

– Non.

– Et celui de Patricia McKenna ?

– Non plus.

– Wendy Moreno, peut-être ?

– Non plus. J'espère que ce n'est pas pour une de ces émissions où on va m'annoncer en direct que j'ai une fille cachée…

– Soyez sans crainte, répondit Nate tout en cherchant un autre biais. Que faites-vous dans la vie, monsieur Millan ?

– Du commerce de pièces détachées automobiles.

Il désigna un moignon de comptoir recouvert de catalogues et de factures.

– Vous travaillez ici ?

– Je suis basé à Torrance. Mais je voyage beaucoup.

Nate embrassa du regard le modeste intérieur. Au fond du séjour, un vieux poster distendu des Los Angeles Raiders. Sur la porte du réfrigérateur, maintenus par des magnets à l'effigie des garages Pep Boys, un bric-à-brac formé de coupons Dominos Pizza, de dépliants pour navettes d'aéroport, de photos montrant Luis sur un bateau en compagnie de femmes en Bikini, d'une Pacifico et d'un sourire carnassier. Sur la vieille moquette, gisant tels des ossements, un jeu des clefs plates qui n'étaient pas sans rappeler le stock de couteaux de chasse au domicile d'Urban.

Nate décida d'aller droit au but. Il prit une grande inspiration et lâcha :

– À tout hasard, vous ne voyez pas qui pourrait vouloir votre mort ?

La bière de Luis interrompit son ascension vers sa bouche. Son front se rida, puis il s'esclaffa :

– À part mon ex-femme, vous voulez dire ?

– Sérieusement.

– Mais pourquoi voudrait-on ma mort ?

– Aucune idée.

– Il s'agit de votre ruskof, là ? Pablo Shovechinko ? Mais d'où il me connaîtrait, d'abord ?

– Je ne sais pas.

Luis lissa sa fine moustache avec le pouce et l'index.

– Vous vous appelez comment, déjà ?

– Je ne l'ai pas précisé.

Luis hocha brièvement la tête, vida sa bière et rabaissa la bouteille contre sa cuisse, en la tenant comme un gourdin.

– Je crois qu'on va s'arrêter là, monsieur.

– Comme vous voudrez, répondit Nate. Mais sachez que votre nom est apparu sur une certaine liste. Des gens vous veulent du mal, pour une raison que j'ignore mais que je cherche à établir. À mon avis, c'est le moment idéal pour repartir en voyage d'affaires.

Luis plissa les paupières.

– Attendez un peu… Mais oui ! Je sais où je vous ai vu ! La fusillade dans la banque : c'est vous qui êtes parti en vrille pendant la conférence de presse.

– Là encore, vous confondez.

Ils s'observèrent en chiens de faïence, aussi irrésolus l'un que l'autre. Nate se sentait acculé au fond de la kitchenette.

Puis Luis pivota sur sa jambe pour ouvrir le passage, et Nate s'y faufila sans demander son reste, le nez dans les effluves de bière et l'œil rivé sur la cannette vide, qui resta sagement baissée.

Il sortit et l'homme claqua la porte avec le pied.

30

Ils s'agglutinèrent à la porte d'embarquement numéro 4 pour se fondre dans la cohue de businessmen, d'étudiants, de familles encombrées de paquets de couches et d'appareils photo. Janie avait acheté un troisième billet afin que Nate puisse les accompagner jusqu'à l'avion. Sur le qui-vive, celui-ci dévisageait chaque voyageur, scrutait chaque groupe, surveillait ses arrières tous les deux ou trois pas. Ils avaient franchi sans encombre le ralentissement des portiques, et les groupes 3 à 6 étaient déjà appelés à bord. Tout en regardant leurs devanciers s'engouffrer dans le couloir amovible, Nate songea qu'il vivait peut-être là ses ultimes instants avec sa femme et sa fille.

Depuis le lever, Cielle était restée mutique, hormis plusieurs conversations téléphoniques à mi-voix avec Jason. Pendant que Nate interrogeait Luis Millan, Janie avait fait le plein de liquide à la banque et vérifié auprès du guichetier qu'elle pouvait gérer ses comptes à distance, aussi menus fussent-ils. Leur plan n'était qu'un pis-aller, une solution de court terme, car quand bien même Nate finirait coupé en deux sur un bloc de glace dans la nuit de dimanche à lundi, Janie et Cielle ne seraient nullement au bout de leurs ennuis. À présent elle inspectait compulsivement son sac, son téléphone, sa valisette, n'importe quoi qui puisse la distraire de la montagne devant elle.

Le steward appela le groupe 2. À la prochaine annonce, Janie et Cielle partaient. Nate devrait ensuite mettre la main sur la troisième personne de la liste d'Urban, Wendy Moreno, de Westchester, en espérant que cette rencontre lui apporterait suffisamment d'éléments contre Shevchenko pour ameuter le FBI. Par chance, cette Moreno habitait à quelques kilomètres à peine de l'aéroport.

Nate s'avança vers sa fille pour lui dire adieu. Elle le considéra d'un air tracassé. Alors qu'elle semblait sur le point de prononcer – enfin ! – des paroles affectueuses, elle s'essuya le nez et demanda :

– Quand est-ce que Jay pourra nous rejoindre ?

Ce fut comme de recevoir un coup de bélier dans le ventre, mais Nate camoufla son dépit derrière une petite lâcheté de parent :

– Tu verras ça avec ta mère, ma puce.

Là-dessus, le groupe 1 fut appelé, et le personnel hâta le mouvement. Nate tendit les bras à Cielle ; elle esquissa un pas vers lui et ils s'étreignirent brièvement, à la manière de deux robots mimant un rituel humain.

Après quoi il lui déclara, droit dans les yeux :

– Juste après ta naissance, au retour de la maternité, nous avons décidé de te garder avec nous la nuit, entre nos deux oreillers. Mais tu étais si minuscule que j'avais peur de t'écrabouiller en me retournant, et j'étais incapable de fermer l'œil. Puis ta mère a décidé qu'il me fallait mon compte de sommeil, ne serait-ce que pour pouvoir l'épauler, et nous avons installé ton berceau à côté de notre lit.

Cielle le regarda :

– Pourquoi tu me racontes ça ?

Il ne sut que répondre, embourbé dans mille émotions contradictoires.

Les derniers passagers cheminaient vers le dernier contrôle. Les ultimes grains du sablier.

– Je ne sais pas, répondit-il.

Janie donna du coude à Cielle :

– Il faut y aller, trésor.

Cielle se dirigea vers l'appareil, suivie de sa mère tirant sa valise à roulettes. Mais après quelques mètres, la poignée du bagage claqua par terre et Janie revint vers Nate en courant.

Elle se jeta dans ses bras et le serra à l'étouffer.

– Pardon d'avoir tiré un trait sur le voyage de noces à Paris et de t'avoir crié dessus et de t'avoir traité de glandu de première…

Stupéfait, Nate garda les mains ouvertes, dressées en l'air derrière Janie, comme s'il craignait qu'elle ne se désintègre à leur contact.

– Je n'ai pas souvenir que tu m'aies traité de glandu de première…

– Ah bon ? répondit-elle, ses joues humides dans le cou de Nate. Tu n'imagines pas combien de nuits j'ai passées à me reprocher mes paroles et mes erreurs…

– Si, j'imagine très bien.

Cielle patientait à l'entrée de l'avion, son billet à la main, tirant nerveusement sur son écharpe vert et mauve à grosses mailles. Le steward les invita à monter d'un geste et d'un sourire crispés.

Nate appliqua ses paumes dans le dos de Janie. Et elle resta entière, intacte.

– Merci, dit-il en la relâchant.

Elle pivota et embarqua sans se retourner.

Nate alla faire les cent pas derrière la baie vitrée, à regarder les équipages décrocher la passerelle et charger les bagages. Enfin, le 767 se détacha du terminal et vira majestueusement vers les pistes. Les mains en œillère contre la vitre, Nate compta les hublots depuis le nez de l'appareil. Rangée 7, rangée 8… La voilà ! Cielle et son sweat-shirt sombre…

Tout comme lui, elle appuya les mains sur le hublot, et il la salua.

L'avion roula au pas, amenant les fenêtres suivantes dans le champ de vision de Nate. Juste derrière Janie et Cielle, une tête blafarde apparut à la vitre. Un crâne ras, en forme d'obus.

Même à cette distance, Nate reconnut le nez cassé, et cette large bouche qui semblait rebiquer d'amusement.

Pris d'une vive douleur dans les poings, il s'aperçut qu'il tambourinait contre la vitre.

Que des postillons mouchetaient son reflet hurlant.

Youri secoua la patte, et l'avion s'éloigna vers la piste de décollage.

31

– Calmez-vous, monsieur.

Nate était à moitié juché sur le guichet d'enregistrement.

– Mais je vous dis que…

– Vous nous demandez de suspendre un vol ? Au motif que l'un des passagers a une sale tête ? Un passager dont vous ne connaissez même pas le nom ?

– S'il vous plaît, grogna Nate tout en regardant l'avion progresser vers la piste. Ma femme et ma fille sont en danger de mort !

– Un message leur sera délivré dès leur arrivée, monsieur. Et en cas de désagrément durant le vol, elles peuvent toujours s'adresser au personnel de bord. Il est formé pour faire face à tout…

La fin de la phrase fut noyée par le raffut des réacteurs, et Nate s'éloigna du comptoir pour voir le 767 s'élever dans l'azur insolent. Le décollage accompli, les passagers du vol suivant replongèrent le nez dans leurs journaux ou leurs écrans.

Nate tenta une énième fois de joindre les filles sur leurs portables, mais elles les avaient éteints pour toute la durée du voyage.

Que faire ? Déguerpir ou insister ?

Et si Youri les assassinait là-haut ? Ou dès l'atterrissage ?

Le vol durait cinq heures et demie. Il fallait à tout prix

avertir Janie et Cielle qu'elles étaient assises devant l'homme de Pavlo. Mais comment ?

L'avion avait déjà disparu dans les cumulus. Nate suffoquait, et pour une fois il savait que ce n'était pas la faute de son état de santé.

Vers quel massacre les avait-il envoyées ? Quelles horreurs l'Ukrainien leur réservait-il à New York ?

Se détournant de la baie vitrée, il faillit percuter un homme planté derrière lui. Il bredouilla des excuses et le type virevolta.

Charles.

Le fantôme ouvrit la bouche et libéra un rot de fumée. Fier de lui, il sourit et lança :

– Tu sais qui c'était, mon officier préféré ?

Parfaitement hors sujet, comme d'habitude.

Nate écumait :

– Je m'en cogne.

– Le lieutenant Nickel-Chrome. Tu te souviens de lui ?

Si Charles n'était pas déjà mort, Nate l'aurait étripé.

– Un jour, poursuivit-il, avant de partir en mission de reconnaissance, je suis allé lui demander des coordonnées. Il n'était pas dans son burlingue, mais sur la porte était affiché : « En l'absence d'ordres précis, imaginez-les puis exécutez-les à fond. » (Il posa ses doigts sanguinolents sur la vitre.) C'était un sacré mec, Nickel-Chrome.

Ensemble, Nate et Charles contemplèrent un instant les nuages où l'avion s'était éclipsé.

Exécuter à fond. Pas con.

Il tourna les talons et remonta l'enfilade de boutiques précédant le terminal – marchands de journaux, Starbucks, McDonald's. Juste avant l'Escalator menant aux tapis de bagages, il trouva ce qu'il cherchait : un téléphone de courtoisie pour joindre les différents services de l'aéroport. À la charmante standardiste, il déclara :

– Je vous appelle au sujet du vol American Airlines

numéro 4. Il y a une bombe à bord, introduite par l'Ukrainien assis à la rangée numéro 10. Si l'avion ne fait pas immédiatement demi-tour, il va exploser.

Il raccrocha et prit l'Escalator en rentrant la tête dans les épaules. Le temps de la descente, il laissa un message sur la boîte vocale de Janie :

– Écoute-moi bien. Je sais que tu n'es pas censée rallumer ton portable avant l'atterrissage, mais Youri est assis juste derrière vous. Ne te retourne pas, évite de le regarder, et tiens-toi sur tes gardes. Dès que tu auras écouté ce message, efface-le. À l'atterrissage, l'aéroport grouillera de flics, et vous vous précipiterez vers eux. Entre-temps, j'aurai échafaudé un plan de bataille. Je te…

Butant bêtement sur le choix de la formule d'adieu, il cherchait encore ses mots lorsque l'escalier le livra au chaos de la salle des bagages. Aussitôt, une main lui rafla son téléphone tandis qu'un bras lui ceinturait la taille. Une chose pointue lui piqua le bas du dos, menaçant de lui percer les chairs au moindre faux mouvement.

En s'arc-boutant, il ne distingua rien de plus qu'une visière au-dessus de son épaule. L'agresseur le tenait si fermement qu'ils ne formaient plus qu'un. Puis Nate parvint, en se dévissant le cou, à reconnaître sous la casquette le visage enfantin de Misha.

– Avance ou je te plante le tournevis dans le rein.

La pression s'accentua et la douleur irradia jusque dans les cuisses.

– D'accord, souffla Nate, d'accord. Mais où est-ce que vous m'emmenez ?

– Voir Pavlo.

– Il va me zigouiller ?

Misha ricana :

– Tu serais déjà mort.

Ils fendaient la foule d'un pas soutenu, sans que personne ne leur prête la moindre attention. Enfin les portes automatiques s'ouvrirent et ils furent happés par l'air sec de midi. Comme ils gagnaient le bord du trottoir, une fourgonnette blanche s'arrêta devant eux.

La portière latérale coulissa.

Sur une banquette, Valerik, un pistolet sur les genoux, son catogan si serré qu'il semblait sculpté dans du bois. Le tournevis de Misha intima à Nate de monter, après quoi le blond rejoignit Dima dans la cabine.

Valerik appuya son canon sur la rotule de Nate, et Dima s'inséra dans le trafic sous le regard déférent du préposé à la circulation.

32

La fourgonnette déposa Nate et Misha dans un quartier miteux du centre. Avec une appréhension grandissante, le prisonnier suivit le blond dans le vieil escalier de marbre d'un sauna russe – un *banya*, comme l'indiquaient les cinq lettres non cyrilliques inscrites au fronton. Ils franchirent quelques portes épaisses, croisèrent à la caisse et aux vestiaires des employés accoutrés en valets, et la présence de Misha les dispensa de toute formalité. Vautrés sur des bancs devant des casiers métalliques, des hommes nus aux épaules larges et aux traits taillés à la serpe se restauraient de rollmops et d'infusions brunes tout en s'apostrophant dans des langues slaves.

À chaque pas la température s'élevait. Passé une rangée d'urinoirs, une arche de pierre annonçait une antichambre où des individus de tous gabarits se plongeaient dans des bains glacés, se transvasaient ensuite dans des baignoires fumantes, puis se rinçaient sous les pommeaux de douche fixés au mur.

Misha manœuvra Nate dans la fournaise et poussa une nouvelle porte. Ils débouchèrent dans un nuage de vapeur si dense que Nate s'étrangla. Tout autour de la salle, sur des bancs en pierre, s'étalaient des corps cramoisis. Tous en tenue d'Adam, bien que certains fussent bizarrement affublés de moufles ou de chapkas. Un employé alimentait un poêle avec des bûches de bouleau blanc qui exhalaient une odeur âcre comme l'eucalyptus, la touche médicinale en moins. L'air insufflé par l'arrivée de Misha et de Nate creusa dans la brume un tunnel éphémère, au fond duquel trônait une silhouette bleutée.

Pavlo Shevchenko leva la main et tous les autres vidèrent les lieux, avec une tranquille célérité.

Les habits de Nate lui collaient à la peau. Il n'avait jamais éprouvé une telle chaleur. Comme un avant-goût de l'enfer, dans une ambiance de sanatorium. Comment pouvait-on s'infliger cela par plaisir ?

La vapeur reprit ses aises, floutant le corps peinturluré de Pavlo. Sous ses tatouages, sa chair accusait une teinte écrevisse.

– Vous ne pouvez rien me cacher, déclara-t-il, les traits estompés par le brouillard. J'ai des yeux sur les écrans de contrôle de plusieurs quartiers généraux. Déposez une plainte, maniez une carte de crédit, achetez un billet d'avion, et j'en serai immédiatement informé.

Nate se rapprocha jusqu'à discerner les yeux du vieil homme.

– Vous n'avez jamais stipulé que ma femme et ma fille étaient assignées à résidence. Moi seul devais rester dans le secteur, et c'est ce que j'ai fait.

– Pourquoi ce billet d'avion à votre nom, dans ce cas ?

– Pour les accompagner jusqu'aux portes de l'appareil. Mais je ne suis pas monté à bord, comme vous pouvez le constater.

Pavlo le fixa d'un air glacial.

– Où sont-elles ? demanda Nate.

– Toujours à Los Angeles. Grâce à votre astucieux coup de fil, l'avion s'est reposé en catastrophe et la police a interrogé tout le monde. Heureusement que Youri possède un permis de travail en règle…

– Ne leur faites aucun mal, je vous en supplie. Je n'ai pas rompu le contrat. Je compte bien l'ouvrir, ce putain de coffre.

– À genoux.

– Pardon ?

– Agenouille-toi !

Shevchenko pointait le doigt vers le sol, comme pour commander à un chien de s'asseoir.

Médusé, Nate resta debout, empoissé dans sa chemise. La plaie dans son dos se mit à le démanger si fort qu'il enragea de ne pouvoir l'atteindre avec les ongles. La chaleur aggravait ses symptômes : le bras en feu, les jambes coupées, les poumons rabougris… Tout ce qu'il connaîtrait bientôt vingt-quatre heures sur vingt-quatre.

Pavlo se releva d'un bond, faisant tourbillonner la vapeur.

– À genoux ! gronda-t-il.

Misha aida Nate à obtempérer en lui crochetant la jambe avec sa botte. Il tomba sur les rotules et manqua de s'évanouir.

Pavlo se pencha sur lui :

– Si tu penses pouvoir percer ce coffre, pourquoi filer à l'aéroport ?

– J'ai un plan, je vous dis. Primo, je sais que le coffre de Danny Urban est le numéro 227, et j'ai réussi à me procurer la clef. Secundo, l'agent Abara souhaite retracer une dernière fois mon parcours dans l'agence, au cas où cela réveillerait des souvenirs utiles à l'enquête. Pour des raisons évidentes, le directeur préfère que nous fassions ça le dimanche. Je suis donc attendu là-bas demain après-midi, et sitôt dans la chambre-forte je demanderai quelques instants d'intimité.

– Mais il te faudra…

– Une clef principale, et je l'ai. En retournant à l'agence jeudi, j'ai été reçu comme un roi, et on m'a laissé flâner quelques instants derrière le guichet. Cela m'a permis de réaliser une empreinte de la clef maîtresse. Puis j'ai fait faire un double.

Le cerveau de Nate n'avait qu'une demi-seconde d'avance sur ses paroles. Si sa langue rattrapait son imagination, il était cuit.

Shevchenko fronça les sourcils.

– Si tu es si près du but, pourquoi éloigner ta famille ?

Nate voulut se remettre sur ses jambes mais Misha le renvoya à terre. Il peinait à réfléchir, à respirer. Son bras tremblait et la sueur lui piquait les yeux.

Avec peine, il répondit :

– Ma fille me mettait des bâtons dans les roues. Elle se mêle de tout et n'en fait qu'à sa tête. Et puis… (Il prit une inspiration râpeuse.) Vous ne m'inspirez pas confiance.

S'ensuivit un silence, aussi épais que l'air ambiant. Puis Pavlo partit d'un rire dont il parut le premier surpris.

– Enfin une phrase sincère ! se gaussa-t-il avant de recouvrer son sérieux. Eh oui, tu dois te battre contre une fille qui te méprise. Les Américains laissent leurs gosses leur parler n'importe comment, et après ils se plaignent de manquer d'autorité. Mais, à ta décharge, il faut reconnaître que les filles sont des créatures impossibles. Elles vous enveloppent le cœur de barbelé, et après elles tirent sans relâche.

D'un geste magnanime, Pavlo autorisa le captif à se relever.

– Vous avez une fille ? s'étonna Nate, essoufflé par ce nouvel effort. Je croyais que la mafia russe vous obligeait à renoncer à toute famille en dehors de la confrérie des voleurs.

– La « mafia russe », répéta Pavlo en gloussant. Tu aimes les mots qui font peur, hein ? Mais nous ne sommes pas de la mafia. Et nous ne sommes même pas russes. En Russie, les vrais criminels sont à la Douma et au Kremlin. Là-bas, tout n'est que corruption, pots-de-vin et renvois d'ascenseur. Pour survivre, il ne faut pas compter sur l'aide d'un quelconque dieu. Il faut du muscle et de la volonté, des tonnes de volonté, alors que chez vous il suffit d'avoir de bons avocats. Et ça tombe bien, j'en ai. Tout un bataillon – des juifs –, qui travaillent du matin au soir. Ils veillent sur mes affaires. Autrement dit, sur ma liberté.

Il se tut, les yeux fixés sur le bras que Nate tenait replié devant lui.

– Votre sbire m'a tordu le bras dans votre restaurant, expliqua Nate. Il a dû me déchirer un muscle.

– L'homme ne se réduit pas à son corps, rétorqua Pavlo avec dédain. Le corps n'est qu'une cage. C'est dans l'esprit que naît la force.

Le poêle diffusait un jet continu de vapeur et Nate se mit à voir des points jaunes devant ses yeux. Il ne s'était jamais senti aussi mou. Voyant que Pavlo attendait une réponse, il dit :

– Votre corps vous décrit, pourtant.

– Le mien ? À cause de mes tatouages ? Il n'en dit pas plus que le tien. Ces dessins racontent juste mon passé. Ils sont mon passeport, mon passif. Et ils ne peuvent mentir. Sais-tu quelle est la monnaie la plus recherchée dans les prisons, là-bas ? Le pigment, figure-toi. Vous brûlez un talon de botte, vous tamisez les cendres à l'aide d'un mouchoir, puis vous les délayez dans de l'urine. Pour l'aiguille, il suffit d'une corde de guitare qu'on aiguise sur le grattoir d'une boîte d'allumettes. Comme quoi, nous trouvons toujours le moyen d'exprimer notre vérité. De professer notre code, dans lequel réside notre fierté. De dire : « Voici mon serment, gravé dans ma chair. »

Pavlo se frappa le torse, où blanchit la marque de ses doigts.

– Eh bien, si vous êtes un homme de parole, ne touchez pas à ma famille. Je n'ai pas enfreint le code, alors ne trichez pas non plus.

– Rentre chez toi, conclut Pavlo. Ta femme et ta fille doivent t'y attendre. Mais dis-leur de se tenir tranquilles :

les murs ont des yeux et des oreilles. (Il se rassit, ses fesses clapotant sur la pierre mouillée.) Et profite bien d'elles pendant les trente-six heures qu'il te reste. Car la prochaine fois que je te recevrai, ce sera soit pour te libérer, soit pour t'obliger à regarder mourir ta gamine.

33

Dima arrêta la camionnette devant le pavillon, Valerik ôta le flingue de la cuisse de Nate et Misha lui ouvrit la portière. Après quelques pas douteux dans l'allée, il entendit qu'on le sifflait et se retourna juste à temps pour voir son téléphone lui voler au visage. Il leva la main mais ne parvint pas à la refermer sur le portable, qui atterrit sur le ciment, heureusement sans se briser. Pendant qu'il le ramassait, voûté comme un vieillard, la portière du véhicule claqua et le chauffeur remit les gaz, abandonnant le sursitaire dans la senteur herbeuse du crépuscule, avec un téléphone qui indiquait dix-sept appels manqués de sa femme.

Sur les derniers mètres jusqu'au porche, Nate sentit un picotement dans la cheville gauche et s'aperçut que sa semelle traînait par terre – le fameux « pied tombant » qui marquait le début du déclin. Voilà pourquoi le grand Lou Gehrig avait commencé par louper les balles roulantes. Nate se concentra et réussit à recouvrer un pas normal, accéléré par la perspective de retrouver Janie et Cielle.

La porte d'entrée vola sur ses gonds et deux silhouettes féminines apparurent dans le contre-jour du couloir. Leur attitude dénotait de l'anxiété, de l'impatience et, oui, un certain soulagement. Elles se jetèrent sur Nate, tandis qu'il concentrait ses dernières réserves d'énergie dans sa jambe. Ainsi son angoisse, aussi enveloppante que la nuit, fut percée d'un rai de bonheur.

3 heures du matin.

Assis sur le canapé avec Janie, Nate se massait l'avant-bras sous les yeux dépités de Cielle qui mordillait machinalement le bord de son écharpe bariolée, coulée dans un fauteuil. Nate s'interdisait de croiser son regard, de peur de s'effondrer. Cette journée sans queue ni tête n'avait été qu'un interminable traumatisme, un monstre acculé mais refusant de mourir.

Après son retour du sauna russe, Nate s'était douché et changé, puis avait pris la voiture de Janie pour aller chercher Wendy Moreno, le troisième et dernier nom qu'il leur restât de la liste d'Urban. Ses toc-toc à la porte étaient demeurés sans réponse, et il avait passé les six heures suivantes à guetter Mme Moreno depuis la voiture, pour finalement admettre qu'elle avait dû découcher. Il avait regagné ses pénates dans un état d'épuisement proche de l'hébétude. De son côté, Janie avait fouillé les coins et les recoins de la Toile à la recherche d'informations sur Patricia McKenna, l'institutrice assassinée à son domicile de Brentwood. Mais elle n'avait rien glané qui pût de près ou de loin incriminer l'Ukrainien Pavlo, juste des témoignages de voisins consternés qui brodaient tous sur le même thème : Patricia était un pilier du quartier, la dernière personne à qui on eût prédit une mort aussi violente.

Ainsi, à H moins 21, Nate n'avait pas l'ombre d'une preuve à soumettre à Abara. Pire, chaque coup d'épée dans l'eau ne faisait que souligner cette atroce vérité : ils ne savaient même pas ce qu'ils cherchaient.

Contraints de greffer en catastrophe un plan B au plan B, ils décidèrent ceci.

Demain matin, Nate réessaierait d'intercepter Wendy Moreno et de dénicher, par quelque miracle sherlockien, un point d'appui pour incriminer Shevchenko devant le FBI. Et comme Moreno habitait à quelques encablures de l'aéroport, Nate y lâcherait Janie et Cielle afin qu'elles récupèrent la Jeep laissée au parking. De retour à la maison, Janie cacherait la voiture dans le garage, la chargerait de bagages à l'insu des espions de Shevchenko et attendrait des nouvelles de Nate. Au cas où celui-ci n'obtiendrait de Moreno nul indice magique, il rentrerait dare-dare et la famille prendrait la poudre d'escampette sans attendre les fatidiques douze coups de minuit.

– Pas de carte de crédit, rappela Nate. Ni de réservation d'avion ou d'hôtel. Et on ne téléphone à personne.

– Pas même à Jason, prévint Janie.

Le visage de Cielle s'insurgea, et elle s'apprêtait à râler lorsqu'elle remarqua l'étrange expression de son père.

– Qu'est-ce qui ne va pas ?

– Rien, ma puce.

Elle se fâcha :

– On avait dit plus de cachotteries !

Nate baissa les yeux et confia :

– C'est mon souffle. Je n'ai pas réussi à inspirer à fond depuis… depuis l'épisode du sauna. Mon bras, ma cheville, mes poumons : mon corps me lâche par petits bouts.

Il releva les yeux et se tut. Ces mots étaient sortis tout seuls, comme des réflexions à voix haute, et Cielle parut choquée.

Il secoua doucement son bras, espérant réveiller les nerfs. Janie l'observa :

– Veux-tu que je…

– C'est bon. Je gère.

Il cala son membre mourant sur sa jambe et pétrit le muscle avec le pouce.

– C'est flippant ? demanda Cielle tout en hissant ses pieds sur le canapé.

– Quoi donc ? La maladie ?

Elle hocha la tête et posa le menton sur ses poings, les coudes sur les genoux.

– Ça fait quoi ? s'enquit-elle avec le ton d'une gosse de huit ans.

Janie aussi le dévisageait, et le silence devint électrique.

Il répondit :

– On prend conscience qu'aucune partie de soi n'est sacrée. Sauf les gens qu'on aime.

34

Ils montèrent dans la voiture de Janie et le garage s'ouvrit sur le matin gris d'un monde nouveau, plein de périls, de menaces et de regards épieurs. Descendant l'allée en marche arrière, ils ne remarquèrent rien d'anormal – ni mouvements suspects dans les buissons, ni berline noire le long du trottoir. Après avoir déposé Janie et Cielle dans le parking où dormait la Jeep, Nate mit le cap au nord pour traquer Wendy Moreno.

À un feu rouge, il observa distraitement un groupe d'ados qui fumaient et faisaient voleter leurs planches devant une boutique de skateboards. Leur coolitude surjouée lui rappela l'ambiance de Marina del Rey, où il avait interrogé pour rien le dénommé Luis Millan. Quelques kilomètres plus au nord.

Sentant frémir une intuition, il se rangea sur le côté et puisa dans la boîte à gants une carte routière et un stylo. Il situa d'une croix la maison de Wendy Moreno, d'une autre l'appartement de Luis Millan, et d'une autre encore le domicile de Patricia McKenna.

Les trois adresses étaient alignées sur un même axe nord-sud.

Mais que pouvait-on en déduire ? Que Pavlo choisissait ses victimes à l'aide d'une règle et d'un crayon ?

Nate s'interrogea durant tout le reste du trajet, sans parvenir à la moindre conclusion.

Quoique pavillonnaire, la rue de Wendy Moreno était très passante. Avant de se garer, Nate fit plusieurs fois le tour du pâté de maisons en surveillant ses rétroviseurs. Personne ne l'avait suivi.

Il sonna et patienta, longuement, assailli par de nouvelles angoisses.

Et si Wendy Moreno était partie en week-end ? Et si les hommes de Shevchenko l'avaient d'ores et déjà attrapée ? Y avait-il un cadavre derrière cette porte désespérément close ?

Puis une Honda Civic se rangea dans l'allée, et s'en extirpa une trentenaire à lunettes. Les cheveux ébouriffés, une paire d'escarpins suspendue à son doigt, elle gagna le perron tout en lissant d'une main les plis de sa robe de soirée.

– Wendy Moreno ?

– Oui ?

– Je peux vous parler un instant ? Quelqu'un m'a communiqué votre nom, et je souhaiterais vous poser une ou deux questions.

– *World of Warcraft* ? s'illumina-t-elle. Je vous avais pris pour un démarcheur ! Entrez donc, je suis à vous dans une minute. Le temps de satisfaire un petit besoin naturel…

Il s'installa sur un petit sofa pendant que la demoiselle s'affairait au fond du couloir. Elle refit rapidement surface, le teint rafraîchi et les cheveux plus ou moins domptés. Elle lui offrit un verre – il choisit de l'eau – et répondit sans chichis à ses questions préliminaires.

Non, elle ne connaissait ni Luis Millan, ni Patricia McKenna, ni Pavlo Shevchenko. Pas même de nom.

Puis elle se raidit :

– Attendez un peu. Je croyais que vous faisiez partie de la guilde que j'ai rencontrée au salon Blizzcon. Vous êtes sur quel royaume ?

Il ne sut que répondre. Par chance, un avion choisit ce moment-là pour passer dans le ciel, ce qui justifia trois secondes de silence supplémentaires.

Il décida de jouer cartes sur table :

– Ce n'est pas *World of Warcraft* qui m'amène. Il se trouve que votre nom figure sur la liste noire d'un dangereux criminel, et je cherche à savoir pourquoi.

La jeune femme s'esclaffa, raccrocha une mèche derrière son oreille.

– C'est Scytharian qui vous envoie ? Encore une de ses blagues ?

– Hélas non. Ce que je vous raconte là est parfaitement réel.

Elle reposa sa question différemment, et il lui refit la même réponse.

– Mais c'est une histoire de dingues ! glapit-elle. Les flics sont au courant, au moins ?

– Pas encore. Je tenais à vous prévenir au plus vite afin que vous puissiez quitter la ville, le temps que nous comprenions de quoi il retourne. Vous avez de la famille dans un autre État ?

– Je trouverai facilement un point de chute chez un joueur. Mais quand même, c'est fou…

– Vous ne voyez vraiment pas ce qui pourrait vous valoir une telle inimitié ?

– De la part d'un *mafieux ukrainien* ? Non, certainement pas ! À moins que ce Shevchenko ne soit un joueur aigri…

– A priori, ce n'est pas trop le genre.

Sa respiration s'intensifia, et elle fondit en larmes. Des sanglots courts, nerveux. Puis elle se frotta le visage et redressa la tête.

– C'est fou comme l'existence peut basculer d'un coup, pas vrai ? Tout va pour le mieux, puis soudain…

– *Boum.*

– *Boum.* Exactement.

Tandis qu'elle ôtait ses lunettes pour en essuyer les verres, il puisa dans ses techniques de professionnel compatissant :

– Souhaitez-vous que je contacte un de vos proches, afin qu'il vous assiste pas à pas…

Mais le désarroi de la demoiselle semblait d'ordre plus philosophique.

– La cruauté du destin… Vous n'y pensez jamais, vous ?

Nate tourna sa cheville pour la tester. Depuis son réveil, son pied lui fichait une paix royale, comme si quelques heures de sommeil agité avaient suffi à le réparer. C'était l'un des aspects les plus déroutants de la maladie : elle progressait par va-et-vient, par flux et reflux. La tendance générale était une dégradation rapide, mais on ne savait jamais combien de rebonds comporterait la descente.

– Ça m'arrive, répondit-il. Je songe aux flèches que j'ai évitées, et à celles que j'ai reçues.

Elle posa ses lunettes sur la table basse et se tritura la lèvre.

– Il y a quelques semaines, confia-t-elle, j'ai été témoin d'un terrible accident de la route. Une Jaguar a grillé un feu et défoncé une voiture qui arrivait sur le côté. La conductrice était une adolescente, une petite conne tellement ivre qu'elle tenait à peine debout. Elle avait le visage amoché, mais elle a réussi à sortir toute seule du véhicule. Dans l'autre voiture, par contre… Les Volvo sont des bagnoles robustes, soi-disant. Ben là, il n'en restait plus rien. Juste une famille déchiquetée dans un amas de tôle. Le siège bébé ? Broyé comme une boîte de bière. Juste sous nos yeux, quelques mètres devant nous ! Et je n'arrêtais pas de me dire que, à deux secondes près, c'était notre bus qui y passait.

Grignotant ses ongles, elle poursuivit son récit, comme hypnotisée.

– Je le revois, ce mobile d'enfant qu'ils avaient dû suspendre au-dessus du siège auto, ces petites girafes et ces petits éléphants dispersés sur l'asphalte. Et je me répétais : *Ça aurait pu être moi, ça aurait pu être moi !* et en même temps j'avais honte de remercier le ciel alors qu'une famille entière venait de mourir. Mais bon, ce n'était visiblement que partie remise, puisque vous m'apprenez ce matin que j'ai des tueurs aux trousses. Personne ne peut indéfiniment passer entre les gouttes, pas vrai ?

– J'imagine que non, soupira Nate.

Mais en même temps qu'il opinait, son esprit lui repassait une autre image, celle de Luis Millan avec sa minerve fixée à l'envers. *Je me suis niqué les cervicales. Le coup du lapin.* De là, les pièces s'emboîtèrent à toute vitesse, comme dans un concours de puzzle. Les bruits d'avion au-dessus de leurs têtes, les horaires de navettes sur le frigo… *Je voyage beaucoup*, disait Millan. Et le visage spectral de Pavlo dans la vapeur, concédant un soupçon d'humanité : *Les filles sont des créatures impossibles. Elles vous enveloppent le cœur de barbelé, et après elles tirent sans relâche.*

Nate sortit de sa poche la carte routière et considéra les trois croix portées au stylo. Cette troublante ligne nord-sud… En la prolongeant avec le doigt, il atteignit l'aéroport international de Los Angeles.

Wendy était au beau milieu d'une phrase :

– … croyez que c'est assez loin, Chicago…

– Vous étiez dans une navette d'aéroport, déclara Nate. C'est de là que vous avez vu l'accident.

Wendy se figea, son Kleenex à mi-chemin de son nez.

– Mais comment le savez-vous ? Je me rendais au mariage d'une copine rencontrée en ligne et…

– Vous étiez huit, dans cette navette. Dont un Hispanique qui s'est abîmé le cou.

– Exact. Quand le chauffeur a pilé.

– Et la conductrice de la Jaguar, vous l'avez tous vue s'enfuir.

– Oui, elle s'est sauvée en titubant le long de notre bus.

– Mais les flics l'ont tout de même appréhendée.

– Oui, un peu plus tard. J'ai fait une déposition et j'ai accepté de témoigner en cas de… (Elle blêmit.) Merde ! Ce type, là, Pavlo Shevchenko. C'est son père ?

Nate se leva pour dégainer son téléphone.

– Quittez la ville, Wendy. Immédiatement. Remontez dans votre voiture et tracez. Shevchenko ne vous a pas encore débusquée, mais ne tentez pas le diable.

Sur ces mots, il poussa la porte-moustiquaire et ressortit sur le perron, les oreilles sifflantes, ses gestes dictés par l'adrénaline. Wendy s'exclamait dans son dos, mais ce n'était plus sa priorité. Janie décrocha son portable à la deuxième sonnerie.

– J'ai trouvé ! lui lança-t-il. Les noms inscrits sur la liste sont ceux des huit témoins d'un accident mortel. Une jeune conductrice bourrée a tué une famille entière, et cette conductrice n'est autre que la fille de Shevchenko.

– La vache ! se récria Janie.

– Je préviens tout de suite Abara. J'ignore pour combien de temps j'en aurai avec les flics, mais je rentre dès que possible.

– Attends, Nate ! Suppose que les gorilles de Shevchenko te voient filer au FBI…

– Ça ne craint rien. Je lui ai dit que j'avais obtenu un rencart avec Abara, dans le cadre de ma stratégie pour accéder au coffre d'Urban.

Tout en parlant, Nate éprouva une sensation bizarre. Quelque chose dans le décor. Mais quoi ? La rue était parfaitement calme. Nul véhicule louche à l'horizon. Aucun Ukrainien en maraude.

Il ouvrit la Jeep.

– Garde le flingue à portée de main, Janie.

Elle acquiesça et raccrocha.

Nate avait déjà un pied dans la voiture lorsqu'il comprit ce qui clochait. Le calme, précisément. Arrivé dans une rue bruyante et fréquentée, il retrouvait une artère déserte.

Il referma la portière et marcha jusqu'au milieu de la chaussée.

Regarda à gauche. À droite.

Ne bougeaient que les feuilles mortes sur les trottoirs.

Puis un rugissement de moteurs creva le silence, et Nate vit des 4×4 noirs déferler des rues adjacentes, synchronisés telles des danseuses de ballet. Ils stoppèrent tout autour de lui comme on ferme une cage, puis ce ne furent que vociférations, lunettes noires et canons tendus.

L'agent Abara surgit dans l'arène, agenouilla Nate d'une prise experte et lui attacha les poignets avant de le palper.

– Nate Overbay, vous êtes en état d'arrestation.

– Pour quoi ?

– Pour menace terroriste sur un appareil américain.

Il releva Nate, non sans effort, en l'empoignant par le tee-shirt et la ceinture.

– Fini de jouer, Overbay. Maintenant c'est nous qui allons rire.

Et sur ces mots on l'enfourna dans l'un des gros 4×4.

35

En pénétrant dans la cuisine, Pavlo trouva Nastya attablée devant un pot de caviar rouge, des miettes de pain noir collées à ses lèvres luisantes, en compagnie de Dima et de Valerik qui riaient à ses histoires tout en sirotant de la vodka. Elle parlait avec feu, agitant ses longs bras maigres, avec une grâce tout aussi savoureuse que ses pitreries. Sous son débardeur noir et sa minijupe moulante, ce n'était encore qu'une gamine qui jacassait la bouche pleine, pouffait sans retenue, et gardait ses lunettes de soleil à l'intérieur, même la nuit. Entre ses clavicules dormait un pendentif en forme de lame de rasoir.

Misha faisait bande à part au comptoir, avec une bouteille de soda à l'estragon dont l'éclat vert ne suffisait pas à le dérider. Il tripotait une paire de menottes noires comme on égrène un chapelet, tout en feignant de suivre un feuilleton russe sur le téléviseur mural.

Dans moins de sept heures, ils en auraient fini avec Nate Overbay. Ils recevraient de ses mains la liste de noms, sept cœurs malchanceux cesseraient de battre, et tout rentrerait enfin dans l'ordre.

Pavlo s'arrêta sous le linteau pour contempler sa princesse. Bien qu'assez jeune pour être sa petite-fille, elle possédait une beauté sans âge, intemporelle. Celle de ces femmes-enfants qu'il pourchassait dans Kiev quand il avait douze, vingt, quarante ans. Derrière elle, le mur de verre encadrait la nuit noire, défiée en contrebas par les mégawatts de Sunset Boulevard. *Ce n'est pas encore l'heure de dormir*, professaient ceux-ci depuis un siècle. *Le jour n'a pas rendu tout son jus*. Sunset Boulevard, un condensé de la Cité des Anges.

Misha fut le premier à remarquer Pavlo, et donc le premier à se lever. Nastya se contenta pour sa part de remonter ses lunettes sur son crâne. La lumière électrique soulignait la cicatrice devant son oreille, et Pavlo se souvenait comme d'hier de cette soirée funeste, lorsqu'il l'avait récupérée dans l'arrière-salle d'une boîte de nuit, suite à son coup de fil bredouillant et paniqué. Il l'avait trouvée repliée, comme pour vomir, sur le tee-shirt bordeaux d'une copine, avant de se rendre compte qu'il s'agissait à l'origine d'un tee-shirt blanc. Au son de sa voix, elle avait relevé la tête et dévoilé son visage tordu, cabossé.

Il avait tout de suite vu que ce n'était pas méchant. Avec le nombre de tronches qu'il avait démolies dans sa jeunesse, il connaissait les propriétés de l'anatomie faciale. Les amies de Nastya furent déroutées par le sang-froid avec lequel il rectifia la grimace de sa fille et la chargea sur son épaule. Mais bon, elles savaient que ce n'était pas un père comme les autres.

Il lui avait payé les meilleurs chirurgiens, dont un qui se trouvait dans le secteur pour raboter le nez d'une pop-star, et il avait suffi de quelques jours pour lui reconstruire la frimousse. Puis la douleur s'était estompée, le violet avait rosi, jusqu'à ce que les tissus ne conservent plus que de minuscules craquelures, comme des veinules en bouquets. Au bout de quelques semaines, ne demeurait de son accident de voiture qu'une marque à l'orée de sa joue, une sorte de poinçon venant rappeler que les humains sont tout aussi fragiles que des jouets – et parfois, quand le destin le veut bien, tout aussi réparables.

– Qu'y a-t-il, papa ? Un souci ?

– Tout va bien, ma beauté.

Il s'approcha pour recueillir son visage dans son épaisse main tatouée, lui tenant le menton aussi délicatement qu'un oiseau, et déposer un baiser tendre sur sa cicatrice. Nastya le serra dans ses bras et il décela dans sa longue chevelure une douce odeur de tabac français. Ce n'était pas encore la mère patrie, mais on s'en rapprochait un peu.

Les verres tintèrent, Dima fit une plaisanterie, et la cuisine s'emplit de rires. Un havre de joie dans les collines de Hollywood, à l'abri du soir frisquet et des laideurs du dehors. Même Misha gloussa et leva son verre, ses pommettes juvéniles bombées tels deux fruits.

Soudain, Pavlo sentit Nastya se raidir entre ses bras. Il redressa la tête pour suivre son regard.

À la télé, une publicité montrait un bébé en couche-culotte, assis dans un pneu de voiture flottant sur l'eau. Pavlo ramena ses yeux sur sa fille transie de remords, tandis que Youri éteignait le poste avec la télécommande, et les quatre hommes de l'ombre se retirèrent sur la pointe des pieds.

– En général j'arrive à oublier, dit Nastya d'une voix blanche. Comme si j'oubliais un cauchemar. Mais ça revient me hanter pour un oui ou pour un non. Et je revois ce bébé...

– Tu n'as tué personne, coupa Pavlo. Tu as passé la soirée en boîte et quelqu'un a volé la Jaguar au voiturier. Quant à ta blessure, tu a reçu un tesson de bouteille après qu'une bagarre a éclaté sur la piste de danse.

– Je sais, papa. Mais on est entre nous, là. On peut parler.

– C'est inutile. Seuls comptent les faits. Tu n'as tué personne. Tu as passé la soirée en boîte et quelqu'un a volé...

Une note stridente s'échappa de la gorge de Nastya, un cri étranglé de douleur. Les joues ruisselantes de larmes, elle se dandina dans ses bottes, comme si le parquet lui brûlait les pieds.

– J'ai besoin de le dire, papa ! J'ai besoin de savoir ce que j'ai fait. De savoir qui je suis.

Elle recula d'un pas pour se laisser choir sur une chaise. Sa minijupe se retroussa et Pavlo entrevit, de part et d'autre de sa culotte, une série de traits sombres. Dans une bouffée de rage – sa vieille et fidèle amie –, il balaya le dessus de la table avec l'avant-bras et saisit sa fille à la gorge tout en lui écartant les cuisses de l'autre main.

– C'est quoi, ça ? grogna-t-il. Qu'est-ce qui t'a pris ?

– Arrête, suffoqua l'adolescente. Arrête… papa…

Il s'agenouilla pour plonger les yeux sous la jupe. Et vit que les lignes douteuses n'étaient nullement tatouées. Il s'agissait de scarifications. Les plus hautes étaient cicatrisées, celles du milieu croûteuses, et les plus basses à vif.

Pavlo fut si surpris qu'il oublia que sa fille était en train d'étouffer. Il la relâcha et elle toussa, de la bave au coin des lèvres.

– Qui t'a fait ça ?

Elle s'essuya la bouche sur la bretelle de son débardeur.

– *Qui t'a fait ça ?* tonna Pavlo.

– Moi ! lui cria-t-elle au visage.

Il se releva d'un bond farouche, des braises dans le ventre.

– Tu t'es lacérée ? Mais… pourquoi ?

– Pour *sentir*, papa. Pour sentir quelque chose.

Elle s'affala sur la table, le visage enfoui dans ses bras nus.

L'air de la cuisine s'était alourdi, jusqu'à devenir oppressant. Pavlo avait besoin de retrouver sa chambre, son espace nu au sommet du monde. Les sanglots de sa fille le poursuivirent dans l'escalier, et lorsqu'une fois là-haut il se mit à recompter ses mètres carrés, il entendait encore ses pleurs à travers le plancher. Et ce bruit raviva les images de cette soirée fatidique, juste avant l'accident.

Tout avait plutôt bien commencé : une dinde servie par une bonniche anonyme qui ne pipait pas un mot d'anglais. Sauf que l'ambiance était glaciale, car Nastya faisait la tête.

– Qu'y a-t-il ? avait finalement demandé Pavlo.

– J'en peux plus de ces dîners en tête à tête tous les soirs. Et elle, je peux plus la voir en peinture. (Elle dévisagea la bonne.) Tu ne comprends même pas ce que je dis, hein ? HEIN ?

La femme s'éclipsa. Nastya contempla la rondelle de carotte au bout de sa fourchette.

– Tu ne mesures pas ta chance, répondit Pavlo avec douceur. Tu as tout, absolument tout.

– J'ai l'impression de vivre dans un mausolée, cracha-t-elle tout en lâchant sa fourchette dans son assiette en porcelaine. C'est vide, c'est froid, ça pue la mort.

Pavlo reposa ses couverts et joignit les mains devant lui, en luttant pour se contenir.

– Que veux-tu, exactement ?

– Je veux me sentir vivante, je veux me sentir chez moi.

– Mais nous sommes chez nous, ici.

– Tu parles ! On flotte au-dessus de la ville comme si c'était un milieu hostile. Sans se lier avec personne.

Elle avala une grande gorgée de vin rouge, puis se détourna vers le mur.

– Parle-moi de maman. Encore une fois.

Pavlo repoussa son assiette et contempla ses phalanges tatouées. Des astérisques dans un cercle, symbole du voleur issu d'un foyer brisé. Relevant les yeux, il vit que le verre de Nastya était vide.

Il entonna l'éternel couplet :

– C'était une fille de la campagne. Une couturière. Elle t'aimait très fort.

Le corps de Nastya se détendit un brin.

– Et de quoi est-elle morte ?

– De la diphtérie.

Nastya ferma les yeux.

– Et elle a dit…

– Sur son lit de mort, elle a dit : « Que ma fille sache qu'elle restera à jamais dans mon cœur. Et que je resterai dans le sien. »

Elle articula les mots en silence à mesure que son père les prononçait. Puis elle se leva et gagna sa chambre d'un pas vaseux.

Pavlo ramena son regard sur ses doigts, puis regarda la table. Dinde farcie, patates, vin. L'abondance américaine. Mais aucun mets ni aucune colère ne pouvait combler le trou soudain dans son estomac. Il repensa à la petite poupée rose apportée par la putain. À ces petits yeux saphir qui l'avaient convaincu de changer de vie.

Il fit crisser sa chaise et quitta la cuisine. Dans le couloir, les employés de maison s'effacèrent sur son passage.

La chambre de Nastya sentait l'alcool et le tabac brun. Une gauloise fumait dans un cendrier ; un gobelet à moitié plein côtoyait l'ordinateur. À l'irruption de son père, Nastya sursauta et cliqua frénétiquement sur la souris.

Il était venu la consoler, mais la suspicion reprit le dessus. Il se rua sur l'ordinateur, bouscula sa fille et, d'une main inhabile mais déterminée, rouvrit les écrans qu'elle venait de fermer.

– Arrête, papa. Je voulais juste…

Il examina les divers cadres blancs qui se chevauchaient comme des tuiles.

Un forum de généalogie. Sujet : *Jeune Américaine recherche sa mère.*

Un mail de réponse de l'ambassade de Kiev.

Un recensement des victimes de l'épidémie de diphtérie post-Perestroïka.

On devinait là des semaines, des mois de recherches acharnées et d'échanges secrets.

Pavlo se redressa, rouge de colère.

– Tu doutes de moi ? gronda-t-il. De ma parole ? Moi qui t'ai tout donné ? Qui t'ai amenée ici pour t'offrir une vie dorée ?

Elle grimaça avec dédain :

– Tes copains armés jusqu'aux dents, tes tatouages artisanaux. Je ne suis pas aveugle, papa, et encore moins idiote !

Enhardie par l'alcool, elle se hissa sur ses longues jambes flageolantes et déclara :

– J'ai reçu une lettre de l'ambassade, comme quoi tu aurais fait de la taule. Je ne sais rien de ton passé, ni de celui de maman. Je ne connais pas ma propre histoire !

– Ta mère était une fille de la campagne…

– Arrête ton baratin ! Elle n'était pas plus couturière que moi. J'ai dix-sept ans, bordel ! J'ai le droit de connaître la vérité.

Elle avait des yeux vitreux, et son haleine titrait fort.

– Qu'est-il arrivé à maman ? implora-t-elle.

– C'est de l'histoire ancienne.

– Mais notre histoire, c'est… c'est ce que nous sommes !

– Non. Nous sommes ce que nous sommes au présent. Et le présent, c'est toi et moi.

– Eh bien ça ne me suffit pas.

La douleur au ventre du père se creusa un peu plus, touchant les tripes, la chair, le sang. Un trou noir de douleur.

– J'ai tout plaqué pour toi, et c'est comme ça que tu me remercies ?

Sa bouche vomissait des mots bruts, incontrôlés, irréfléchis, et Nastya recula entre les meubles, terrorisée.

– Tu veux savoir qui était ta mère ? Mais je ne me rappelle même pas l'avoir touchée ! Je ne me souviens que du moment où elle t'a jeté dans mes bras comme un vulgaire tas d'ordures. Ta mère n'était qu'une pute. Elle est morte avec une aiguille dans le bras.

Nastya eut un cri de stupeur. Elle recula, trébucha sur le lit, se releva et se rua vers la porte, les draps chutant dans son sillage.

Pavlo entendit ses pieds nus claquer sur le carrelage du couloir. Puis la porte menant au garage s'ouvrit et claqua avec un fracas inimaginable. Le moteur de la Jaguar s'alluma, vrombit de ses 470 chevaux, et s'arracha dans la nuit.

36

Le visage de mannequin d'Abara demeurait si neutre, si insondable dans cette salle d'interrogatoire glaciale, que Nate se demanda si cet être était seulement doué d'émotions. Malgré l'absence de fenêtres, Nate se savait perché dans les hauteurs du Bâtiment fédéral qui surplombait le cimetière national de Westwood. Il avait pu apprécier la vue depuis le couloir, en chemin vers cette pièce dotée pour tout mobilier d'une table et de trois chaises. À côté de l'enregistreur numérique, une barre métallique boulonnée à la table permettait d'attacher les suspects les moins commodes.

Nate s'était préalablement farci l'effectif complet de la Force d'action antiterroriste – un malabar moustachu et sans humour sorti tout droit des années 1980, et une ribambelle d'inspectrices toutes plus futées les unes que les autres. Il avait tout déballé, en s'adressant prioritairement à Abara, dans l'espoir que leurs échanges précédents, aussi tendus eussent-ils été, permettraient d'accélérer les choses. Lorsqu'il avoua s'être rendu à la banque pour sauter dans une benne, il vit Abara rejouer le film dans sa tête, comme tout spectateur à la fin du *Sixième Sens*.

Le nom de Pavlo Shevchenko leur rendit à tous quelques couleurs et desserra un peu l'étau des questions. Manifestement, Abara avait pris Nate en grippe. Son entretien avec le vigile de la banque l'avait conduit au coffre 227 qui renfermait bizarrement sa propre clef – louée par un tueur décédé. Puis, pas plus tard que la veille, un certain Luis Millan avait appelé la police pour se plaindre de la visite importune d'un type en Jeep. Ces deux noms, Danny Urban et Luis Millan, tendaient à accréditer cette histoire abracadabrante d'Ukrainiens et de liste noire, mais tant que les services n'auraient pas vérifié et validé le tout, Abara resterait sceptique.

D'abord campé dans un coin de la salle aveugle, l'agent s'était progressivement rapproché de la table, reléguant peu à peu les autres au rang d'interrogateurs adjoints. Voire de simples spectateurs.

– Le temps file, s'impatienta Nate. Il faut me croire sur parole et intervenir d'urgence !

Ils lui avaient confisqué son téléphone, il n'y avait bien entendu aucune pendule dans cette pièce, mais il sentait sous sa peau les secondes s'épuiser.

– Nous devons d'abord nous assurer…

Nate claqua les paumes sur la table, une réaction sanguine qu'il regretta aussitôt. Il fallait donner l'image d'un homme sain et posé.

Le téléphone d'Abara carillonna. Un SMS.

– Qu'est-ce que c'est ? fit Nate.

– Votre dossier médical a été vérifié, dit le flic tout en rempochant son portable, le visage radouci d'un cran. Vous désirez un verre d'eau ? Une pause-pipi ?

– Contentez-vous de me donner l'heure.

– 18 h 37.

Nate imagina Janie et Cielle à la maison, à guetter de ses nouvelles. Et les hommes de Pavlo en position, prêts à débarquer.

Ses genoux sautillaient sous la table.

– Vous devez impérativement me laisser repartir, sans quoi…

Un assistant entra dans la salle, un épais dossier sous le bras et l'air préoccupé. Il réclama Abara.

– Je reviens, fit l'inspecteur.

– Il ne reste plus que cinq heures et des poussières avant que ma fille se fasse couper en deux par une tronçonneuse ! protesta Nate.

– Je ne serai pas long, promit Abara avant de s'éclipser.

L'espace d'une courte éternité, Nate pianota sur la table, fit les cent pas, examina la glace sans tain.

Réapparut Abara :

– Voici où nous en sommes, fit-il en glissant vers Nate une feuille estampillée BUREAU DU PROCUREUR – CONFIDENTIEL.

Une liste de témoins, comportant huit noms familiers.

Les déductions de Nate validées de A à Z.

– Anastasia Shevchenko a déjà été condamnée à deux reprises pour conduite en état d'ivresse, et on lui a retiré son permis. Ce qui signifie, jurisprudence Watson oblige, qu'elle sera automatiquement accusée de meurtre. Elle encourt donc la perpétuité.

– Sauf si Pavlo élimine tous les témoins.

– C'est à peu près ça. Elle écrabouille une famille et prend la fuite, ce qui oblige son père à jouer les nettoyeurs. Le premier réflexe de Shevchenko a été de déclarer le vol de la Jaguar, ce qui permettra à son armée d'avocats de plaider l'erreur sur la personne. Sa fille ne peut être condamnée que s'il est prouvé qu'elle tenait le volant.

– Et vous ne disposez pas d'autres témoins, hormis ces huit-là ?

– Eh non.

Abara avait les traits tirés, les yeux rouges. Mais sous la fatigue semblait couver une colère sourde. Assassiner une petite dizaine de témoins pour protéger une chauffarde n'était pas un dessein banal, même aux yeux d'un inspecteur aguerri.

– Après l'accident, expliqua-t-il, elle s'est réfugiée au Nebesa, une boîte de nuit ukrainienne où elle se rend tous les mardis soir. Étant donné la stature de son père, personne dans ce club n'osera contredire son alibi.

– Comment Danny Urban a-t-il obtenu cette liste, au fait ?

– Rien n'est établi. Nous savons qu'il comptait quelques hackers parmi ses relations. Auront-ils réussi à pirater le disque dur du procureur ? Quoi qu'il en soit, cette liste était ultraconfidentielle, et le ministère public a tout fait pour protéger ces noms. Il les a retirés des rapports de police, a auditionné les témoins à l'extérieur de ses locaux et refusé de transmettre les dépositions à la défense. La juge avait déjà eu maille à partir avec Pavlo, et elle savait qu'il n'hésiterait pas à intimider les témoins – ou pire encore.

– Et le procès s'ouvre quand ?

– Le mois prochain.

– D'où la fébrilité de Pavlo, opina Nate. Mais comment se fait-il que les témoins ne connaissent pas tous ces éléments ?

– S'ils savaient à qui ils se mesurent, ils pourraient prendre peur.

– *Pourraient* ? Parce que ce n'est pas une certitude ?

Abara haussa les épaules.

– Il y a des têtes brûlées partout, n'est-ce pas ?

Nate soupira.

– Et donc, quel est le programme maintenant ?

– Nous allons recontacter tous ces témoins pour les mettre à l'abri le temps que la menace retombe.

– Et vous pensez pouvoir coffrer Pavlo sous quels délais ?

– On n'instruit pas un tel dossier en un jour. Quant à le mener à terme…

– Votre optimisme fait chaud au cœur, inspecteur.

Abara pinça les lèvres.

– Croyez-moi, Overbay. Le ministre est très remonté et fait de ce dossier une affaire personnelle. Les juges se bousculeront pour signer nos mandats et nous affecter des renforts. Il n'en reste pas moins qu'ils exigeront un chef d'inculpation solide.

– Que faudrait-il pour pincer Pavlo ?

– Dans l'idéal, des aveux. De sa propre bouche, ou d'une autre. On pourrait envisager de retourner sa fille en lui promettant l'immunité pour l'accident de voiture. Ou convaincre un témoin présent au club ce soir-là de démentir la version des autres. Mais il ne faut pas trop y compter.

– Les éléments que vous possédez à ce stade ne vous permettraient pas de l'arrêter ?

– Si, sûrement. Mais ses avocats le feraient libérer sous caution. Et quand bien même il resterait au trou, il faudrait aussi coffrer ses hommes.

– Vous ne les connaissez pas ?

– Nous pensons connaître les plus proches, la vieille garde tatouée. Youri Ivashko, qui vient de demander sa naturalisation ; Valerik Koval, Dimitri Zotov… On peut toujours les embarquer pour voir ce qu'ils racontent. Mais Pavlo vient d'enrôler un nouveau compatriote, une espèce de taré fini.

– Misha, alias Numéro Six.

– Nous ne connaissons pas sa véritable identité, et personne ne sait où il crèche.

Nate serra les dents.

– Que devient ma famille, alors ?

– Nous pouvons dès maintenant dépêcher des collègues à votre domicile.

– Vous plaisantez ? Autant dessiner une énorme cible sur le front de ma fille ! Pourquoi ne pas leur accorder la protection des témoins ?

– Nous veillerons sur elles, promis.

– Vous ne répondez pas à ma question, inspecteur.

Abara se mira d'un air morose dans la glace sans tain.

– Beaucoup de gens rêvent de coincer Pavlo Shevchenko, à commencer par le procureur. Or, pour cela, il faut des preuves matérielles en béton et des témoignages imparables. Ce que malheureusement ni vous, ni votre épouse, ni votre fille n'êtes en mesure de fournir.

– Cet enfoiré m'a enlevé, inspecteur ! Et a proféré des menaces de mort contre ma fille !

Sa voix résonna dans la pièce froide sans rencontrer de réplique. Abara le regardait fixement.

– Vous allez me dire que je n'ai aucune preuve de ce que j'avance ?

– Pas la queue d'une, confirma l'agent. Ce sera votre parole contre celle de Pavlo, comme dans les affaires de viol. Et comme dans les affaires de viol, il sera blanchi au bénéfice du doute. D'autant que personne n'a été tué.

– Pour l'instant, nuança Nate.

Les deux hommes se dévisagèrent sombrement. Le poignet de Nate hurlait de douleur, mais il était trop occupé pour l'entendre.

Abara posa ses mains en étoile sur la table.

– J'ai un copain chez les marshals. Je lui demanderai s'il y a moyen d'obtenir la protection pour votre femme et votre fille. Mais je suis assez pessimiste. Et puis il y a toute une procédure…

– Et en attendant, elles deviennent quoi ?

– Comme je vous le disais, je peux dès à présent dépêcher un ou deux véhicules banalisés.

– Ce n'est pas le présent qui m'inquiète, inspecteur. Je sais qu'elles sont à la maison et qu'elles ont encore cinq heures devant elles. Le problème, c'est le futur. Que se passera-t-il demain, après-demain, dans une semaine, dans un mois ?

– Nous pourrons envoyer une unité de patrouille à intervalles plus ou moins réguliers, pour maintenir une surveillance.

– C'est ce que vous avez fait juste après le braquage de la banque, et ça n'a pas empêché Pavlo de me kidnapper pour me transformer en bâtonnet d'esquimau !

Rattrapé par la douleur, Nate se massa la main sous la table. Elle refusait de se fermer.

Il insista :

– Vous croyez sincèrement qu'une surveillance légère puisse suffire face à un type aussi puissant que Pavlo ? Votre silence montre que non. Et comme vous allez me répondre que le FBI n'a pas les moyens de jouer les nounous vingt-quatre heures sur vingt-quatre, eh bien je n'ai plus qu'à m'en charger moi-même. OK, message compris. Maintenant relâchez-moi.

– Je vous rappelle que vous êtes en état d'arrestation, monsieur Overbay. Pour menace terroriste sur un avion de ligne.

Nate culbuta sa chaise en se relevant d'un coup. Abara l'imita puis fit un geste d'apaisement.

Sans succès.

– Il est hors de question que je reste ! aboya Nate. J'ai une famille à protéger !

– Et comment comptez-vous ressortir d'ici ? Au bazooka ?

– Ne me sous-estimez pas, Abara. Souvenez-vous de la banque.

Le flic décocha un sourire de pure composition.

– Rasseyons-nous une seconde, voulez-vous ?

– J'ai perdu assez de temps comme ça, inspecteur. Si vous me mettez en taule, vous tuez Janie et Cielle. Et vous faites au surplus un énorme cadeau à Pavlo, car vu les complicités dont il bénéficie dans votre honorable maison, il lui sera encore plus facile de me choper derrière les barreaux qu'à l'air libre.

Abara se rassit, à demi avachi contre le dossier, un poing sur le bord de la table.

– Bizarrement, vous m'êtes plutôt sympathique, Nate. Alors je ne vais pas vous mentir. On peut redouter, en effet, qu'une ronde régulière ne suffise pas à…

– Bien sûr que ça ne suffira pas ! C'est comme de remplir une injonction d'éloignement pendant qu'un psychopathe enfonce votre porte ! (Conscient de parler trop fort, il reprit son siège et croisa les mains sur la table.) Que feriez-vous à ma place, inspecteur ? S'il s'agissait de votre femme et de vos filles ?

L'agent Abara se racla l'intérieur de la joue avec la langue. Puis il tendit le bras et arrêta l'enregistreur.

– Vous avez un chien, n'est-ce pas ? lança-t-il.

Le visage de Nate se ferma.

– Si c'est pour me sortir une de vos petites anecdotes édifiantes, passons directement à la chute, voulez-vous ?

– Moi aussi j'ai un clébard, poursuivit Abara. Et c'est un coureur, un mondain. Alors chaque matin, avant de partir, je lui ouvre le portail du jardin. Mais c'est possible uniquement parce que nous avons de longues années de confiance mutuelle derrière nous. Vous me voyez venir ?

Nate risqua un regard d'espoir vers le magnétophone éteint.

– Plus ou moins…

– Vous vous êtes mis dans un sacré merdier, y compris sur le plan judiciaire. Et néanmoins vous pourriez être une ressource-clef dans le dossier Shevchenko. Ma proposition est donc la suivante : si je vous laisse vaquer pendant que j'essaie de placer votre famille sous protection renforcée, je veux être sûr que vous resterez dans le secteur, au cas où j'aurais besoin de vous.

– Et nous communiquerons comment ?

– Avec votre téléphone portable.

– Et si Pavlo le fait écouter ?

– Aucun risque. C'est toujours très lourd de pister un mobile. Moi-même, je n'arrive pas toujours à obtenir les écoutes que je réclame. (Il se leva et marcha vers la sortie.) Bref, j'estime que vous ne constituez pas une menace terroriste sérieuse. Mais cela ne signifie nullement l'abandon des poursuites. En d'autres termes, profitez de votre retour au grand air pour dégoter un bon avocat.

L'inspecteur sortit de sa poche le téléphone de Nate et le présenta telle une offrande.

– Ce ne sera pas nécessaire, répondit ce dernier tout en récupérant son bien. Le temps que l'affaire passe en jugement, je serai mort et enterré.

Abara hocha gravement la tête et lui ouvrit la porte.

37

Le vent d'octobre jonchait la rue de palmes jaunies et tordues, semblables à des pare-chocs arrachés. Tout en extirpant son mobile de sa poche, Nate demanda au taxi d'appuyer sur le champignon. Par chance, la maison n'était qu'à un jet de pierre – quelques kilomètres – du Bâtiment fédéral.

Janie décrocha alors que la voiture débouchait à tombeau ouvert sur Montana Boulevard.

– Que s'est-il passé, Nate ? Où en es-tu ?

– Je t'expliquerai. Pas de nouvelles des sbires de Pavlo ?

– Non. Cielle fait le guet aux fenêtres. Visiblement, ils ne…

– Je suis tout près de la maison, coupa-t-il. Termine de charger la Jeep. On décolle.

Il y eut un blanc, mais le ton de Nate était sans réplique.

– D'accord, acquiesça Janie. Pigé.

Fonçant devant des propriétés à plusieurs millions de dollars, avec leurs pelouses éclairées et leurs grosses berlines étincelantes, Nate se prit à contempler sa vie d'avant. À quel moment la machine s'était-elle grippée ? Où situer le point de bascule ? Il avait le sentiment d'avoir mal négocié un virage crucial, et d'être tombé dans le Grand Canyon.

Il se fit déposer au coin de la rue et rejoignit le pavillon par le jardin des Rajus, en traînant la patte dans les feuilles mortes. On disait que les symptômes de la maladie de

Charcot s'intensifiaient surtout la nuit, et cela semblait assez vrai. Il tenta de lever le loquet du portail avec ses doigts insensibles, pour finalement le dégommer d'un coup de coude qui l'épuisa. Pantelant, il s'avança sur son gazon. La lumière brillait à l'étage, mais le rez-de-chaussée baignait dans le noir – sans doute pour empêcher l'ennemi de voir les filles charrier des valises.

Il tambourina à la porte extérieure de la cuisine et Janie dévala l'escalier pour lui ouvrir, lâchant un sac marin derrière elle.

Nate referma la porte, remit la chaînette de sécurité, et Casper déboula pour fêter le retour de son maître.

– Où est Cielle ? demanda-t-il en caressant le museau de la bête.

– Elle boucle son sac. J'ai fait les tiens. Tu peux aller la chercher.

Janie haletait, les joues en feu, trépignant d'angoisse. Le Beretta caché dans sa poche intérieure déformait sa veste, et cette image désola Nate.

Comme elle ramassait le gros sac pour l'emporter au garage, le téléphone de la maison sonna.

Sur le comptoir de la cuisine, l'écran affichait : NEW ODESSA.

Janie se figea. L'appareil trilla de nouveau.

D'une main tremblante, Nate décrocha le combiné et le porta à son oreille.

– Où est mon dû ? grogna la voix de Pavlo.

– J'avais jusqu'à minuit.

– Non. C'est terminé.

La gorge de Nate s'assécha.

– Mais nous étions convenus…

– Ta visite de courtoisie à la banque doit être terminée, puisque tu es chez toi. Alors, tu as la chose ?

Nate serra les mâchoires.

– Oui, je l'ai.

– De quoi s'agit-il ?

Janie le fixait d'un air alarmé.

Nate calcula ses options, mais tout allait trop vite.

– Alors ? s'impatienta l'Ukrainien.

– Il s'agit d'une liste de noms.

Un soupir de bonheur bruissa dans le combiné.

– Je vous l'apporte tout de suite, ajouta Nate.

Il fit signe à Janie de s'activer, mais elle resta plantée devant lui, le sac à l'épaule.

– Minute ! fit Pavlo. Donne-moi des noms.

Nate tressaillit. Citer quelqu'un, c'était le condamner à mort.

Une goutte de sueur lui traversa le front, et Casper s'éloigna en geignant.

– Je t'écoute, le pressa Pavlo.

– Patricia McKenna.

C'était le seul nom prononçable, puisque cette pauvre femme était déjà décédée.

– Oui, jubila Pavlo. Et ensuite ?

Nate ferma les yeux. Puis s'entendit lâcher :

– Aiden O'Doherty.

L'adolescent qui s'était tué trois jours plus tôt en se rendant à son cours de guitare. Lui non plus ne risquait plus rien.

D'un simple râle, Pavlo lui demanda de continuer.

Nate fit remonter de sa mémoire ses dernières notifications en date.

Paula Jenkins, overdose.

Martin Padilla, abattu depuis une voiture.

Shin Sun-Won, poignardé au ventre.

Wally Case, suicide sous les roues d'un bus.

Clarissa et Frederick Frigerio, abattus dans leur épicerie.

– Parfait, répondit Pavlo. Maintenant apporte-la-moi. Je veux la voir de mes propres yeux.

Nate raccrocha et courut à l'étage avec Casper tandis que Janie bouclait les préparatifs. Il trouva Cielle pendue au téléphone, une pile d'albums photo sous le bras.

– Non, Jason, disait-elle. Ce n'est pas le moment de débarquer.

Nate lui agrippa le bras.

– Il faut y aller, ma puce.

– Il est déjà en route, expliqua-t-elle. J'ai beau lui expliquer que…

Elle se tut en voyant Casper braquer sa truffe vers la porte, l'échine hérissée. Les oreilles du chien se dressèrent puis s'aplatirent contre son crâne tandis qu'il repartait dans le couloir.

Tétanisée, Cielle entendit Jason raccrocher au bout du fil. Nate lui fit signe de ne pas bouger et quitta la chambre pour suivre Casper au rez-de-chaussée.

La porte de communication du garage était close, et on ne percevait aucun bruit derrière. Avant que Nate l'ouvre, Casper se mit à grogner derrière la porte vitrée de la cuisine. Nate fit coulisser le panneau et le chien se faufila dehors.

Pour s'arrêter au milieu de la pelouse, en position d'attaque.

Nate s'avança dans la nuit fraîche et baissa les yeux.

Deux grosses empreintes de semelle aplatissaient l'herbe, pointées vers la maison.

Le cœur dans la gorge, Nate se retourna.

Youri venait de se glisser dans la cuisine, par la vitre entrouverte. Il regarda Nate d'un air morose, dénué de morgue ou d'agressivité. Puis il referma derrière lui.

Le reflet de la lampe du porche fit disparaître sa silhouette derrière le carreau, mais Nate entendit très distinctement cliquer le verrou.

38

Casper se jeta le premier contre la vitre, suivi de Nate qui s'écrasa l'épaule en pure perte. Retombant sur les fesses, il vit dans le carreau son visage terrifié sur fond bleu nuit. Il se redressa pour presser le nez et les mains contre la vitre. Dans l'obscurité de la cuisine, la silhouette sombre de Youri s'approchait du garage d'où émergea soudain Janie, le pistolet au poing. Elle n'eut pas le temps de crier : Youri lui empoigna le visage comme un ballon de basket et la repoussa violemment derrière la porte de communication. Elle lâcha l'arme et tomba à la renverse, hors de vue.

Youri referma la porte, mit le loquet, puis s'accroupit pour ramasser le Beretta. Il ramena un instant ses yeux inexpressifs vers Nate avant de se relever et de s'engager dans l'escalier.

Nate s'enflamma de tout son être, de toutes ses fibres, jusqu'à la dernière terminaison nerveuse.

Casper battait la fenêtre avec ses pattes, ses griffes entamant le bois du cadre, ses jappements se muant en plaintes rauques. Nate virevolta, s'empara du premier objet venu – une chaise de jardin en fer forgé – et le projeta de toutes ses forces contre la vitre de la cuisine. Le verre cria, les reflets se gauchirent, mais le fauteuil rebondit sur Nate en laissant dans le carreau un éclat pas plus gros que le pouce.

Fou d'impuissance, Nate repoussa la chaise sur le côté, retourna la table de jardin, puis avisa un pied de parasol qui attendait déjà les beaux jours. Il le tira vers la fenêtre de sa main valide, le hissa péniblement sur son épaule, et d'un mouvement circulaire se laissa retomber de dos contre la vitre. Le socle lesté de béton traversa la double épaisseur de verre et entraîna Nate à l'intérieur avant de se fracasser sur le sol de la cuisine.

À l'étage, Cielle hurlait :

– À l'aide, papa !

Sa voix implorante et ce mot qu'il désespérait d'entendre à nouveau dans sa bouche – *papa* – soulevèrent Nate par les bretelles et le propulsèrent dans l'escalier, au mépris des coups de poing de Janie à la porte du garage. Casper s'élança derrière lui, patinant sur le carrelage au moment de bifurquer vers les marches. Nate avala l'escalier quatre à quatre et fondit sur la porte de Cielle.

– Papa ! Papaaa !

Il enfonça la porte, aperçut Cielle recroquevillée sous la fenêtre, puis vit le poing de Youri surgir de nulle part, fermé sur le Beretta.

Ce coup en plein front l'envoya au tapis et fit tomber un voile noir devant ses yeux. Il les rouvrit sur le plafond de la chambre, la vue brouillée par son propre sang, et lorsqu'il voulut les essuyer son bras demeura inerte. Cligner des paupières semblait être le seul mouvement envisageable. La porte était fermée ; resté dans le couloir, Casper la grattait de ses griffes. De l'autre côté de la pièce, une voix sourde, murmurante. Nate se revit soudain étendu dans le désert, du sable plein la bouche, rabattu sur la dune par l'explosion de l'hélico.

Mais là c'était encore pire. Sa fille était en danger de mort, et les paroles étouffées se précisèrent soudain.

– Je suis plus fort que toi, disait Youri. Le monde est ainsi fait. Tu vas apprendre.

Nate avait la tête aussi lourde qu'un pied de parasol. La laissant virer sur sa droite, il trouva sous son nez le marche-pied offert par Charles à la naissance de Cielle. Et juste au-dessus, à l'arrière-plan, des coulures de mascara sur les joues de l'adolescente.

Son visage rond était un masque de stupeur et d'effroi.

Youri la retourna et la plaqua contre la fenêtre.

– Déshabille-toi.

– Papa ? gémit-elle.

En voulant se relever, Nate s'infligea une cinglante douleur au crâne et toussa de la bile.

Youri appuya le flingue entre les omoplates de Cielle.

– Ton père ne peut plus rien pour toi. Déshabille-toi.

Elle croisa les bras, saisit le bas de son gilet. Puis s'affaissa contre le mur, les genoux ployant sous les sanglots.

– Non, dit-elle, en pleurs. Non…

– Détends-toi, fit Youri en lui taquinant les reins avec le flingue. Je veux juste voir comment tu es faite.

Nate se hissa sur les coudes et vit des étoiles. À se relever trop vite, il s'évanouirait. Appuyé sur ses muscles tremblants, il observa, en nage, la scène d'horreur au fond de la chambre.

Puis Youri dit : « Attends-moi, poupée » et vint rabattre Nate au sol en lui écrasant la gorge. Privé d'air, les jambes se tortillant tels des serpents, Nate agrippa la botte de l'Ukrainien. Mais sa main gauche ne pouvait rien et d'ici à quelques secondes il aurait perdu connaissance.

Les sanglots de Cielle redoublèrent, le pire bruit de fond qui soit.

Sur sa gauche, à moins d'un mètre, Casper hurlait derrière la porte. Nate n'avait hélas aucun moyen d'atteindre la poignée. Ses oreilles se mirent à bourdonner et les étoiles foisonnèrent dans ses yeux. C'est là, derrière ces scintillements dorés, qu'il avisa deux bandes de couleur verticales, tendues vers le sol.

L'écharpe vert et mauve de Cielle, suspendue à la poignée.

Il tendit les doigts pour l'attraper, ce qui amusa grandement Youri.

– Tu veux me fouetter avec une écharpe ? gloussa le bandit tout en renforçant la pression de sa semelle.

La gorge de Nate devint une traînée de feu. Les étoiles, de la neige. Dans un ultime sursaut, il parvint à placer ses doigts autour de la laine et leur ordonna de se refermer. Ils glissèrent mollement le long des mailles, puis finirent par obéir.

Youri comprit trop tard ce que Nate avait en tête. L'écharpe abaissa la poignée, et la porte vola avec toute la force d'un animal en furie.

39

Sur le moment, le chien parut planer, ses pattes effleurant à peine la moquette. D'un bond de superhéros, cinquante-cinq kilos de *rhodesian ridgeback* sautèrent au visage de Youri qui relevait à peine son arme. Avant de lui échapper, le Beretta cracha une balle qui frôla la joue de Nate pour se loger dans le bas de la cloison. Refusant de toucher le sol, Casper planta ses griffes dans les cuisses et les joues de Youri, et ils tombèrent ensemble dans l'angle du mur et du lit. L'Ukrainien parvint à repousser le clébard, d'un mouvement ample du bras qui moucheta le mur d'un arc de sang, mais Casper se rétablit sans délai et sauta sur le dos de Youri qui s'enfuyait dans le couloir.

La paire dégringola l'escalier, le chien poussa un cri aigu, puis la porte d'entrée s'ouvrit et les bottes tamponnèrent le porche.

Il y eut un nouveau cri, masculin celui-ci, suivi d'un choc mat.

À quatre pattes dans la chambre, Nate reprenait son souffle. Cielle était pelotonnée sous la fenêtre, les genoux dans les bras, le visage trempé. Il la rejoignit et elle se blottit contre lui pour pleurer un grand coup.

Puis il se releva et la hissa sur ses jambes.

– Le temps presse, ma puce. Il faut partir.

Elle hocha la tête rapidement, comme une petite fille. Il ramassa le Beretta et ils descendirent de front, appuyés l'un contre l'autre. Casper les attendait en bas de l'escalier, sa patte valide sur sa patte blessée, le museau morveux. Il y avait du sang sur le mur et sur les marches, mais ce n'était pas le sien.

Ils se ruèrent au garage. La Jeep était toujours là, chargée à ras bord, et la porte automatique relevée. Mais Janie avait disparu.

– Janie ? lança Nate en repoussant fille et chien vers la cuisine.

L'intéressée refit surface par le trou dans la porte-fenêtre. Elle se précipita sur Cielle.

– Tu n'as rien ? Tu n'as rien ?

Elle avait les poings gonflés d'avoir tambouriné contre la porte.

– Comme une idiote, je n'ai pas pensé tout de suite à faire le tour par l'extérieur…

– Peu importe, répondit Nate. Maintenant, on décarre.

Ils s'empilèrent dans la voiture, Casper et Cielle sur la banquette arrière. Nate fit crisser les pneus, recula à fond dans l'allée, puis freina en catastrophe.

Dans les azalées gisait un corps. Celui de Youri ?

Janie déroula sa vitre et recula son siège pour laisser le champ libre à Nate. Celui-ci pointa le flingue dans la pénombre tout en cherchant un visage.

La forme se mit à bouger et Jason le Connard émergea des fleurs écrasées. Il épousseta sa chemise de bûcheron avant de lever les mains devant le Beretta.

– Ne me tuez pas ! J'ai rien fait !

Malgré l'obscurité, on lui devinait un œil poché et une lèvre fendue. Également dans les azalées, un étui de guitare et un sac à dos.

Le cri masculin, le choc sourd… Jason avait dû surprendre Youri dans sa fuite et recevoir un méchant bourre-pif.

Nate baissa son arme.

– C'était qui, ce gros porc ? rouspéta le garçon. Il avait le feu au cul ou quoi ?

– Je sais pas, répondit Nate. Mais tu ne peux pas rester ici. Rentre chez toi.

– Vous allez où comme ça, avec tous ces bagages ? Vous vous cassez pour de bon ?

Nate se dévissa le cou, craignant de voir Youri resurgir des ténèbres.

– Casse-toi, Jason, insista-t-il. Tu tiens vraiment à mourir ?

– Papa a raison, implora Cielle. Sauve-toi, Jay.

Nate reprit sa marche arrière, mais Jason trotta à côté de la Jeep, sa guitare dans les genoux.

– Attendez ! Je viens avec vous !

Nate stoppa une nouvelle fois.

– Non ! gronda-t-il.

– Sois raisonnable, Jason, dit Janie.

– Si, je viens ! insista l'adolescent en frappant le capot. Si vous m'emmenez pas, je campe sur votre porche et je dis tout à ces tarés, et vous aurez ma mort sur la conscience. (Il ahanait, son menton dégoulinant de mucus et de sang.) Je l'aime, vous m'entendez ? J'aime votre fille, que ça vous plaise ou non !

Cielle émit un bruit de gorge suggérant qu'elle trouvait cela très romantique.

Jason restait posté sur le bord de l'allée, avec son sac, sa gratte et son regard amoché.

– Si vous refusez de m'emmener, c'est comme si vous me butiez de vos propres mains…

Nate le considéra quelques secondes puis enfonça l'accélérateur. La Jeep bondit jusqu'au trottoir, laissant Jason à son martyre.

Comme il passait la première, Nate vit le regard sombre de Janie.

– Quoi encore ? marmonna-t-il.

– Eh bien… Ils connaissent son visage, à présent. Et s'ils s'en prennent à lui, ce sera entièrement notre faute.

– Mais c'est un gosse, bordel ! Qu'il aille retrouver ses parents !

– Il est émancipé, rappela Cielle depuis la banquette. Son père est mort et il n'a pas parlé à mère depuis des mois.

Pendant ce temps, Jason trottait derrière la voiture, lesté de son barda.

– S'il te plaît, maman ! pleurnicha Cielle.

– Et puis merde, souffla Janie avant de rouvrir sa vitre. Allez, mon garçon, grimpe !

Les larmes cessèrent instantanément et Jason se serra à l'arrière avec ses bagages.

Nate démarra en trombe, ses yeux naviguant d'un rétroviseur à l'autre.

Cinq pâtés de maisons.

Dix.

Puis l'autoroute et les sorties qui défilaient sur la droite.

Il osa presque reprendre une respiration normale.

– Alors ? C'était quoi, ce délire ? demanda Jason tout en se tâtant l'œil.

N'obtenant aucune réponse, il fit la moue.

– Super, l'ambiance. Et vous, m'sieur, vous êtes couvert de sang…

– J'avais remarqué, Jason.

– Jay. Vous pouvez m'appeler Jay, maintenant. Quand vous dites Jason, j'ai l'impression d'avoir fait une connerie.

Nate réitéra son silence. Jason cligna des yeux.

– Au fait, on va où ?

Nate sentit une tension nouvelle dans ses mains, dans les nerfs des doigts. Partir en cavale avec un corps qui lâche : on faisait plus riant comme défi.

– On ne peut plus utiliser nos cartes de crédit, répondit-il. Ni réserver de chambres d'hôtel, ni acheter de billets d'avion. Alors comme ça, Jason, à brûle-pourpoint, je ne peux pas te dire où nous allons.

– Hmm, fit le jeune d'un air songeur. (Il se tourna vers Cielle.) Passe-moi ton iPhone.

Elle s'exécuta et Nate vit dans le rétro Jason manier l'écran tactile. Pendant ce temps, Janie gardait les bras croisés sur la poitrine, cherchant elle aussi à contenir ses tremblements, et Cielle laissait filer des larmes muettes. Le traumatisme était général.

Au bout d'un moment, Nate lança au grand dadais :

– On peut savoir ce que tu fabriques avec ce téléphone ?

– Facebook. Vous connaissez ?

– Parce que tu trouves que c'est le moment de…

– Je vérifie mes amis dans l'agglomération de Los Angeles.

– Eh bien je pense que tu pourrais remettre ça à plus tard. On a tous besoin de calme, là.

– Tenez, je tombe sur ce keum. Sur son mur, il écrit : *Deux semaines à Maui. Putain, j'ai hâte !* Accompagné du lien vers son compte Twitter. La classe, non ? Et que dit son dernier tweet ? *Grand luxe avec les ieuv au Grand Wailea !* Les ieuv, c'est les parents.

– Sans blague.

– Et à côté du tweet, il y une carte de localisation. Je regarde… Ouais, c'est bien ça, le keum se trouve à Hawaï.

– C'est magnifique, Jason. Mais vois-tu, nous venons de frôler la mort dans notre propre baraque, alors si tu avais un minimum de…

– Et maintenant, je remonte dans ses tweets, par exemple celui-ci : *Ô toi, odeur louche de mon tiroir à chaussettes, veux-tu bien t'en aller ?* Ah ! là aussi, je localise le lieu d'expédition, et hop !

Il montra l'appareil à Nate.

– Quoi ?

– Une baraque à Silver Lake. Inhabitée pour les neuf prochains jours.

Nate prit l'appareil et étudia l'écran, bientôt imité par Janie. Puis ils se regardèrent et une lueur d'amusement réchauffa leurs yeux.

Cielle essuya ses larmes et planta un baiser sur la joue de Jason. Triomphant, le garçon se carra sur la banquette et se mit à agiter un index de rappeur :

– *Jason est dans la place, planquez vos bombasses...*

– J'avais failli le trouver sympathique, marmonna Janie.

Là-dessus, Jason lança :

– J'espère qu'ils ont un Jacuzzi !

– Je croyais que c'était un ami, tu devrais le savoir, réagit Nate.

Le jeune s'esclaffa :

– Ah ! comme si on pouvait avoir de vrais amis sur Internet !

Ils roulèrent vers l'est en silence, en suivant les indications que dictait Janie d'une voix monocorde. Jason prit la main de Cielle, lui posa un baiser sur les jointures, et Nate se surprit à juger ce geste bienvenu. Tout connard qu'il fût, Jason savait au moins offrir un peu de réconfort à la petite.

Dans le ronron du moteur qui les tirait vers l'inconnu, chacun put s'absorber dans ses tracas personnels. Enfin ils prirent la sortie de Silver Lake, un quartier pentu et boisé situé à l'est de Hollywood où grouillaient bobos, aspirants artistes, musicos indé et autres synonymes. Passé une enfilade de cafés, de boutiques de fringues, de salles de Pilates et de clubs gays, ils reconnurent les fameuses marches où Laurel et Hardy lâchaient un piano, avant de s'élever en direction du Réservoir et de l'adresse trouvée sur l'iPhone.

L'architecture était variée, oscillant entre bungalows de style espagnol et villas modernistes à la Neutra, dont quelques-unes authentiques. Ils s'arrêtèrent devant une maison toute de béton et d'acier, et Jason siffla d'admiration. Laissant la Jeep dans l'allée, ils traversèrent la pelouse tel un quatuor de zombis, puis se dispersèrent autour de la baraque à la recherche de ses points faibles.

Sur le côté, Nate trouva une fenêtre à guillotine mal verrouillée. Elle donnait sur la buanderie et son ouverture ne déclencha aucune alarme audible ; seuls s'échappèrent de douces odeurs de lessive et d'adoucissant, comme pour lui rappeler son bonheur perdu.

En voulant rameuter les autres, Nate se découvrit aphone. Était-ce dû au froid ? À l'émotion ? À la maladie ?

Il se racla la gorge, se concentra, et fit une nouvelle tentative.

40

Le soleil fendit l'horizon pour traverser la baie vitrée du grand salon. Il rampa sur le parquet blond, traversa le tapis oriental, lécha la table basse en forme de goutte d'eau, puis le visage de Jason le Connard émergeant d'un tas de couvertures, et enfin les orteils, genoux, hanches d'un Nate parfaitement réveillé. Il avait rouvert les yeux quelques heures plus tôt, dans un sursaut de bête traquée, et depuis il montait la garde. Cielle et Janie écrasaient dans la chambre au fond du couloir, et Nate n'était ressorti qu'une fois depuis leur arrivée dans cette maison : pour échanger les plaques de la Jeep avec celles de la Range Rover stationnée dans le garage.

Jason s'agita, se redressa, frotta son œil au beurre noir puis considéra le mobilier en bâillant.

– Qui aurait cru que Groslascar12 était un fils de bourges ? mâchonna-t-il.

Jugeant la question purement rhétorique, Nate s'abstint de répondre. Il ferma les paupières, respira le plus profondément possible et testa ses muscles. Main gauche faible. Main droite fonctionnelle, malgré de légers picotements. Son pied gauche semblait vaillant lui aussi, ravigoté par cette demi-nuit de sommeil. Nate marcha jusqu'à la cuisine, posa le Beretta sur le comptoir et se versa un verre d'eau pour prendre ses médicaments. Antibiotiques pour son épaule largement cicatrisée ; riluzole pour ralentir les effets de la maladie. Il valait mieux que le traitement fonctionne, car la situation lui interdisait de consulter un médecin. Il fallait rester planqué, et prier pour que le corps tienne jusqu'à ce que Pavlo tombe.

Cielle et Janie apparurent à leur tour, les traits creusés par l'inquiétude. Tous quatre s'observèrent en silence, affichant le même air déconfit. Puis Casper se mit de la partie en accourant sur le parquet, d'un pas légèrement syncopé en raison de sa blessure. Nate le regarda avec compassion et gratitude, comme on regarde un fils héroïque. Ce toutou lui avait sauvé la vie, et préservé l'innocence de Cielle. Il s'accroupit pour lui gratter généreusement le ventre.

– Allez ! décréta Janie. Tout le monde à la douche !

Ils dénichèrent des serviettes de toilette et se répartirent dans les différentes salles d'eau de la villa, puis se rassemblèrent au salon où Janie, en bonne infirmière, soigna les différents bobos. Elle braqua une lampe torche sur l'œil de Jason pour vérifier l'état de sa cornée, lui administra de l'ibuprofène contre la douleur, puis colla sur le front entaillé de Nate un petit chemin de fer de sparadrap cicatrisant. Pendant qu'elle exécutait ces gestes, les sourcils froncés d'application, il savoura le contact de ses doigts délicats, le plan rapproché sur sa lèvre charnue, le souffle doux de son haleine, la lumière mutine des taches de rousseur sur son nez…

– Voilà, fit-elle en se reculant. Cela devrait tenir jusqu'au prochain accrochage avec l'Ukraine.

Elle plaisantait, mais il subsistait de la peur dans ses yeux.

– Qu'est-ce qu'on fait maintenant ? lança Jason avec entrain.

– Je crève la dalle, répondit Cielle.

Il la serra contre lui.

– Ça va mieux ? demanda-t-il. Le coup de flip est passé ?

– Si on cède à la peur, les terroristes gagnent, répondit-elle à la manière d'un journaliste de Fox News.

Elle aussi voulait faire bonne figure. Mais personne n'était dupe.

– J'ai inspecté le frigo et le placard, dit Janie, mais ils n'ont pas laissé grand-chose. Il faudrait faire des courses.

– Je m'en occupe, répondit Jason tout en levant la main pour contrer les réserves de Nate. Ce n'est pas moi qu'ils recherchent, monsieur. Moins que vous, en tout cas. Et puis je sais me défendre. Taekwondo.

– Il est ceinture jaune, précisa Cielle.

– Jaune première barrette ! corrigea-t-il.

– Ça suffit, les enfants ! pesta Janie tout en sortant des billets de son portefeuille. Tiens, Bruce Lee. Tu fais l'aller-retour au supermarché sans t'arrêter nulle part ailleurs.

– Sauf Chez Nicky D, madame.

– C'est quoi, Nicky D ?

Jason blêmit :

– Mais enfin… Nicky D ! Les meilleures pizzas de la galaxie !

Nate comprit soudain à qui ce gamin le faisait penser : à Charles. Ils avaient la même capacité d'émerveillement, la même candeur puérile.

– Ça ne m'emballe pas de te laisser sortir tout seul, dit-il néanmoins. Je vais t'accompagner.

– Vous ? Avec votre crâne de Frankenstein ?

– Il a raison, papa. Tu ferais mieux de te reposer.

– Vous inquiétez pas, m'sieur. Je vais m'en sortir. (Il s'éloigna d'un pas et se retourna.) Au fait, je suis végétarien.

– Tant mieux pour toi, soupira Janie.

– Ça ne vous pose pas de problème ? Pour la pizza, je veux dire.

– Choisis ce que tu veux, Jason.

– *Jay*, s'il vous plaît. Cielle peut m'accompagner ?

– Non, firent les parents en chœur.

– OK, OK. (Il gagna la porte d'entrée). À propos,

madame Overbay, pour votre gouverne, Bruce Lee ne faisait pas du taekwondo mais du…

– Passe par-derrière, Jason.

Il pivota de quatre-vingt-dix degrés et disparut enfin.

Cielle s'installa sur le canapé et attrapa la télécommande de l'écran plasma. Elle arrêta son choix sur une émission de télé-réalité où deux bimbos surmaquillées comparaient les bars à sushis de Beverly Hills. Casper vint la rejoindre et elle le câlina amoureusement, en lui parlant comme à un bébé chiot qu'il n'était plus.

Janie se planta à la fenêtre pour admirer le lac du Réservoir, et Nate la rejoignit en silence. Sous ce même soleil qui chauffait leurs joues, l'eau ressemblait à une plaque de cuivre embouti. Des cyclistes se promenaient autour, dressés sur leurs selles, quand d'autres suivaient le circuit à pied, en couple ou en famille. Nate leur enviait cette liberté, bien sûr, cette tranquille insouciance, mais en définitive ce spectacle lui parut moins cruel qu'apaisant.

Puis il sentit une brûlure dans sa main gauche, comme s'il la contractait, sauf qu'elle pendait mollement contre sa jambe.

– J'aimerais appeler mes parents, chuchota Janie face à la vitre. Ou ma meilleure amie. Mais si Shevchenko a pu savoir que nous avions acheté des billets d'avion, qui nous dit que nos portables ne sont pas surveillés ? Il n'y a plus qu'à attendre, coincés dans cette bulle, coupés du monde…

Ne sachant que répondre, Nate se tut.

– Au fait, ajouta Janie, j'ai refait des provisions d'argent. Je me suis arrêtée à plusieurs distributeurs, un peu au hasard, pour retirer le maximum autorisé. Comme dans un film policier…

Elle posa la paume sur le carreau, comme pour jauger la température.

– Nous avons trouvé une cachette provisoire, dit-elle. Mais après, qu'est-ce qu'on fera ?

– Je vais contacter Abara, répondit Nate. Pour qu'il me dise à quel moment nous serons fixés sur le programme de protection des témoins.

– Et si on nous le refuse ?

– Cielle et toi n'aurez plus qu'à tailler la route.

– Je ne pars pas sans toi, Nate. Ta présence me rassure. Et rassure Cielle.

– Dans ce cas, prions pour que ça marche.

Dans un instant de faiblesse, Janie laissa sa poitrine se soulever, mais sans plus. Nate observa ses iris translucides, d'un bleu de carte postale, avant de se détourner de peur qu'elle ne déchiffre son regard.

Dans leur dos, la télé :

– *Et ça, tu sais c'est quoi ? Je te le dis, moi, c'est de la crevette, un truc de ouf…*

– Appelle Abara, fit Janie.

Nate attrapa son portable d'un bras fourbu, comme d'avoir soulevé des haltères. Il ajouta ce symptôme à sa liste mentale et se concentra pour ouvrir l'appareil malgré l'insensibilité de ses doigts. Il le ralluma d'un pouce raide et découvrit un message de sa patronne. En l'entendant décliner son grade, il sut qu'il y avait un hic :

Bonjour Nate, ici le sergent Jen Brown. La tutelle vient d'attirer notre attention sur le fait que tu avais été entendu comme suspect dans une affaire de terrorisme. Aussi, il va sans dire que tu es suspendu de tes fonctions jusqu'à nouvel ordre. J'aimerais que tu viennes débarrasser ton bureau, compléter les documents concernant tes dernières notifications, et signer quelques papiers émanant du service juridique.

Ce dernier point était à l'évidence le seul vrai motif de l'appel. Nate raccrocha en haussant les épaules puis sélectionna le numéro d'Abara.

Le flic lui répondit à mi-voix.

– Une seconde.

Le fond sonore changea, de confiné à venteux.

– Vous ne pouvez pas me sonner comme ça, Overbay, maugréa le flic.

– Je vous appelle pour cette histoire de protection des témoins. D'ici combien de temps pouvons-nous espérer une réponse ?

– Bientôt, bientôt. Mais c'est moi qui vous recontacte, d'accord ? Le procureur n'a pas trop apprécié que je vous relâche sans inculpation, alors de grâce, n'en rajoutez pas.

– Nous avons dû quitter la maison en catastrophe, inspecteur. Nous voilà SDF.

Un soupir satura le micro.

– Accordez-moi vingt-quatre heures, Nate.

– Mais comment comptez-vous…

– Je vous fixerai rencard par SMS.

Et la ligne coupa.

Nate referma l'appareil du menton.

– Il m'a promis une réponse demain.

Janie hocha la tête et ramena son attention sur le plan d'eau.

Quelques minutes plus tard, ils entendirent des couinements au salon. Cielle était en larmes. Janie courut la consoler tandis que Nate restait penaud dans la cuisine, à rêver de vengeance sanglante.

Au bout d'une heure, alors que Cielle se levait pour boire un verre d'eau, une silhouette encapuchonnée surgit de la porte du fond.

– *Bouh !*

Janie tressaillit et Nate plongea sur le flingue. Avant de remarquer la boîte de pizza dans les bras de l'intrus.

– Je vous ai fait peur ? demanda Jason le Connard en se découvrant la tête.

Cielle roula des yeux dans un cercle de mascara prune.

– Tu parles ! C'était tellement pas flippant que c'en était soporifique…

Il parut déçu.

Adossée au mur, le teint livide, Janie l'avertit :

– Recommence ça une seule fois, Jason, et je t'étripe à mains nues !

Jason considéra Nate, pantelant, l'arme au poing.

– Compris, dit-il en posant doucement la pizza sur le comptoir. C'était peut-être pas très malin de ma part, mais vous êtes tout le temps sur mon dos, aussi ! J'en ai marre d'être pris pour un débile !

– Alors arrête de te comporter comme tel, répliqua Nate.

Jason rougit, humilié.

– T'abuses, papa ! s'indigna Cielle.

– T'inquiète, fit Jason. J'ai la peau dure.

Et il tourna les talons pour rapporter ses commissions laissées sur le seuil. Lait, jus d'orange, pain, bonbons, biscuits, pâtée pour chien, spaghettis, crème glacée, beurre de cacahuètes, Sprite... Nate voulut l'aider à ranger, mais il n'arriva pas à soulever le sac qu'il visait sur le comptoir. Et en insistant il ne parvint qu'à faire chuter un pot de glace.

– Besoin d'aide ? offrit Janie.

– Non merci.

Il réessaya de la main droite, qui tremblait comme une feuille. *Attrape et soulève*, lui ordonna-t-il, mais ses doigts avaient perdu toute leur force.

Derrière lui, Cielle et Jason jouaient à l'épée avec des bâtonnets de réglisse.

Nauséeux mais décidé, Nate souleva de nouveau sa main droite.

– Tout va bien ? demanda Janie depuis le frigo.

– Oui, oui.

Le sac se souleva de quelques centimètres puis lui échappa de plus belle, larguant cette fois le beurre de cacahuètes.

Dépité, et agacé par les gloussements des ados derrière lui, il demanda à sa fille de venir ramasser le pot.

– Il est à tes pieds, papa.

– S'il te plaît, grogna-t-il un ton plus haut que nécessaire.

Janie le fixa d'un air inquiet, mais il l'ignora, préférant accomplir l'un des rares gestes encore à sa portée : ouvrir la boîte de pizza.

Jason avait choisi une hawaïenne : ananas et bacon.

– Je croyais que tu étais végétarien.

– Euh… ouais, sauf pour le bacon.

Les trois autres se regardèrent.

– Franchement, justifia Jason, c'est quoi qui donne la saveur aux choses ? Dans une salade composée ? Le bacon. Dans un hamburger ? Le bacon. Avec une patate au four ?

– Je crois qu'on a compris l'idée.

– Mais en me limitant au bacon, je reste quand même un bon végétarien. Enfin, au bacon et aux kebabs.

Cahin-caha, les quatre réussirent à passer l'après-midi sans s'entre-tuer, restant éloignés des fenêtres, bien que les stores fussent baissés. Appuyé contre le dos du sofa, Nate s'assoupit dans les derniers rais du soleil avec un Casper disproportionné sur les genoux. Dans son demi-sommeil, Charles lui rendit une petite visite et caressa la fourrure du chien de sa paluche à moitié détruite.

– Un végétarien baconivore, renifla le fantôme. Botte-lui le cul, à ce mariole, ou je m'en charge moi-même.

– Fais-toi plaisir, marmonna Nate. Mais attends que j'aie rouvert les yeux.

À présent il faisait nuit et on avait laissé la lumière éteinte pour ne pas alerter les voisins. Nate se dégagea de l'étreinte du chien, qui grommela pour le principe.

Cielle et Jason étaient affalés sur le canapé avec le pot de glace et deux cuillers. Nate s'arrêta à l'orée du couloir pour les observer dans le halo mouvant du téléviseur. Ils étaient si mignons, à se tenir la main sur le coussin, qu'il en frémit d'émotion.

– Merde, fit Cielle en s'apercevant qu'elle raclait un pot vide.

À ces mots, la cuiller de Jason se dérouta vers sa bouche à elle.

– Merci, dit-elle, la bouche pleine.

Et il lui baisa le dos de la main.

Tout cela, sans jamais décoller les yeux de l'écran.

Nate sentit fléchir l'opinion qu'il se faisait de Jason depuis leur toute première rencontre. Au fond, ces deux-là étaient-ils vraiment à des années-lumière du jeune couple qui se régalait de pancakes industrielles dans un petit deux-pièces de Westwood ?

Il s'enfonça dans le couloir obscur à la recherche de Janie, et la trouva dans la salle de bains de la chambre des parents, assise sur le rebord de la baignoire avec une pince à épiler et de l'alcool.

– Tu as réussi à dormir ? dit-elle en lui souriant.

Il s'approcha et lui examina les jointures de la main droite, toutes râpées d'avoir tambouriné contre la porte du garage où l'avait enfermée Youri. Son diamant de fiançailles tout neuf lui avait entaillé l'annulaire.

Nate pâlit de honte. Janie avait passé la matinée à soigner les autres sans que personne ne se soucie d'elle.

Il posa un genou à terre.

– Laisse-moi regarder.

Elle lui offrit la main en minaudant, et il l'inclina vers le plafonnier.

Dans la peau égratignée, de minuscules échardes.

Comme il écartait le diamant, elle demanda :

– Ce caillou te gêne ?

Sans même attendre la réponse, elle ôta la bague et la jeta dans le lavabo, d'où elle rebondit sur le carrelage.

– Ça paiera la location, dit-elle en ramenant ses doigts meurtris sous le nez de Nate. Allez, finissons-en.

– Pince, réclama-t-il.

– Pince, donna-t-elle.

– Ça risque d'être douloureux.

– Je sais.

D’une manière inexplicable, Nate avait recouvré une poigne ferme et stable. Il attrapa une première écharde.

– Désolé, dit-il, sentant frémir Janie.

Et aux suivantes :

– Désolé.

Le dernier fragment retiré, il tamponna la zone convalescente d’alcool. Janie se mordit la lèvre et plia les pieds dans tous les sens, les yeux humides de douleur.

– Je suis désolé, répéta Nate. Je suis tellement désolé.

Et quand ce fut terminé, il s’attarda à ses pieds.

– Je suis désolé, je suis désolé…

Elle se pencha en avant et le fit taire d’un baiser. Doux et tendre.

Puis d’un autre, moins doux.

Il se releva à moitié tandis que Janie écartait les jambes pour mieux l’accueillir contre elle. Leurs lèvres restèrent soudées comme de peur qu’ils ne se ravisent. Puis ils marchèrent, face à face, en direction du lit, et lorsqu’elle heurta le matelas elle entraîna Nate dans sa chute.

Ils roulèrent, s’écrasèrent, s’entortillèrent, le slip aux chevilles. Leurs peaux se confrontèrent, leurs chaleurs s’unirent, puis Janie noua ses jambes derrière les reins de son ex et lui griffa les omoplates.

– Tu m’auras fait attendre, lui souffla-t-elle entre les pectoraux.

Après, ils restèrent couchés en croix, pantelants et enivrés. Les paupières de Janie s’alourdirent et bientôt elle sombra. Baignant dans son aura, Nate refusa de penser aux secondes qui filaient, martelées par son cœur.

41

Le lendemain matin, alors qu'ils mangeaient leurs céréales au salon, ils reçurent un SMS d'Abara :

21 h. Travel town, griffith park. Loco 3025.

Ils se passèrent le téléphone de main en main, de Nate à Jason via les filles.

– On en saura un peu plus ce soir, conclut Janie. Que ce soit positif ou négatif.

Ils passèrent la journée terrés comme des fugitifs, ce qu'ils étaient probablement. Bien qu'il s'efforçât de ne pas penser au rendez-vous de ce soir, Nate devenait de plus en plus irritable à mesure que l'échéance approchait. Or Cielle et Jason avaient recommencé à se prendre le bec comme de vulgaires… adolescents.

Leurs voix résonnaient au fond du couloir pendant que les parents préparaient le dîner :

– J'ai jamais dit qu'elle était « bonne » ! se défendait Jason. Juste qu'elle était pas trop moche.

– Il a bien dit « bonne », commenta Janie tout en coupant le feu sous la casserole.

Vint la réplique de Cielle, tout aussi sonore :

– Christina Verducci, cette pauv' meuf qui croit gagner des années de jeunesse parce qu'elle abrège tous ses mots ? *MDR, la pouf au McDo, trop dègue le ketch dans les cheuv* ?

Si c'est ça qui te fait bander, qu'est-ce que tu fous avec moi ?

Janie versa les spaghettis dans une écumoire. Le temps qu'ils s'égouttent, le ton était encore monté d'un cran.

– En me disant de la fermer, tu ne la fermes pas non plus ! pointa Jason.

– Il n'a pas tort, chuchota Janie.

Elle avait proposé qu'ils se taisent tous les deux.

– Putain, le faux cul de chez faux cul ! s'insurgea Cielle. J'aimerais trop t'enregistrer pour te prouver ta mauvaise foi !

– Bonne idée ! Comme ça tu verrais que j'ai jamais qualifié Verducci de « chaude » !

– Non, t'as dit qu'elle était *bonne* ! Et si on faisait un sondage, quatre-vingt-dix-neuf pour cent des gens confirmeraient !

– Ouais, c'est ça ! Et Rosie O'Donnell est lesbienne, tant que t'y es…

– Mais oui, elle est lesbienne !!!

– *Pas* lesbienne, je voulais dire.

Aussi grossier fût-il, l'échange eut au moins le mérite de distraire Nate. Janie lui remit une pile d'assiettes et de couverts, dont le fracas au contact de la table couvrit quelques instants les jappements du couple infernal. Lorsqu'il eut terminé de remplir les verres d'eau, Nate découvrit un silence inattendu.

Janie tendit l'oreille :

– Qu'est-ce qu'ils fabriquent, encore ?

La voix de Cielle refit surface, sensiblement radoucie :

– Forest, prononça-t-elle.

– Oh non, répondit Jason avec le même calme. Ça fait trop hippie, Forest. Et Carson ?

– Impossible. J'en avais un dans ma classe en primaire. Il se bouffait les sourcils. Et Taylor, t'aime bien ?

– Mouais. Taylor Hensley. Ça sonne pas mal.

– Moins que Taylor Overbay…

Nate se décomposa.

– Ne me dis pas que…

Ils attendirent la suite.

Mais plus rien. Silence.

– J'ai comme un mauvais pressentiment, dit Janie.

Nate s'élança dans le hall et fit irruption dans le bureau. Dieu merci, les gosses étaient toujours à la verticale, mais ils se pelotaient goulûment sur le canapé en cuir. Il se racla la gorge et leurs mains s'égaillèrent tels des pigeons.

Ils le fusillèrent du regard.

– Pas de ça ici, décréta Nate. Et maintenant venez manger.

Ils le suivirent docilement.

– On s'embrassait, rien de plus, rouspéta Jason. C'est pas comme si…

Le père brandit un index et l'ado la boucla.

Pour pallier l'interdiction de lumière électrique, Janie avait disposé des bougies sur la table de la cuisine, ce qui conférait à ce dîner une élégance fortuite. Aucun n'osa se jeter sur son assiette fumante, à part Casper dont le collier cliquetait contre son saladier-écuelle. Les yeux baissés sur son set de table tressé, Nate comprit pourquoi certaines familles disaient le bénédicité. Cette maison providentielle leur avait permis de dormir au chaud, et ce repas aux chandelles jetait une lumière crue sur leur situation. Même Jason le Connard restait muet.

Puis Cielle amorça le mouvement en saisissant sa fourchette.

Au bout de quelques bouchées, Nate sentit sa mâchoire fatiguer. La maladie gagnait son visage, n'était plus qu'à quelques centimètres du cerveau. Maintenant qu'il avait enfin trouvé la volonté de surmonter ses démons, ses muscles se liguaient pour le paralyser. Écœuré, il reposa ses couverts.

– Ça va ? fit Janie.

– Je n'ai pas très faim, répondit-il en s'essuyant la bouche. Excusez-moi un instant.

Il s'isola dans la salle de bains pour s'asperger le visage. Ses doigts s'étant remis en grève, il coupa l'eau d'un geste du coude puis dévisagea son reflet.

– Maîtrise-toi, dit-il.

Il se retourna pour pisser un coup, actionna la chasse d'eau du talon de la main, puis eut toutes les peines du monde à remonter son jean. Et lorsque enfin il y parvint, au bord des larmes, il fallut encore se reboutonner. Il comprit que la prochaine étape de sa déchéance serait le pantalon de jogging.

Le rendez-vous avec Abara approchait, et pour s'y rendre il avait besoin de ses quatre membres. Le bras gauche étant le plus affaibli, il le pétrit, le pinça, le frappa, mais rien à faire : les muscles demeuraient insensibles. Et à la longue, sa main droite commençait elle aussi à fatiguer.

On frappa à la porte.

– Une seconde ! répondit-il.

Janie entra quand même.

– Que se passe-t-il, Nate ?

– Rien. Je… Rien.

Il n'arrivait même plus à poser sa voix, quand bien même il eût su quoi dire.

Elle le détailla du regard. Ceinture ballante, bras gauche replié sur le ventre, vaguement soutenu par la main droite. Il semblait mortifié par sa propre image.

Avec tact et douceur, Janie le reboutonna et boucla sa ceinture. Il demeura immobile, comme si cela pouvait l'aider à disparaître. Sa main frémissait sur son nombril, crispée autour du vide.

Puis elle lui prit le bras pour l'attirer contre elle. Nate résista mais la force physique avait définitivement changé de camp.

– Regarde-moi, Nate.

Il ne put qu'obéir à son regard bleu acier.

– Laisse-toi faire.

Elle rejouait la scène de leur rencontre, au milieu des courants traîtres.

Il finit par lâcher prise, par déplier le coude, et elle lui comprima le poignet jusqu'à ce que le bras se détende.

Surpris, il aspira une goulée d'air.

Puis elle lui massa l'avant-bras, qui recouvra peu à peu sa sensibilité.

Et dans un sourire mélancolique, à peine décelable, elle déclara :

– Je te tiens.

42

Les massages magiques de Janie lui permirent de tenir le volant jusqu'au bout des virages sombres et des pentes herbeuses de Griffith Park. Ce jardin municipal, qui se voulait le pendant côte ouest de Central Park, mais en plus grand et plus sauvage, se trouvait coincé entre trois autoroutes et les collines de Santa Monica. Nate suivit la direction du zoo et du manège, puis celle de l'observatoire où James Dean avait défié une bande de loubards avec son cran d'arrêt et sa moue désœuvrée.

En journée, ces pelouses étaient un lieu populaire et joyeux, un bouquet de couleurs et de vie. Mais la nuit, sous l'ombre des frondaisons, toute voiture lente, tout promeneur solitaire prenait dans vos phares les traits du mal, vous rappelait que les tentations et vices de la ville n'étaient jamais qu'à deux pas.

Mi-aire de jeux, mi-musée, les quatre hectares de Travel Town permettaient aux gamins de grimper sur d'anciennes locomotives, de tirer des manivelles et de voyager à bord d'une Pullman miniature. Nate gara la Jeep au bout du parking, grimpa laborieusement sur la grille en fer forgé et longea le périmètre jusqu'à trouver un toit de cabane en guise de marche-pied. Il bascula dans l'enceinte, se releva facilement et s'épousseta. Les formes sombres des vieux trains évoquaient un cimetière d'éléphants. Après des décennies de bons et loyaux services, toutes ces voitures et locomotives hors d'usage coulaient une retraite paisible, honorées par des rires d'enfants. Lui-même n'aurait jamais cette chance, mais il n'était pas là pour s'apitoyer sur son sort.

Il trouva sans difficulté la locomotive 3025 choisie par Abara, un diesel de cent tonnes qui avait en son temps tiré plusieurs convois présidentiels, dont ceux de Theodore Roosevelt et Woodrow Wilson sur la voie côtière de San Francisco. Voici quelques années, Nate avait accompagné Cielle sur cette même machine pour fêter l'anniversaire d'une copine de CE2. Il revoyait encore sa petite fille, un chapeau pointu sur la tête, agrippant d'un poing minuscule le cordon de la cloche en bronze.

Il repensa aux deux photos gondolées et jaunies qui avaient décoré le mur de son appartement, et qui dormaient à présent bien au chaud dans sa poche. Janie et lui ouvrant le bal lors de leur mariage, et Cielle en tenue de foot, encore mince, posant avec un ballon et un sourire édenté. Cette seconde photo précédait d'un an le goûter d'anniversaire ici, qui lui-même avait eu lieu quelques mois seulement avant le départ de Nate pour le désert. Ainsi cette époque lui semblait distante à la fois d'un siècle et d'une minute. Comme s'il avait purgé un long sommeil, mais à peine cligné de l'œil.

Il grimpa sur la vénérable machine et scruta l'obscurité. La silhouette d'Abara se précisa, assise dans le fauteuil du mécano. Nate prit le siège voisin et inspira une demi-bouffée d'air huileux et métallique.

– Jolis pansements, fit Abara en distinguant les traits blancs sur son front.

– Quand je vous disais que nous avions dû quitter la maison en catastrophe. Quoi de neuf de votre côté ?

– Eh bien, j'ai remué ciel et terre, mais… (Son ton doucha les maigres espoirs de Nate.) Le dispositif de protection des témoins est encore plus lourd que je l'imaginais. Il faut l'imprimatur du ministre de la Justice en personne.

– Autrement dit, c'est fichu.

– C'est fichu.

Abara se frotta les yeux. Une médaille de baptême s'échappa de son col de chemise.

– Cela ne vous consolera pas, reprit-il, mais grâce à vous les témoins de l'accident de voiture ont été placés en lieu sûr. Pour l'heure, ils sont hors de danger.

– Tant mieux, soupira Nate.

– Ils seront appelés à témoigner contre la fille Shevchenko le mois prochain, et Luis Millan vous adresse ses plates excuses. Reste à prier pour que l'Ukrainien ne découvre pas leurs identités.

– Mais il connaît les nôtres, rappela Nate. Ne pourrait-on pas bénéficier des mêmes mesures de protection que ces témoins ? Ne serait-ce qu'un mois ?

Il connaissait déjà la réponse, mais il avait besoin de parler pour ne pas céder à l'abattement.

– Le problème, répondit Abara, c'est que vous serez très bientôt inculpé pour terrorisme. Vous n'êtes donc pas vraiment en odeur de sainteté auprès des forces régaliennes de ce pays.

– Je comprends.

– Vous n'imaginez pas ce que j'endure depuis que je vous ai laissé repartir libre. Si j'avais écouté la proc', vous seriez déjà en attente de jugement.

– Mais j'en suis conscient, inspecteur.

Abara rentra la tête dans les épaules.

– Ce n'est pas tout, dit-il.

– Je vous écoute.

– Votre nom a fait l'objet de consultations clandestines dans nos bases de données. De même que ceux de votre épouse et de votre fille. Dans plusieurs services de police de différents États. J'en ai remonté quelques-unes, et les codes d'accès ne cadrent pas. Ce qui signifie que…

– Les fouineurs utilisent les login de leurs collègues. Pour effacer leurs traces.

– Exactement. Les relevés de cartes bancaires et les séjours à l'hôtel ne sont pas des informations top secret, et les policiers commettent fréquemment ce type d'indiscrétion, qui pour vérifier les antécédents de la nounou des voisins, qui pour retrouver le mari déserteur d'une cousine. Ces recherches sont malheureusement à la portée du premier venu.

Nate ne le savait que trop bien, pour en avoir souvent mené lui-même.

– C'est comme ça qu'ils ont déjoué nos projets d'évasion par les airs, comprit Nate.

Abara confirma de la tête.

– Quand j'ai examiné ces requêtes, j'ai récolté de la friture et de la neige. Ce qui tend à prouver que les obligés de Shevchenko gardent plusieurs moniteurs ouverts sur votre dossier.

– Super. Alors je fais quoi, maintenant ?

– Ne faites confiance à personne.

– J'espérais des conseils un tantinet plus concrets.

– Tant que Shevchenko sera libre de sévir, vous devrez rester planqués. La menace ne s'éteindra que lorsque le procès sera plié.

– Et comment s'engage-t-il, ce procès ?

Abara tâta nerveusement son médaillon.

– Vous ne voulez pas répondre, inspecteur ?

– Il s'engage mal, pour tout vous dire. Nous avons épluché le dossier financier de Danny Urban, mais vous pensez bien que Shevchenko ne l'aura pas réglé en chèques. Le tueur a reçu quelques virements de Moldavie, mais pour remonter plus haut… Or, si nous ne pouvons établir de lien tangible entre Danny Urban et Shevchenko…

– Le dossier s'effondre de lui-même.

– Nous n'aurons aucune preuve, juste un mobile.

– Et ses avocats n'en feront qu'une bouchée.

– Bref, fit le flic en se frappant la cuisse, je ne vois pas comment vous aider.

Les yeux perdus sur le tableau de bord de l'antique locomotive, Nate se souvint de leur échange précédent, en salle d'interrogatoire. *On pourrait envisager de retourner sa fille en lui promettant l'immunité pour l'accident de voiture*, avait dit Abara, quoique d'un air sceptique. Un peu plus tôt, il avait également indiqué que la fille Shevchenko fréquentait un certain club : *le Nebesa, une boîte de nuit ukrainienne où elle se rend tous les mardis soir.*

Il sortit son téléphone pour vérifier la date sur le clapet. Mardi 30 octobre.

– Eh bien, moi, lança Nate, j'ai peut-être un moyen de *vous* aider.

Abara tourna vivement la tête.

– Je n'ai pas le droit de vous impliquer dans l'enquête, Nate.

– Mais je ne vous demande rien de tel.

– Tant mieux.

Ils se turent un moment, assis derrière le pare-brise de la locomotive immobile, en route vers nulle part.

– En même temps, reprit Abara, vous connaissez mon numéro de portable. Et si vous teniez coûte que coûte à m'envoyer un SMS, je n'ai pas vraiment les moyens de vous en empêcher…

– Pas vraiment, non, confirma Nate.

Le policier se leva et lui tapa sur l'épaule.

– Je pourrais vous dire : « Ne faites pas de bêtises. » Mais puisque c'est plus fort que vous…

43

Clinquant et tarabiscoté, le Nebesa satisfaisait à tous les clichés du night-club d'Europe de l'Est. Des projecteurs de cinéma balayaient les nuages en surplomb ; Range Rover et limousines étincelaient sur le parking ; l'imposante enseigne lumineuse repeignait en mauve le visage des voituriers. On distinguait difficilement les clientes lambda des prostituées de luxe, et le videur à cou de taureau ressemblait à un réfrigérateur en costume de contrefaçon.

Une liasse de billets de vingt plantée dans son poing, Nate franchit le cordon de velours et gagna l'entrée en faisant son possible pour discipliner sa cheville paresseuse. Le videur s'avança d'un air sévère, les mains jointes devant son sexe, comme on l'apprend à l'école des gorilles. Il posa brièvement les yeux sur le fric, sans trahir le moindre appétit. Son attitude rappelait bigrement celle des nervis ukrainiens, de même que son accent.

– Vous ne pouvez pas entrer.

– Pourquoi ? s'enquit Nate.

– Vous n'êtes pas assez beau.

– Hmm. Cela explique que vous restiez dehors.

L'homme n'avait pas de sourcils, mais les bosses de chair au-dessus de ses paupières frémirent. Il rajusta sa position, écartant les pieds à la largeur de ses épaules.

Un collègue du même gabarit apparut par la porte aux vitres fumées.

– Un problème ?
– Aucun, répondit l'autre. Notre ami s'en va.
Le collègue hocha la tête et rentra.
– Je viens de la part de Pavlo Shevchenko, déclara Nate. J'ai un message pour sa fille. Il n'apprécierait pas que vous me compliquiez la tâche.
Le portier eut un rictus dédaigneux :
– Vous, un ami de M. Shevchenko ? Vous n'avez ni la tête, ni la façon de parler.
Nate resta imperturbable, le regard fixe et aussi menaçant que possible. Des basses sourdes faisaient vibrer l'air et le sol, tandis que sur le parking deux femmes se saluaient en hennissant de joie. Le front de Nate le tirait sous les sparadraps.
Le videur le dévisagea encore quelques secondes, avant de produire une fine lame de couteau. Il posa la pointe juste sous l'œil de Nate.
Qui ne bougea pas d'un cil.
Alors l'homme fit courir le couteau en travers des lèvres, le long de la gorge, et l'arrêta d'équerre avec l'épaule.
Nate avança le buste. Une goutte cramoisie fleurit sur sa chemise blanche. Stupéfait, le gorille recula le poignard, mais Nate l'accompagna jusqu'à ramener la pointe contre sa gorge. Tout en soutenant le regard du type.
– J'en ai peut-être pas la tête, répliqua-t-il, mais j'en ai les couilles.
– Vous êtes fou, surtout.
Nate pressa sa pomme d'Adam contre l'arme.
– Vous me laissez entrer, ou je réveille Pavlo Shevchenko pour qu'il vienne régler ça en personne ?
Son crâne luisant de sueur, le videur reprit délicatement son couteau et le fit disparaître dans sa veste.
– Tu la trouveras au balcon, dans le carré VIP. Désolé, mec, mais on peut pas connaître tous les amis du patron.

Nate se remit en marche et la porte fumée s'ouvrit devant lui, tenue d'un geste obséquieux par le deuxième videur. Le bruit percuta Nate comme un camion, et les stroboscopes menacèrent son équilibre dans l'escalier. Malgré l'interdiction de fumer, l'air empestait le tabac. Comme Nate atteignait le palier, une fille aux yeux vitreux et aux formes moulées de latex pivota vers lui et suça d'un air aguicheur la cerise de sa vodka-pomme.

Avec ses draperies en lin, ses bancs à coussins et sa vue plongeant sur la piste de danse, le carré VIP semblait à peu près respirable. Au bout, de jeunes mâles adultes sautillaient en levant poings et téléphones pour filmer Dieu sait quelle scène. En se rapprochant, Nate découvrit l'objet de l'attroupement : une blonde et une brunette, si maigres qu'elles semblaient distendues, s'embrassaient à bouche que veux-tu sur une banquette, chacune promenant ses griffes vernies sur les longues résilles de l'autre.

Nate fendit la foule et ses vapeurs de déodorant musqué.

– Anastasia Shevchenko ? lança-t-il.

La blonde releva la tête.

– C'est *Nastya*. Vous voulez quoi ?

Les filmeurs conspuèrent cette interruption.

– Cassez-vous, leur dit Nate. Allez, ouste !

Son front égratigné et le sang sur sa chemise les persuadèrent de vaquer. La brunette quitta le box en tirant sur sa minijupe, et Nastya toisa Nate. Ses yeux bleus brasillaient, accentuant des traits si parfaits qu'ils semblaient presque factices.

Elle lissa sa robe étriquée, serrée à la taille par une ceinture à clous très années 1980. Puis elle attrapa ses gauloises d'une main imprécise et s'en alluma une.

– Vous savez pourrir l'ambiance, vous.

Nate se glissa sur le banc opposé, reprit son souffle et lâcha :

– Je sais que c'est vous qui teniez le volant ce soir-là. Qui avez tué cette famille.

– Vous êtes un proche ? fit-elle d'un air blasé. Parce que j'ai déjà prévenu que je refusais d'aborder le sujet. Je comprends que vous ayez besoin d'un coupable, mais ce n'était pas moi. Je n'y suis pour rien.

Comme elle tirait sur sa cigarette, la braise orange révéla une petite cicatrice sur sa joue, brindille blanche échouée sur de la porcelaine.

Nate lui agrippa la mâchoire.

– Et ça, alors ? Ça vient d'où ?

Elle se dégagea d'un mouvement farouche.

– Je n'ai tué personne. J'ai passé la soirée au club. Quelqu'un a volé ma Jaguar au voiturier. Et j'ai été blessée par un tesson de bouteille lors d'une bagarre sur la piste.

Elle avait un débit monocorde, presque mécanique.

– Allons, fit Nate, nous savons tous les deux que c'est faux.

– Je n'ai tué personne ! J'ai passé la soirée au club. Quelqu'un a volé ma Jaguar au voiturier. Et j'ai été blessée par un tesson de bouteille à cause d'une bagarre sur la piste !

Elle lui crachait son texte au visage, mais il avait appris à percer la hargne d'une adolescente. Et derrière cette mine haineuse, il ne voyait que du déni.

– Foutaises, rétorqua-t-il.

– Je n'ai tué personne, crissa-t-elle. J'ai... J'ai passé la nuit...

Au bout de sa cigarette, trois centimètres de cendre défiaient les lois de l'apesanteur, malgré les tremblements.

– Regardez-vous, Nastya. Si vous ne tenez pas cinq minutes devant moi, que deviendrez-vous devant un tribunal ?

Elle tirait sur sa gauloise, attendant qu'il s'en aille.

– Vous avez fait une énorme connerie, poursuivit-il. Cette connerie a coûté la vie à plusieurs personnes, et je peux vous dire que vous l'aurez sur la conscience jusqu'à la fin de vos jours. Mais je sais également que tout n'est pas perdu. Il y a toujours moyen de tourner la page et de se réconcilier avec l'existence.

Une larme grossit dans les cils charbonneux de la fille.

– Et qu'en savez-vous ?

– Peu importe. Écoutez-moi encore un instant. Votre père a décidé de faire éliminer tous ceux qui vous ont vue dans la Jag ce soir-là.

Il avança le buste pour mieux apprécier sa réaction, mais ce ne fut pas nécessaire. Elle écarquilla les yeux et manqua de s'étrangler avec sa fumée.

– N'importe quoi !

– Je vous assure. Un premier témoin, une dénommée Patricia McKenna, a été poignardée à mort. Et votre père cherche à se procurer les noms de tous les autres.

– Mais arrêtez ! C'est impossible !

– Et ce ne sont pas les seules personnes qu'il envisage de liquider. J'ai une fille de votre âge… (Ces mots lui soulevèrent la poitrine, comme s'il revivait tout le cauchemar en accéléré. Il parvint néanmoins à dompter sa voix.) J'ai une fille de votre âge, et votre père a juré de la tuer, elle aussi. Sous mes yeux.

Nastya entrouvrit les lèvres pour aspirer une nouvelle goulée d'air.

– Il m'a désigné comme coupable, au même titre que tous ces témoins. Il est prêt à tout, absolument à tout, pour vous protéger. Ce qui veut dire que vous êtes la seule à pouvoir l'arrêter. Alors allez lui parler. Et tirez-lui les vers du nez.

Sa peau radieuse avait subitement perdu son éclat.

– Non, il serait incapable d'une telle chose.

– En êtes-vous bien certaine ?

Les yeux de Nastya cherchèrent un point à fixer dans la salle.

– Si vous voulez empêcher ces gens de mourir, si vous souhaitez sauver ma fille, vous devez pousser votre père aux aveux. Puis répéter ces aveux aux flics, afin qu'ils arrêtent le massacre. En échange, ils pourront peut-être vous éviter la prison.

– Tout le monde me bassine avec la prison, mais je m'en fiche d'aller en prison !

– Sauf qu'on parle de perpétuité, là.

La musique pulsait comme une créature vivante, affolant le box, le plancher, le coussin dans les reins de Nate. Le tronçon de cendre tomba enfin, en plein sur les doigts de Nastya. Mais elle parut n'en rien remarquer.

– Et votre fille, lança-t-elle, elle a un petit copain ?

– On peut dire ça, oui.

– Il ne vous plaît pas ?

– Pas des masses.

– Avez-vous déjà envoyé des brutes le menacer ? En lui glissant le majeur dans une pince-monseigneur, par exemple ?

Elle mima le geste avec ses longs doigts effilés.

Le retournement de la conversation valut à Nate une étrange sensation physique, comme si la température grimpait.

– Non, répondit-il.

– C'est très efficace, dit Nastya d'une voix pâteuse, la nuque alanguie. Et cette demoiselle, votre fille, elle a des amis ? De vrais amis, j'entends ? Qui l'apprécient pour ce qu'elle est, et pas uniquement pour… ça ?

Elle ouvrait les bras sur les boissons, la foule, la musique.

Nate hocha la tête.

– Et une mère, peut-être ? Elle a une mère ?

– Oui.

– Une mère qui l'emmène déjeuner en ville de temps en temps. Avec qui elle peut discuter, qui lui donne des conseils…

Nate garda la bouche fermée. La musique était un supplice.

– Eh bien moi, conclut Nastya, je n'ai personne d'autre

que lui. Et la perpète dont vous me parlez, c'est déjà mon quotidien.

Sur ce, elle cligna des yeux, écrasa son mégot et s'esquiva. Le temps que Nate se relève, la foule l'avait déjà avalée.

44

Croûteuse et couturée comme une balle de base-ball, la figure de Youri ressemblait à un masque de Halloween. La salle de gym du sous-sol avait l'odeur des tapis de caoutchouc bleus sur lesquels, les jours de meilleure forme, Youri soulevait des poids. Le médecin lui picota le visage avec un stylo pour vérifier la vascularisation, puis s'éloigna du banc de musculation reconverti en table d'examen pour empocher l'enveloppe que lui tendait Pavlo.

– Je reviens demain matin, dit-il en ukrainien avant de prendre congé.

Pavlo ferma les poings et contempla ses phalanges tatouées. Croix et diamants, astérisques et barres. Combien de fois avait-il fixé le plafond d'une cellule pendant qu'on lui promenait une aiguille sous la peau ? Il avait encaissé la douleur piqûre après piqûre, l'avait emmagasinée tout entière en vue d'un usage futur.

De l'autre côté de la salle, Dima et Valerik jouaient aux cartes sur la pile de tapis, une cigarette au bec, cependant qu'au centre un Misha torse nu enchaînait les pompes, droit comme une planche, sa mèche blonde maintenue par un bandeau en tissu-éponge.

Dima étudia le visage de Youri :

– C'est douloureux ?

– Non, grommela le blessé en se relevant du banc.

Les dents serrées, Pavlo déclara :

– Overbay détient toujours la liste. La chasse doit commencer. Mobilisez tous nos informateurs, et tant pis si ça nous coûte bonbon. Qu'ils vérifient chaque vol, chaque frontière, chaque arrêt de bus. C'est compris ?

– C'est ce qu'on fait déjà, répondit Youri.

– Eh bien j'en veux encore plus.

– Il a échoué, lança Misha tout en poursuivant ses exercices sans le moindre signe d'essoufflement. Il s'est fait corriger par un toutou.

– T'as pas vu la bête ! protesta Youri en venant se planter au-dessus de lui. Tu crois que tu t'en serais mieux tiré que moi ?

L'autre exécuta une dernière série avec clappements de mains, puis il sauta sur ses jambes et vint soutenir le regard de Youri.

– Mais je suis là pour ça, renvoya-t-il. Pour faire mieux que toi.

– Ne t'emballe pas, intervint Pavlo. Laisse d'abord Youri exploiter nos canaux d'informations. Dans ce pays, la force n'est qu'un moyen parmi d'autres de localiser quelqu'un.

– Et si ça ne donne rien ? demanda Misha.

– Nous le trouverons, promit Youri.

– Mais avant qu'Anastasia passe en jugement ?

– Au pire, dit Pavlo, j'envoie un commando armé dans le bureau de la procureur une semaine avant le début du procès.

– Voilà un plan sensé ! se réjouit Misha avant de rejoindre Youri sur le balcon.

Il lui boxa l'épaule avec défi, mais malgré ses cinquante kilos de plus le colosse s'écrasa.

Pavlo entendit alors s'ouvrir la porte d'entrée, puis un trousseau de clefs atterrir sur la table en bois.

– Papa ? *Papa !*

Courant au rez-de-chaussé, il vit d'emblée que quelque chose n'allait pas. Nastya se tenait dans l'entrée, son maquillage avait coulé sur ses joues. Dans son dos, la Lincoln repartit sans un bruit.

– Referme cette porte ou tu vas prendre froid, ma fille.

Sa poitrine se soulevait, creusant les côtes sous son décolleté.

– C'est vrai ? demanda-t-elle.

– Quoi donc ?

– Que tu comptes les éliminer un à un. Ceux qui m'ont vue au volant.

Elle brandit son smartphone où était affichée une dépêche. À la seule vue du nom – Patricia McKenna –, le sang de Pavlo se glaça et ses tripes se firent de pierre.

– Qui t'a raconté ça ?

– *C'est vrai, oui ou non ?*

Il referma la porte et se posta dans son dos.

– Je t'interdis d'élever la voix.

– Je m'en fous ! cria-t-elle en virevoltant. Je veux que tu me répondes. Est-ce que, oui ou non, tu t'es mis en tête de buter tous ces gens ?

Il l'emmena au salon pour s'asseoir avec elle sur une minable méridienne en plaqué cerisier. Incapable de prononcer le « oui » qu'elle redoutait, il présenta les choses autrement :

– Tu ne survivrais pas en prison.

Elle s'affaissa tel un pantin à qui l'on coupe les cordes, sa bouche tordue laissa sourdre une plainte de sa gorge.

– J'ai passé tant d'années en prison que c'en est devenu ma seconde patrie. Mais pas toi, ma fille. Jamais. Je tuerais la terre entière plutôt que de te laisser enfermer dans une boîte.

Elle lui agrippa le bras.

– Mais ce n'est pas à toi d'en décider…

– Si ! fit-il en la repoussant violemment. La décision m'appartient, à moi et à moi seul ! Je me suis renié pour toi ! J'ai trahi ce que j'étais. J'ai trahi mon code, ma propre peau pour t'épargner les barreaux et les murs qui nous étouffent depuis des générations. Les humiliations infligées à tes ancêtres, à ton *deduchka* dans le camp de Babi Yar, qui devait charrier sur son dos famélique des sacs de sel humide. Non, ma fille, tu ne connaîtras jamais ça. J'ai brisé la lignée des sales et des tatoués. Pour toi, rien que pour toi !

– Mais je suis sale ! clama-t-elle. Et je suis marquée, moi aussi.

– Non, toi, tu es pure. Et je ne laisserai personne t'enfermer. Jamais ! Quand bien même je devrais semer la guerre et la désolation.

– Mais tu ne m'écoutes pas ! gémit-elle, étourdie par ses cris. Tu ne m'a jamais demandé ce que je voulais. Et je veux que tu arrêtes, papa. Fais-le pour moi.

Elle lui parlait en ukrainien, pour l'atteindre au cœur.

Pavlo réprima un frisson.

– Tout ce que je fais, c'est pour toi.

– S'il te plaît, papa, je t'en supplie ! (Elle se blottit contre lui, lui posa la main sur le torse.) S'il te plaît, papa, renonce.

– Arrête ça ! rugit-il. Je n'ai pas de comptes à te rendre ! Je t'ai donné la vie. Je t'ai sortie du ruisseau. Tu me dois tout, jusqu'à l'air que tu respires !

Nastya n'émettait plus un bruit, pas même le souffle d'un sanglot. Son père tremblait, ses poings serrés à se rompre. Puis il parvint à rouvrir une main pour lui caresser les cheveux, et elle se remit à respirer.

Elle coucha sa joue sur la cuisse de son père et laissa ses muscles se détendre. Évacuer la tension.

– Tu dois m'écouter, dit posément Pavlo.

– D'accord, papa.

– Tout va bien se passer.

– D'accord.
– Je prendrai soin de toi.
– D'accord.
– Tu verras.
Elle finit par se relever, le visage morne, inexpressif.
– Je suis fatiguée. Je vais me coucher. J'ai besoin d'oublier tout ça.
– Excellente idée.
Elle le considéra un instant puis l'embrassa sur le front.
– Je sais que tu m'aimes, papa.
– Oh oui, je t'aime.
Elle se déchaussa, abandonna ses escarpins sur l'épaisse moquette et gagna sa chambre d'une foulée éthérée. Sitôt à l'intérieur, elle s'adossa contre la porte et admira la vue imprenable sur le boulevard. Hollywood, le centre vital de l'univers. Tous ces rêves et espérances vendus une poignée de dollars, puis concassés et réinjectés dans la machine pour entretenir le spectacle.

Sans qu'elle en ait conscience, sa lame de rasoir quitta son portefeuille pour venir rôder sur ses bas et taquiner l'épiderme. Et lorsqu'elle s'en aperçut, elle accentua légèrement la pression. Le nylon et la peau cédèrent ensemble, libérant une dose d'endorphines. Quel bonheur d'éprouver quelque chose… De se réapproprier son corps, son être… Les yeux mouillés, elle se mordit la lèvre de plaisir avant de lâcher la lame en sentant le sang serpenter vers le genou.

Elle se détacha de la porte, nettoya la plaie, y colla un pansement. Ce moment-là faisait tout autant partie du rituel que la scarification elle-même. Nastya avait promis à son père de conserver un corps immaculé, et elle s'y appliquait, même dans un moment pareil.

À l'aide de son rouge à lèvres le plus vif, elle écrivit sur la vitre : TERMINÉ, puis elle baissa les persiennes et tira de sous le matelas une pile de documents, navrante chronique de ses recherches infructueuses. Des arbres généalogiques aux branches cassées, des échanges stériles sur des forums, des pistes finissant en impasses. Un vaste gâchis qu'elle laissa retomber en pluie sur la couette. Elle roula ensuite son lourd fauteuil de bureau jusqu'au centre de la pièce. Dans un sourire rêveur, elle inclina la tête et caressa la douceur de son cou, jusqu'au léger relief de sa cicatrice.

Puis elle ôta sa ceinture, passa la lanière dans la boucle.

Et grimpa sur le fauteuil pour tester la solidité du ventilateur de plafond.

45

La chemise ouverte sur l'entaille qu'il avait provoquée, Nate se faisait tancer par Janie :

– Parce que tu n'avais pas assez dégusté comme ça, peut-être ?

– C'était mon ticket d'entrée, justifia Nate. Le Nebesa est un club très sélect.

Hormis le spot braqué sur son torse, la maison baignait dans l'obscurité, et l'absence de chauffage alliée à l'abondance de fenêtres rendait l'atmosphère glaciale. Emmitouflée dans un gros pull, Janie faisait face à Nate, assis dans un fauteuil en cuir, et les deux adolescents zonaient devant la télé, mais sur deux sofas distincts. À son retour quelques heures plus tôt, Nate avait envoyé à Abara un SMS résumant son entrevue avec Nastya Shevchenko. Depuis, il attendait.

Sa nouvelle plaie était superficielle, et Janie la referma avec trois barrettes de sparadrap. Il la laissa faire en grimaçant, ébloui par la lumière.

– Bien, dit-elle en reposant son matériel. Et tes autres symptômes, ça donne quoi ?

Il renversa la tête dans le dossier moelleux du fauteuil.

– Ça empire.

– Les articulations ? Les muscles ?

– Un peu tout ça, oui. Et puis… je me sens raplapla. Vaseux, nauséeux. Surtout la nuit. La main gauche et le poignet démissionnent, comme tu le sais. Quant à la cheville, c'est par périodes.

– Ça fait envie, dis donc !

– L'éclate totale.

– Je te sers une assiette de quelque chose, petit mari ?

Il lui rendit son sourire, malgré la baffe de nostalgie que lui flanqua ce vieux surnom.

– Non merci, petite femme. Je n'ai jamais beaucoup d'appétit quand je suis en cavale.

Elle lui caressa la joue.

– Et si on allait voir Paris, comme on se l'était promis ?

– Tu crois ? Avec mon corps qui tombe en pièces, je ne suis pas sûr d'être de très bonne compagnie.

– Ne dis pas de bêtises, ou je vais croire que le cerveau est atteint.

Le portable de Nate pépia sur la table de la cuisine, annonçant un texto.

Jason grommela et se redressa, mais Janie se dévoua la première :

– Ce doit être Abara, dit-elle. Avec un peu de chance, le père de Nastya sera passé à confesse. Toute la bande sera sous les verrous, et puis on aura gagné au loto, l'OMS aura trouvé un traitement miracle contre la maladie de Charc…

Le mot se bloqua dans sa gorge. Elle venait de lire le message.

– Quoi ? fit Nate. Qu'y a-t-il, Janie ?

Jason se leva et fit craquer son dos, ce qui agaça prodigieusement Cielle.

Blanche comme un linge, Janie rapporta le téléphone à son mari.

– Il faut se barrer, murmura-t-elle.

En découvrant le SMS d'Abara, Nate sentit une violente douleur lui tordre l'estomac. Il le relut deux fois pour être sûr d'avoir compris.

Anastasia suicidée. Foudres de Pavlo assurées. Conseil officieux : oubliez accus terrorisme et disparaissez fissa.

Une lame de remords l'engloutit et lui vrilla les tympans. Cette fille si fragile, prise dans une nasse inextricable. Il la revoyait encore dans son box, son déni en lambeaux, terrifiée à l'idée de devoir dénoncer son père. *Je n'ai personne d'autre que lui…*

Puis des lumières mouvantes pénétrèrent ses songes, et il s'aperçut qu'elles venaient de la rue. Bleues et rouges, silencieuses, presque angéliques.

Jason s'affolait à la fenêtre, débitant des paroles informes.

– Les flics ! insista-t-il. Il y a les flics devant la baraque !

C'étaient bien des lueurs de gyrophares qui s'insinuaient entre les rideaux pour danser au plafond. Nate sauta du fauteuil et Cielle du canapé, tirant le brave Casper de ses rêves.

Janie s'empressa d'éteindre la lampe.

– Ils ne peuvent pas savoir que c'est nous, relativisa-t-elle.

Cielle opina :

– Ils doivent juste nous prendre pour des squatteurs.

– On se tire par-derrière, dit Nate.

– Trop tard, chuchota Jason. J'en vois déjà deux dans le jardin. (Il pivota vers la vitre de la façade principale.) Et il y en a deux autres qui remontent l'allée. Ils arrivent !

Ils étaient pris au piège, ne pouvant atteindre le garage ni la cuisine sans passer derrière l'imposte de l'entrée. Quant au couloir, ses fenêtres étaient munies de simples voilages translucides.

Nate claqua des doigts pour calmer Casper qui se mettait à grogner.

Jason banda ses muscles :

– Je vais sortir en courant pour faire diversion.

– Ils te rattraperont, objecta Cielle.

– Je sais, mais après quelques dizaines de mètres. Ce qui vous permettra de filer dans l'autre sens. Je leur dirai que je me suis introduit juste pour m'amuser.

– Ils te croiront vachement…

– Ne vous inquiétez pas pour moi. Après tout, c'est moi qui vous ai amenés ici. Au pire, je serai arrêté. Vous, vous risquez votre peau.

Il fit un pas vers l'entrée.

– *Arrête !* frémit Cielle. C'est trop risqué !

– Toi aussi, rappela Nate, ils connaissent ton visage.

Le garçon haussa les épaules :

– Sincèrement, je préfère qu'ils me chopent moi plutôt que Cielle.

Nate éprouva soudain, pour ce garçon noyé dans ses fringues et aux cheveux aplatis par la sieste, un irrépressible début d'affection. Et même d'estime.

Ils entendaient à présent les bottes des policiers, voyaient les yeux blancs de leurs torches grossir dans l'allée. Jason se tourna vers l'entrée, et Nate s'aperçut qu'il n'était pas en mesure de le retenir.

Mais alors Janie souffla :

– *Attends !*

Elle ôta ses chaussures, puis son jean. Elle portait en guise de culotte l'un des boxers de Nate.

Enfin elle quitta son pull, dévoilant un tee-shirt serré sous lequel pointaient ses seins menus.

– Euh… Madame Overbay ?

Retranchée sur le canapé, Cielle était tout aussi ébahie que Jason. Et Nate cherchait toujours ses mots quand retentit le coup de sonnette fatal, suivi de quelques toc assénés par une lampe torche.

D'un chuchotement impérieux, Janie lança :

– À terre, Nate !

Puis à Cielle :

– Couche-toi !

Casper appliqua la même consigne.

Et enfin, à Jason :

– Toi, tu restes là.

L'adolescent s'aplatit contre le mur de l'entrée, à quelques centimètres des gonds.

Janie frictionna ses épis blonds et s'avança vers la porte.

– Oui, oui, j'arrive !

Elle ouvrit tout en imitant un profond bâillement.

– C'est pour quoi ?

– Madame Newell ? demanda le flic tout en scrutant l'espace derrière elle.

– Vous avez vu l'heure, messieurs ?

Malgré les effets lumineux des deux voitures de patrouille, la rue semblait dormir à poings fermés.

Dans le salon, un infime bruissement de cuir. Un petit geignement du chien.

– Veuillez nous excuser, madame, mais nous avons reçu un appel de votre voisin, M. Sullivan. Il a dû remarquer de la lumière.

– Ah, mince ! j'ai oublié de le prévenir. Je suis rentrée de Maui plus tôt que prévu à cause d'une urgence familiale. J'aurais dû allumer le perron. (Elle se frotta les yeux.) C'est bon, je peux retourner me coucher ?

– Désolé, madame Newell, mais nous sommes obligés de vérifier que tout est normal.

– Mais je comprends bien. C'est plutôt rassurant, d'ailleurs.

– Vous nous permettez de jeter un rapide coup d'œil, par simple acquit de conscience ? Et ensuite on vous laisse tranquille.

La botte du flic mordait sur le seuil ; ses doigts appuyaient discrètement sur la porte.

Janie recula et ouvrit grand le battant. À cinquante centimètres de son coude, Jason faisait la statue.

Puis elle se replaça face au gars, comme si elle changeait d'avis. L'agent se retrouva nez à nez avec elle, à une distance indécente.

– Ne vous fatiguez pas, messieurs. Je vous garantis que personne ne s'est introduit chez moi. La seule chose dont j'ai besoin, c'est de dormir.

Le policier hésita. Il ne voulait pas abdiquer, et encore moins passer en force.

Qu'il s'avance encore de trois centimètres, et Jason était grillé.

Janie regarda le jeune gars dans le blanc des yeux, puis fit de même avec son collègue.

– Allons, les garçons. Vous tenez vraiment à me gâcher ma nuit ?

Elle conclut sa question sur un sourire incandescent qui fit piquer leurs regards vers sa poitrine.

Troublés, ils bredouillèrent quelques paroles et amorcèrent leur retrait. Le plus âgé siffla entre ses doigts, et les deux autres policiers apparurent de derrière la maison. Tous la saluèrent de la tête avant de rejoindre les voitures.

Janie referma la porte et lâcha un soupir saccadé. Elle entendit un moteur démarrer, puis un deuxième, puis des craquements de gravier de plus en plus distants.

– C'est bon, fit-elle d'une voix acérée par l'adrénaline. On peut plier bagage.

46

Pavlo ignorait si le ciel ardoise signalait la naissance ou le déclin du jour. Il avait perdu la notion du temps, comme s'il venait de plonger sous la glace d'un bain cryogénique. Puis le soleil insinua ses premiers rais entre les buildings à l'horizon, et il fut fixé.

Le majestueux escalier en marbre, avec ses marches polies et creusées par des millions de semelles, détonnait avec le béton et le bois pourri du bâtiment, comme avec les trottoirs craquelés de ce quartier sinistre. Pavlo gravit les marches et poussa la lourde porte. Lorsqu'il faisait froid comme ce matin, l'humidité du sauna vous saisissait d'un coup, envahissant tous vos pores.

Et il se demandait encore ce qui l'amenait ici.

Sa mémoire lui rejoua sa nuit non pas sous la forme d'images, mais de sensations déchirantes, labourées dans l'épine dorsale. Vers minuit, en se glissant dans la chambre de Nastya pour vérifier si elle dormait, il avait trouvé ses jambes de gazelle suspendues au-dessus du vide, une vraie scène de prison. Cloué sur le seuil, le souffle coupé, il avait remarqué tous les détails : la projection de plâtre sur l'épaule de sa fille, sous le socle à demi arraché du ventilateur ; les grincements de la chaînette d'allumage qui oscillait encore ; ses dents parfaites qui étincelaient dans une bouche béante. L'instant d'après, il la tenait sur ses genoux, une main sous sa nuque brisée, l'autre agrippée à son propre cœur pour l'empêcher d'éclater. Dans ses hoquets silencieux, il se demandait s'il n'était pas en train de mourir, à suffoquer sans raison, une étrange impression d'humidité sur les joues. Il n'avait pas pleuré depuis l'enfance, et il le fit sans bruit.

Après le défilé de secouristes, de pompiers, de flics inquisiteurs et suspicieux, ce sale latino d'Abara s'était pointé avec un collègue pour passer des coups de fil, leurs culs carrés dans le canapé – *son* canapé ! Pavlo n'était plus chez lui : tous ces étrangers piétinaient sa moquette, utilisaient ses chiottes, reposaient les torchons humides à même le comptoir. Enfin, le corps de Nastya fut emmené dans une housse blanche, et l'on remit au père un numéro à composer le lendemain matin.

Quand Pavlo referma la porte, le clic du pêne marqua la césure entre le présent et le restant de ses jours. Il se rendit à la cuisine et descendit un grand verre d'eau. Son premier en tant que non-père depuis dix-sept ans.

Il rinça le verre, l'essuya avec un torchon propre et le reposa dans le placard. Lorsqu'il se retourna, ses hommes s'étaient matérialisés dans la pièce, délivrés de leur cachette par le départ du cortège.

Le visage cabossé de Youri évoquait un fruit pourri. Comme à l'accoutumée, Dima et Valerik se tenaient en retrait du colosse, au contraire de Misha qui patientait à l'écart, l'air frais et dispos. Sur son visage poupin rôdait une calme jubilation. Il avait rongé son frein, et maintenant son heure allait sonner.

Pavlo vint se planter devant lui, à deux centimètres de son nez.

Misha le regarda sans ciller.

– Il n'y a plus de procès, dit Pavlo. Il n'y a plus de témoins, plus de liste. Il ne reste qu'une seule chose dans ce bas monde.

– Compris, répondit Misha.

– Ma fille n'est plus là, la sienne vit encore. Alors

prenez-lui ce qu'il m'a pris. Puis prenez-en encore, et encore, morceau par morceau.

– C'est bien pour cela que tu m'as fait venir ici, rappela Misha.

– Il n'y a plus d'« ici », rétorqua Pavlo. Il n'y a plus d'Ukraine, plus d'Amérique. Il n'y a que le *vorovskoi mir.*

Misha inclina la tête en signe d'allégeance, mais Pavlo la lui redressa à deux mains. Il lui embrassa une joue, puis l'autre, en chuchotant :

– *J'accepterai leur haine aussi longtemps qu'ils me craindront.*

À présent, dans le vestibule étouffant du sauna, il croisait des employés munis de plateaux sales, et d'autres qui prenaient leur service. Tous s'écartèrent et baissèrent les yeux sur son passage. La nouvelle avait circulé.

Dans le vestiaire, il ouvrit son casier, ôta son costume et le jeta sur le banc. Au même instant, une porte s'ouvrit et des voix ivres résonnèrent dans l'espace carrelé – une bande de fêtards venus éliminer les excès de la nuit. Ils débouchèrent dans l'allée tandis que Pavlo déboutonnait sa chemise.

– Pousse un peu ton bordel ! apostropha l'un d'eux en russe. Le banc est à tout le monde.

Campé face à son casier, Pavlo ôta sa chemise. À la vue des tatouages, l'insolent fit un tel bond qu'il glissa sur le sol humide et atterrit dans les bras de ses potes. Ils repartirent aussitôt en balbutiant des excuses.

Une fois déshabillé, Pavlo sortit un peigne de son casier pour recoiffer ses cheveux déjà humides. Il répéta longuement le geste en pressant les dents de plastique contre son crâne, comme pour l'écorcher. Puis il traversa l'antichambre où alternaient bains bouillants et glacés. Sous un robinet gouttant, des branches de bouleau trempaient dans un tonneau. Pavlo en choisit une bien feuillue et l'agita devant son visage. Elle ferait l'affaire.

Dans la salle principale, le poêle rutilait telle la gorge d'un démon, alimenté par un employé à demi caché sous la vapeur.

– Plus chaud, lui ordonna Pavlo.

L'homme rajouta des bûches.

Pavlo posa la branche de bouleau le temps de s'étirer l'arrière des cuisses, puis les tendons de l'aine. Enfin il s'avança dans la vapeur, expulsant un rot au goût de tabac et de vieillesse. La peau le brûlait déjà, livrée aux fourches et aux cornes du feu.

– Plus chaud ! gronda-t-il.

Le larbin s'exécuta, enfournant dans le foyer une nouvelle ration de bois.

En nage, Pavlo se fouetta les jambes avec le rameau. La douleur vive, divine, aspira les toxines pour les diffuser dans l'épiderme. Il commença par le bas, flagellant les entraves tatouées sur ses chevilles.

Il savait enfin ce qu'il était venu faire entre ces murs.

Dans la Zone, il n'était de pire crime pour un *vor* que d'enfreindre le code des voleurs. Et lorsqu'un membre de la confrérie trahissait ses décorations, on les lui reprenait. Au papier de verre, avec un tesson de bouteille, ou un morceau de brique. Parfois, on se mettait à quatre pour lui tenir bras et jambes tandis qu'un cinquième larron lui appliquait sur la main une poêle à frire chauffée à blanc, afin de noircir les pigments.

Voilà ce qui avait attiré Pavlo vers cette fournaise ce matin-là.

Il se cingla sans relâche. Les bagues tracées autour de ses doigts, l'étoile à huit branches sur sa poitrine, les dômes d'église symbolisant ses incarcérations, les lettres ourlées en travers de ses côtes – *Que je sois mort à tes yeux*. La sueur lui giclait du nez, du menton, formant une flaque sous ses pieds. Et il frappa de plus en plus fort, s'attardant sur la tulipe enroulée de fil barbelé, s'acharnant sur les dents carnassières du loup à son épaule. Enfin, le buste penché en avant, il châtia à l'aveugle les deux yeux dessinés sur ses omoplates. Ses cris se muèrent en rugissements, les tendons du cou gonflèrent, chaque coup de rameau aggravant la température jusqu'à ce que son corps tout entier rougeoie comme de la braise.

– Plus chaud ! hurla-t-il à l'employé enfoui sous le nuage.

La branche sifflait et claquait tel un instrument primitif. Des feuilles restaient collées à sa chair écrevisse. Les sinus le brûlaient, les poumons palpitaient. Enivré par l'odeur de douleur et de peau desquamée, il insista sur les écorchures pour leur faire rendre l'encre, le sang, le chagrin.

À bout de forces, le visage empoissé de larmes et de sueur, il laissa retomber le rameau perlé de gouttes bordeaux. Ses peintures bavaient sur son corps comme des créatures rampantes, et soudain il comprit qu'il ne les avait point effacées.

Mais juste ravivées.

47

– Le Nevada ? suggéra Cielle.

– Ah ouais ! bicha Jason. Le Grand Canyon et tout…

Janie se frotta les tempes.

– On se calme, les chéris. Primo, le Grand Canyon se trouve en Arizona…

– Sérieux ?

– Aux dernières nouvelles, oui. Et secundo, ceci n'est pas un voyage touristique.

Partis peu avant l'aube, ils avaient pris la route 2 jusqu'à Eagle Rock avant de faire une pause dans un routier pour se remplir le ventre, arrêter un nouveau plan de bataille, et surtout changer de conducteur. Les mains de Nate s'étaient dangereusement ramollies sur le volant, et l'ensemble de ses symptômes semblaient franchir un nouveau palier : les raideurs musculaires, la faiblesse générale, les nausées lancinantes. Mais il ne l'avoua à Janie qu'une fois dans le restaurant, pendant que les enfants se chargeaient de choisir une table à l'écart.

– Je me demande s'il est bien prudent de tailler la route, murmura Janie. Vu ton état…

– Nous n'avons pas le choix, répondit-il. Au pire, vous me laissez à un arrêt de bus.

Elle fit une grimace sombre.

– Il faut à tout prix quitter la Californie, Janie. Puis pousser le plus loin possible. Où veux-tu te réfugier, de toute façon ? Tu as vu ce qu'on risquait à squatter une baraque vide.

Une fois installée, Cielle se retourna et surprit ses parents en pleines messes basses. Il se turent instantanément, esquissèrent un sourire de façade et rejoignirent les deux ados pour commander.

Assis le dos au mur, un pistolet dans le blouson et plusieurs milliers de dollars dans les poches, Nate garda un œil sur les camionneurs et livreurs installés au bar. Cielle picora son assiette tandis que Jason dévorait. Après avoir demandé si les œufs étaient bio (non) et si les petits pains contenaient de la graisse de porc (oui), il avait opté pour une salade. Au bacon.

Nate aligna ses comprimés à côté de sa tasse. 500 milligrammes d'antibiotiques pour finir d'achever son estomac, et ce bon vieux riluzole à l'inefficacité désormais prouvée. Dans un juke-box fatigué, les Lovin' Spoonful l'enjoignaient de « croire à la magie qui rend libre », ce qui semblait de circonstance.

– Pourquoi tu ne dis rien ? lança Cielle.

– Je ne sais pas, répondit-il d'une voix éteinte, sans souffle.

Il tendit une main hésitante vers ses médicaments, parvint en se concentrant à les porter à sa bouche, et les descendit avec une gorgée de déca.

– Il va bien, affirma Janie. Juste un peu fatigué, comme nous tous.

Pour atténuer l'amertume du jus noir, Nate attrapa une dosette de sucre avant de prendre conscience de l'énormité du défi : déchirer le papier, verser les cristaux, touiller… Il tapota le sachet sur ses doigts d'un air nonchalant, mais les yeux bruns de Cielle ne furent pas dupes. Puis le sucre lui glissa des doigts, et elle vit combien il tremblait. Puisqu'il était trop tard pour cacher ses mains sous la table, Nate tenta en vain de les stabiliser, jusqu'à ce que Janie vole à son secours en les serrant dans les siennes, façon jeunes amoureux.

Dieu merci, on pouvait toujours compter sur Jason et son manque total d'à-propos :

– J'arrive toujours pas à croire que la meuf se soit foutue en l'air…

Derrière le comptoir, une poignée de saucisses grésillèrent au contact du gril.

– Elle n'avait que dix-sept ans, soupira Nate.

Cielle :

– Ce n'était qu'une psychopathe de chauffarde bourrée, oui !

– Mais ce n'était encore qu'une gamine, comme vous deux.

Cielle détourna les yeux, la bouche pincée.

En voulant reprendre une gorgée de déca, Nate se renversa la moitié de la tasse sur les doigts. Il s'essuya avec sa serviette, et lorsqu'il osa enfin relever les yeux, il trouva ceux de sa fille braqués sur ses mains.

– J'ai entendu parler d'un traitement expérimental, lâcha-t-elle d'un trait. En Suisse, je crois.

– C'est gentil, ma puce, mais…

– J'ai même vérifié sur Internet !

– Non, Cielle. Je t'assure.

– Comment ça, *non* ? Je sais bien qu'on a des tueurs aux trousses, mais si jamais on en réchappe, qu'est-ce qui t'empêchera d'essayer, putain ?

– Surveille ton langage ! intervint Janie.

Cielle soupira, les paupières lourdes de mépris.

– Et tu te demandes pourquoi je te déteste…

Elle frappa du poing sur la table et quitta le restaurant en trombe, sous le regard interdit des autres clients. Le carillon de la porte tinta gaiement tandis qu'elle regagnait la Jeep, guettée par Casper qui battait les appuie-tête avec sa queue.

– C'est déjà ça, murmura Jason.

– Hein ? gémit Nate.

L'adolescent baissa son col pour montrer un tatouage-collier formé de lettres et de chiffres : VIEUX FUMIER 23.01.1970-10.05.2010.

– Lui, expliqua-t-il, c'est une cirrhose qui l'a emporté, et elle l'a rendu de plus en plus méchant. Je me suis persuadé que je le détestais, mais jusqu'au bout j'ai attendu un signe de sa part, n'importe quoi qui me donne l'impression d'exister un peu à ses yeux. Mais bon, ce n'est pas le sujet. C'était juste pour dire que la haine est une émotion. Et c'est toujours mieux que rien.

Sur ces mots, il s'extirpa du box pour rejoindre Cielle.

Nate prit une gorgée d'eau. Son visage était parcouru de tics, et il s'aperçut bien vite que le dépit n'y était pour rien.

– … va, Nate ?

La voix de Janie, comme s'élevant d'un puits.

Il hocha la tête tout en sentant sa joue tressauter sous sa paume. Une *fasciculation*, disaient les toubibs. Car ils l'avaient prévenu.

– Juste besoin… pisser, mâchonna-t-il.

Ses jambes consentirent à le porter jusqu'aux toilettes, où il referma la porte avec la hanche. La salle était humide et infestée de mouches. Dans le miroir piqué, il regarda sa peau frémir sous son œil droit, et tenta en vain de l'apaiser par des grimaces. Puis aux mouches commencèrent à s'ajouter des étoiles, et il perdit l'équilibre contre le distributeur d'essuie-main.

La pièce se brouillait, tournoyait… Il lui fallait de l'air.

Il rouvrit la porte d'un coup d'épaule, vira à droite, traversa la cuisine et manqua d'arracher la porte-moustiquaire. Assailli par des relents de poubelle, il tomba à genoux devant des cageots de choux pourris qui bientôt lui sautèrent au visage, suivis de peu par le bitume.

Étendu par terre, il voyait une serviette en papier balancer sous son haleine. Puis une silhouette masculine se dessina, floue et mouvante, qui remontait son pantalon avec des allures de cow-boy. Le type portait des brodequins devant lesquels pleuvait du sang. Il avait le ventre troué et le soleil filtrait à travers ses boyaux, jusqu'à ce qu'il s'accroupisse et recouvre Nate d'une ombre froide. L'ombre de la mort. En braquant ses yeux vers le ciel, Nate reconnut le visage de Charles, teinté d'un soupçon de tristesse.

– À bientôt, mon poteau, dit le spectre avant de lui fermer les paupières.

48

– Pas l'hosto ! grommela Nate, rencogné contre la vitre passager.

Janie klaxonna et doubla fiévreusement une Mercedes de petits vieux. Avant de rétorquer :

– Eh bien, il ne fallait pas s'évanouir au fond de la cour.

– Ça va aller, papa ? s'inquiéta Cielle d'une voix fluette. Il va tenir le coup, maman ?

– Je vais… bien, ma puce.

– C'est pas l'impression que ça donne ! commenta Jason.

Suivit une baffe.

– Ta gueule, Jay.

– … où… ? émit Nate entre deux haut-le-cœur.

– Je t'emmène à mon hôpital, si ce connard en Audi veut bien apprendre à conduire droit.

– Non… premier endroit où ils nous cherch…

– Je connais les médecins et les infirmières de l'accueil. Je te ferai admettre sous un faux nom.

Ils brûlaient déjà l'asphalte de Van Nuys Boulevard, et la masse blanche de l'hôpital Sherman Oaks grossissait à l'horizon. Bien que situé dans un quartier miteux, cet établissement public possédait un personnel d'élite capable de soigner une large gamme d'éclopés. Au tout début de leur mariage, lorsqu'il venait chercher Janie pour déjeuner, Nate y croisait aussi bien des jardiniers apportant une phalange sectionnée que des célébrités venant récupérer un mouflet au très réputé service des brûlés.

– Cielle ne devrait pas… avec nous…

– Eh bien elle attendra dans le parc au bout de la rue.

– Je sais conduire, indiqua Jason.

– Dans ce cas… (Tenant le volant d'une main, Janie sortit des billets de sa poche et les tendit à sa fille.) Je vous laisse la Jeep et le chien. Et je vous téléphone toutes les heures.

Nate voulut articuler une nouvelle protestation, mais il devait se concentrer sur son souffle pour ne pas vomir. Janie stoppa devant l'entrée des urgences et Jason la remplaça aux commandes sous les jappements de Casper. Elle ouvrit la portière de droite et Nate lui tomba dans les bras. Elle le soutint jusqu'aux portes coulissantes, et encore jusqu'à l'accueil.

– Des antibiotiques ? s'exclama le Dr Griffin en feuilletant le dossier. Mais quel est l'imbécile qui lui a prescrit ça ?

Janie se tourna vers Nate qui gigotait sur ses draps rêches.

– Une urgentiste, gémit-il.

– Et malgré sa maladie, cette urgentiste n'a pas jugé bon de contacter son médecin traitant ? Ni même de consulter le site Epocrates sur son iPhone ? Et il prend quoi, exactement ?

– Du Keflex, dit Janie. 500 milligrammes.

– Et pour quelle raison ?

– J'attire les coups de poignard, râla Nate.

Le Dr Griffin le considéra par-dessus des lunettes en écaille qui lui glissaient du nez. Presque aussi foncés que sa peau, ses yeux bruns étaient plus perçants que ne le laissaient présager sa posture avachie, sa bedaine de grand ponte, ou sa barbe de vingt-quatre heures.

– Il y a interaction ? demanda Janie pour recadrer le débat.

Nate n'avait jamais entendu parler de Griffin, mais il voyait que ces deux-là avaient l'habitude de travailler ensemble.

– Les antibio' augmentent la concentration du riluzole dans le sang. En plus de faire grimper les enzymes du foie – avec risque d'insuffisance hépatique –, cela favorise et renforce les effets secondaires, à savoir…

Janie récita :

– Faiblesse, fatigue, nausées, maux de tête, douleurs abdominales, vertiges.

– Lesquels peuvent à leur tour exacerber les symptômes de la maladie de Charcot.

Nate roulait la tête de l'un vers l'autre, comme pour suivre un match de ping-pong. La perfusion à son bras commençait à lui éclaircir l'esprit, et il crut déceler sous le jargon médical une petite note d'espoir.

– Vous voulez dire que je pourrais retrouver un peu de force ?

– Oui, la faiblesse musculaire devrait refluer, tout comme les vertiges et les nausées. Il faut juste attendre que les niveaux retombent.

Nate poussa un ouf de soulagement.

– Et cela devrait prendre combien de temps ?

Son débit était toujours aussi poussif, étriqué.

– Il faut six à huit heures pour éliminer le Keflex, répondit Janie. Et environ six de plus pour ramener le riluzole à des taux normaux.

– Mais l'essentiel n'est pas là, dit le Dr Griffin en frottant ses bajoues distendues. Vous avez surtout besoin de soins. Perfusion, repos…

– Repos ! pouffa Nate.

– Vous êtes malade, monsieur Overbay ! Est-il besoin de vous rappeler que la sclérose latérale amyotrophique est une pathologie grave ? Déshydratation, hypoglycémie, manque de sommeil : vous ne tiendrez pas longtemps à ce rythme-là. (Le médecin reposa le dossier au bout du lit et se tourna vers Janie.) Redonnez à votre monsieur X un litre de saline et voyez s'il y a moyen de lui faire entendre raison.

Janie leva les yeux au ciel :

– J'essaie depuis des années...

L'aiguille dans son avant-bras formait un point douloureux, même lorsqu'il somnolait. Émergeant d'une brève sieste, Nate avisa une petite forme au pied de son lit, et crut d'abord à une persistance onirique, à une empreinte de rêve. Mais cette silhouette semblait tout à fait réelle : celle d'un petit Hispanique d'environ six ans, maigre comme un clou, chauve et nanti de grands yeux qui lui donnaient un air vaguement extraterrestre. Il portait un pyjama noir floqué d'os blancs – un déguisement de squelette – et trimballait une taie d'oreiller.

– Friandise ou bêtise ! lança-t-il.

Nate se redressa en sursaut. Il savait manier Charles, mais ça...

Le garçon secoua sa taie avec une moue implorante.

– C'est Halloween, dit-il.

Surpris, Nate reconstitua le calendrier dans sa tête. Mais oui, ce gosse disait vrai. Le rideau de séparation au milieu de la pièce n'était pas entièrement tiré, et dans l'embrasure il vit que la nuit tombait derrière la vitre. L'heure des sucreries avait sonné.

Il considéra son plateau-repas.

– Je peux te filer ma gelée, si tu veux.

– Mais non, regarde. (Le petit désigna un gobelet sur la table de nuit.) Ils vous laissent des bonbons exprès pour nous. Comme ça on peut fêter Halloween, même si on n'a pas le droit de sortir.

Nate plongea la main dans le gobelet, piocha un mini-Mars et le jeta d'une main tremblante dans le panier de fortune du gosse.

– Tu en veux un deuxième ? proposa-t-il.

– Nan, il faut en garder pour les autres.

– Quels autres ?

Mais le squelette s'éloignait déjà. Avant de franchir la porte pour continuer sa tournée, il déclara :

– Mes os brillent dans le noir.

Et il éteignit la lumière.

Nate constata que le costume était bel et bien phosphorescent. Puis l'enfant ralluma et disparut.

La visiteuse suivante avait des ailes dans le dos et une sale brûlure du menton à la gorge. Ravalant sa pitié, Nate produisit un gentil sourire et un sachet de crocodiles. Puis ce fut au tour d'une préado tirant un pied de perfusion. Ils se succédèrent à n'en plus finir, avec leurs voix grêles et leurs dégaines poignantes.

Le dernier parti, Nate débrancha sa perf' et risqua un pied dans le couloir. Il retrouva tous les gamins attroupés, plus ou moins en rang, sous la houlette d'une énorme aide-soignante aux traits doux. La main de Nate tremblait et sa cheville boudait, mais il ne pouvait plus détacher les yeux de ce spectacle. Avec leurs os fluo et leurs ailes d'ange, ces bambins semblaient lui indiquer sa prochaine destination. Leurs frimousses de lutins pétillaient d'excitation, et ils comparaient costumes et butins avec la même ardeur que dehors, chez les bien portants.

Depuis le guichet des infirmières, Janie contemplait elle aussi la petite procession. Nate lui adressa un signe de tête, et ils échangèrent un sourire.

– Allez, dit l'aide-soignante aux enfants, on monte à l'étage supérieur.

Comme ils la suivaient vers l'escalier telle une ribambelle

de canetons, un Dark Vador nain ôta son casque pour prendre d'authentiques inspirations d'asthmatique.

Cet épisode dénoua quelque chose dans la poitrine de Nate, et toute l'angoisse des dix derniers jours remonta à la surface. S'accotant au mur, il se pressa les paupières de sa main valide, mais ce fut peine perdue : l'émotion le submergea et les larmes lui piquèrent le nez.

Janie le rejoignit et lui frotta le dos en silence tandis que se bousculaient en lui des souvenirs décousus. Sa mère décharnée et son haleine faisandée dans l'air vicié du salon. Abibas, la main en visière, observant l'hélico depuis la dune. McGuire sidéré devant sa jambe arrachée. *Ne me laisse pas tomber, ne me laisse pas tomber…* Une fillette ailée au visage à moitié cramé…

Nate et Janie restèrent longuement enlacés, bercés pas les odeurs et les bruits de l'hôpital animé. Une bouffée d'iode ; les grincements d'un chariot ; une toux rauque derrière une porte.

Puis une paire de sabots vint claquer dans le champ de vision de Nate, et une infirmière dit :

– Salut, ma belle. T'étais en congé ?

– Si on veut, répondit Janie.

– Au fait, je t'ai connectée.

Nate sentit Janie se raidir.

– Comment ça, tu m'as connectée ?

– Tu avais oublié de pointer. Et si tu veux être payée…

– Mais quand ça ? *Quand ?*

– Du calme, ma belle. C'était au retour de ma pause, quand je t'ai vue ici même avec le Dr Bretelles. Ça fait quoi… quarante minutes ?

Au bout du couloir, l'ascenseur sonna. Pris d'un mauvais pressentiment, Nate se décala pour voir la cabine derrière la foule grouillante.

Les portes s'écartèrent, et apparut Misha.

49

Le vigile avachi sur sa chaise pliante leva les yeux du *L.A. Times* puis reprit sa lecture. Misha fondit sur le guichet des infirmières.

– Je cherche Janie Overbay.

– Elle ne travaille pas aujourd'hui, lui répondit-on.

Misha s'engagea dans le couloir populeux. Il ne voyait toujours ni Nate ni Janie, pétrifiés sur le seuil de la chambre.

– Monsieur ! lança-t-on dans son dos. Vous avez votre badge de visiteur ? Vous ne pouvez pas entrer sans…

Il se retourna vers le comptoir et tira une balle dans la hanche de l'infirmière. La force de l'impact la culbuta de sa chaise, et elle se mit à convulser sur le carrelage. Le vigile de l'ascenseur eut à peine le temps de soulever son cul que Misha dégainait un second revolver et lui logeait deux balles dans le buffet. Le mur dans son dos fut moucheté de sang, et une feuille de journal se posa sur son torse pour absorber l'hémoglobine.

Un temps d'arrêt. De silence coi.

Puis une éruption de panique : patients hurlants, fauteuils virant sur la jante, sprint collectif vers les escaliers. Tandis que Misha repartait à l'assaut du couloir, dégommant sur sa route brancards et pieds de perfusion, Janie repoussa Nate dans sa chambre. Celui-ci se jeta sur le lit pour attraper son blouson.

Des pas, des cris. Un nouvelle détonation, suivie d'un mugissement primal.

– Il va faire un carnage, s'alarma Janie.

Nate mit enfin sa main tremblante sur le Beretta. De l'autre, il entraîna Janie derrière le rideau et referma celui-ci à fond. Les roulettes crissèrent sur le rail, mais le bruit fut masqué par le fracas d'un chariot dans le hall ainsi que par une nouvelle salve de cris.

On entendit une semelle enfoncer une porte, puis un crissement de rideau.

Trois secondes plus tard, la même séquence : Boum, scriiitch.

– Il va ratisser toutes les chambres, comprit Janie.

Ils attendirent, plantés derrière le voile vert pastel. Nate ôta le cran de sécurité du flingue.

De nouveaux pas, de plus en plus proches, de plus en plus lourds. Une supplique aride, un choc métallique, une plainte sourde. Puis boum, scriiitch.

Derrière la cloison de la chambre, la voix du Dr Griffin :

– Non, ne faites pas...

Cinquième coup de feu.

Janie glapit et se couvrit la bouche. À quelques mètres de leurs oreilles, les râles humides du médecin.

Misha arpentait déjà la chambre voisine. Boum, scriiitch.

– On devrait s'enfuir, murmura Janie.

– Pas le temps, fit Nate tout en resserrant son poing sur la crosse de l'arme.

Ayant laissé la porte ouverte, eux ne recevraient nul préavis. Sinon celui des bottes.

Ploum. Ploum. Ploum.

Soudain, tout bruit cessa. Mais derrière le rideau de plastique opaque, Nate flaira une présence.

Misha, dans l'embrasure.

Deux nouveaux pas, prestes et décidés, droit sur eux.

Nate recula et leva l'arme à deux mains. Le canon tremblait affreusement.

Janie se plaqua contre le mur, les traits déformés par la terreur.

Prêt à tirer, Nate guetta le mouvement du rideau.

Puis un cri fusa au bout du couloir, des talons se hâtèrent vers l'escalier, et Misha s'interrompit. Soupçonnait-il ces pas d'être ceux de Janie Overbay ?

On l'entendait respirer, d'un souffle calme et régulier. Le pouls du monstre ne devait pas excéder les soixante pulsations-minute.

Le rideau caoutchouteux ne laissait pas deviner sa position, et tout tir manqué risquait d'entraîner une réplique fatale.

Les claquements de talons augmentèrent de volume, et Misha fit un dernier pas vers le rideau, décelable à l'infime bruissement de sa semelle sur le carrelage. Ajustant sa mire sur la direction du bruit, Nate vit avec horreur l'arme lui glisser entre les doigts. Il eut beau rassembler toute son énergie, ses mains étaient à bout de forces, et le gaufrage de la crosse lui caressa inexorablement les paumes, jusqu'à ce que le Beretta s'échappe vers le sol. Il se pencha pour le rattraper, mais trop tard, et vit l'arme atterrir à plat… dans la main de Janie, à trois centimètres du sol.

Ils se regardèrent, à croupetons, les yeux écarquillés, retenant leur souffle.

La semelle de Misha grinça encore, au ras du rideau, tandis que les pas féminins s'éloignaient dans un couloir adjacent, et là-dessus perça une nouvelle plainte, celle de sirènes dans la rue.

Misha fit demi-tour et repartit à toutes jambes, sans doute aux trousses de la femme.

Nate et Janie poussèrent un soupir avant de regagner le seuil. Le Dr Griffin gisait dans le couloir, les mains croisées sur sa cuisse qui pissait le sang.

– Il fait une hémorragie, dit Janie tout en rendant le pistolet à Nate. Je le stabilise et on décampe. C'est l'affaire d'une minute.

– Mais Misha est toujours dans le secteur !

– Si j'abandonne Griffin, il crève !

Le regard brûlant qu'ils échangèrent parut interminable. Les arguments s'amoncelaient dans la gorge de Nate, mais ils n'osaient sortir tant Janie semblait résolue.

– Alors prends le flingue, capitula-t-il. Je ne peux même plus le tenir.

Elle empocha le Beretta et s'enfonça dans le couloir où quelques patients bousculés se redressaient cahin-caha. Elle rafla un tensiomètre sur un chariot et revint vers le médecin blessé. Celui-ci n'avait plus la force de presser convenablement la plaie, et la mare luisante sous sa jambe s'élargissait à vue d'œil, imbibant des bandes de gaze tombées d'un autre chariot.

– J'ai dû m'évanouir quelques secondes, marmonna-t-il. Mais c'est bon, je suis là.

Janie lui retira un mocassin pour lui enfiler le brassard du tensiomètre par-dessus la jambe du pantalon, juste au-dessus de la plaie, quelque centimètres avant le genou. Puis elle pressa la poire de gonflage et le saignement ralentit, ralentit, jusqu'à cesser complètement. Satisfaite, elle attrapa une pochette cylindrique, la déchira avec les dents et plongea le rouleau de gaze dans la plaie de Griffin.

– Pressez avec le pouce, dit-elle. Plus fort, plus fort…

Alors qu'elle découpait un morceau de sparadrap, elle vit l'expression du médecin basculer d'un seul coup, de la gratitude vers l'effroi.

Elle n'eut pas le temps de se retourner qu'on la tirait par les cheveux.

50

Posté dans l'encadrement de la porte à admirer les gestes experts de son épouse, Nate ne vit pas Misha l'attraper. Ce n'était pourtant pas faute d'avoir redouté ce moment. Il la vit juste tomber à la renverse, puis ses talons glisser bizarrement ; il entendit le Beretta tomber de sa poche et elle-même expulser un cri de douleur mêlé de révolte.

Puis là-dessus, une voix chantonna :

– Nate Overbay ! J'ai ta femme ! Il faut sortir, maintenant !

Misha s'éloignait dans le couloir. Les sirènes se rapprochaient, mais il avait une avance confortable.

Nate bondit trop vite. Trahi par sa cheville, il tomba de tout son long dans le couloir mais se releva aussitôt, ses baskets patinant sur le sol lustré. Par chance, les râles d'agonie de Griffin couvrirent ses maladresses. Le visage tourné vers les ascenseurs, Misha traînait littéralement Janie par les cheveux et elle se tordait en tous sens, criant, cambrée de douleur, les yeux exorbités. Elle lui plantait les ongles dans le poignet pour lui faire lâcher prise, mais il n'en avait cure. Il tenait un pistolet dans sa main droite et gardait le deuxième entre les reins, fourré dans son jean.

Il avançait à grandes foulées, sous le crescendo des sirènes. Voyant une infirmière surgir par une porte de service, il lui tira dans l'épaule sans même ralentir l'allure. La femme s'effondra contre la porte qui se refermait à peine.

Tout s'était enchaîné si vite que le Beretta tournoyait encore sur lui-même, à son point de chute sur le carrelage. Nate le ramassa mais ne put le maintenir à l'horizontale : il tanguait et roulait entre ses doigts de chiffon. Comment, dans ces conditions, réussirait-il à tirer ?

Rongé de frustration, il allait se résoudre à boitiller sans arme à feu lorsqu'un second objet attira son attention : le rouleau de sparadrap lâché par Janie. Il le ramassa, pinça le bout du ruban et l'enroula à toute vitesse autour de son poing armé, l'index plié sur la détente.

– Nate Overbay ? gueula Misha à la cantonade. Si tu ne t'es toujours pas montré quand j'atteins l'ascenseur, je loge une balle dans le crâne de ta poule !

Janie aperçut Nate et lui fit de grands yeux suppliants. À présent les sirènes braillaient.

Nate rehaussa l'arme en exhortant son coude au calme, ses muscles à l'endurance. Son point de visée sautillait de Janie à Misha et de Misha à Janie.

Parvenu au bout du couloir, l'Ukrainien pressa le bouton de l'ascenseur et se retourna tranquillement.

Nate ferma les yeux. Inspira. Bloqua son souffle. Rouvrit les paupières.

Misha le considérait par-dessus le fatras de chariots, de fauteuils et de blessés, un vrai face-à-face de western. Son visage rayonnait de surprise, sinon d'amusement.

Nate le fixa dans l'axe des trois points blancs peints sur son canon. Il le tenait dans sa mire.

L'ascenseur sonna et les portes s'ouvrirent. Misha leva son pétard, mais Nate tira le premier.

Une bouffée rouge jaillit de l'épaule du nervi, qui lâcha Janie en se trouvant repoussé dans la cabine. Une lueur d'inquiétude traversa son visage, juste le temps de constater que la balle l'avait à peine égratigné.

Le vacarme des sirènes le disputait aux crissements des pneus débouchant dans la rue.

Comme les portes de l'ascenseur commençaient à se refermer, Janie roula sur le côté.

Le bras de Nate n'avait guère apprécié le recul du pistolet. Les muscles le brûlaient et refusaient de redresser le canon.

Un rictus aux lèvres, Misha épousseta son épaule éraflée, façon de prendre date, et laissa l'ascenseur l'effacer provisoirement du paysage.

Janie se redressa et se rua vers l'infirmière abattue. Son visage était flasque : il n'y avait plus d'espoir. Elle repartit auprès de Griffin et de Nate, ramassant au passage une poche saline et un tube qu'elle assembla tout en marchant.

Le médecin pressait fermement la gaze.

– Je me débrouille, dit-il. Sauvez-vous.

Mais Janie se mit à genoux, aux prises avec un emballage d'aiguille récalcitrant. Dès qu'elle en vint à bout, elle piqua la veine de Griffin, brancha le tuyau sur le cathéter et cala la poche de sérum dans la main du toubib.

– Serrez-moi ça, dit-elle. Et gardez l'autre main sur la plaie. Compris ?

Les sirènes devenaient assourdissantes. Le Dr Griffin acquiesça.

– Compris. Merci.

Son devoir accompli, Janie pilota Nate vers le fond du bâtiment, en lui prêtant son épaule lorsque sa cheville regimbait. Arrivée devant l'ascenseur réservé aux patients, elle glissa son badge sur le lecteur puis s'excita sur la touche d'appel jusqu'à ce que la cabine arrive.

Elle profita de la descente pour passer un coup de fil :

– Rendez-vous sur le parking du magasin d'alcool, deux boutiques avant l'hosto. Immédiatement.

Elle regarda l'écran du portable. Plus de réseau.

Sa main tachée de sang retomba lourdement le long de sa cuisse.

L'ascenseur cheminait avec une lenteur d'escargot, laissant tout le temps à Nate d'arracher avec les dents le sparadrap autour de son poing. Il rangea le Beretta dans sa ceinture puis toucha le crâne de Janie.

– Tes cheveux…

– T'inquiète, répondit-elle en remuant nerveusement les genoux. Une fois en bas, on fonce à gauche vers la cafète, on traverse la cuisine discrétos et on se taille par le trottoir. Pigé ?

– Pigé.

Le rez-de-chaussée était aussi désert que lumineux, et ils suivirent l'itinéraire convenu aussi vite que le permettait la patte folle de Nate. Juste avant de se plonger dans la nuit fraîche, Janie pensa à cacher ses mains sales dans ses poches.

Remontant la ruelle pour gagner le boulevard, ils virent passer un train continu de gyrophares. Un policier traversa le carrefour en trottant, sans leur prêter la moindre attention. Mais comme ils atteignaient le boulevard, l'agent fit demi-tour.

Les jambes de Nate se bloquèrent. Le flic porta la main à son ceinturon.

Janie prit les devants en brandissant son badge :

– Je travaille ici. Il y a un tueur dans le bâtiment.

– Je sais, madame. Nous…

– Ce monsieur est un patient. D'autres ont été blessés au troisième, ainsi qu'un médecin.

– Les secouristes s'en occupent, madame. Vous êtes sortis par-derrière ?

– Exact.

– Merci pour l'info, dit le flic en repartant, le menton tourné vers sa radio.

Nate dégrippa ses jambes et reprit sa marche, son bras autour des épaules de Janie, comme n'importe quel gars flânant avec sa belle. Dans leur dos, des bruits étouffés suintaient des locaux : claquements de portes, éclats de voix, crachotements de talkies-walkies. Nate vit Janie marmonner, mais visiblement pour elle-même.

Quarante mètres, puis seulement vingt les séparaient du magasin de spiritueux, lorsqu'une Jeep bondit sur le parking en mordant le rebord de béton. À la droite du conducteur, une Cielle terrorisée.

Nate discerna enfin les paroles de Janie :

– C'est fini, psalmodiait-elle. C'est fini, c'est fini, c'est fini…

Elle attendit toutefois de l'avoir hissé dans la voiture pour fondre en larmes.

51

Assise à l'arrière avec Nate, Janie ne parvenait pas à se détendre. Le dos et la nuque raides, le buste penché en avant comme pour accélérer la voiture, elle restait prisonnière de l'hôpital, même après vingt minutes de route. Elle ne pleurait plus, même si de loin en loin regimbait la queue d'un sanglot.

Devant, Jason accompagnait en semi-yaourt un disque d'AC/DC piqué dans la chambre de Groslascar12 à Silver Lake, tout en martelant le rythme sur le volant.

– Où va-t-on, maintenant ? demanda Janie. Ils risquent de nous suivre à la trace. Nous ne pouvons appeler personne.

– Mon père, dit Nate.

Cielle coupa la musique et se dévissa le cou.

– J'ai bien entendu *mon père* ?

– Je ne le connais même pas ! s'exclama Janie.

– C'est bien pour ça que je pense à lui. Il ne figure sur aucune liste de personnes à contacter en cas d'urgence, sur aucune facture téléphonique, dans aucun répertoire. Personne ne pensera à lui.

– Tu ne m'avais pas dit qu'il vivait toujours dans la maison de ton enfance ? Ce n'est pas très sûr, comme cachette.

– Il possède aussi un petit chalet. Enfin, s'il l'a toujours.

Un virage un peu trop serré réveilla Casper au milieu des valises. Nate posa son téléphone sur ses genoux et fixa longuement l'écran. Mille souvenirs enfouis lui remontèrent dans l'épiderme. Les autres se concentrèrent sur la route pour lui laisser un peu d'air. Pour l'aider à passer l'épreuve.

Son pouce reconstitua spontanément le numéro sur le clavier.

Une sonnerie. Une deuxième.

– Allô ?

Le timbre était usé, mais l'intonation était reconnaissable entre toutes, même au téléphone et après tant d'années.

– Bonjour. C'est Nate.

– Qui ça ?

– C'est moi, papa.

Il y eut un blanc, mâtiné de friture.

– Tiens donc. Nate.

Le fils rassembla son courage et alla droit au but :

– Vous avez toujours votre chalet à Bouquet Canyon, tes copains et toi ?

– Euh… oui. Enfin, Ross et moi. Hugh nous a quittés. Mais je suis le seul à…

– Tu en es le propriétaire officiel ?

– Pas directement. Ross a monté une… Comment on dit ? Une SCI. Mais pourquoi tu me demandes ça ?

Nate appuya le front contre la vitre derrière laquelle le monde se déclinait en phares blancs et rouges. Il mit du temps à trouver les mots, et davantage encore à les prononcer :

– J'ai des ennuis, papa.

Après un nouveau silence, le vieux s'éclaircit la voix – mauvais présage – et répondit :

– Bon, ben j'arrive.

Ils prirent la direction de Santa Clarita, où ils quittèrent l'autoroute pour un axe secondaire, puis celui-ci pour une deux-voies de campagne. Les maisons s'espacèrent et la circulation s'allégea, malgré une forte proportion de Harley

Davidson qui suggérait la présence d'un bar à motards dans le secteur. Ils dépassèrent l'entrée de la forêt d'Angeles et son barrage, après quoi la route se mit à sinuer pour s'élever vers Bouquet Canyon. Entre les pins, des pêcheurs coiffés de bobs kaki décrochaient des ribambelles de truites arc-en-ciel qui scintillaient dans les phares. Sur le bas-côté, des mamans rangeaient glacières et paniers dans des monospaces, les marmots braillaient ou se battaient, et les pères s'envoyaient une dernière bière pour la route.

Au bout du domaine, un restaurateur avait érigé un Père Noël de contreplaqué chevauchant une grosse cylindrée, avec ce slogan : ET VOUS, QUEL EST VOTRE VŒU POUR LA NOUVELLE ANNÉE ? Nate indiqua la route du col et ils longèrent le ruisseau à rebours, jusqu'à ce que les dernières habitations se tapissent au milieu des sapins et des chênes, repérables au seul panache blanc s'élevant parfois de leurs cheminées. C'était l'un des miracles de Los Angeles : à moins d'une heure de Rodeo Drive, vous pouviez tâter de la cambrousse. La nervosité de Nate augmenta avec l'altitude : n'ayant pas vu son paternel une seule fois en quinze ans, il n'avait aucune idée, sur aucun plan, de ce qu'il allait trouver.

Alors que Jason saluait de la main un camion de gardes forestiers, Janie lâcha ses premiers mots depuis une demi-heure :

– Heureusement que tu as ton permis, Jason. Je ne sais pas ce qu'on serait devenus, sinon.

– Je n'ai jamais dit que j'avais le permis ! renvoya-t-il par le rétroviseur central. J'ai juste dit que je savais conduire.

Ces paroles jetèrent un froid. Cielle se tassa dans son siège, les yeux fixés au loin sur la route. Puis ceux de Nate s'adoucirent, Janie pouffa, et tous éclatèrent de rire, Jason en tête.

– Alors je continue ? lança-t-il gaiement.

– Range-toi tout de suite, dit Janie.

Elle conduisit sur le dernier tronçon, jusqu'à un chemin de terre desservant un petit chalet de bardeaux, à un jet de pierre de la rivière. Un pont rustique enjambait l'eau comme dans un décor de Disney.

Sur le côté du porche, courbé sur la molette d'une citerne de butane, se trouvait le père de Nate.

Au bruit de la Jeep, il se redressa, se frotta les mains, et s'approcha sans saluer.

– C'est ça, mon grand-père ? fit Cielle d'un air mi-surpris, mi-déçu.

L'homme grisonnait et les années lui avaient courbé le dos, mais il avait le teint frais et l'œil clair. Il portait une chemise de bûcheron boutonnée jusqu'au cou, et Nate songea soudain qu'il n'avait jamais vu son géniteur en tee-shirt. Dans un flash, il se revit tout gamin à l'arrière d'une LeSabre décapotable, le coude de papa confortablement calé sur le rebord de la vitre baissée, tenant le monde d'une seule pièce.

Ils descendirent de voiture et Casper s'étira en bâillant. Les pieds dans les feuilles mortes, ils firent face au maître des lieux.

– Cielle, je te présente ton grand-père.

– Enchanté, fit le vieil homme.

– Bonjour, répondit l'adolescente en secouant une main rigide.

Janie offrit à son beau-père inconnu une brève accolade, puis le grand dadais s'avança :

– Et moi je suis Jason, le petit copain.

Le vieux accepta de lui serrer la main, mais en avertissant son fils :

– Ils ne dormiront pas dans la même chambre.

– On est d'accord, approuva Nate.

Ils s'observèrent, chacun sur son quant-à-soi.

– Tu dois te demander ce qui m'arrive…

– On verra ça en temps utile. Il est tard et vous tombez de fatigue.

Pour la première fois de sa vie, Nate bénit l'incuriosité de son père.

– Merci de nous accueillir, papa.

Pour toute réponse, le vieux se tourna vers la maison.

– Ne restez donc pas plantés là.

Ils se douchèrent et se changèrent pendant que M. Overbay poêlait des steaks de cerf qu'il accompagna d'œufs brouillés et de bolées de cidre chaud. Tout en se frictionnant la tête avec une serviette, Jason déclara :

– Je suis plutôt végétarien.

– Tais-toi et mange, renvoya le vieux.

Cet intérieur se révéla étonnamment douillet, pour une caverne d'ours : moquette épaisse, plaids sur les fauteuils, poutres apparentes au plafond. Et nul téléviseur en vue. Le vieil homme jeta deux bûches dans l'âtre et ils dînèrent sur les sofas, dans la chaleur d'un feu aux doux effluves de cèdre. Casper vida son écuelle de viande avec assez d'ardeur pour le pousser en travers du lino, avant de réclamer du rab d'un couinement pathétique.

Emmitouflée dans un gilet d'emprunt trop grand, Janie nicha ses frêles épaules sous le bras de Nate, et pour une fois Cielle s'abstint de tout sarcasme. Nate coula quelques regards timides vers son père, stupéfait de se trouver sous le même toit que lui, et il aurait juré avoir vu l'ancêtre esquisser un ou deux sourires. Il sentait ses muscles s'assouplir, grâce à l'arrêt des antibiotiques, ou tout simplement parce qu'il pouvait enfin souffler. Cielle raconta une blague idiote, s'esclaffa contre l'épaule de sa mère qui gloussa à son tour et contamina Nate. Dans la vitre du pare-feu, leur reflet rappela à Nate un certain portrait de famille déjanté. Au temps du bonheur.

Ils mangèrent, discutèrent, puis restèrent assis en silence, personne ne voulant rompre le charme de ces retrouvailles. De ce répit salutaire.

Finalement, Cielle et Jason débarrassèrent la table, non sans y avoir été gentiment incités, et Nate gagna la porte, le téléphone à la main.

Janie le rattrapa par le bras :

– Où vas-tu comme ça ?

– Je cherche du réseau. Pour appeler Abara. Après la boucherie de l'hôpital...

Elle lui confisqua l'appareil et l'éteignit.

– Pas ce soir, Nate. Rien qu'une nuit.

Il jugea la demande raisonnable.

Plus tard, au prix d'un douloureux effort, Nate escalada l'échelle du grenier où Cielle couchait. Derrière le Velux, des cimes noires zébraient le ciel étoilé. Il rampa jusqu'au matelas posé à même le sol.

Elle s'exclama :

– Mais t'es pas fou de grimper ici dans ton état ?

– Si, sûrement.

Comme il allait l'embrasser sur le front, elle s'accrocha à son cou.

– Qu'est-ce qu'on va devenir ? bredouilla-t-elle.

Il voulut se dégager pour lui répondre, mais elle resserra son étreinte.

– Je ne laisserai personne te faire de mal, ma puce.

– Comment peux-tu promettre une telle chose ?

– Je peux, c'est tout.

– Tu crois qu'on pourra rentrer chez nous, un jour ?

Je suis déjà chez moi, pensa Nate.

Il lui posa un baiser sur le front et recula vers la trappe.

– Pourquoi vous vous êtes séparés, maman et toi ?

Il se figea, à quatre pattes sur le plancher.

– Disons qu'il m'a fallu du temps pour rentrer de la guerre.

– Combien de temps ?
– Jusqu'à ces derniers jours.
– Et tu as cessé de l'aimer ?
– Non. Jamais.
– Mais alors pourquoi…
– Je ne savais plus comment l'aimer correctement.
– Et tous les hommes sont comme ça ? C'est ça qui m'attend ?

Il eut un sourire triste.

– Mais si tu nous aimais encore, comment pouvais-tu supporter de ne plus nous voir ?
– Je ne le supportais pas. Chaque jour, je me disais que ça irait mieux le lendemain.
– Et ça n'allait jamais mieux.
– Non. Sauf aujourd'hui.

Elle posa la tête sur l'oreiller.

– Dis, papa. Tu veux bien…
– Avec plaisir, ma puce.

Il s'allongea à côté d'elle pour l'aider à s'endormir.

De retour en bas, il chercha son père et l'aperçut sur la terrasse, qui jetait les reliefs du repas dans le composteur. En prenant le couloir pour le rejoindre, il fut arrêté par une rangée de photos au mur : ses propres portraits d'écolier, du jardin d'enfants jusqu'au CE1 – soit l'année précédant la mort de sa mère.

Sur tous ces clichés, quelques constantes : la chemise sortie du pantalon, la jolie raie sur le côté, un sourire que le deuil n'avait pas encore écorné. Après, plus rien. En CE2, écran noir.

Il repensa aux traits de crayon sur le cadre de la porte de Cielle. Puis à la belle Nastya dans son carré VIP, une chenille de cendre plantée entre ses longs doigts manucurés.

Où situer la fin de l'enfance ?

– Tu aurais mérité un mur entier, dit son père qui l'avait rejoint sans bruit.

Mais le temps que Nate accouche d'une réponse, le vieux était déjà reparti.

Il s'accota au mur, le regard perdu sur la courte série de cadres, et il s'apprêtait à se coucher lorsqu'il perçut de faibles bruits cristallins en provenance du porche.

Traversant le séjour, il repéra Jason sur la balancelle.

Assis en tailleur, les épaules arrondies au-dessus de sa guitare sèche, le garçon jouait *Blackbird* des Beatles. Puis il ajouta les paroles, et sa voix s'avéra de toute beauté, à la fois aiguë et limpide, quasi féminine. Mais en voyant arriver le père de Cielle, il coucha son instrument sur ses genoux.

Le froid de la nuit saisit le corps moulu de Nate.

– Pourquoi tu ne joues pas ça, plutôt que tes merdes habituelles ?

– Merci, ça fait plaisir.

– Sérieusement, Jason, tu es très doué. Alors pourquoi le cacher derrière des saturations lourdingues ?

L'intéressé secoua la tête pour écarter sa frange.

– Je sais pas. Peut-être que je me l'interdis.

– Quoi donc ?

– D'être bon à quelque chose.

Nate fit grincer la balancelle en s'asseyant à côté de lui.

– Je comprends, dit-il. La médiocrité est souvent plus confortable.

– Vous plaisantez ? C'est épuisant de passer tout le temps pour un teubé !

Nate sourit et se carra dans les coussins.

– On m'a toujours interdit de faire ce qui me plaisait, confia Jason tout en jouant avec son lacet de chaussure. Ne va pas jouer dehors, n'espère pas étudier les maths, ne t'approche pas des filles intelligentes. Sauf que moi j'en ai ras le cul.

– Tu as raison, concéda Nate.

Même les criquets approuvaient.

Se sentant encouragé, Jason poursuivit :

– Vous savez, parfois on découvre un morceau d'enfer à la radio, et on le kiffe tellement qu'on l'a sans arrêt dans la tête. Alors on le charge sur iTunes et on l'écoute partout. Au skate-parc, à la plage, au bahut, jusqu'à l'écœurement. Et après, quand on l'entend de nouveau à la radio, tout à coup on ne ressent plus rien. Vous voyez ce que je veux dire ? (Nate hocha la tête.) Eh bien, ça m'a toujours fait ça, avec les meufs. Mais jamais avec Cielle.

Ces mots lâchés, ils se balancèrent, du bout du pied, jusqu'à ce que le silence devienne par trop embarrassant. Alors Jason flanqua un coup de coude à Nate :

– Cette discussion m'a bien plu, beau-papa.

Réprimant un sourire, Nate se releva.

– Bonne nuit, Jason.

L'ado ouvrit les mains, un rictus ironique aux lèvres.

– Et si vous voulez jouer au ballon ou emmener quelqu'un à la pêche, je suis toujours disponible.

Nate hocha la tête et attendit d'être rentré pour pouffer.

Dans la moiteur de l'après-câlin, Janie lui embrassa le torse, ses omoplates formant des dunes blanches dans le clair-obscur des étoiles. Puis elle lui goûta le cou et remonta jusqu'à sa bouche. Il lui caressa les cheveux, humides dans la nuque, et elle frotta son cou contre sa grande main telle une chatte.

C'était un moment suspendu, hors du temps – ou ramené dans une autre époque. L'époque d'avant le Bac-à-Sable, d'avant l'homme handicapé séquestré dans les latrines, d'avant Abibas et l'hélico chavirant à un mètre du sol. D'avant les notifications de décès et le déballonnage devant chez Charles. D'avant les cauchemars, les fantômes, l'appartement de Westwood avec ses deux photos punaisées au mur. D'avant les coffres-forts, les salles d'interrogatoire et les empreintes de bottes dans le jardin. D'avant les neurologues, les petites pilules blanches et ce corps qui lui faisait crasse sur crasse.

Sauf que non, bien sûr. C'était bien le présent. Et il suffit d'un tremblement de paupières – une infime fasciculation, que remarqua Janie – pour que l'ambiance s'effrite.

La maladie l'avait rendu aux siens, mais elle le faucherait sous peu,

– Je vais mourir, fit-il d'une voix pâteuse.

Janie lui toucha les lèvres.

– C'est pas grave.

– Mon état ne va cesser d'empirer. Et ce ne sera pas joli à voir.

– Ça m'est égal. (La bouche de Janie trembla, puis s'affermit de colère.) Tes yeux peuvent s'assécher, tu peux perdre l'usage de la parole, tu peux t'étouffer avec de la flotte dans les bronches, je m'en moque. (Elle se cramponnait à lui, ses ongles plantés sous ses clavicules.) Que tu ne puisses plus déglutir, qu'il te faille une machine pour respirer, que tu n'arrives même plus à cligner des yeux, peu importe du moment que nous restons ensemble. Ça m'est complètement égal.

Elle reposa son front luisant sur la poitrine de Nate, et il regarda les étoiles par la vitre, en songeant qu'elles seraient toujours là le lendemain de sa mort, et le surlendemain encore. Il caressa le dos de Janie et elle s'endormit sur lui. Il en eut le corps tout engourdi, mais il n'osa bouger. L'instant était trop précieux.

Pour finir, elle s'ébroua et roula sur le côté.

– Je n'en pensais pas un mot, dit-elle.

– Je sais, mon amour.

52

Nate dormit comme une souche et se réveilla en homme neuf. À côté de lui, des draps vides. Janie s'était esquivée. Il plia les mains, tourna les pieds, serra la mâchoire avec une facilité prodigieuse. Un soupçon de faiblesse par-ci, quelques velléités douloureuses par-là, mais c'était incontestable : il allait beaucoup mieux.

Il se leva, étira les bras au plafond, les doigts en étoile – une sensation divine. En somme, l'interaction médicamenteuse lui avait simplement donné un avant-goût de ce qui l'attendait.

D'ici là, une courte fenêtre de tir s'offrait à lui.

Il ne s'agissait pas de la gâcher.

Il sortit du chalet, son téléphone pointé, à la recherche du signal. Voyant là une invitation au jeu, Casper l'accompagna en lui fouettant les genoux avec la queue. Nate aboutit au milieu du petit pont, où l'appareil captait deux barres, voire trois. L'eau était claire comme l'air, les pierres tapissées de mousse vert vif. Il envoya à Abara trois mots : *Vous êtes là ?*, et reçut une réponse en quelques secondes : *Rappelez ds 20 mn*, suivie d'un numéro de téléphone.

Nate regagna le chalet où son père lui servit une tasse de café, le journal du matin et une copieuse assiette de crêpes aux myrtilles. L'hospitalité maternante de son père ne laissait pas de l'étonner, comme quoi le veuvage pouvait vous changer un homme.

Nate but quelques gouttes de café, les savoura en fermant les yeux, puis repoussa la tasse.

– Je n'ai droit qu'au déca, maintenant.

Son père fit une moue sceptique mais ne posa aucune question. Janie était dans la salle de bains, les ados au grenier. Leurs voix retenues semblaient sereines, mais on savait à quelle vitesse leurs échanges pouvaient tourner à l'aigre.

Ses crêpes englouties, Nate prit son riluzole et lut la une tout en finesse du journal : MASSACRE À L'HÔPITAL. Survolant l'article, il ne débusqua rien d'intéressant. Tueur non identifié, deux morts et quelques blessés tirés d'affaire. Les noms de Nate et de Janie n'apparaissaient nulle part, ce qui suggérait un certain black-out de la part des flics. Au bas de la page figuraient les photos des deux victimes : le vigile de l'ascenseur et l'infirmière à l'accueil.

Misha avait pris ces deux vies sans une once de scrupule. Deux obstacles à élaguer, point barre. Abara voyait juste en prédisant les « foudres » de Pavlo : maintenant que sa fille était morte, l'Ukrainien n'avait plus d'autre but que la vengeance. Si possible aveugle et sanglante.

Par pure habitude, Nate se rendit à la rubrique nécrologique, et fut surpris d'y retrouver la photo de l'infirmière. Le professionnalisme de Luanne Dupries et son implication citoyenne au sein de l'Association du personnel infirmier de Californie étaient un modèle pour ses nombreux amis et collègues, et ainsi de suite. Du bout du doigt, Nate souligna les deux dernières phrases :

LUANNE LAISSE DERRIÈRE ELLE UNE FAMILLE INCONSOLABLE : SES PARENTS, SON FRÈRE, SON FILS, SA BELLE-FILLE, SES NEVEUX ET NIÈCES. AINSI QUE SON COMPAGNON ET SES QUATRE ENFANTS.

Avant sa mort absurde, Luanne avait laissé une marque de son passage. On l'avait aimée, et on la regretterait. Nate lui demanda secrètement pardon, tapota son portrait en signe de respect, et repartit vers le pont avec son téléphone.

En quelques jours, les messages s'étaient accumulés sur son répondeur : le sergent Jen Brown le sommait de venir signer les papelards, plusieurs journalistes avaient réussi à se procurer son numéro, et quelques amis s'inquiétaient de cette curieuse histoire de braquage. Il effaça tout en bloc et lança l'appel.

Abara décrocha dans la seconde :

– Quoi c' bordel ?

– Nous ne sommes plus en mode SMS, inspecteur.

– On se serait cru à l'hôpital de Falloujah ! Vous avez vu les reportages à la télé ?

– À vrai dire, non.

– Ils en font tout un pataquès. Avec déclarations du maire, du chef de la police et tout le bastringue.

– Vous avez de quoi mouiller Shevchenko ?

– À votre avis ? Nous avons décortiqué les vidéos. Le tueur n'existe même pas. Attendez une seconde. (Quelques bruits étouffés.) Excusez-moi, Nate, mais c'est le branle-bas de combat, ici. La bonne nouvelle – façon de parler –, c'est que les témoignages vous placent tous en position de victime. Aussi je pense que la proc' et les enquêteurs en chef commencent à mieux cerner les enjeux, et donc les raisons qui vous ont poussé à agir comme vous l'avez fait – notamment vis-à-vis de cet avion de ligne.

Nate soupira au ciel.

– Je suis donc blanchi ?

– Loin de là. Mais ça progresse, et j'y travaille.

– Je fais l'objet d'un mandat d'arrêt, alors ?

– Non plus. À l'heure actuelle, la proc' tient juste à vous entendre. Mais c'est tout à fait secondaire. Le gros problème, c'est que Pavlo et ses sbires sont bien trop remontés pour qu'on vous laisse courir la campagne en famille. Imaginez qu'ils vous attrapent en plein centre commercial !

– Nous ne sommes pas très shopping, en ce moment.

– Vous m'avez parfaitement compris, Nate. Nous devons assurer votre sécurité pour assurer celle de la population. Ce qui, en interne, a remis sur le tapis la question de votre protection. Bref, il doit y avoir un moyen de négocier votre reddition en échange d'une protection renforcée. Alors gardez votre téléphone allumé, et laissez-moi vous guider dans ce merdier.

Sur ces mots, la ligne coupa. Nate fixa pensivement le portable avant de rentrer annoncer ces nouvelles semi-encourageantes. Son père suivit le compte rendu tout en nettoyant la cuisine, et Nate devina que Janie lui avait exposé la situation. À l'évocation du plan d'Abara, Janie et Cielle s'illuminèrent d'un espoir quelque peu effrayant tant il semblait prématuré. Nul ne pouvait dire à ce stade si elles retrouveraient une vie normale. Si elles regagneraient jamais le monde connu et sûr d'avant.

Nate rejoignit sa petite zone de réception et s'assit tout au bord du pont, le bout des semelles ballant dans l'eau. Casper vint lover sa fourrure humide contre son maître, qui en échange ceintura son cou épais et musculeux, pour gratter les poils clairs que les éleveurs surnomment « ailes d'ange ». Le chien se laissa faire tout en regardant les oiseaux sautiller d'arbre en arbre.

Au bout d'un moment, les branches craquèrent dans leur dos.

– C'est une vraie tragédie grecque, ce que tu traverses là, fiston. Et la maladie de Charcot, pour couronner le tout…

Le vieux se baissa et délogea Casper pour s'asseoir avec Nate. Ils contemplèrent les feuilles panachées, leur friselis au vent, l'air d'une pureté inconcevable.

– Tu as une assurance-vie, au moins ? Pour Janie et Cielle ?

Sur ce plan-là, l'homme n'avait pas changé : les questions pratiques avant tout.

– Oui, elles toucheront un bon pécule. À condition que je ne me suicide pas.

– Pourquoi ? Tu y as songé ?

– Très sérieusement.

Son père hocha la tête. Un seul coup, solennel.

– C'est dur de mourir, dit-il. Mais mal vivre aussi.

– Ouaip, fit Nate en caressant l'eau du bout du pied. J'en sais quelque chose.

– Et moi donc.

Il flottait dans l'atmosphère un suave fumet de pin.

– Je ne sais pas comment te remercier, papa.

Le vieux s'esclaffa. D'un trait bref.

– À la mort de ta mère, confia-t-il, j'étais au fond du trou. Je voyais bien que tu essayais de te faire tout petit, pour me gêner le moins possible, mais tu ne savais pas comment t'y prendre, et moi-même je n'avais aucune solution, ni pour toi ni pour moi. C'était un sentiment terrible : j'avais conscience de bousiller notre relation, mais j'étais incapable de réagir.

À ces mots, Nate se revit débouler en pleine nuit dans la chambre de sa fille, le front ensanglanté. Il se revit cloué au siège des toilettes pendant que Janie pleurait à côté.

– Plus tard, reprit son père, quand j'ai enfin réussi à relever la tête, j'ai estimé que je devais te renvoyer l'ascenseur. Et me faire oublier à mon tour. J'étais persuadé que tu n'avais aucune envie de me revoir.

Nate n'avait jamais entendu son vieux aligner autant de phrases à la suite, et il refusait d'insulter cet effort par une réponse hypocrite, lénifiante ou convenue.

– Eh bien tu vois, dit-il, cette histoire de fous aura finalement produit quelque chose de positif.

– Quoi donc ?
– Cet instant, ici, toi et moi.
Son père émit un hoquet guttural puis hocha la tête, ses pattes-d'oie creusées par un sourire mélancolique. Juchés sur leur perchoir, les deux hommes regardèrent les remous de la rivière se former puis se dissoudre, chaque tourbillon vivant pour un court instant avant d'être emporté sous le pont.

Le téléphone restait désespérément muet sur ses genoux, et Nate rivé à son pont tel un chien en laisse. Mais dans un cadre pareil, cela n'avait rien d'une punition. Janie lui apporta une couverture et plusieurs tasses de déca, en affectant à chaque passage des manières de serveuse, et il la paya en baisers.

Sur la balancelle du porche, Cielle feuilletait un magazine. À ses côtés, Jason s'étira dans un bâillement théâtral afin de lui prendre les épaules. Elle le repoussa vivement :
– Dégage. Tu pues le bouc.
Comme d'habitude, l'autre riposta et le ton monta en flèche, jusqu'à ce que Jason rentre bouder à l'intérieur. Voyant que son père l'observait, elle roula des yeux excédés et il compatit en haussant les épaules. Elle se leva et vint à lui d'un pas lourd, l'échine tirée vers le sol, pour s'installer sur le pont à la place laissée par son grand-père.
Elle maugréa :
– Quelle tache, ce mec, des fois…
– Ah bon ? Je croyais que c'était juste un connard.
– Quoi ?
– Laisse tomber. Mais il n'est pas si nul que ça, quand même.
Elle le dévisagea, incrédule.
– Tu défends Jason ? *Toi ?*
– Tu as toujours été maligne comme une fouine, ma puce, et d'une sincérité désarmante. Mais parfois, ça peut te rendre un peu cassante.

– Jason ? continua-t-elle. Le Jason de « Mon copain Jason » ?

– Oui, soupira Nate. C'est plutôt un mec bien.

– Bouge pas, je vais chercher de quoi t'enregistrer.

– Écoute, Cielle…

– Sténo ! lança-t-elle à un sapin. Pourriez-vous relire devant la cour la toute dernière déclaration ?

– Ça existe, les excès d'intelligence. Et ça t'amène parfois à te tirer une balle dans le pied.

– T'es mal placé pour me critiquer.

– Au contraire, ma fille ! Je veux juste t'éviter de devenir comme moi. (Du coin de l'œil, il la vit sourire.) Je dis simplement que tu mérites d'avoir tout ce que tu veux.

– C'est qu'il est tellement relou, par moments…

– Là, je ne vais pas te démentir. Mais il a aussi certains traits de caractère qui… l'un dans l'autre sont… relativement… acceptables.

Le téléphone sonna sur sa cuisse. Il l'ouvrit fébrilement et le pressa contre son oreille.

– Rendez-vous chez moi à minuit, dit Abara. Je vous envoie l'adresse par texto.

Et il raccrocha.

Nate rangea l'appareil dans sa poche. Cielle se mâchonnait la lèvre d'un air méditatif. Sa frange lustrée était si droite qu'elle semblait taillée d'un seul tenant. C'étaient les cheveux les plus beaux et les plus sombres qu'il eût jamais vus. Une prouesse de la nature.

– Je… fit-elle avant de s'interrompre.

– Oui, ma puce ?

– Non. C'est débile.

– Mais parle, voyons !

– J'aurais aimé que tu puisses être fier de moi, murmura-t-elle en shootant mollement dans l'eau.

– Tu avais raison, répondit Nate.

– Comment ça ?

– C'est effectivement très débile.

Elle ouvrit une grande bouche à la fois outrée et hilare, puis repoussa son père du dos de la main.

– Que je sois fier de toi, Cielle ? Mais tu es la seule réussite à mon actif ! Mon seul et unique chef-d'œuvre !

Il vit ses joues rosir, et le vent n'expliquait pas tout.

– Je t'ai déjà abandonnée une fois, et je vais bientôt recommencer… (Il déglutit avec peine.) Tu es la seule personne qui me manquera, ma puce, avec ta maman.

Elle détourna les yeux, un sourire ému aux lèvres.

– Tais-toi, papa.

Elle essuya son mascara humide, et il feignit de n'en rien voir.

– Mais il y a tellement de trucs… (Elle renifla et se passa la manche sous le nez.) Il y a tellement de trucs que tu n'auras pas pu faire…

– J'aurai pu faire ceci, dit-il en la serrant contre lui.

Le plafond d'azur s'assombrissait progressivement. Au bout d'un long moment, Cielle posa la tête sur l'épaule de son papa.

53

Les chiffres en métal rouillé cloués à la barrière correspondaient bien au numéro fourni par Abara. La longue allée coupait un bosquet d'eucalyptus qui s'élevait droit jusqu'au ciel d'encre. Aucune maison n'était visible de la route. Nate dépassa l'entrée sans s'arrêter, se gara cinq cents mètres plus haut et revint à pied. On n'est jamais trop prudent.

Abara vivait sur un replat des monts Santa Susana. Derrière les rochers anguleux qui bordaient la route, pointait l'ombre de Rocky Peak, et en aval se déroulait la vallée, avec au premier plan Chatsworth, ses parcs, ses studios pornos, ses lotissements et ses squats à crackés. Une sorte de L.A. modèle réduit, cinquante kilomètres avant l'original.

L'allée de la maison était tapissée d'écorces brunes qui amortissaient les pas, et l'odeur d'eucalyptus rappelait le sinistre sauna de Pavlo. Une modeste maison de plain-pied se révéla dans le tournant, derrière les troncs d'arbres. Un peu plus haut, la masse trapue d'une grange indépendante. La lumière brillait derrière quelques fenêtres de la maison, et une feuille de papier frémissait sur la porte, éclairée par la lampe du perron.

Bizarre. Cela puait le guet-apens.

Nate quitta l'allée, contourna la maison aussi furtivement que possible et colla son nez aux carreaux de derrière. La maison était encore plus petite qu'elle n'y paraissait. Un intérieur de célibataire, sans chambre de filles, ni sacs à main, ni vestes féminines. Les attributs principaux du séjour était un téléviseur et un bar. Une seule chambre, peuplée de gadgets et de fanions aux couleurs des Lakers. Nate crut un instant s'être trompé d'endroit, avant de repérer au mur d'un petit bureau le diplôme de l'académie de Quantico, puis sur une console un badge d'agent fédéral accompagné de clefs de voiture. On était bien chez Abara, qui n'avait ni épouse portoricaine tête en l'air, ni adolescentes impossibles, ni chien fidèle qui rentrât le soir par un portail inexistant.

Nate avait toujours pris les anecdotes familiales d'Abara pour ce qu'elles étaient – de simples outils de manipulation. Il n'empêche, l'étendue de ses bobards était assez déconcertante. Ce flic solitaire se serait inventé toute une famille à seule fin d'attendrir ses suspects ? Nate aurait voulu se sentir trahi, voire humilié, mais devant cette unique assiette sale sur le comptoir, et cette collection de télécommandes alignées sur l'accoudoir du canapé, il ne put que plaindre le bonhomme.

Restait une interrogation de taille : pourquoi Abara lui avait-il donné rendez-vous ici, où tous ses mensonges s'éventeraient illico ? Était-ce un choix dicté par la gravité de la situation ? Et combien d'autres bobards restait-il à découvrir ? Se pouvait-il que le gars soit à la solde de Pavlo ?

Non. En son for intérieur, Nate sentait qu'Abara était un bon flic. Un peu mytho, mais intègre.

Ne percevant aucun mouvement à l'intérieur, Nate se résolut à examiner le mot scotché sur la porte d'entrée. Comme il reprenait l'allée à pas de loup, il sentit sourdre une douleur dans sa cheville gauche. *Pas maintenant*, marmonna-t-il en appuyant son pied dans le sol.

Passé les arbres devant la façade, il se risqua vers le porche. Le papelard était lisible à plusieurs mètres : *Je suis dans la grange.*

Nate se replia derrière les arbres, sortit le Beretta de son jean et se mit en marche vers le bâtiment repéré précédemment. De sa main gauche, il sortit son téléphone et composa le 911, mais sans presser la touche d'appel.

C'était une grange à l'ancienne, en bois, sans fenêtres. L'immense porte principale était fermée, et il semblait impossible de l'ouvrir sans bruit. Mais au dos de la structure se dressait une seconde porte coulissante, celle-ci entrebâillée. À l'intérieur, Nate discerna un sol en béton jonché de carcasses de voitures, de moteurs plus ou moins disséqués et d'outils. Tout au fond, une ampoule suspendue au grenier illuminait un coin caché derrière une demi-cloison de bois. Y trouverait-on Abara, en pleine séance de bricolage ?

De plus en plus méfiant, Nate se glissa dans la grange sans s'annoncer, son arme en proue. Le sol huileux était si froid qu'il réfrigérait tout l'espace. Nate calcula chacun de ses pas pour éviter de se trahir en dégommant une clef anglaise. Il régnait une odeur terreuse, de vague pourriture.

La carcasse d'une vieille Mustang formait un angle avec la cloison, et les machines tout autour bouchaient la vue.

L'odeur s'intensifia à l'approche du recoin caché, jusqu'à devenir pestilentielle. Puis la chaussure de Nate percuta par mégarde un objet léger qui glissa sur le sol avec un bref frottement métallique. Il se pétrifia, le pouce gauche calé sur la touche du téléphone, le poing droit crispé sur le Beretta, et bloqua son souffle pour ne plus émettre le moindre bruit.

Il s'accroupit lentement, son canon braqué sur la zone éclairée, et palpa le sol à la recherche de l'objet dérangé. Il mit la main dessus et le leva pour l'étudier dans la pénombre.

Une médaille de baptême – celle d'Abara – accrochée à une chaîne en or. Avec le fermoir tordu.

Tout comme le sol, ce pendentif paraissait glacé.

Glacé, et mouillé.

Tous les sens en alerte, le cœur en régime de combat, Nate tâta le béton.

Une flaque.

De glace fondue.

Dans un déclic de qualité industrielle, trois suspensions inondèrent la grange de lumière jaune. Surpris, Nate ripa sur le sol huileux et tomba sur les fesses. Bien qu'ébloui, il distingua quatre hommes autour de lui, et quatre pistolets convergeant sur son crâne. Ils l'avaient guetté dans le noir et attendu qu'il soit tout proche pour le coincer. Mais le plus effrayant, ce n'étaient pas ces quatre Ukrainiens.

C'était le spectacle derrière eux, dans le recoin visible sous les machines.

54

Les hommes lui écrasèrent les poignets au sol, libérant aussitôt le Beretta et le portable. Puis un troisième pied lui frappa la tempe, ramenant sa tête vers le spectacle macabre sous l'ampoule nue.

Un bloc de glace. Un Abara dépecé. Par terre, une scie circulaire engluée de sang, la lame tordue d'épuisement. Des menottes noires et mates, désormais vides, pendaient à une chaîne.

Encore étourdi par le coup, Nate fut hissé sur ses jambes. Deux autres blocs de glace attendaient au fond de la grange avec plusieurs rouleaux de toile plastique. Rien que pour lui et sa fille.

Pris d'une terreur blanche, la gorge baignée de bile, il dut se forcer à respirer pour ne pas défaillir.

Pavlo contourna la cloison et vint passer la main sur le bloc d'Abara. Ses tatouages lui grignotaient le cou, les poignets, comme si sa chemise grouillait de serpents.

– M. Abara était bien malheureux, dit-il en s'essuyant la main sur son pantalon. Pas de femme, pas d'enfants. Tout seul. (Il se rapprocha pour montrer la rage animale qui couvait sous ses traits durs.) Ce n'est pas facile d'être seul. Sans aucune raison de vivre.

Valerik et Dima saisirent Nate par les bras tandis que Misha lui pointait un pistolet sur la tempe. Youri l'observa d'un air avide, le visage couvert de bleus. Il portait des gants, une chemise mexicaine noire, et il était moucheté de sang des orteils jusqu'aux cheveux, en passant par la languette du porte-clefs qui pendait à sa poche de poitrine.

Voyant le prisonnier détourner la tête, Pavlo lui agrippa le visage, lui roula les joues contre les molaires et lui remit le nez sur les restes d'Abara.

– Cet homme était ton dernier espoir. Mais il nous a tout déballé. Comme toi dans quelques instants. Tu vas nous dire où se cache ta gamine. Et nous la ramènerons ici.

– Jamais ! crachota Nate.

Pavlo s'esclaffa :

– Tu ne comprends donc pas que la partie était jouée d'avance ? Serais-tu assez naïf pour croire que rien ne s'achète en Amérique ? Mais tout s'achète, mon ami ! Vos réseaux de surveillance, vos fichiers de police, les moindres infos répertoriées, y compris les retraits de liquide de ton épouse.

– Je sais, marmonna Nate. Vous achetez des gens…

– Erreur. Nous leur achetons leur temps. Par tranches de cinq minutes. Une petite recherche dans une base de données, un petit relevé bancaire… Où que tu ailles, tu seras toujours à ma portée, parce qu'il me suffit de sortir mon fric. Voilà pourquoi les dés étaient pipés, cher Nate Overbay. Nous allons enfin vous réunir, père et fille, et tu auras bientôt si mal que tu nous supplieras de la dépecer, elle.

– À quoi bon, puisque vous me tuerez de toute façon ?

– Oui, Nate, tu vas mourir. Mais la partie qui m'intéresse, c'est l'heure juste avant ça. (Il agita la main.) Apportez la scie !

Youri fourra la tronçonneuse dégoulinante sous les narines de Nate, jusqu'à ce que celui-ci, pris d'un haut-le-cœur, la repousse par le guidon. Le géant examina les empreintes ainsi laissées et, satisfait, reposa l'outil au pied du bloc d'Abara.

– Cet agent du FBI te faisait confiance, reprit Pavlo. Mais pas ses collègues. Et ils seront fort marris d'apprendre que leurs soupçons étaient fondés. Aimerais-tu écouter un certain enregistrement où il dit à ses supérieurs qu'il a changé d'avis sur toi ? Comme quoi tu serais trop… instable ?

Nate déglutit et prononça, d'un maigre filet de voix :

– Le FBI possède tout un dossier sur vous…

– Tout le monde possède un dossier sur moi. Et après ?

– Ils ont des preuves concernant les assassinats de témoins. Ils planchent déjà sur l'acte d'accusation.

– Sois sûr d'une chose, articula Pavlo. Ils peuvent mettre à contribution tous les experts-comptables qu'ils veulent, ils n'établiront jamais le moindre lien entre Danny Urban et moi, ni entre moi et ces meurtres.

L'assurance de Pavlo était sans réplique, et Nate sentit ses derniers espoirs voler en éclats. Son seul allié parmi les forces de l'ordre gisait en puzzle sur un iceberg. Lui-même se savait bon pour une longue et fatale séance de torture, et Cielle serait la suivante sur le billot. L'estomac retourné par l'odeur de guerre et le sang collé à ses mains, il chercha en lui-même les ressorts d'un ultime sursaut.

Le visage de Janie lui vint en tête, et sa bouche sur son torse.

Tu m'auras fait attendre.

Puis le serment à sa fille :

– *Je ne laisserai personne te faire de mal, ma puce.*

– *Comment peux-tu promettre une telle chose ?*

– *Je peux, c'est tout.*

Il releva la tête, galvanisé.

Temporise, se dit-il. *Glane des infos, négocie, détourne. N'importe quoi qui puisse libérer un dernier petit grain de chance.*

Pavlo se pencha vers Misha :

– Commençons.

– Vous vous êtes donné beaucoup de mal pour me coller le meurtre d'Abara sur le dos, lança Nate, mais lorsque les flics découvriront mon corps dans le même état que le sien, ils me disculperont d'office. Et se tourneront vers vous.

Chassant de ses yeux une mèche de Beatle blond, Misha répondit :

– Personne ne trouvera vos restes, déclara-t-il. Juste vos empreintes et le policier. Nous allons nettoyer et préparer la scène.

– Et toi, tu vas nous dire où se trouve ta fille obèse, reprit Pavlo. Ainsi tu la tueras de tes propres mots.

– Et comment comptez-vous m'y contraindre, maintenant que votre scie a rendu l'âme ?

– Nous avons du matériel de rechange, répondit Youri.

Au signal de Pavlo, le colosse s'éloigna vers la porte.

– J'ai appelé les secours, déclara Nate. Juste avant de pénétrer ici.

– Tu parles ! fit Misha d'un air blasé.

– Juste avant que vous me tombiez dessus. Vérifiez donc. Allez-y, vérifiez !

Youri s'arrêta au milieu de la grange et ressortit de sa poche le téléphone du captif.

– « Durée : 2 secondes », lut-il. Juste le temps de raccrocher, en somme.

Le géant reprit son chemin tandis qu'un soupçon d'inquiétude pinçait le visage de Pavlo. Nate poussa son avantage :

– Vous vous doutez bien que les autorités surveillent mon portable. Que vont-elles penser de ce faux appel transmis par l'antenne-relais la plus proche du domicile d'Abara ? Ce même Abara qui, sous vos menaces, m'aura décrit un peu plus tôt comme « instable » ?

– Ils ne bougeront pas, prédit Misha.

– Allez savoir, renvoya Nate en fixant Pavlo dans les yeux.

Youri écrabouilla littéralement l'appareil dans son poing et lâcha les débris sur le béton. Puis il fondit sur Nate, son porte-clefs cliquetant devant sa poitrine, avant d'être stoppé par le chef :

– Rapproche la voiture, ordonna Pavlo. On l'emmène à l'entrepôt, où personne ne viendra nous enquiquiner. (Et de susurrer à l'adresse de Nate :) On pourra prendre tout notre temps…

Youri s'exécuta et ressortit en hâte. Dans l'attente de son retour, ponctuée par les craquements sporadiques de la glace en fusion, Nate garda la tête détournée de la boucherie sous l'ampoule. Enfin s'éleva un bruit de moteur, et l'on entendit la voiture longer la grange, freiner un peu plus loin et reculer de quelques mètres. Puis une clef débloqua une serrure et deux vérins pneumatiques ouvrirent un coffre.

Quelques secondes plus tard, la haute porte coulissante de la grange s'ébranlait. Derrière la silhouette massive de Youri, les lignes élégantes de la Lincoln. Le costaud revint droit sur Nate, l'empoigna par le col et le traîna comme un vulgaire tapis vers le coffre de la berline. Il l'y jeta contre un sac de jute au contenu dur et anguleux. Puis la porte claqua et la loupiote fit place au noir le plus parfait.

Juste avant d'atterrir dans le coffre, Nate avait réussi à subtiliser le porte-clefs qui dépassait de la chemise de Youri. Il trifouilla fébrilement le trousseau jusqu'à isoler un anneau épais et muni de boutons. Il pressa le plus bossu d'entre eux et entendit la voiture se verrouiller en poussant un joyeux cui-cui.

À l'extérieur s'enchevêtrèrent des exclamations plus graves :

– Mais comment a-t-il… ?

– … pas d'autre jeu ?

– … Tu veux dire qu'il a réussi à s'enfermer avec… ?

Nate roula sur le côté pour enfoncer le dossier arrière et gagner l'habitacle, mais la cloison moquettée résista tant à ses pieds qu'à ses poings, et ses doigts ne trouvèrent aucune mollette dans les coins. À l'évidence, Pavlo n'avait pas pris l'option « dossier rabattable ».

Sentant une masse dure dans ses reins, Nate se rappela s'être heurté le crâne contre un objet lourd et anguleux. Pourrait-il s'en faire un marteau ?

Mieux que ça ! Plongeant la main par la fermeture du sac qui bâillait, il reconnut au toucher les formes menaçantes d'une découpeuse – le matos de rechange évoqué par Youri. Retenant son souffle tandis qu'au-dehors les esprits s'échauffaient, Nate tira sur le cordon et la machine s'ébroua furieusement, prête à mordre la terre entière. Rassemblant ses forces et sa concentration, Nate poussa la lame dans le dossier invisible. Fibres roussies, étincelles et limaille lui assaillirent les yeux et la bouche à mesure qu'il creusait un arc dans l'acier garni. Mais ses muscles s'épuisaient vite, et il en aurait encore besoin pour la suite. Il relâcha la pression de la lame et testa la cloison avec le pied : elle ne cédait toujours pas.

Une détonation claquante lui vrilla la tympan, assortie d'un bref trait de lumière. Une balle tirée dans le coffre.

Pris de panique, il poussa la scie plus avant et, sitôt que la lame eut atteint le flanc de la carrosserie, reposa la machine et poussa de tous ses membres. La cloison céda en même temps qu'une rafale criblait le haut de la malle.

Les muscles assouplis par l'adrénaline, Nate roula sur la banquette arrière et se glissa sur le siège conducteur.

Misha surgit à sa hauteur, mais à deux mètres de la portière, pour lui viser la tête avec son flingue. Nate n'eut pas le temps de se demander pourquoi le gars se tenait si loin qu'un projectile quittait la gueule de l'arme et rebondissait sur la vitre, laissant un éclat dérisoire.

La berline était blindée.

Pendant que Misha vidait en vain le reste de son chargeur sur le carreau, Nate ficha la clef dans le contact et démarra en un bond poussiéreux. Il chassa de l'arrière pour se placer dans le bon axe et poussa jusqu'à la route. Dans ses rétroviseurs, plantée entre ses deux nervis défaits, la silhouette rigide de Pavlo lui promit qu'ils se reverraient.

Il s'engagea en trombe sur la chaussée déserte et apprivoisa les freins juste assez tôt pour ne pas dépasser sa propre voiture stationnée plus haut. Il sauta de la Lincoln, sortit les clefs de la Jeep, grimpa à bord et repartit sur les chapeaux de roues, ses mains poisseuses cramponnées au volant. Comme il s'envolait dans la nuit, les yeux fixés sur la ligne blanche, il sentit monter en lui une sensation inédite : celle de s'être évadé de la tombe.

55

Il était 3 heures du matin et Nate finissait tout juste d'éliminer le sang d'Abara sur ses mains. Il avait regagné la maison de Bouquet Canyon sur la pointe des pieds, pour éviter de réveiller son père et les gosses. Janie s'était retournée en l'entendant traverser la chambre, mais il ne pouvait se résoudre à lui décrire ce que ces ordures avaient infligé au flic.

La douche brûlante l'aida à retrouver ses esprits, et il quitta la cabine dans un mélange de colère et d'accablement. Charles l'attendait, son cul visqueux appuyé contre le lavabo, pour lui tendre une serviette. Nate la saisit d'un bras légèrement tremblant, et décida d'ignorer la douleur nouvelle dans le muscle.

– Je suis dans l'impasse, Charles. L'étau se resserre et le temps file. Il faudrait contre-attaquer, mais je n'arrive pas à me décider.

Charles le considéra d'un air grave, préoccupé.

– Tu étais le mec de la plage, dit-il. Le mec qui avait bravé les vagues pour sauver une gonzesse.

– J'étais ce gars-là, oui.

– Puis on est partis là-bas, et tu y as laissé une partie de ton âme.

– Tu parles de l'hélicoptère ? chuchota Nate. Quand je t'ai laissé te jeter sur la bombe ?

– Et de ma mère, aussi. Franchement, qu'est-ce qui

t'empêchait de lui annoncer mon décès ? Tu t'es défilé au dernier moment, à quelques mètres de la baraque, et il a fallu qu'elle l'apprenne de la bouche d'un inconnu.

Nate hocha la tête, penaud.

– C'est pour ça que tu me hantes sans arrêt, bredouilla-t-il. Tu ne m'as jamais pardonné.

– Bien sûr que si ! protesta Charles. C'est toi qui n'arrives pas à te pardonner.

Nate secoua la tête.

– Mais pourquoi tu me parles de ça ? Quel rapport avec mes tergiversations du moment ?

La figure de Charles était tachetée de sang, ses cils couverts de sable.

– Tu dois choisir une bonne fois pour toutes, déclara-t-il. Quel homme es-tu, Nate ? Le mec de la plage, ou le mec garé devant la maison de ma mère ?

Nate se sécha et referma laborieusement sa main gauche. Le souffle de Charles fuyait de ses poumons rôtis, sous ses côtes décharnées. Nate se rhabilla et raccrocha la serviette.

La main sur la poignée de la porte, il répondit :

– Le mec de la plage.

Janie et Nate se faisaient face sur le lit, assis en tailleur, comme aux grandes heures de leur vie étudiante. Mais cette nuit, l'ambiance était autrement plus morose.

Nate ne parvenait pas à chasser de son esprit l'image d'Abara en morceaux sur la glace. Ni celle de l'unique assiette sale dans sa cuisine de célibataire.

– Tous ces innocents tués par ma faute…

– Par la faute de Pavlo Shevchenko, rectifia Janie, elle-même toute chamboulée par le récit de son mari. La situation est bien assez compliquée sans que tu te mettes à culpabiliser.

– Je dois agir tant qu'il est encore temps, tant que la maladie et la police me laissent un minimum de latitude.

Car dès qu'ils auront découvert mes empreintes sur la découpeuse, je deviendrai le meurtrier d'un agent fédéral.

– Tu peux toujours te rendre et leur expliquer toute l'histoire.

– Parce que tu crois qu'ils m'écouteront ? Ils réclameront des preuves, or les circonstances me sont plus que défavorables. Abara était mon seul soutien chez les flics, et avant de l'éliminer ils l'ont forcé à appeler ses supérieurs pour dire qu'il s'était trompé sur mon compte. Avec en plus mes empreintes sur la scène de crime, l'affaire sera entendue.

– Et l'enquête contre Shevchenko, alors ?

– Ils ne réussiront jamais à lui imputer les meurtres. Il a pris soin d'effacer ses traces. Quoi qu'il en soit, nous ne pouvons pas rester cachés indéfiniment. Tôt ou tard ses hommes vous retrouveront, Cielle et toi, que ce soit ici ou ailleurs. La cavale n'est pas une vie, Janie. Ni pour toi, ni pour elle.

– Et donc, demanda Janie d'une vois tremblante, quelle solution nous reste-t-il ?

Les étoiles atténuaient l'obscurité, révélant les volumes de la pièce. Nate songea à la nuit précédente, et à l'espoir qu'ils avaient retrouvé, enlacés dans ce havre inespéré. Ils s'étaient bercés d'illusions, mais Nate n'en regrettait pas une seconde.

Il lui effleura la joue et répondit :

– Je vais prendre le taureau par les cornes.

– C'est-à-dire ? Tu vas repartir en guerre ?

Nate resta muet. Elle repoussa sa main.

– Tu n'as même plus de flingue ! s'exclama-t-elle en levant les yeux au ciel.

– Il me reste à régler la question matérielle, admit-il sobrement. J'ai commis des tas d'erreurs, lança Nate. Mais celles que je regrette le plus, ce sont mes renoncements. Toutes ces fois où j'ai reculé devant la peur. Sauf que maintenant, entre ça (il leva son poignet moribond) et tout le reste, je n'ai plus aucune raison de me défausser.

Il lui ôta la main de la bouche pour la garder dans la sienne, sur la chemise de nuit de Janie.

– Je refuse de mourir en sachant que des assassins poursuivent ma femme et ma fille, point final.

Elle lui serra la main très fort, comme pour le retenir.

– Mais concrètement, que vas-tu faire ?

– Tout ce qu'il faudra, mon amour.

– Mais alors tu reviens, exigea-t-elle. Tu reviens nous dire au revoir.

Elle mit du temps à desserrer sa poigne, et lui à reprendre ses doigts.

Casper le suivit dans le couloir, ses griffes tapant sur le plancher. Nate toqua un coup à la porte de son père, qui le pria d'entrer.

Depuis le seuil, il regarda le vieil homme se redresser et chausser ses lunettes. La clarté grise du petit matin s'infiltrait autour des rideaux.

– Ça va se gâter, papa.

– Bah ! Je ne m'attendais pas à ce qu'on parte en pique-nique.

– D'un instant à l'autre, je vais être accusé du meurtre d'un flic. Ce qui signifie que j'aurai toutes les agences de police aux fesses, en plus des Ukrainiens. Je vais donc devoir m'absenter pour régler certaines choses. Quant à toi, tu ne peux pas rester auprès de Janie et Cielle.

– Je veillerai sur elles.

– C'est trop dangereux, papa. Pour toi ! Il vaut mieux que tu rentres à…

– Je ne te demande pas ton avis, Nate, fit le vieux en élevant la voix. (Puis il se racla la gorge, comme pour s'amender.) Je les aiderai à se défendre, Nate. Contre tout ceux qui les embêteront.

– Je ne veux pas te mettre en danger, papa.

Le père retira ses lunettes pour se frotter les yeux. Lorsqu'il les remit, son visage parut plus ridé que jamais.

– Je n'ai rien fait de bon depuis des lustres. Alors de grâce, fiston, ne me prive pas de cette occasion.

Sous le ventilateur à demi arraché par le poids de sa fille, Pavlo étala la garde-robe de Nastya sur la couette moelleuse, afin d'y appliquer avec une violence minutieuse la lame de rasoir de la défunte. Seule concession à l'âge, il portait ses double-foyer qui lui conféraient, une fois n'était pas coutume, une élégante respectabilité. Le pouce et l'index serrés sur la lame, il promena le coin d'acier dans les tissus tel un aileron de requin dans une mer multicolore.

Sous la baie vitrée, les lumières du boulevard scintillaient encore, l'aurore balbutiant à peine. Cette vue imprenable était parfaite depuis que Pavlo avait déchiré les rideaux. Demeuraient toutefois quelques marques de rouge à lèvres, ultimes traces du message d'adieu de l'adolescente.

Youri et Misha pénétrèrent dans la pièce et se plantèrent tels deux serveurs attendant qu'on les remarque.

– Quoi ? fit Pavlo tout en lacérant le deuxième bonnet d'un soutien-gorge coquelicot.

– Les flics viennent d'investir la grange d'Abara, indiqua Misha. Suite à notre coup de fil. Ils ont fait des relevés sur le lieu du crime et entament l'analyse des indices.

Pavlo attrapa un corsage vaporeux pour couper les boutons un à un.

– Parfait, dit-il. Et Overbay ?

– Nous surveillons les aéroports et…

– *Trouvez-le*, cracha Pavlo avant de trancher le dos du vêtement. Il ne s'agit plus de le chercher, mais de l'attraper.

– Nous avons obtenu des tas d'adresses, poursuivit Youri. Les résidences principales et secondaires de ses copains de régiment, de ses amis, de sa famille élargie. Les parents de sa femme ont un appartement de vacances à Arrowhead, et son propre père un chalet à Bouquet Canyon. L'épouse a aussi un collègue médecin qui possède une maison sur la plage à Malibu. C'est comme ça que la police traque les fugitifs.

– Et le petit ami de madame ? Rien de neuf de son côté ?

– Il court encore. A été repéré hier soir dans un motel de l'Ohio. N'a passé ni reçu aucun appel. Il ne leur sera plus d'aucune utilité.

Pavlo happa les papiers des mains de Youri.

– Et ça m'a coûté combien, tout ça ? dit-il en feuilletant la liasse.

– 15 000 dollars.

Pavlo rendit les documents et reporta son attention sur une culotte.

– Vous êtes quatre, dit-il. Coupez la liste en deux et commencez par les adresses les plus proches.

La dentelle noire s'étira sous le rasoir, puis craqua fil à fil. Si Misha avait déjà tourné les talons, Youri s'attarda dans la chambre, la mine préoccupée sous ses boursouflures violacées.

– *Exécution !* tonna Pavlo. *Disparaissez !*

La porte se referma en douceur. Pavlo coupa les dernières dentelles du slip puis larda l'entrejambe avec fureur. Il s'aperçut bientôt que sa gorge distillait un rugissement sourd, et d'un geste rageur il balaya du lit le monticule de lambeaux. Il regarda soie, coton, Lycra retomber en neige sur la moquette, ultimes reliques de sa fille brisée. Mais ce n'est qu'en retournant la lame contre lui-même, en traçant une entaille dans son avant-bras gorgé d'encre, et en sentant aussitôt affleurer la douleur de ses tripes, qu'il comprit quel plaisir morbide Nastya avait pu en tirer.

56

Le froid de 6 heures sifflait par la jointure pas si étanche de la capote de la Jeep, projetant sur le front de Nate un jet d'air digne d'un climatiseur fou. Tenant le volant d'une main, il pianota sur le téléphone emprunté à Janie le numéro du légiste Eddie Yeap, en priant pour que celui-ci fût comme d'habitude le premier à pied d'œuvre. Avant d'entreprendre quoi que ce soit, Nate avait besoin de savoir s'il était d'ores et déjà recherché pour le meurtre d'Abara, et il espérait que l'affaire fût tombée dans les mains gantées d'Eddie. Pendant que la ligne sonnait, Nate révisa une dernière fois le raisonnement qu'il avait conçu la veille en fuyant la grange macabre.

Un meurtre commis à Chatsworth relevait de la juridiction du commissariat de Devonshire, ce qui signifiait que le corps et la scène de crime seraient expertisés par le LAPD. Abara étant du FBI, l'affaire devait logiquement échoir à l'État fédéral, mais Nate tablait sur le fait que l'on renâclerait à expédier les pièces du dossier à l'autre bout du pays, tant pour une question de délai que par peur d'abîmer des indices de toute première fraîcheur. Ainsi, s'il voyait juste, sa meilleure source d'information ne serait autre que…

– Allô ? répondit Eddie Yeap.

– Bonjour, Eddie. C'est Nate.

– Nate le Sauveur des banques ?

Cet accueil était de bon augure : jamais un tueur de flic ne serait salué sur ce ton.

– Voilà, Eddie. On m'a chargé de la notification pour ce fédé buté à Chatsworth, le dénommé Abara. Je dois prévenir sa mère.

– Ah bon ? Je croyais que le FBI assurait lui-même ses notifs.

– Peut-être qu'eux aussi manquent de volontaires pour ces tâches. Toujours est-il que Brown m'a désigné.

– Alors vous allez passer ?

– Un peu plus tard, oui. Mais pourriez-vous d'ores et déjà me dévoiler les grandes lignes ?

– Les grandes lignes ? Eh bien, Joe-le-Fédé n'est pas beau à voir, c'est le moins qu'on puisse dire. Ils l'ont carrément passé à la découpeuse de pompiers ! Vous le croyez, ça ?

Nate se gara sur une place payante, à quelques rues du siège de la police. Au cas où les choses se gâteraient et qu'il dût ressortir en urgence, il ne voulait pas se retrouver coincé dans un parking sous-terrain.

– Pas d'indices matériels ? demanda-t-il.

– Je n'ai pas pu tirer grand-chose des restes du pauvre gars, mais je me suis laissé dire qu'on avait isolé des empreintes sur la découpeuse.

Nate descendit de voiture, claqua sa portière un peu plus fort que nécessaire et se hâta vers l'imposant bâtiment de verre.

– Et quand pense-t-on en savoir plus ?

– On attend le verdict du labo.

– Comment ça ? Elles sont déjà arrivées là-bas ?

– Eh ! c'est un agent fédéral qui est mort. Ça ne traîne jamais, dans ces cas-là.

– Et vous attendez ce verdict pour quand ?

– D'une minute à l'autre.

Nate accéléra encore l'allure, il courait presque.

– Je peux vous poser une dernière question, Eddie ?

– Je vous écoute.

– J'imagine que le FBI a pris les rênes de l'enquête. Mais qui assurera la liaison chez nous ?

– Chez vous ? L'inspecteur Ken Nowak.

En se pointant dès potron-minet, Nate espérait éviter les collègues et les complications. Mais il pouvait tomber sur n'importe qui. Voyant que la plupart des box étaient déserts, tout comme l'antre du sergent Jen Brown, il fila vers son propre bureau, un sac marin vide à l'épaule.

Une grosse voix le fit sursauter :

– Je ne pensais pas que tu oserais te montrer ici.

Cela venait de Ken Nowak en personne, carré dans son fauteuil à roulettes, ses mocassins perchés sur son bureau à côté d'un gros trousseau de clefs. Reposant les pieds au sol, il se redressa d'un air vaguement accusateur.

– Après cette histoire de fausse alerte à la bombe, précisa-t-il.

Nate lâcha un soupir aussi fluide que possible.

– Ce n'était qu'un gros malentendu, Ken.

– Oui, je m'en doute. Qu'est-ce qui t'amène ?

– Je viens récupérer mon bazar.

– Pas besoin d'un si gros sac, ricana le flic en indiquant l'épaule de Nate. Ils ont déjà fait le ménage.

Nate posa les yeux sur son ex-bureau. Ses affaires personnelles dormaient dans un carton. Tout le reste – dossiers, formulaires, documentation diverse – avait disparu.

– Ah, fit-il d'un air ingénu. Je vais attendre Brown, alors. Elle veut me faire signer des papelards. Sans doute une décharge comme quoi je renonce à porter plainte pour licenciement abusif…

Ken l'observa sans ciller, refusant de saisir cette perche de camaraderie professionnelle.

– Et toi ? s'enquit Nate. Je t'ai connu moins matinal.

– J'ai passé la moitié de la nuit ici, dit Nowak. Un agent du FBI débité en glaçons – littéralement. J'attends les rapports d'empreintes du labo. Si on attrape le saligaud qui a fait ça, conclut-il en pivotant vers son ordinateur, je peux te dire qu'il va regretter d'être venu au monde.

Nate hocha la tête tout en fixant avec appréhension le téléphone de Ken. À la première sonnerie, il était mort.

Il s'assit sur sa propre chaise et alluma le PC. Ce qu'il lui fallait, ce qu'il était venu chercher, c'étaient des armes. De vraies armes, claquantes et détonantes, genre fusils d'assaut, pistolets, pains de plastic… Soit peu ou prou l'arsenal saisi chez feu Danny Urban, et consigné depuis lors dans un casier au bout du couloir.

Dans quel casier, exactement ? Il suffisait d'interroger la base de données.

Nate se sentait contracté de partout, dans la hantise du coup de fil fatal. Il entra à toute vitesse son code et son mot de passe.

ACCÈS REFUSÉ.

Logique.

Va donc pour le plan B.

– Au fait, lança-t-il en marchant vers le bureau de Nowak, tu as toujours ta belle Chrysler dorée ?

– Champagne, pas dorée.

– Parce que je suis garé tout près de toi, et j'ai vu qu'on t'avait défoncé un pare-chocs…

– Quoi ? (Ken était déjà debout, ses clefs de voiture au poing.) Dis-moi que tu te goures, Overbay ! grogna-t-il en s'élançant dans le couloir.

Dès qu'il eut disparu du paysage, Nate s'empara de l'énorme porte-clefs laissé sur le bureau. Au même instant, le téléphone sonna. DIVISION DES INVESTIGATIONS SCIENTIFIQUES, affichait l'écran. Le labo, en langage normal.

Nate écrasa sa paume sur le haut-parleur, le temps que son autre main localise et tourne la molette de volume.

Sitôt l'appareil réduit au silence, il tendit l'oreille. Ken galopait toujours, et bientôt l'ascenseur tinta.

Deux secondes plus tard, la touche du répondeur cligna son alerte rouge.

S'arrachant à l'appareil, Nate courut à son tour, le sac marin flottant dans son dos telle une cape. Il avait cinq minutes devant lui. Sept à tout casser.

La chambre des scellés se trouvait sur le côté, juste avant les ascenseurs. La porte en verre était verrouillée ; le rideau de fer baissé derrière la guérite vide. Les yeux de Nate naviguèrent avec impuissance entre la serrure autobloquante et la vingtaine de clefs accrochées à l'anneau de Ken. Qu'avait-il espéré ? Que l'une d'elles présenterait une grosse étiquette SCELLÉS ?

D'une main tremblante, il les essaya l'une après l'autre. Mais la serrure resta insensible à ses offrandes. Pas celle-ci, celle-ci non plus, celle-là encore moins… Sous son crâne ruisselant de panique, un vague souvenir vint l'achever. Où avait-il lu déjà que, suite au scandale des ripoux de l'antigang, le LAPD avait sérieusement restreint l'accès aux scellés ? Cela signifiait que…

– Je peux t'aider, Overbay ?

Avec un frisson glacé, il glissa les clefs dans sa poche et pivota en direction de cette nouvelle voix.

C'était celle de Bernice Daniels, la gardienne des scellés, avec sa clef magique clippée à la poche avant de son pantalon. Une femme robuste et ramassée, au surplomb mammaire compensé par deux fesses montagneuses, avec des yeux gais et un cœur proportionné à sa silhouette.

Il se gratta la tête avec flegme.

– Tu tombes à pic, Bernice. Le sergent Brown vient de me refiler le dossier Danny Urban. Et j'aimerais…

– T'imprégner des indices, je connais le topo. Mais ça fait déjà un moment que M. Boum-Boum a passé l'arme à gauche. On ne le notifie que maintenant ?

À moins de dix mètres, l'un des deux ascenseurs s'ouvrit sur Ken Nowak.

– Ils viennent de localiser un fils, improvisa Nate. Je dois le prévenir au plus vite.

– Ben dis donc, fit Bernice tout en ouvrant la porte.

Tandis qu'elle soulevait le rideau de fer, Ken arriva à leur hauteur.

– Qu'est-ce que tu me chantes, Overbay ? Ma bagnole n'a rien du tout !

– Ben tant mieux. J'ai dû confondre avec une autre de la même couleur.

– Une autre voiture champagne ? Dans ce parking ? T'es pas du matin, Overbay.

Ken repartit vers son bureau où l'attendait le message fatidique, ses pas agacés égrenant les dernières secondes du compte à rebours.

Nate resta figé, prêt à détaler. Mais la voix de Bernice le tira de sa paralysie.

– Je crois me souvenir que le casier d'Urban est le 78 B. Tiens, c'est ici. Il faudra que tu signes le registre de consultation.

– Bien sûr.

Elle ouvrit la porte de tôle, dévoilant l'arsenal promis. Nate inspira un grand coup et transvasa sans attendre le contenu du casier vers son sac. Fusils d'assaut, pistolets, chargeurs, munitions, pains de C4, détonateurs électriques, grenade… Combien de temps restait-il avant que Ken lui saute sur le râble ? Dix secondes ? Cinq ?

– Nate ? fit Bernice sur un timbre aigu, comme face à un maboule. Mais qu'est-ce que tu fabriques ?

Il ferma son sac et se releva devant une Bernice bouche bée. Nuls bruits de pas dans le couloir.

– Tu peux me filer un coup de main ? dit-il en fourrant dans les bras de la femme une caisse attrapée sur une étagère.

Pendant qu'elle rattrapait le fardeau, il lui arracha sa clef, recula dans le couloir et rabattit la porte autobloquante.

– Je suis désolé, Bernice, dit-il à travers la vitre blindée.

Hissant le sac sur son épaule, il sprinta jusqu'à l'ascenseur et enfonça la touche d'appel. Alors qu'il attendait la cabine, Ken recula son fauteuil, pointa la tête dans le couloir et considéra Nate, intrigué. Puis Bernice se mit à crier et à marteler la porte vitrée.

Ken quitta aussitôt son fauteuil pour enfiler le couloir.

Nate s'acharna sur le bouton de l'ascenseur.

Ken était lancé à fond, véloce comme un athlète, ses mocassins agrippant et repoussant la moquette feutrée. Cependant que Bernice exploitait toute la puissance de ses généreux poumons.

Enfin les portes coulissèrent. Nate se glissa dans la cabine et écrasa la touche 0, à s'en retourner le pouce. Si Ken n'était plus visible, ses ahans et ses foulées se rapprochaient dangereusement.

Les doigts de l'inspecteur apparurent juste avant que les portes se referment l'une contre l'autre, et Nate s'adossa au miroir tandis que la cabine repartait.

S'épongeant le front avec sa chemise, il affina sa stratégie et appuya sur la touche 1 afin d'éviter les vigiles du rez-de-chaussée.

Arrivé au premier, il se faufila entre les portes qui s'ouvraient à peine et, le pied gauche légèrement rétif, emprunta deux couloirs pour gagner l'escalier du fond. Il le dévala deux à deux et enfonça la porte de secours, ce qui déclencha une alarme. Puis il tourna au coin d'une haie et trotta jusqu'à sa Jeep, le dos battu par un rassurant cling-cling militaire.

57

Depuis la Jeep, à travers la pelouse, il l'observait dans sa cuisine. En robe de chambre à bientôt midi, elle se débattait avec la cafetière, ses gestes ralentis par l'âge. Même à cette distance, elle semblait amaigrie.

Pourvu qu'elle ne soit pas malade.

Nate descendit de voiture, la verrouilla avec soin étant donné la nature de sa cargaison, puis parcourut l'allée, les marches, et actionna la sonnette.

Un temps mort. Puis un frottement de chaussons.

Grace Brightbill lui ouvrit d'une main frêle. Elle paraissait bien plus vieille qu'il ne l'avait imaginé, mais la solitude a parfois cet effet-là. Les rides de son front formèrent un point d'interrogation.

– Je suis… (Il toussa et recommença.) Je suis Nate Overbay, madame Brightbill. L'ancien colocataire de Charles.

Son visage s'illumina.

– Ça alors ! Nate… Mais entrez donc.

Il s'immergea dans une atmosphère de cannelle chaude. En avance de deux mois, un plateau de Noël stagnait sur la table basse, parsemé de brownies rassis.

Elle suivit son regard.

– Ça vous tente ?

– Non, répondit-il un peu trop vite. Non merci. Je viens de déjeuner.

– Eh ouais, lança Charles. La Pâtissière tueuse sévit toujours.

Le fantôme était carré sur le canapé, une cheville croisée sur l'autre genou, les bras sur l'arête du dossier. Les mains encroûtées de sang, du sable plein les cheveux. On voyait le coussin à carreaux à travers le cratère de son ventre.

Grace invita Nate à prendre le sofa et elle-même s'assit dans un vieux fauteuil couvert d'un plaid au crochet. Il s'installa à côté de Charles, qui l'étudia avec intérêt. À l'arrière-plan, d'innombrables photos du fils perdu s'alignaient sur un piano droit, la plupart datant de l'enfance. Sur toutes, ce sourire enthousiaste, d'un indéfectible optimisme.

– C'est gentil de passer me voir, dit Grace.

– J'aurais dû venir plus tôt. (Il croisa les doigts, baissa les yeux, rassembla son courage.) J'étais avec Charles, quand il est mort.

Elle leva les yeux au plafond, puis les détourna sur le côté. La peau de son cou tombait en fanons, ses chevilles étaient sèches et blanches.

– J'avais peur de vous revoir, d'affronter votre regard. J'ai manqué d'estomac, et je le regrette.

Elle hocha lentement la tête.

– Racontez-moi, dit-elle. Tout. Cela fait presque dix ans que j'erre dans la brume du militairement correct. C'est ça, le plus difficile. Ne pas savoir. Le deuil reste inachevé.

Il avait oublié la finesse de son expression, sans doute à cause de son attitude un peu fofolle. C'était une ancienne prof, qui savait manier les mots.

– Vous tenez vraiment à connaître les détails ?

– Je pense y avoir droit, non ? (Elle rajusta le plaid sur ses genoux.) J'ai eu tout le temps de réfléchir, en tout cas, et d'imaginer.

Nate se tourna vers Charles, qui pour une fois resta muet. Il déglutit et déroula l'histoire.

Abibas. La fillette au ballon-raquette. La découverte par

Charles, derrière un groupe électrogène, du maigrichon qu'ils recherchaient. Puis la marche cuisante dans les dunes. Abibas déclarant avoir perdu son carnet. La paralysie de Nate et le plongeon de Charles sur le sac piégé.

Les yeux de Grace se mouillèrent et elle se tamponna les joues avec un mouchoir sorti de nulle part. Puis une lueur se fit jour sous ses paupières closes et ses traits douloureux, une lueur que Nate mit quelques instants à identifier.

De la fierté.

Il poursuivit son récit. Le spectacle des pales mordant le sable ; quelques minutes de brouillard sourd ; McGuire qui hurle, sa jambe arrachée à la main. Et le ventre de Charles, comme un chaudron de sang noir. La course effrénée, avec Charles sur le dos, à quérir de l'aide, et Nate qui refuse de reposer son pote.

À un moment, Nate s'aperçut qu'il parlait à toute vitesse, aiguillonné par l'émotion.

– Et il répétait : *Ne me laisse pas. Ne me laisse pas tomber…*

Après un long silence, la vieille dame se releva avec peine, à seule fin de poser sa main poids-plume sur l'épaule de Nate.

– Et vous ne l'avez jamais laissé tomber.

Ces mots l'atteignirent en plein cœur, une vérité si simple et néanmoins assez puissante pour redessiner un tableau qu'il pensait gravé dans le marbre.

Mme Brightbill quitta lentement la pièce, vers le fond du pavillon, et Nate comprit qu'elle ne reviendrait pas.

Se relevant à son tour, il retrouva Charles dans l'embrasure de l'entrée, les avant-bras calés contre le cadre, façon cow-boy. Il faisait le clown, mais il était remué. Il accrocha à ses lèvres un sourire tordu :

– Alors ? C'est quoi la suite ?

– Désolé, mon poteau. Mais là, je repars tout seul.

Et puisque Charles refusait de se pousser, Nate lui passa au travers.

58

New Odessa. Ces lettres bouclées sur fond jaune se lisaient à trois cents mètres. Le parking était vide jusqu'à ce que Nate s'y engage à fond de train et pile sur l'une des places devant l'entrée. Le videur taillé en V – celui qui lui avait plaqué la joue contre la table – recoiffait sa brosse du bout des doigts devant l'imposte fumée de la porte. Reconnaissant Nate, il dénuda d'un large sourire ses dents du bonheur.

– Vous n'avez pas eu votre compte ?

Nate sortit un pistolet de son dos et, sans même ralentir le pas, lui tira dans la cuisse. L'homme grogna et s'écroula au ralenti, mais Nate était déjà dans la salle, où le personnel se dépêchait de dresser le couvert avant le coup de feu de midi. Tout le monde se figea en le voyant, ou était-ce l'écho de la détonation ? Sur le téléviseur accroché au-dessus du bar, il surprit son propre visage et quelques bribes d'un commentaire exalté : … *incroyable coup de théâtre : le héros de la banque serait à présent recherché pour le meurtre d'un agent fédéral…* Mais il poursuivit son chemin, le pistolet baissé, slalomant entre les employés interdits. Dans la salle de banquet attenante, un orchestre en costumes médiévaux accordait ses instruments, leur grêle cacophonie amplifiée par les murs de brique.

Nate fondit sur la table d'honneur. Comme prévu, il y trouva le vieux Géorgien, penché sur de la paperasse, une main jaunie pianotant sur sa calculatrice, l'autre vaguant à l'aveugle entre une assiette de rollmops et un verre de vin. Il releva la tête de ses comptes et tordit sa grosse bouche avec dédain.

Nate dégomma sa chaise d'un coup de pied, et le gros lard se fracassa le menton dans l'assiette de harengs. Se rattrapant à la nappe, il emporta dans sa chute tout le dessus de la table. Couché par terre, la lèvre fendue, la chemise trempée de vin et jonchée de poisson, il roula de grands yeux sonnés. Sa mèche de cheveux teints partait du mauvais côté de son crâne, comme si elle rêvait de s'envoler.

Nate lui tourna la tête d'un quart de tour, appuya le museau d'un Glock 19 sur sa tempe et s'accroupit pour lui marmotter dans l'oreille :

– Dites-lui que j'arrive. Cette nuit. Compris ?

Le Géorgien secoua fiévreusement la tête.

Nate tourna les talons et passa entre les serveurs immobiles, qui baissèrent les yeux avec respect.

Sous l'auvent de l'entrée, le videur poussait des râles baveux, avachi contre le mur. Au fond de sa plaie brillait le fémur. Le bas de son pantalon béait sur un holster de cheville qu'il tentait vainement d'atteindre, mais que cinquante bons centimètres séparaient de ses doigts tremblants.

Nate l'enjamba et mit les voiles.

Jugeant la Lincoln trop voyante, Youri et Misha avaient pris la nouvelle Jaguar. Sur le tableau de bord, une liste d'adresses de résidences secondaires appartenant à des proches d'Overbay. Les deux premières étaient d'ores et déjà biffées, et ils allaient à présent vérifier le chalet du père de Nate.

Youri jeta son mégot par la fenêtre et s'engagea sur la longue montée de Bouquet Canyon. À sa droite, en veste de ville et jean ultradélavé, Misha était enfoncé dans le siège en cuir, à tourner et retourner la carte routière.

Soudain, le premier pesta dans sa barbe, ébloui par des flashes rouges et bleus dans les rétroviseurs – ceux d'un 4×4 Chevrolet surélevé avec un énorme pare-buffle. Tandis que Youri mettait son clignotant et se rangeait sur le côté, Misha sortit un pistolet de sa veste et arma la culasse pour remplir la chambre.

– T'emballe pas, lui dit Youri.

Pendant que le ranger descendait de voiture et s'approchait, affublé de son chapeau ridicule, Misha cacha le flingue entre ses jambes et posa les mains sur les genoux.

L'homme à l'uniforme vert mousse tapa au carreau. Youri baissa la vitre teintée.

– Ouh là ! Qu'est-il arrivé à votre visage ?

– Accident d'escalade, répondit Youri. La corde a lâché.

Le gendarme compatit en sifflant. Puis :

– Vous vous demandez peut-être pourquoi je vous ai fait stopper ?

– Je vous écoute, monsieur.

– Vous avez jeté une cigarette par la fenêtre.

Youri se châtia d'une grosse baffe sur le front, avant de jurer à mi-voix en ukrainien.

Le ranger sourit et inclina la tête.

– Vous êtes d'où, tous les deux ?

– D'Ukraine.

– C'est vrai ? Figurez-vous que j'ai une belle-sœur russe !

– C'est pas le même pays, renvoya Misha.

Youri se retourna lentement pour l'incendier du regard.

– J'ai vu Saint-Pétersbourg, continua l'autre. Magnifique.

– Magnifique, opina Youri.

– Alors écoutez, les gars. Je sais que vous fumez comme des pompiers là-bas, alors je vous donne un simple avertissement. L'Amérique est très à cheval sur la prévention des incendies, donc pas de mégots en forêt. Vu ?

Youri montra son pouce.

– Dac-o-dac.

– Et prudence, en varappe. Ça m'embêterait de devoir vous remonter d'un ravin.

– Promis.

Le ranger pinça les lèvres et tourna les talons.

– Monsieur ! lança Misha en avançant le buste, ses menottes noires cliquetant dans sa poche intérieure.

Youri serra les dents.

L'agent revenu, Misha lui tendit la carte et la feuille de papier, le doigt sur l'adresse du chalet.

– Nous nous rendons chez un ami, mais la voie n'est pas indiquée.

Le gendarme examina le plan.

– Oui, regardez. Il y a un embranchement, ici, qui sera marqué par un grand panneau en forme de Père Noël. Vous ne pouvez pas le rater. De là, suivez cette route sur quatre ou cinq cents mètres, et vous devriez apercevoir la maison. Vous êtes à cinq minutes.

– Merci beaucoup, dit Misha avec un sourire.

Youri remonta sa vitre et redémarra. Bientôt se dressa devant eux le Père Noël à moto – ET VOUS, QUEL EST VOTRE VŒU POUR LA NOUVELLE ANNÉE ?, et au même instant le portable sonna. Youri actionna le Bluetooth et la voix fumasse de Pavlo chuinta dans les haut-parleurs :

– Il arrive. Rappliquez.

Le débit était haché, et la connexion fragile. Youri arrêta la voiture dans l'ombre du Père Noël.

– Que s'est-il passé ? demanda-t-il.

– Il a débarqué au New Odessa et brutalisé le Géorgien en le chargeant d'un message à mon intention. Ce petit merdeux prétend venir me choper, moi ! Moi qui ai connu les geôles du cercle Arctique !

Les deux hommes se regardèrent. D'ordinaire, il fallait se lever tôt pour vexer le patron.

– On arrive tout de suite, répondit Youri avant de raccrocher.

Misha toqua à sa vitre pour indiquer la route du chalet :

– On est tout près. Allons vite jeter un œil.

Youri hésita.

– Pavlo nous a dit de rentrer dare-dare.

– Il y en a pour deux minutes, insista Misha.

Youri se tâta encore un instant puis s'engagea dans la montée. Passé un grand lacet, ils aperçurent la maison en bardeaux et son toit fumant. Sur le porche, un vieil homme portait un fagot de bois.

Le téléphone sonna de nouveau, deux coups, puis plus rien.

Youri freina, examina l'écran. Plus une seule barre de réseau.

Plus haut, la porte-moustiquaire du chalet claqua sur le dos du vieil homme.

– Le papa est seul, conclut Youri. Aucune Jeep en vue.

Il cogita encore une seconde, puis braqua pour faire demi-tour.

– OK, soupira Misha. Rentrons préparer la venue d'Overbay…

– Mais pourquoi s'est-il montré chez le Géorgien ? s'étonna Youri. Qu'a-t-il besoin de nous prévenir ?

Misha reprit son pistolet, ôta le magasin et tira sur la culasse pour éjecter la balle. Le projectile vola de côté avant d'être happé au vol.

– Il veut nous regrouper sous le même toit.

59

Sur le trajet du retour, les muscles de Nate vibraient d'énergie. La faiblesse demeurait, certes, mais le flux continu d'adrénaline lui dopait le corps aussi bien que l'esprit. Il croisa quelques gardes forestiers, une Jaguar flambant neuve et un ou deux minibus, mais pour le reste les routes du canyon étaient désertes.

Au chalet, Janie, les gosses et le grand-père jouaient au Pictionary devant la cheminée, tandis que Casper se dorait le poil en roupillant. Janie tourna vivement la tête en voyant rentrer son mari. Ils échangèrent un regard appuyé : elle seule savait qu'il n'était pas « allé faire quelques courses » et que ce soir il n'irait pas non plus les compléter. Ayant salué tout le monde, Nate se retira dans la chambre au moment même où Jason entrait, en transe :

– Euh… un chat. UN CHAT AVEC UNE PERRUQUE ! Un chien ? UN CHIEN QUI JOUE AUX CARTES ! Un CHAT qui joue à… une cheminée… CHEMINÉE ! UN RAMONEUR !

Une fois déshabillé, Nate gagna la salle de bains en traînant le pied, ce qui n'augurait rien de bon, et il dut redoubler de prudence en grimpant dans la baignoire. Il fourra sa tête sous le pommeau et laissa l'eau fumante réchauffer ses tendons et articulations, en prévision des efforts qu'ils allaient devoir fournir, tout en se récitant son mantra d'encouragement : *Je sens encore ceci. Mes nerfs fonctionnent toujours. Mes muscles m'obéissent.*

Après un délai généreux, Janie le rejoignit. Elle verrouilla la porte, s'assit sur le lavabo, et ils s'aimèrent sans bruit. Ensuite, Nate se rasa, se brossa les dents et s'habilla avec des gestes lents et méticuleux, sous le regard à la fois bienveillant et grave de sa femme qui n'ignorait rien de ses intentions.

Lorsqu'ils refirent surface, la partie de Pictionary était terminée. Jason et Cielle se balançaient sur le porche et le grand-père faisait la vaisselle. Nate dégota dans un placard deux conserves identiques – de la soupe Campbell – et les scalpa entièrement à l'aide d'un ouvre-boîte rouillé. Il récupéra les deux disques de métal déchiqueté, les rinça, les essuya sur son jean et les glissa dans sa poche. Son père regarda les deux boîtes ouvertes sans poser de questions, puis il suivit son fils jusqu'à la porte, flanqué de Janie et de Casper.

Nate sortit sur le porche en sentant son cœur lui cogner dans la gorge. Jason tricotait des arpèges sur sa guitare et Cielle lisait un roman de vampires, les pieds glissés sous les jambes tièdes de son copain. La poitrine serrée, Nate observa sa fille quelques instants, puis il lui posa un baiser sur le front. Une bruine naissante rehaussait le vert des feuilles à l'entour du porche. La Jeep était prête, stationnée dans le sens du départ au bas des marches, et le ciel s'assombrissait de seconde en seconde. Sentant les deux disques de ferraille lui mordre la cuisse, Nate songea à l'usage violent qu'il leur destinait. D'ici peu, trop peu de temps.

– J'ai quelques trucs à faire, déclara-t-il.

– Je prends le volant ? proposa Jason.

Il ne plaisantait même pas.

– En cas de rencontre malheureuse, argua le jeune homme, ma présence serait un plus.

– C'est vrai que tu es ceinture jaune et vert de tai-chi-chuan.

– De taekwondo, pas de…

– Je sais. Je te fais marcher.

– Non mais je propose ça comme ça, juste pour vous aider…

– Je vais me débrouiller, Jay. Mais merci beaucoup.

L'ado s'illumina. Par la grâce d'un simple surnom.

Pendant ce temps, le paternel rôdait autour de la Jeep, jetant des regards intrigués à travers la lunette arrière. Il se figea subitement, entrouvrit la bouche, et présenta à son fils un visage consterné. Nate sut tout de suite ce qu'il avait vu : la pointe du fusil d'assaut qui dépassait du sac marin.

– Où tu vas, papa ? lança Cielle en retournant son livre sur ses genoux.

Le père de Nate se décala de sorte à cacher l'intérieur du coffre, et Nate le remercia d'un regard.

– J'ai deux ou trois détails à régler avec les gens qui nous poursuivent, répondit-il à Cielle.

– Comme à la banque, quand tu t'es fâché contre les braqueurs ?

– Si on veut, ma puce, sauf que là je vais me fâcher pour de bon.

Ses yeux d'un brun fabuleux, aux cils longs comme l'avenir, s'aiguisèrent soudain.

– Ça va aller, papa ?

Cette question lui rappela un vol épouvantable au-dessus des Rocheuses, lorsque Cielle avait à peine quatre ans. Bien que persuadé que les trous d'air allaient désintégrer l'appareil, Nate avait expliqué à sa fille que tout était parfaitement normal, que les avions volaient parfois de cette façon, et cela avait suffi à la replonger dans son cahier de coloriage.

– T'inquiète, sourit-il. Tout va bien se passer.

Satisfaite, elle reprit son roman, et cette confiance totale fut pour Nate le plus beau cadeau du monde.

Il descendit enfin du porche ; son père se détacha de la Jeep. Ils se dévisagèrent un instant, le vieux remisant son émotion derrière son masque de pierre.

– Papa, je veux que tu saches à quel point…

– Ne te mets pas en retard, fiston.

Il pressa l'épaule de son fils, d'un geste tendre mais bref, puis baissa la tête et rentra dans la maison.

Restait Janie, plantée devant Nate, les pieds dans la boue, les pointes de ses épis blonds assombries par la pluie. Nate tourna la clef dans la serrure de la Jeep. Sa main répondait encore.

– Salut, papa ! lança leur fille depuis la balancelle.

Elle agita la main, offrit un grand sourire et retourna à son livre.

– Je vais lui dire de descendre, murmura Janie. Que tu puisses quand même la serrer dans tes bras.

– Laisse. C'est parfait comme ça.

Quelques accords de guitare s'exhalèrent du porche, et Nate reconnut la musique de *Blackbird*. Janie se couvrit la bouche avec le poing et gonfla ses poumons, mais pas question de s'effondrer devant les enfants. Nate lui présenta sa paume ouverte, comme pour l'inviter à danser, et ils entrecroisèrent leurs doigts froids et humides.

La pluie se mélangeait aux larmes de Janie, et ses clavicules délicates frémissaient sous son tee-shirt détrempé. Un sourire velléitaire tenta une percée sur ses lèvres.

– À la revoyure, petit mari.

– Je te rattraperai de l'autre côté, petite femme.

Ils s'embrassèrent, les mains de Nate déployées sur les épaules grelottantes de Janie. Il savoura le goût de ses lèvres charnues puis ils se regardèrent, front contre front, clignant tous deux des paupières à cause de la pluie. Ces yeux bleus translucides. Cette grande bouche à croquer. Ces taches de rousseur sur ce petit nez laiteux.

– Je me noyais, déclara-t-il, et tu m'as sauvé.

Il s'arracha à ses mains, monta en voiture et partit en s'essuyant le visage. Sans un regard, sous peine de craquer pour de bon.

Comme il passait le tournant, il s'aperçut que Casper galopait à côté de la Jeep, d'une foulée boitillante. Il freina dans la gadoue, descendit et s'accroupit devant l'animal.

– Assis, dit-il.

Le chien obéit.

– Donne la patte.

Nouveau succès.

– Pas bouger.

Casper enfonça la tête dans son cou musculeux. Le jaune de ses yeux brillait sous les rides futées de son front, et Nate sentit, comme tous les maîtres depuis des siècles que l'homme et le chien sont amis, que l'animal comprenait parfaitement la situation, les dits comme les non-dits.

Casper reprit sa patte boueuse et la reposa au sol.

– Bon garçon, fit Nate en se relevant.

Il avait la main sale, mais refusa de l'essuyer.

Dans le rétroviseur, l'animal resta prostré sous la pluie battante, à regarder partir son maître.

60

La calandre de la Jeep faisait face à l'allée de Pavlo Shevchenko : six ou sept mètres de pente douce, étagée en trois gradins, jusqu'à la demeure nichée à flanc de colline.

Le moteur tournait au point mort, et l'habitacle était vide. Un fusil d'assaut AR-15 dans le dos, un Glock 19 glissé dans la ceinture du jean et une grenade à fragmentation dans la poche avant, Nate était tapi dans l'encoignure de sa portière ouverte, avec dans les mains un gros pavé de granit prélevé dans le jardin de Pavlo.

Il avait tout préparé au coin de la rue, sous les frondaisons du faux platane d'un voisin. Grâce à son goût pour les armes de guerre, Danny Urban léguait à l'ex-soldat Overbay un matériel familier. À l'aide d'un rouleau de chatterton, Nate avait fixé deux pains de C4 au-dessus du réservoir d'essence, et fiché un détonateur M6 dans la pâte blanche. Ne restait ensuite qu'à créer un circuit électrique sommaire, ce qui était du niveau de n'importe quel collégien.

Mais dans sa précipitation, Nate avait dû oublier quelques articles dans le casier à scellés d'Urban, car il s'aperçut – une fois arrivé – qu'il n'avait pas de fil électrique. Il y remédia en démontant l'un des haut-parleurs arrière du véhicule afin de récupérer quelques brassées de câble. Il brancha un fil sur le détonateur, un autre sur la batterie de la Jeep, puis disposa les deux extrémités nues sur l'herbe, à bonne distance l'une de l'autre. Il sortit alors de sa poche ses deux disques de ferraille pour les scotcher chacun à un fil. Sitôt qu'il se toucheraient, le 4×4 exploserait.

Il ne lui manquait plus qu'un bout de papier pour isoler provisoirement ces deux pièces métalliques. Or, par extraordinaire, la Jeep ne recelait rien de tel. Pas un prospectus, pas un livret de CD. Le manuel de la voiture avait disparu depuis belle lurette, la carte grise était en lambeaux et le papillon d'assurance trop rikiki. Alors Nate se mit à suer, au bord de la panique, se voyant déjà contraint de démonter sa bombe pour regagner la vallée en quête d'un kiosque ou d'une papeterie.

Un jeune père et sa fille qui passaient en sautant gaiement dans les flaques le regardèrent, intrigués. Les câbles, le C4, le sac marin étaient piètrement camouflés, malgré l'obscurité. Nate grimaça un sourire.

– Ennui de moteur, lança-t-il.

C'est en les regardant passer leur chemin, main dans la main, qu'il entrevit une solution. De sa poche revolver, il extirpa ses deux photos fétiches – celle de sa fille au foot, et celle avec Janie hilare le soir du mariage. Fermant les yeux, il les embrassa l'une et l'autre, puis, avec une infinie précaution, les pinça avec du Scotch entre les deux disques métalliques, et fixa la languette de ce sandwich au pare-chocs avant. Au premier choc, les photos glisseraient de la pince et les disques s'accoleraient.

Des bombes roulantes de ce type, Nate en avait croisé une demi-douzaine dans le Bac-à-Sable, lancées contre des postes de contrôle, et il savait leur puissance. Un kilo de plastic et un demi-réservoir d'essence suffiraient amplement à forcer la porte de Pavlo.La voiture était placée pile dans l'axe de l'allée, Nate se redressa, ses faibles bras recrus par le poids du pavé entre ses mains. Il adressa une courte prière à dame Chance et lâcha la pierre sur l'accélérateur. Toujours au point mort, le moteur rugit. Puis Nate alluma l'autoradio, et le disque d'AC/DC chipé par Jason le Connard se mit à hurler dans les trois baffles restantes.

En face, la porte d'entrée s'entrouvrit sur Valerik et son moignon de queue-de-cheval. Dans son poing, la crosse d'un AK-47. Ils l'attendaient. Ils étaient prêts.

Mais pas à ça.

Nate mit le moteur en prise et la Jeep bondit en avant, cognant le coude de Nate.

Valerik s'écarquilla et claqua la lourde porte.

La voiture sauta les trois premières marches, rebondit sur le second gradin, mangea les trois dernières de guingois et fonça sur la porte avec les deux roues gauches en l'air.

Nate la suivit à distance, le fusil en travers du torse.

L'explosion ne laissa rien de la porte ni du mur tout autour, et brisa toutes les vitres de la façade. Nate continua d'avancer dans le souffle brûlant et râpeux, en traînant le pied sur les pavés. L'air empestait l'essence et le métal brûlé. Fendant un rideau de suie, il pénétra tel l'ange de la mort dans le vestibule ravagé.

Attiré par un gargouillis, il scruta la nuage de poussière et discerna Valerik au pied des ruines. La déflagration lui avait déchiré les bronches, et une épaisse soupe noire s'échappait de sa bouche. Nate revit en esprit McGuire dans son uniforme de combat, ricanant au-dessus du corps convulsé et sanglant d'un kamikaze malheureux : *Tout ce que t'auras gagné, c'est le concours de tee-shirt mouillé !*

De la bouche de Valerik s'échappèrent des bulles.

– Salut à toi, répondit Nate.

Il lui glissa sous les reins une grenade dégoupillée, la cuiller maintenue contre le sol, et courut se cacher quelques mètres plus loin, derrière un buffet en flammes.

Il perçut des cris affolés, des pas lourds dans un escalier, puis des craquements à l'étage. Pavlo se retranchait, et Nate allait se lancer à ses trousses lorsqu'il entendit tousser dans la cuisine.

– Valerik ? Valerik ?

Dima passa en courant, sa silhouette se précisant brièvement dans la poussière, mais Nate renonça à l'abattre, de peur que sa main gourde ne loupe son coup et ne révèle sa position à l'ennemi. Il resta donc planqué derrière son meuble, l'AR-15 prêt à cracher son feu. Il s'agissait d'un modèle basique, avec une détente simple, une crosse fixe et un canon non flottant. À utiliser avec calme et parcimonie.

Valerik émit un râle humide pour mettre en garde son copain, mais trop tard : l'explosion de la grenade nettoya l'air jusqu'au couloir, tandis que les éclats criblaient le buffet et le mur. Nate entendit Dima heurter le sol, puis s'agiter et se relever. Le corps de Valerik avait sans doute atténué la déflagration.

Une manche de tee-shirt léchée par les flammes, Nate quitta sa cachette et poussa vers la cuisine. Dima se sauvait en titubant, sa silhouette se dessinait en contre-jour sur l'immense baie vitrée. Puis il se retourna, tenta de lever son arme, mais Nate lui planta une rafale entre l'aine et le cou. Dima s'écrasa contre les persiennes, rabattant les lames sur les lumières de Hollywood. Par acquit de conscience, Nate déchargea une seconde salve dans son cadavre. La vitre vola en morceaux et les stores se tordirent sous le poids de l'homme, avant de le relâcher dans le précipice.

Nate éjecta le chargeur vide et le remplaça d'une main tremblante. Il reprenait tout juste son élan quand la balle l'atteignit.

Il sentit d'abord l'impact, comme un coup de massue dans l'omoplate, et tomba sur un genou. Des ellipses de sang, le sien, égayèrent le carrelage de la cuisine. La détonation ne vint qu'après, comme un détail superflu. Expulsé de ses bras, l'AR-15 tournoyait à l'autre bout de la cuisine, près de la vitre effondrée.

Piquant du nez, Nate amortit sa chute de son bras valide tandis que Youri s'approchait et s'esclaffait dans son dos.

Nate sentait le Glock 19 d'Urban contre son bas-ventre, mais sa main gauche était en rideau et la droite soutenait son buste. S'il se laissait tomber pour la libérer, Youri lui trouerait la cervelle.

Il ferma les yeux pour réfléchir à travers la douleur brûlante. Le revolver à sa ceinture était dépourvu de cran de sécurité, et le mode double action ne rallongeait pas la détente. Il pouvait donc miser sur un premier tir rapide.

– Que le spectacle commence, susurra Youri.

Nate décolla sa main du sol et retomba sur la poitrine en même temps qu'il sortait le Glock. Par miracle, il saisit la crosse correctement, écarta le flingue d'un mouvement fouetté et réussit à faire feu avant que son épaule blessée cogne le sol, libérant un éclair de douleur dans le torse. Le Glock lui échappa tandis que Youri tombait à la renverse en moulinant du bras. Sa chemise mexicaine noire devint encore plus sombre à son flanc, et les deux hommes restèrent couchés, haletants, à s'épier par-dessus le carrelage jonché de verre. Deux mètres plus loin, au bord de la fenêtre béante, l'AR-15 tournait encore sur lui-même, quoique de plus en plus lentement.

Ils regardèrent le fusil, ramenèrent leurs yeux l'un sur l'autre, puis rampèrent avec l'énergie du désespoir pour se disputer l'arme. Leurs quatre mains fondirent simultanément sur le canon. Nate pivota le bassin et savata Youri, dont la jambe glissa sur les bris de verre et bascula dans le vide. Comme il tentait de la remonter à l'intérieur, son poids tira le fusil vers l'à-pic et sa deuxième jambe versa par-dessus bord. Entraîné par l'arme dans la chute de l'Ukrainien, Nate tenta de freiner leur glissade du bout de ses baskets, mais sans grande réussite, et il s'apprêtait à lâcher prise lorsque leur attelage s'immobilisa, ayant atteint un point d'équilibre magique entre frottements et tension musculaire. La tête et les bras de Nate étaient déjà dehors ; son épaule gauche souffrait le martyre ; les éclats de verre lui mordaient le torse. Mais il tint bon. L'arme pendait à la verticale et Youri balançait d'avant en arrière, se contorsionnant pour accrocher un talon ou un mollet sur la dalle du rez-de-chaussée. Puis le nervi se glaça en voyant de quel côté du canon il se trouvait.

Le mauvais.

Sous l'œil horrifié de Youri, Nate passa l'index dans le pontet, ajusta les mains sur l'arme, et lui déchargea le fusil dans le crâne.

Tandis que Youri chutait dans le vide, Nate recula péniblement dans la cuisine. Il ramassa le Glock et le rangea dans sa ceinture. Il mit une bonne poignée de secondes à se remettre sur ses jambes, mais bientôt il cheminait en direction de l'escalier, le fusil en proue. Son bras gauche, meurtri et par la maladie et par la balle reçue dans l'épaule, parvenait tout juste à soutenir le canon.

En émergeant à l'étage de la villa, il fut surpris de découvrir une immense et unique pièce aux murs de verre. Pour tout mobilier, un matelas géant couvert de draps froissés, un escalier flottant et plusieurs piliers métalliques.

Aucun signe de Pavlo et Misha. Avaient-ils fui par la trappe ouverte en haut de l'escalier ? S'étaient-ils échappés par le toit ?

Avant de se risquer plus haut, Nate décida de ratisser ce niveau et courut se tapir derrière le premier pilier. Par un puits de lumière, la lune étirait sur le sol un rectangle blanchâtre, illuminant les particules de poussière en suspension. Le décor n'était qu'un camaïeu de gris, hormis les draps de soie rouge sur le lit, et la combinaison piliers-baies vitrées produisait un effet de galerie des glaces.

Le duel avec Youri avait épuisé Nate et malmené ses articulations. Pantelant, il s'adossa au pilier et tendit l'oreille. Était-ce sa propre respiration qui résonnait imperceptiblement contre les murs, ou celle d'un autre ?

Les colonnes étaient larges, de style industriel, et il se pouvait que Pavlo fût caché de l'autre côté de celle où était Nate.

Retenant son souffle, il contourna lentement le pilier métallique, tout en surveillant les autres, puis se carapata vers le suivant. Il l'examina de la même façon. Toujours rien. Comme il lançait sa patte folle et son épaule déglinguée vers le troisième poteau de la rangée, il perçut des pas dont l'écho rendait l'origine incertaine. Puis des coups de feu abattirent la vitre devant lui, une fraction de seconde avant qu'il atteigne son nouveau refuge. Il s'avachit contre le métal, son visage en nage saisi par l'afflux d'air frais.

– Je suis là, Pavlo ! émit-il.

Pas de réponse.

Le fusil s'alourdissait sur ses genoux, le sang dégouttait de son bras, des fourmis chahutaient tous ses membres. Comme il regardait ses doigts pour les aider à rester fermes, un vertige violent mais fugace lui secoua la tête.

Il risqua un nouveau coup d'œil dans l'immense salle. De l'autre côté, une seconde rangée de piliers, symétrique à la précédente. Voyant la lune se démultiplier dans les angles vitrés, Nate eut l'idée d'y chercher des reflets humains. Et c'est là qu'il le vit. Un bout de profil, blond, debout contre un pilier, les mains sur un flingue pointé vers le bas.

Misha.

Ce qui signifiait que Pavlo se trouvait sur le toit.

Nate perdait rapidement ses forces, et son bras gauche déclarait forfait. De la main droite, il dégaina le Glock, le posa sans bruit sur le béton, puis souleva l'AR-15. Il s'allongea en position de tir, lança le fusil en travers de la pièce et reprit aussitôt le Glock, qu'il stabilisa sur le steak insensible qu'était devenue sa main gauche.

Tout s'enchaîna alors très vite.

Le fusil qui touche le sol.

Misha qui jaillit de sa cachette pour tirer vers le bruit.

Et Nate qui presse la détente.

Misha tomba en vrille, aspergea la vitre de son sang, et disparut derrière le pilier. Seuls ses pieds dépassaient, secoués de spasmes.

Nate se releva et se rapprocha, grognant à chaque foulée. Il se sentait si faible qu'il avait l'impression d'avancer avec sa moelle, de tirer les pieds avec ses tripes. La pièce embaumait l'eau de toilette épicée. Passé le lit, il détourna son Glock du corps qui gisait au sol vers la trappe du toit.

Comme il rassemblait ses forces en vue d'affronter l'escalier, il perçut un bruissement, comme un léger froufrou.

Il comprit, mais trop tard.

Bondissant en arrière, il tira sur Pavlo qui jaillissait lui-même du lit, le drap rouge volant derrière lui telle une cape. Les coups de feu se succédèrent, reflétés et amplifiés par les vitres, mais les balles s'échinaient à griffer le sol ou à transpercer le drap vide. Puis l'une d'elles fit mouche, mais tirée par Pavlo, touchant Nate juste au-dessus de la hanche.

Le cri qu'il poussa ne donna rien de plus qu'un soupir muet.

Du lit, Pavlo sauta vers l'escalier qu'il avala quatre à quatre. Nate le canarda depuis le sol mais ne l'atteignit qu'au mollet, juste avant que celui-ci s'évapore dans la nuit.

Pavlo s'écroula sur le toit. Poussa un cri bref, se tut. Puis on l'entendit se traîner.

Nate examina son flanc. Un trou de la taille d'une grosse pièce de monnaie, libérant un sang noir. Et, au toucher, le même dans le dos, là où la balle était ressortie.

Il roula sur le côté, se mit à quatre pattes, se dressa sur ses jambes. Il ne pouvait plus se mouvoir que par à-coups, traînant sa jambe quasi morte derrière lui. Sa main droite occupée par le Glock, il voulut comprimer sa double plaie de la gauche, mais celle-ni n'était plus capable d'exercer la moindre pression. Il gravit les marches en laissant le sang tracer une ligne dans son sillage.

Sa vision s'étoilait, ses jambes flageolaient. Mais il revoyait Cielle dans l'avion avec son cahier de coloriage, pendant ces monstrueux trous d'air.

Ne t'inquiète pas, ma puce. Tout va bien se passer.

L'ascension lui demanda un tel effort de concentration qu'il eut à peine conscience de pointer la tête à l'air libre. Le souffle chaud d'une balle sifflante, puis la détonation, le rappelèrent à la réalité. Au bout du toit, Pavlo préparait un second tir, tout le poids du corps appuyé sur sa jambe intacte.

Nate leva le bras aussi haut que possible et lui logea une balle dans la cuisse – juste au-dessus de l'étoile tatouée sur sa rotule, vit-il dans la déchirure du pantalon. Pavlo perdit son pistolet qui rebondit et tomba dans le vide.

Le visage tordu de colère, il clopina vers Nate en éructant :

– Je ne m'agenouillerai pas devant toi !

Le coup suivant lui éclata la hanche et le fit pivoter d'un quart de tour. Il chancela de plus belle mais se rétablit de nouveau, hurlant à pleine gorge, les tendons saillant sous son cou encré :

– Jamais je ne m'agenouillerai…

Le Glock tremblant lui atomisa la cheville, et cette fois il tomba à genoux, puis sur le ventre.

Se hissant sur un coude, puis sur l'autre, il rampa vers le bord du toit.

Nate se rua vers lui.

L'immensité du vide panoramique lui coupa le souffle et l'obligea à faire halte pour conserver l'équilibre. Il lui semblait dominer la ville tout entière, déroulée à ses pieds tel un tapis de diamants et de strass. Les écrans publicitaires géants, les enseignes clignotantes, les feux de signalisation et les chaussées congestionnées, tous ces à-coups, tous ces chauds-froids, toutes ces âmes roulant sur des artères chatoyantes, foulant les trottoirs en baskets rapiécées, arpentant les ruelles avec une bouteille de bibine… Le ventre à l'air, L.A. montrait tout, les conquérants et les rêveurs ailés, la lumière qui courait de carrefour en carrefour, le sang de la cité. Ici Nate avait décollé, ici il s'était abîmé. Mais il avait sauvé du naufrage les morceaux récupérables, pour recoudre de ses mains maladroites quelque chose de meilleur, de vrai.

L'air de la nuit avait une douceur inédite, le fenouil et la sauge des collines mêlés aux cendres de l'explosion. Le sang qui coulait sur sa peau se refroidissait en pleine course.

Nate envoya un signal à ses jambes, et au bout de quelques secondes elles se remirent en branle.

Plus loin, Pavlo rampait toujours. Traction, grognement, traction, grognement. Nate traversa la surface vitrée du puits de lumière avec ses semelles visqueuses, et alors qu'il retrouvait le béton une voix lui intima :

– Stop.

Nate obéit, le flingue baissé, l'échine courbe et le souffle étriqué. Il resta immobile à écouter Misha respirer dans son dos. Puis il se retourna lentement, en évitant tout geste brusque. Planté sur le puits de lumière, le blond lui visait le front. Et la main droite de Nate était bien incapable de redresser le Glock. Dans le clair de lune, le visage poupin de l'homme paraissait lisse et innocent. Du sang frais luisait sur sa main et son auriculaire rebiquait selon un angle impossible, mais il gardait toute sa contenance.

– Tu y croyais vraiment ? cracha le blond d'une voix teintée d'admiration.

Sa main blessée sortit d'une poche une paire de menottes noires. Son petit doigt évoquait un roseau brisé.

– Même si tu nous butais tous, un homme comme Pavlo Shevchenko n'a qu'à claquer des doigts pour que dix autres débarquent de Kiev. Et encore vingt de plus s'il le faut.

– Dans ce cas, renvoya Nate, je vais devoir le buter lui aussi.

Misha étira ses lèvres roses.

– Tu n'arrives même plus à lever la patte…

– Pas besoin, répondit Nate.

Et il tira dans le puits de lumière.

Le centre de la dalle de verre céda, et Misha tomba dans le trou en agitant les bras, déchargeant son flingue dans le ciel. Il ne coula toutefois que jusqu'au torse, retenu par ses bras écartés et par les redoutables dents de verre qui lui avaient labouré le corps. L'une d'elles, plantée entre ses côtes, se noyait sous de grosses giclées de sang artériel. Sitôt qu'elle quitterait la plaie, Misha se viderait en un rien de temps.

– Piiitié, bava-t-il.

Magnanime, Nate lui posa un pied sur l'épaule et l'enfonça vers sa chute. Misha s'écrasa dans le rectangle de lumière lunaire, les membres tordus en tous sens, accompagné d'une pluie de verre.

Nate le regarda en tanguant sur ses jambes. Lui-même saignait abondamment.

Dans son dos, Pavlo grognait toujours, rampant bille en tête, tandis que le vent frais charriait des couinements de sirène. En contrebas de la maison, des gyrophares déferlèrent de Laurel Canyon avant de s'éclipser dans le lacet de la colline.

Nate obligea son corps à se mettre en mouvement. Il rattrapa l'Ukrainien quelques mètres avant le précipice. Malgré ses jambes hors service, Pavlo essayait d'arracher une cheminée d'aération. Les muscles de ses puissants avant-bras roulaient sous sa peau tatouée et, de fait, le tuyau commençait à ployer. Les mouvements de Pavlo se ralentissaient, mais il persévérait avec une foi intacte, bien décidé à massacrer Nate avec cette matraque de fortune. Le plus troublant, pourtant, c'était son stoïcisme. Sa maison brûlait, ses jambes étaient en miettes, son pire ennemi à ce jour le tenait à sa merci, mais son visage ne grimaçait que d'effort et de hargne, sans une once de panique.

Dressé dans son dos, Nate pointa le Glock sur sa nuque et pressa la détente.

Mais il n'obtint qu'un clic sourd. Plus de munitions.

Tout en poursuivant sa besogne, Pavlo partit d'un rire râpeux.

– Tu crois peut-être que j'ai mal ? ahana-t-il, en nage.

Nate l'empoigna par le col et le tira vers l'extrémité du toit. Pavlo tenta de résister avec les mains tandis que ses jambes pendaient mollement.

Hélas, le poing de Nate flancha un poil trop tôt, juste avant le vide. Une centaine de mètres plus bas, l'à-pic aboutissait sur un lit de rocs anguleux.

Pavlo plia le ventre pour se pendre à la chemise, aux épaules, à la nuque d'Overbay.

Les sirènes n'étaient plus loin.

Avec les dernières forces qui lui restaient, Nate referma ses mains sur l'homme pour le balancer une bonne fois pour toutes dans le vide.

Et là il entendit un clic, différent de celui du Glock mais tout proche, et comme dédoublé.

Pavlo darda sur lui un sourire dément, triomphal.

Il venait de s'unir à lui avec les menottes perdues par Misha lors de sa chute.

– Je ne plongerai pas sans toi, susurra Pavlo en montrant son poignet.

Le vent se leva, fouettant les cheveux de Nate avec cette puissante odeur de terre et de feu. Il tourna la tête et scruta le précipice, Tout au fond, éclairé par un rayon de lune surpuissant, Charles se tenait debout sur un rocher, la fumée de son ventre aspirée par la brise, les yeux levés vers Nate, dans une position d'attente.

Nate lui lança :

– Tu comptes m'aider, pour une fois, ou tu viens juste faire ton mort ?

– *T'aider ?* renvoya Charles d'une voix parfaitement audible. Mais il n'y a que toi, dans cette affaire. Il n'y a jamais eu que toi.

Nate sentit quelque chose se libérer en lui, un sentiment refoulé depuis si longtemps qu'il n'en connaissait plus le goût, mais seulement l'absence. Et alors il vit le ventre de Charles se refermer, la plaie s'effacer, ses croûtes de sang se liquéfier et réintégrer les artères, comme dans un film d'horreur visionné à l'envers. Charles se toucha le bide, émerveillé. Puis il releva la tête et sourit :

– T'en auras mis du temps, mon poteau !

Pavlo s'agitait comme pour ramener l'attention de Nate sur lui, sur la chaîne d'acier liant leur sort, sur ses muscles luisants de sueur, de sang et d'encre.

Nate sentit la nuit grenée se défaire point à point, pour se reconstituer tout autre. Il pensa au corps de Janie cédant à ses bras dans la vague. La revit sortir de la maternité le ballot rose sur les genoux. Songea que sa fille avait dû laver des bagnoles pour se payer le lycée, mais que lui-même avait souscrit une police d'assurance replète. Il se rappela cet instant sur le pont de bois, lorsque Cielle avait posé la tête sur son épaule. Et la bouche de Janie contre ses clavicules, ses chevilles nouées derrière ses reins. Revit leur maison avec cette brique lâche qu'il avait pu resceller. Et le portrait de famille caché dans les limbes du placard de Cielle.

À l'évidence, Pavlo ne goûta guère ce qu'il vit dans les yeux de Nate. Son rictus soudain se figea, telle une grimace de squelette.

Nate tira sur son poignet afin d'éprouver les menottes.

Puis laissa filtrer un sourire.

Ce qui fut trouvé

C'est drôle cette impression de voler
qu'on ressent quelque temps
lorsqu'on tombe.

Otis « Bad » BLAKE

Shevchenko, Pavlo Maksimovich
?-2 novembre

Overbay, Nathan John
10 août 1976-2 novembre

Nathan John Overbay est décédé vendredi en chutant d'un toit. Le 23 octobre, son intervention héroïque avait permis de déjouer un braquage dans les locaux de la First Union Bank of Southern California, et ainsi de sauver des vies. Suite à cette intervention, il était malheureusement devenu la cible des instigateurs de l'opération manquée. Dans un communiqué officiel, le procureur de Los Angeles a salué le courage de Nate, qui aura aidé les enquêteurs à confondre et à démanteler un vaste réseau criminel.

Natif de Los Angeles, Nate avait étudié à l'UCLA grâce à une bourse de réserviste avant d'être appelé à servir son pays au sein de l'armée américaine. Sa mission terminée, il a travaillé comme référent professionnel d'assistance pour le compte du LAPD, où son humanité et son implication faisaient l'admiration de ses collègues.

Il laisse derrière lui son père, sa tendre épouse Jane, et leur fille Cielle.

Épilogue

Le matin envahissait la cuisine, blanchissant les murs, briquant le marbre du comptoir, prêtant à la pièce de lumineux airs d'au-delà. Perchée sur un tabouret dans sa jupe écossaise et son blazer de lycée privé, Cielle avalait ses céréales, son regard projeté dans l'embrasure du salon. Au-dessus de la cheminée, le vieux portrait de famille penchait légèrement. Elle et sa mère l'avaient raccroché la veille au soir, dans un cérémonial aussi muet qu'appliqué.

Puis elles l'avaient contemplé un long moment, debout, main dans la main.

À présent Cielle s'imprégnait du calme et du soleil. Son visage était plus beau que jamais, et un peu moins rond qu'autrefois.

Des pas dans l'escalier annoncèrent l'arrivée de Janie, qui se frotta les yeux tout en réprimant un bâillement. En route vers le réfrigérateur, elle serra tendrement la nuque de Cielle qui lui captura la main. Alors elle s'arrêta, suivit le regard de sa fille, et elles partagèrent un nouvel instant de recueillement.

Puis Janie remplit la cafetière, s'accouda devant la machine à l'œuvre, remplit sa tasse et la vida à petites gorgées pensives. Enfin Cielle rinça son bol et toutes deux passèrent dans le garage.

Une minute plus tard, la porte de communication se rouvrit et Cielle fila au salon redresser le cadre. Elle l'examina une nouvelle fois, les traits creusés par le chagrin, jusqu'à ce qu'un souvenir personnel y glisse l'ébauche d'un sourire.

Elle quitta la pièce d'un pas plus léger.

La porte se referma et le soleil poursuivit sa montée.

Alors la lumière s'adoucit.

La maison était en paix.

Remerciements

Comme toujours, j'ai consulté de nombreux experts pour l'écriture de ce livre, et je tiens à les remercier pour tout le temps, le soutien et la puissance cérébrale qu'ils m'auront accordés. Lauren Crais, pour les questions judiciaires et procédurales. Les Drs Melissa Hurwitz et Bret Nelson pour les tuyaux médicaux. Philip Eisner et Maureen Sugden pour les aspects éditoriaux. Greg Muradov, pour m'avoir initié aux traditions culinaires de nos protagonistes. Dana Kaye, mon infatigable attachée de presse, dont la patience et l'enthousiasme n'auront jamais été en défaut. Joseph Flueckiger, Omar Valdemar et Alan Hill, trois experts en sécurité qui m'auront instruit sur les sinistres réalités des braquages de banque. Scot Spooner, béret vert et ancien membre du commandement des Opérations spéciales de l'armée américaine, qui m'aura aidé à concevoir un vilain véhicule piégé. Chris Brenes, ancien lieutenant du SEAL Team One, qui non content de me brosser un tableau m'y aura carrément plongé.

Il va sans dire que les erreurs contenues dans ce livre sont de mon seul et unique fait.

Ces remerciements seraient incomplets si j'omettais de citer mes avocats Stephen F. Breimer et Marc H. Glick, Rich Green chez CAA, et mon équipe chez Aaron Priest. Je bénis chaque jour mon éditeur Keith Kahla ainsi que toute l'équipe de St. Martin's, notamment Sally Richardson,

Matthew Shear et Martin Quinn. Et pour le travail remarquable de mon éditeur britannique, de grands mercis à Daniel Mallory, David Shelley et autres forçats de chez Sphere.

Pour finir, chapeau bas devant Delinah Raya, présente de mille et une façons, pour sa hauteur de vue et son sourire irrésistible.

Composition PCA
44400 – Rezé

Impression réalisée par
Corlet Imprimeur
14110 Condé-sur-Noireau
pour le compte des Éditions Michel Lafon

IMPRIM'VERT®

Imprimé en France

Dépôt légal : juin 2013
N° d'impression : 154764
ISBN 13 : 978-2-7499-1939-3
LAF 1649